● 首都师范大学文学院　主编

唳天学术

LITIAN XUESHU

18

学苑出版社

图书在版编目（CIP）数据

唉天学术 . 第 18 辑 / 首都师范大学文学院主编 . —北京：学苑出版社，2023.7
ISBN 978-7-5077-6702-5

Ⅰ . ①唉… Ⅱ . ①首… Ⅲ . ①文学理论—文集 ②语言学—文集 Ⅳ . ① I0-53 ② H0-53

中国国家版本馆 CIP 数据核字（2023）第 125161 号

出 版 人：	洪文雄
责任编辑：	乔素娟
编 辑：	王嫣婕
出版发行：	学苑出版社
社 址：	北京市丰台区南方庄 2 号院 1 号楼
邮政编码：	100079
网 址：	www.book001.com
电子邮箱：	xueyuanpress@163.com
联系电话：	010-67601101（销售部） 010-67603091（总编室）
印 刷 厂：	北京建宏印刷有限公司
开本尺寸：	787 mm × 1092 mm 1/16
印 张：	15.75
字 数：	300 千字
版 次：	2023 年 7 月第 1 版
印 次：	2023 年 7 月第 1 次印刷
定 价：	88.00 元

前　言

《唳天学术》是由首都师范大学文学院主编,以首都师范大学文学院学科研究方向为主要内容,以在校博士研究生和硕士研究生为基本作者队伍,面向青年读者的学术性辑刊。

作为主办单位的首都师范大学文学院,已有50多年的历史。现有六个专业,分别是汉语言文学(师范)、汉语言文学(非师范)、秘书学、戏剧影视文学、文化产业管理、汉语国际教育,并有中国语言文学一级学科博士学位授予权。拥有一个国家级重点学科、三个北京市重点学科,还拥有中国语言文学博士后流动站。此外,还设有教育部重点文科研究基地——中国诗歌研究中心。首都师范大学文学院目前已形成了比较完整的学科群体、开放性的学术氛围和良好的学术传统,涌现出一批在国内外学术界有较高声望的学者,以及在学术界有一定影响的中青年学术骨干,与此同时,研究生教育也有了长足的发展,研究生质量得到稳步的提高。

为检阅首都师范大学文学院研究生的学术成果,鼓励和引导同学们积极投身科学研究,加强与兄弟院校及学术界的交流,并希望通过首都师范大学文学院同学的一得之见,推进相关学科的发展与建设,我们特创办《唳天学术》辑刊,每年出版。作者队伍以首都师范大学文学院的博士研究生和硕士研究生为主,今后我们也将适当选发兄弟院校研究生的优秀论文。

本刊之所以命名为"唳天学术",是因为首都师范大学文学院原有的学生社团多是以"唳天"为名,包括唳天剧社、唳天文学社、唳天诗社等。"唳天"二字本是指仙鹤、鸿雁等鸣禽在辽阔的天空中自由地鸣叫,我们用它来作为这本学术辑刊的名字,意在为同学们的科学研究提供一个广阔的境域,同时也是为了强调一种学术自由的精神。

波兰天文学家哥白尼在公布他的日心说的时候,在扉页上引用了阿尔齐诺斯的一句名言:"一个人要做一个哲学家,必须有自由的精神。"其实不只是做一个哲学家,做一个语言文学研究者,也一样要有自由的精神。有了自由的精神,才可能有健全的、独立的人格，才敢于敞开自己的心扉，不怕世俗的嘲笑和冷眼，在任何情况下都敢于说真话，不去欺世盗名，不去迎合流俗，不去装神弄鬼。有了自由的精神，才能超越传统的认识，摆脱狭隘的思维方式的拘囿，让思维在广阔的时间和空间中流动，才能调动自己意识和潜意识中的积累，才能有卓尔不群的发现。

《唳天学术》强调自由的精神，同时强调严谨的学风和严格的学术规范。为使我们培养的研究生适应国家对高层次人才的需要，为强化他们独立的科研能力，我们注重加强学术环境的营造，聘请国内外多名著名学者来院讲学，让学生打开眼界。我们还制订了研究生课程规划和有关毕业论文写作的措施，对开题报告、论文指导以及论文答辩等环节都提出了比较严格而又切实可行的要求，以不断提高首都师范大学文学院研究生的培养质量。这将从根本上保证《唳天学术》的学术水准。

"晴空一鹤排云上，便引诗情到碧霄。"科学研究是最富于独创性的精神劳动，愿年轻学子的心灵毫无拘束地在广阔的宇宙中自由遨游，《唳天学术》将成为你们腾飞的踏脚石。

吴思敬

目　录

·中国古代文学·

试论刘伯温传说的互文性……………………………………………胡正裕　（3）

明清之际的易代书写与文体选择

　　——以陈维崧"弃诗转词""复作诗"为例………………………张　巧　（12）

贺铸"以乐府为词"思想新论…………………………………………李冰玉　（23）

由许学夷汉魏六朝诗的"正变"思想观其"自为一源"的陶诗论………杨春雨　（35）

锁院隔离体验与诗歌创作

　　——以嘉祐二年省试唱和为例………………………………………詹莞如　（46）

·中国现当代文学·

《女人》及"女人"的诞生

　　——作为精神现象和话语事件的翟永明组诗《女人》……………冰　马　（57）

"劳动"体验与汪曾祺小说"新劳动者"形象的生成

　　——以《羊舍的夜晚》为中心…………………………………………邱　悦　（77）

早期新诗的诗学意义与立场建构

　　——以《尝试集》中第三人称代词的运用为例……………………王梦磊　（87）

从小说到歌舞话剧

　　——论《金大班的最后一夜》的文本改编……………………………肖文君　（98）

由《竖琴手》引发的改译事件…………………………………………袁新梦　（108）

·比较文学与世界文学·

"推销文明"：西方人关于铁路入京的话语建构（1865～1889）…………张　晗　（121）

腐朽的肉身：从刑罚看法国画报中的晚清 ················· 柏岚昕 （136）

论黄哲伦戏剧《蝴蝶君》的元戏剧特征 ················· 崔文硕 （148）

连锁与回心
——日本无产阶级作家转向事件的思想史位置 ················· 吴　鹏 （157）

帝国的终结与最后的绅士：《长日留痕》中的不可靠叙述
——基于语料库的话语－历史分析研究 ················· 王丁莹 （166）

暴力、记忆与直言
——论刘宇昆的《纪录片：终结历史之人》 ················· 豆俊格 （178）

试论后冷战时期英国左翼期刊《新左派评论》文学批评中的民族观念问题
（2000~2008） ················· 邱方瑾 （188）

·语言学·

湛江雷州方音的历史溯源
——与三种韵书对比分析 ················· 黄丽娜 （203）

非物质、情动与劳动主体："情感劳动"理论阐释 ················· 张安然 （214）

阳城方言辅音格局的实验研究 ················· 张　柯 （222）

·汉语国际教育·

基于词库建设的同素逆序词教学研究 ················· 何纯洁 （237）

中国古代文学

中国古分文学

试论刘伯温传说的互文性

胡正裕

摘　要：《诚意伯刘公行状》可谓刘伯温传说的重要源头，该《行状》作为刘基各类具有不同程度传说成分的传记之"源文本"，使得刘伯温传说的传承有其相当的稳定性，体现为数种类型的"互文性"，如朱、刘两家记忆的互文性，一系列传记、稗史、《英烈传》、《续英烈传》、《烧饼歌》以及大量托名著作之间的互文性，民间实存与民间记忆之间的互文性，等等。再者，官方或士人对刘基"三不朽"的评价与民间对刘基"三不朽"的记忆在本质上也构成了一种广义的互文性。

关键词：刘伯温传说；口头文学；书面记录；互文性

口头文学与作家文学最大的区别之一是口头文学具有活态性，即口头文学是流动的，并无定本。刘伯温传说的形态受各种变量的影响。这些变量包括书写形态的正史、稗史、文人笔记等，甚至一些托名的著作也可以认为是另一种形态的民间传说。大体上民间传说的口头形式与写本形式是相互影响的，本文尝试引进"互文性"的概念，并以国家级非物质文化遗产刘伯温传说为例，来探讨民间传说的互文性。

"互文性理论脱胎于索绪尔的结构主义语言学和巴赫金的对话主义思想，由克里斯蒂娃正式报幕出场"[1]76，它通常被用来指示两个以上文本间发生的互文关系，包括：（1）两个具体或特殊文本之间的关系；（2）某一文本通过记忆、重复、修正，向其他文本产生的扩散性影响[2]。互文性的提出旨在"打破结构主义文体的孤立与封闭性，认为作为任何文本的成文性在于同该文本之外的符号系统相关联，都是对其他文本的吸引和转换，在差异中形成自身的价值"[3]。"一篇文本不再是完成了的作品资料体，内容封闭在一本书里或字里行间"[1]79，同理，《刘伯温故事集成》之类的大块头，也远不是封闭性的。"文本的性质大同小异，它们在原则上有意识地互相孕育，互相滋养，互相影响；同时又从来不是单纯而又简单地相互复制或全盘接受。借鉴已有的文本可能是偶然或默许的，是来自一段模糊的记忆，是表达一种敬意，或是屈从一种模式。"[4]

《诚意伯刘公行状》(简称《行状》)可谓刘伯温传说的重要源头,该《行状》作为刘基各类具有不同程度传说成分的传记之"源文本",使得刘伯温传说的传承有其相当的稳定性,体现为数种类型的"互文性",如有明一代朱元璋与刘基两大家族记忆的互文性,一系列传记、稗史、《英烈传》、《续英烈传》、《烧饼歌》以及大量托名著作之间的互文性,以及民间实存(传说核)与民间记忆之间的互文性,等等。再者,官方或士人对刘基"三不朽"的评价与民间对刘基"三不朽"的记忆在本质上也构成了一种广义的互文性。

一、朱元璋与刘基两大家族记忆的互文性

朱元璋晚年对开国功臣多下狠手,对刘基也不例外,尤其是在"谈阳事件"后,对刘基毫不客气。但当刘基去世后,他的愧疚感就上来了,先是为刘基"平反",说他是被胡惟庸毒死的,并且多次接见刘基次子刘璟,不仅赐金、授官,还更改了"子孙不得世袭"之誓,让刘基的伯爵封号得以世袭并倍增俸禄,最后还赐了刘基长孙刘廌免死金牌:"朕与尔誓:若有非为,除谋逆不宥,其余杂犯死罪,免尔一死,以报尔祖父之功。"[5]这些大概都是朱元璋的愧疚与补偿吧。其后,明朝不少帝王对刘基更是念念不忘,如嘉靖十一年六月甲申续封诚意伯刘瑜七百石[6];明武宗正德年间,"赠太师、谥文成",刘基被称"渡江策士无双,开国文臣第一",至此来自朱家的评价可谓臻于极致、无以复加。大体上朱家需要神化刘基,刘家也需要皇家的认可。

《诚意伯刘公行状》可谓刘基小传的"源文本",作者黄伯生乃受刘璟、刘廌叔侄所托,所以该《行状》中的"授意成分"自不待言,而该"传记"中的传说成分应当出自其授意成分。官修的《明太祖实录·刘基传》与具浓重官方色彩的张时彻《诚意伯刘公神道碑铭》的表述总体上皆源自《行状》,即一种"互文"的形态,这种大同小异的书写共同组成了刘伯温传说的初级源头。

传说是一种记忆,是一种口碑形式的记忆,而祭祀可以说是记忆的一种神圣形式,兹以明代以来刘基的祭祀情况为例:

刘基数代子孙对刘基祭祀的存续做出了重要的贡献。刘基长子刘琏死后,刘璟、刘廌叔侄约请黄伯生写了重要的《诚意伯刘公行状》,随后他们一系列的努力让朱元璋打算由刘璟袭诚意伯爵位,但刘璟深知这会违背宗子承袭制度,便将爵位让给了长房的刘廌。后刘璟叔侄奉圣谕,"三十日辞,回乡祭祖",从而开启了正月初一"春祭"之俗。此外,他们还抓住并创造机会,资助决定创建青田昊天圣阁的崇道观,使刘基祭祀走向了青田县,实现了越出宗亲的祭祀[7]124、177,从而使刘基祭祀开始进入了"半民间半官方"的状态。

刘基长孙刘廌虽得爵,但后又"坐事,贬秩归里",遂无心仕途,便奉亲守墓,将祖父的御书、诏、诰、行状集成《翊运录》,取诰文中"开国翊运"之语为名,此举对于扩大刘基的影响有着较为重要的作用。刘璟在"靖难之役"后极富气节,径称朱棣百年后逃不

过一个"篡"字,尽管"法官希旨,缘坐其家。成祖以基故,不许"[6]2510。明成祖出于对刘基功绩的深刻记忆,没有因刘璟的极度不合作而连坐刘家。不仅如此,宣德二年(1427),还"授貊刑部照磨"[6]2510。明宣宗还给刘璟长子刘貊封了个刑部照磨的官,刘貊于正统十四年(1449)曾撰《先人舍拨寺观田租示诸子书》[7]177,特意重记青田崇道观之事,以刷新刘基祭祀方面的记忆。到刘基的孙辈为止,朱、刘两家对于刘基记忆的"互文性"以刘家的主动努力为主。

明景泰三年(1452),明代宗授刘基七世孙刘禄五经博士。刘禄于天顺元年(1457)奏请皇帝敕建刘基祠堂,英宗准奏,天顺三年祠成。刘基九世孙刘瑜则谋请重建刘基祠堂于处州府城,明孝宗虽未允之,但同意原有祠堂按建制扩建成庙,并御赐诚意伯刘公庙一块"翊运祀碑"。特别值得一提的是此事事关重大,经此"祠改庙",刘基在民间的影响力剧增。正德年间,经刘瑜等人的继续努力,刘基得到了有明一代官方的最高评价,即"学为帝师,才称王佐。渡江策士无双,开国文臣第一",此外还被追赠"太师",并被追谥为"文成"。嘉靖五年(1526),经刘瑜多次建言,其好友处州知府潘润奏请重建刘基祠,未果。嘉靖十年(1531),刘瑜又动员刑部郎中李瑜建言以刘基配享太庙,并恢复刘基后裔世袭诚意伯爵位,朝廷准奏[5]662-664。一年后,刘瑜袭爵,朱、刘两家关于刘基记忆之间的互文关系于此最为突出。

在刘基九世孙刘瑜之后,刘基后裔世袭诚意伯爵位直至明朝灭亡。在刘基建功立业的明朝,经一代代刘基后裔的努力,刘基祭祀大体上是受到官方认可的,而且总体上其规格有递升的趋势。整体上,有明一代,朱、刘两家不断确认着对刘基的特殊记忆。

二、一系列传记、稗史、《英烈传》、《续英烈传》、《烧饼歌》以及大量托名著作之间的互文性

在"源文本"《诚意伯刘公行状》之后,刘基故事出现了一系列互文性程度极高的史传类文本,如廖道南的《殿阁词林记》、雷礼的《国朝列卿纪》、项笃寿的《今献备遗》、何乔远的《名山藏》、过庭训的《本朝分省人物考》、陈元素的《古今名将传》等。《诚意伯刘公行状》中的几个事件如"在燕京书肆得天书"、"于西湖望云言天子气"、"'日中黑子'预言将失东南大将胡深"以及"'得土得众之象'之海宁以城降"等,为使行文简洁,不赘引《行状》中的大段文字,亦不列冗长的排比式表格,仅于其他互文性文本随机录出相关事件的表述加以佐证:

> 初,其游燕京,见书肆有象纬占经,阅之经夕,谈诵如流。其人大惊,欲举以授之。基辞曰:"业已习矣。"(《殿阁词林记》)

> 尝泛西湖,有异云起西北,祥光掩映,湖波如绮,诸人皆赋诗记之,基独纵饮不

顾，徐曰："此天子气也，应在金陵。十年当有王者起其下，我当辅之。"众骇，以为狂，悉舍之去，基独剧饮湖亭。（《国朝列卿纪》）

一日，见日中有黑子，奏曰："东南当失一大将。"时参军胡深伐闽，果败没。他日，基见上，时方欲刑人，基曰："何为？"上语公以所梦，基曰："是众字。头上有血，以土傅之，得土得众之象也。应在得梦时三日，当有报至。"上乃留所欲刑人。三日后，海宁以城降。（《今献备遗》）

如上这些其他史传文本中的书写，如果将其混入《行状》之中，并不显得怎么特异，因为它们本就衍自《行状》，且仅做了略微的文字调整。然而这些并非无谓的重复，因为这许多进士出身的优质士人作者的每一次成书皆是刘伯温故事新的传播源头，在复制技术相对落后的年代，每一位作者的朋友圈都是重要的传播渠道。这一批基于《行状》的史传类文本成了刘伯温传说极为重要的次级源头。

在此基础上，刘伯温传说广为扩散的阶段又得益于众多稗史的记载。明代中叶以来，刘伯温在民间的形象逐渐"弥散化"，如陆粲《庚巳编》、杨仪《高坡异纂》、焦竑《玉堂丛语》等解释刘基精通占卜之术是由于少年时代在青田山洞中得天书并受异人指点，如杨仪所记：

诚意伯刘基，少读书青田山中。忽见石崖豁开，公弃手中书亟趋之，闻有呵之者曰："此中毒恶，不可入也。"公入不顾。其中别有天日。见石室方丈，周遭皆刻云龙神鬼之精文。后壁正中一方白如莹玉，刻二神人相向，手捧金字牌曰："卯金刀，持石敲。"公喜，引巨石撞裂之，得石函，中藏书四卷。甫出，壁合如故。归读之，不能通其辞，乃多游深山古刹，访求异人。久之，至一山室中，见老道士凭几读。公知其匿君子也，再拜恳请。道士举手中书厚二寸许授公，说"旬日能背记，乃可授教；不然，无益也"。公一夕至其半，道士叹曰："天才也！"……[8]

王文禄《龙兴慈记》解说刘基聪明过人是因为年轻时投宿事件中的奇遇，乃得异僧神附。宋雷《西吴里语》所述则更为离奇荒诞，说刘基元末时邂逅想吸食他的妖人，结果妖人反为刘基所制，刘基因食其精气而具备了帝王师的独特能力。何乔远《名山藏》体现了刘基的预言能力，说刘基督建南京的宫城时，曾言及殿基不稳，日后不免会迁都，且于都城落成后隐述于朱元璋说城墙虽高，但恐"燕子"飞入。梁亿《传信录》更是具体到把惠帝逃劫之事归功于刘伯温，因他早早预备了独特的逃生锦囊，即一套剃度出家的装备。此外，在预言能力方面，还有郎瑛《续巳编》、王同轨《耳谈》、赵吉士《寄园寄所寄》、百一居士《壶天录》等书中各式不同的玄秘而精准的预言[9]。

刘基预言类传说之集大成者是《烧饼歌》，陈学霖认为该书脱胎于署名铁冠道人张中的《蒸饼歌》，本质上是属"事后诸葛亮"之类的概括，但《烧饼歌》所体现的民间形式非常突出，如主要以"拆字"等隐语方式结构全篇，并自然地穿插了所拆的字句，可以说其对已有事实的归纳总结能力也算是相当精巧的，而对未然之事又以许多含糊其词的判断留给后人去附会。

《英烈传》对此前刘伯温传说异闻进行集成式整合后，刘伯温在民间形成了诸葛亮式能呼风唤雨且有奇谋的神机军师形象，进而成为说书、唱曲及戏剧的重要题材。

特别值得一提的是，在二十卷《诚意伯文集》之外，坊间出了很多署名刘基或刘伯温的农家、兵家、堪舆、阴阳、星相以及天文术数等著作，如《多能鄙事》《百战奇略》《堪舆漫兴》《一粒粟》《金弹子》《灵城精义》《佐元直指图解》《披肝露胆经》《注玉尺经》《玉洞金书》《注灵棋经》《解皇极经世稽览图》《奇门遁甲》《三命奇谈滴天髓》《演禽图诀》《清类天文分野（直隶）之书》《天元玉历》《白猿经风雨占候图》等。刘基其实是以儒者自诩的。他的《郁离子》尽管极为庞杂广博，有浓厚的"子学"色彩，不少内容显然不属于儒家，诸如兵家、纵横家等色彩都是较分明的，比如说吴起虽贪但宜用等。但毫无疑问，它始终是以儒家为依归的，它能做到"以德御力"，如《郁离子》最后的《九难》，随阳公子所陈的八种"难"再怎么天花乱坠都是会归正于"难九"部分的，"难九"部分是无可争议的重心与核心。

朱元璋晚年曾故意不承认刘基的儒者身份，主要是出于羞辱的目的，是为了使刘基难堪，他曾对王祎说："吾固知浙东有二儒者，卿与宋濂耳。学问之博，卿不如濂；才思之雄，濂不如卿。"[10]朱元璋还曾对桂彦良说"江南大儒惟卿一人"，桂彦良连忙应道"臣不如宋濂刘基"，朱元璋却说："濂，文人耳；基峻隘，不如卿也。"[6]2624当然，与朱元璋的用心迥异，民间多数并不太知道刘基以儒者自诩，他们也并非为了使刘基难堪，或许他们只是觉得刘基"上知天文下知地理"，那么博学多才，他应该什么都会写。另外，大多数人也看不出署名为刘基或刘伯温的著作本身质量有问题，所以，一方面刘基的"著作"越来越多，另一方面广大民众也看不出这其中的好多著作的水准不及刘基的真实水平（假设刘基真有如这些著作所示那么博学多才的话）。因此在本质上，这些著作的托名其实可以视为另一种形式的传说。

"一切时空中异时异处的文本相互之间都有联系，它们彼此组成一个语言的网络。一个新的文本就是语言进行再分配的场所，它是用过去的语言所完成的'新织体'。"[11]本质上，当代许多口传的活态刘伯温传说的源文本也正是历史上的书写文本，一方面是将文言文"译成"白话文，另一方面是适当将之扩充或精细化。近年来市场上有多如牛毛的刘伯温史传类作品，如郭梅与毛晓青的《刘基传》（2008）、京城说书匠的《刘伯温传：大明帝师开国记》（2015）、燕山刀客的《大明设计师刘伯温》（2015）、华胥公子的《阳谋天下刘伯温》（2016）、李根的《刘伯温》（2017）、刘素平的《刘伯温：道破天机》（2017）、寒江独钓的《帝国推手刘伯温》（2018）、度阴山的《深不可测：刘伯温》（2018）、刘叶青的《刘伯温：大明第一帝师》（2022）等，这些关于刘伯温的"当代版"传记，在某种程度上皆可谓当代的俗文学，它们都是有所本的，共同构成了一种互文性奇观。特别需要指出的是市场上竟有数种略加改头换面的雷同作品，却几乎不见笔墨官司，主要有耿夕娟编著的《刘伯温传》（2002）与华惠主编的《神机妙算刘伯温》（2017），贺俊杰的《国家智囊刘伯温》（2015）与张晓珉的《大明神算师：刘伯温》（2018），陆杰峰的《大明第一推手刘伯温》（2015）与丁当的《神机妙算刘伯温》（2020），等等。此外，2017年经由如故事大赛、评奖会等现代平台所收录的《中国好故事：刘伯温故事新编》也触目皆有互文性的影子[12]。

三、民间实存与民间记忆之间的互文性

口头程式理论像一把钥匙，解开了东西方许多史诗的创编之谜，然而该理论远不止一把仅限于史诗创编领域的钥匙，已有台湾学者王靖献将之用于《诗经》的研究，也有大陆学者柯杨将之用于西北"花儿"的研究，等等。民间历史人物传说通常为散体的短篇叙事，记忆难度相对不是很大，但同样也具有基于一定类似于"微程式"的"记忆之核"的"表演性"，它也具有一定的微"说书性"。传说与历史叙事之间有一点相当大的区别，即传说更注重细节，历史则是偏重宏观的抒写，所以刘伯温传说中颇有不少关于他"立身"及"立德"方面的传说。刘伯温"立德"方面的传说诗性记忆的色彩较为突出，而其"立功"方面的传说则具有更多的神性记忆成分。

地域情感与传说"记忆之核"之间的互文性非常突出。刘基故里武阳村有个相传为刘基先人的"天葬坟"，作为已经深入人心的"记忆之核"，它总是提醒人们对它做出解释，传统中国流行的"葬先荫后论"加上善有善报的观念，使得人们十分乐意相信其真实性。武阳村刘基的老宅早已不复存在，翻建后的刘基故居作为重要的实物则常常提醒人们想起其高祖刘濠及刘基父亲刘熵以仁智救乡亲的故事。当然，人们的讲述重心并非刘濠和刘熵，实际上仍然只是作为一种感人的铺叙，表述由于祖先积德而得以生降具有重大影响的著名历史人物。

刘基墓在文成县南田镇的夏山，规模小、自然简朴，与之相关也产生了一个体现刘基美德的传说，即刘基二子设计了一张考究的坟墓图，但刘基一下子将之撕得粉碎，并解释说"墓"字上草下土，简朴自然的小墓才能承受阳光雨露。与一些豪华墓葬形成了鲜明的对比，这是刘基将死之时都能立德的生动表现。

在科举方面，刘基算是赶上了好时代，他在元代非常有限的几次科举中中了进士，而勤学在科举之路中是占有重要地位的。在民间传说中，刘基之勤学体现于"千读百温"的方式（在刘基家乡方言中，"百"字与"伯"字发音相同），此传说解释了"伯温"之名的由来，更重要的是道出了学贵在勤，如"没有百温不厌者，哪有高深学问人"[13]16。

关于刘基的专注，有一种既有情趣又富诗意的传说，即刘基由于学习太过专注，把年

礼给弄错了，成了所谓的给外婆拜年"拿书凑礼"：

> 有一年正月，刘伯温上外婆家拜年。母亲拿出腊肉、粉干，吩咐儿子放进篮子里。刘伯温一边捧着书在看，一边收拾好拜年礼物，也不再检点一下，就提着篮子匆匆走了。
>
> 到了外婆家，老人笑嘻嘻地将外孙迎进去。外婆拿出篮子上面的粉干，只见下面是一叠书，不觉惊住了："怎么，拿书凑礼？这倒是件新鲜事儿。"
>
> 刘伯温这才想到，自己在收拾礼物时，一心只想到书，竟把桌上的一叠书当作腊肉放进篮子里了，到了外婆家才知道放错了，连忙出门准备回家去拿腊肉。外婆见此，一把抓住他，笑着说："谁要你的腊肉！你这样喜欢读书，外婆比什么都高兴哩！"[13]14

这些关于刘伯温"立身"方面的传说很有情趣，而且若是能抓住"百温"与"书凑礼"这两个关键词，其实这些传说非常容易记忆，因为这些"微程式"的"记忆之核"的本身就是讲述大纲，只要稍加敷衍便能为没听过的人演述。

刘基晚年退归故里，丝毫没有某些高官趾高气昂的作风派头，但阿谀之人为数不少，其中就有某县官未见，刘基吩咐只同着粗衣的人相见，结果县官误听成了"蓑衣"，竟十分狼狈地于大热天穿了件扎人的蓑衣，无意间塑造了一个奇特的"蓑衣县令"形象，体现了刘基清正的品德。

《明史·刘基传》里写到朱元璋确定处州的粮税时，照宋代制度每亩增加五合，只有对青田县不增加，并说要"让刘伯温家乡人世世代代当作美谈"。明史的记载简洁清晰，但民间的演绎更为精彩。浙江青田有个村子名叫章旦，初听其名大约觉得甚为普通，但若知道与它相关的传说，便会觉得它极富诗意，传说认为它取自刘伯温通宵达旦写奏章，而且他连夜写的奏章是为了减免青田县的赋税。村庄如此命名，刘伯温自然成了该村永远的记忆[13]131-132。"章旦"二字即《章旦》故事的关键词，我们若将这二字拆开，稍加理解就能悟到这个故事的主要框架，即"奏章是一个通宵达旦而写成的"。当然这则传说比较特别，它里面包含了不少地方性知识，包括几首民谣等。

浙江温州古城东门外有座桥名很特殊的矮凳桥，传说朱元璋在温州遇险时阻于一大河，有神异老翁以矮凳引渡朱元璋过河，后在刘基的建议下，在东门外搭桥一座以方便行人，朱元璋便将其命名为矮凳桥。对其的解释，人们指向了刘基的提议。温州鹿城区有个老街区叫百里坊，此处的民众记住了刘基阻止朱元璋大杀戮的恩德。事出朱元璋欲除温州的护城神兽白鹿学狗叫而觉得受辱（传说中带有揶揄性的演绎），立誓破温州城时"百里之内定要杀他个鸡犬不留"，幸亏刘伯温妙计，于前方街旁速立"百里"两个大字，说"已杀到百里"，因而保住了这一带百姓的生命[13]75-76。"百里坊"的故事通常是与温州城的守护神"白鹿"联系在一起的,白鹿的故事暂且不述,百里坊的取名其实很好记,即"刘伯温通过巧妙应对朱元璋的杀机,立'百里'巨石机智救人",这便是浙南名城温州的一个城市记忆,如同前述青田章旦村的村庄记忆一般。此外,刘基还救过很多其他类型的人,试举几例。

文成县南田镇的刘基庙里供着一个智囊箧,传说刘基救过惠帝朱允炆。说刘基曾为朱元璋呈上过一个锁眼用铁水浇牢的小铁箱,也叫锦囊箧,里面装有袈裟、佛珠、度牒和剃刀。朱元璋先后将之交给了皇太子朱标和皇太孙朱允炆,据说该物在朱棣靖难之役成功后有效地帮助了惠帝逃出南京。惠帝失踪成了明代历史一个永远的谜,该传说颇具口传历史之妙,即便不是刘基的妙计起作用,惠帝通过剃度逃离也确有较大的可能性[13]159。

大江入海口近处的涨潮现象并非固化的景象,而是一种动态的自然现象,但潮水上涨的最高处却有较为鲜明的迹象,且相对固定。在明代初期,水路之行颇多便利,刘基南北往来时经由瓯江的频率定然为数不少,青田县岭根的平堰作为瓯江潮水涨至青田的最高处,之于如此特殊的"实物遗存",也有传说解释了该地成为瓯江涨潮最高点的原因乃出于瓯江潮神与刘基的一件趣事,即潮神好心送刘基一程,使其早点到家,刘基虽然归心似箭,但其关注点并不在于享受潮神相送那样的高速度,而是担心潮水会淹没瓯江两岸的良田,担心百姓受到损失,因此,该传说的立意,更重要的是为了佐证刘基的仁心。

以上这些都是刘伯温"立德"方面的传说故事,可谓个个动人心弦。

立功方面的传说相对少一些,因为立功是大事,历史叙事中已较多较详。但也有地方性的富有特色的民众心目中的立功,亦近似"口传的历史"。文成县黄坦镇有吴成七寨,流传着刘基击败吴成七使用的灯笼计。刘基通过让数百名兵士挑灯笼往返于山道上,在通往吴成七寨的方向上时点亮灯笼,返回时吹灭灯笼,如此不断反复以制造假象,让吴成七方觉得对方增兵无数,从而动摇了军心,由此立了削平地方割据势力之功。刘基作为传说界十分特出的"预言大师",在朱元璋问鼎中原的前夕,如果把他预判式的言语也当成一种特殊形式的立功的话,浙南青田县"国师鱼"的故事则颇具代表性。传说刘基曾以"渡鱼"之名为朱元璋做过谐音式的预言,即言"渡"字有渡江之意,指朱元璋将渡江北上驱扫元廷。家乡体形细小、貌似鱼苗的涂呆鱼之名刘基当然是非常清楚的,但他临时机智地答之以"渡鱼",在交代了该鱼的烧法与吃法后,在朱元璋品尝美味时更是增以一统江山的吉祥寓意,使此鱼得了"国师鱼"的雅号[14]。

作为基于文化记忆的需要,刘伯温传说的叙事生命树俨然成了一个开放式的超文本,其海量的文本之间不断相互指涉、相互映射。刘伯温传说作为民众情感的伴生物,民众在演述时,其成品虽然只是作为即时织就的文本,但其本身具有极大的稳定性,包括"记忆之核"以及随处存在的互文性。真实的刘基被学术界定位为"立功、立德、立言"三不朽伟人,然而"三不朽"并非民众的语言,但广大民众自有其独特的表述方式,笔者认为,极能反映民众心声的传说故事正是一种极佳的表达。在漫长的历史进程中,因各种原因产生了庞大的刘伯温传说群，进而塑造了一个神话般的"刘伯温"形象。很多时候，传说是真实的投影，是广大民众的"心灵史"，所以真实的刘基与传说中的刘伯温是有着许多相通之处的。各类关于刘伯温的传说故事只是其表，其真正的内核是刘基的才华、品行，尤其是他"以天下为己任"的精神。《郁离子》中，刘基借郁离子之口谈了他所存之志："仆愿与公子讲尧禹之道，论汤武之事，宪伊吕，师周召，稽考先王之典，商度救时之政，明法度，肄礼乐，以待王者之兴。"陈学霖先生曾指出刘基具有双重形象，陈先生所言无误，不过如果从民众记忆的角度来看，这双重形象又是"一而二，二而一"的，关于刘基，有一些历史记忆被固化为历史，又有一些成了民众口耳相传的传说故事，正如赵世瑜所指出的"无论是历史还是传说，它们的本质都是历史记忆"[15]，所以可以说刘伯温传说本质上就是民众对于刘伯温"三不朽"功绩的记忆。

参考文献

[1] 陈定家.文之舞：网络文学与互文性研究［M］.北京：社会科学文献出版社，2014.

[2] 陈永国.互文性［J］.外国文学，2003（1）：75.

[3] 毛崇杰.互文性［M］//王治河.后现代主义辞典.北京：中央编译出版社，2004：299-300.

[4] 蒂费纳·萨莫瓦约.互文性研究［M］.邵炜，译.天津：天津人民出版社，2003：2.

[5] 刘基.刘基集［M］.林家骊点校.杭州：浙江古籍出版社，1999：附录.

[6] 张廷玉等.明史［M］.北京：中华书局，2000.

[7] 刘耀东.南田山志［M］.启后亭，1935.

[8] 杨仪.高坡异纂：卷中［M］.上海：文明书局，1915.

[9] 陈学霖.刘伯温与哪吒城：北京建城的传说［M］.北京：生活·读书·新知三联书店，2008：95.

[10] 郑济.故翰林待制华川先生王公行状［M］//程敏政.皇明文衡3：卷62.上海：上海书店出版社，1989.

[11] 布洛克曼.结构主义［M］.李幼燕，译.北京：商务印书馆，1987：162.

[12] 郑文清.中国好故事：刘伯温故事新编［M］.北京：现代教育出版社，2018.

[13] 周文锋.刘伯温传说集成［M］.重庆：重庆大学出版社，2011：16.

[14] 文成县文化广电新闻出版局.刘伯温传说［M］.杭州：浙江人民美术出版社，2017：305.

[15] 赵世瑜.传说·历史·历史记忆——从20世纪的新史学到后现代史学［J］.中国社会科学，2003（2）：175.

（胡正裕　中国社会科学院大学2021级博士生　指导教师：施爱东）

明清之际的易代书写与文体选择
——以陈维崧"弃诗转词""复作诗"为例

张 巧

摘 要：明清之际的文学研究，往往难以绕开贯串这一时段的易代书写主题，其中研究者多讨论作品内容与外部环境的多元关系，而少关注宏大易代书写背景下的文体选择问题。本文拟以该时期重要词人陈维崧（1626—1682）为中心，就其在个人创作过程中"弃诗转词"而又"复作诗"的文学转向，对比观照同时期王士禛、朱彝尊等人于诗、词二体间的选择，在明确鼎革之际的易代书写风气与当时的政治环境、文人心态存在不容忽视的联系的基础上，探索易代书写中文体之变对清初文学进程（尤其是清词的蓬勃发展）产生的深远影响，其文学意义与历史理路自有其征。

关键词：易代书写；文体选择；陈维崧；"弃诗转词"；"复作诗"

在当前的明清易代研究中，论者每每将目光集中在与当时的政治事件关联紧密的士大夫群体，或是从社会学、艺术史、心理学等角度，开展综合的"泛文化研究"，严迪昌先生曾于《清诗史》中指出：

> 历来言清代文学必以"遗民"列其首，论"遗民"作家又必首推顾炎武、黄宗羲、王夫之、傅山等。彰扬先贤，崇其品节，诚为治文学史者题中之义。然而文学史毕竟不同于思想史或社会发展史，文学自有其本身演变的轨迹[1]。

在明清易代这一特殊时期，作为清词国手之一的陈维崧做出"弃诗转词"的文体选择，向来被视作云间词派后清词复兴的标志之一。有明一代，词学不兴，万树在其《词律·自叙》中说："数百年来，士大夫辈括帖之外，惟事于诗，长短之音，多置弗论。"[2]李渔在康熙十二年所作的《耐歌词自序》中亦言：

> （十年之前）然究竟登高作赋者少，即按谱填词者亦未数见，大率皆诗人耳。乃今十年以来，因诗人太繁，不觉其贵，好胜之家，又不重诗而重诗之余矣。……一切诗人皆变词客，……尽解作长短句[3]。

李渔所言虽重在论当时作词风气之兴,却也可知十年之前即顺康年间词坛之委顿。与此同时,"词损诗格"的说法在清初也极为流行,填词在当时还是被人视为"小道""小技",加之明人填词不拘规矩,破坏词体,陈维崧《词选序》中便谈及此说:"又见世之作诗者,辄薄词不为,曰:'为,辄致损诗格。'"[4]54 清初填词风气引领者之一的邹祗谟在其《远志斋词衷》中举故事说明这一情况:

> 李文长学士词,清姿朗调,原本秦、黄。为予言,少作极多,因在馆署日,薛行屋侍郎劝弗多作,以崇诗格,乃遂搁笔。昔文太青少卿,亦持此论,先辈大率如此[5]。

可见"填词损诗格"之说在清初文坛占主流。由此看来,陈维崧"弃诗转词"并在相当长的一段时间里专力填词的行为,在词史上确是极为难得的词体实验与促进复兴的举动。然而值得我们关注的是,陈维崧这一文学举动受到了易代之际政治环境变动的极大影响,转向作词的文体选择与规避政治风险存在密切关系,而在其创作末期"复作诗"的犹豫盘桓,恰恰是陈维崧立场转变与政治身份最终确立的最有力证明。笔者将从陈维崧"弃诗转词""复作诗"这一文学现象出发,回溯其学诗源流与诗学态度,比对王士禛、朱彝尊等人在诗、词二体间的取舍,论述清初文学文体选择与易代书写之间存在的复杂构造。

一、诗学背景与书写惯性

陈维崧出身名门,父亲为复社四公子之一的陈贞慧,于明亡前后交游广泛,他随侍左右,承泽亦多。从陈维崧其弟陈宗石《湖海楼诗集跋》一文中,便可窥见其年少时欣荣一角:

> 伯兄生而颖异,五六岁即能吟,吟即成句,先大夫暨先大人钟爱之。甫龀龀,为延贵池吴次尾、吴门钱吉士两先生教之,……先大人游金陵,同时则有周仲驭、方密之、张芑山、沈眉生、顾子方、冒辟疆、梅朗三诸先生,予外舅侯公朝宗。先大人读书吴门,则有文相国湛持、侯银台广成、徐公詹九一、陈黄门大樽、张太史天如、李舒章、杨维斗、黄梨洲诸先生,周旋赠答。时伯兄发始覆没眉,咸随侍侧,聆诸先生议论,益刻意为诗,为诸先生所赏识……[4]1820-1821

这篇跋语论述极为详细,历数陈维崧学诗一路经历,明清之际诸大手基本俱在其中。陈维崧在《与宋尚木论诗书》中言其学诗的一大原因,即在于见当时士人交游之盛景,心有所动:

> 年十四,随家君后侨寓大街,得以典谒诸先生长者,而一时才哲如云间、皖桐诸君,车骑耕罗,声采辐凑,窥其往来赠答实皆有诗,于时心私好之,间学为诗,忽忽不能工也[4]89。

由晚明云间学起的陈维崧，可能并未意识到自身诗学背景而导致的强大书写惯性，使其一开始对于诗体的态度，是极为暧昧游移的。其初期所奉行的多从艳入、取法盛唐的云间宗旨，更是让他的诗作存有明显弊病，任源祥就曾因此批评陈维崧早年诗有才无情，仓促取办，好何、李、云间而不知宗杜[6]。

在这一前提下，陈维崧所接受的另一重诗学教导则与云间相对立，并在很大程度上是明清易代的产物。复社领袖之一的吴应箕于崇祯十一年避祸客陈贞慧家中，陈维崧便从其课艺，学作文之法。吴氏雅能诗且喜谈当世事，其时虽重在教导陈维崧制艺，但他"授其于应世，直举而措之，古学未尝不在其中"[7]的指导策略，对陈维崧后期词学中"重经重史"的理念影响极大。而作为陈贞慧挚友的侯方域，在入清后，一变其先前与云间陈李相近的诗学观点，在批评竟陵的同时，亦指出云间诗风之缺陷，转而赞同吴应箕诗学的经世政教之用：

> 其（明诗）衰也，则公安、竟陵无所逃罪。……惟其不为诗，诗之所以存也。……往云间有陈黄门、李舍人，皆起榛芜，以才情横绝一世，得其年而三。然则风雅之道，又未尝不在吴趋也。丁丑，余与黄门论诗燕邸；己卯，与舍人论诗金陵，自以为尽意，无复遗恨。由今思之，叹有不得起于二君于九原者。……因忆余与二君谈时，秋浦吴次尾在坐，默不语，心甚怪之。次尾雅能诗，……乃知次尾诗与二君虽互有得失，而了了见大意。顾蚤于余者十年，此昔所以默不语也[8]14-15。

侯方域所谓"不得起于二君于九原者"，他在本篇后文也有所例指，即"少陵一集，而古今天下之治乱、兴亡、离合、存没，莫不毕具"[8]17，从侯方域之诗学言说中亦可见吴应箕乃至明清鼎革后部分士人诗学理念的立足点所在。

明清之际的诗学上接晚明公安、竟陵，其中公安想要逆转所谓的前后七子拟古的问题，但从其诗歌具体创作上可以看出性灵之说的偏移可能，同时其反师古的行为自然就会导致竟陵对于师心——师古人之心的一种主张走向，但是这一取向在具体实施上也显示出了极大的缺陷，钱谦益在树立自身诗论的时候就对竟陵之风大为不满。启蒙了陈维崧的陈子龙作为这一时期诗学之扭结人物，云间诗派在易代前后显示出的变化极大，其诗论中关于英雄主义美学与愧悔心态等都可视为易代的影响产物。在这之后作为遗民诗人群体的顾炎武、黄宗羲等人，在风格与内容上都呈现出巨大的国变影响。同时，钱谦益与虞山诗派、吴伟业与娄东诗派等，都不同程度地对晚明诗学有所扬弃。在这一大背景中，侯方域在对于当世诗学的认识上，具有清初士人的一点代表性，他在易代前对于竟陵大肆抨击，对陈子龙、李雯等云间派则并无反对之意。但是在易代之后，他与陈维崧论诗时，则以吴应箕与陈子龙、李雯等人相较，并指出早期云间诗学所存在的"无诗教"意义的问题，转而赞同吴应箕严正的应世、诗歌教化等诗学理念，从中不仅可以看出当时的诗学取向变化与易代、政治因素的直接关系，同时也可看出明清之际诸诗派在理念确立上存在的愧悔心态与经世意识，而这一理路对于陈维崧创作生涯的影响可谓重大。其初期浅薄追慕的书写惯性被打断，接续上了直接的易代意识。

这一意识在其师眘质遭际中被动成为现实，顺治六年的眘质诗案据陈维崧《石汀子诗序》中所言，其死乃诗故：

> ……石汀竟死。其死也以诗故，死于狱，悲夫。石汀生平颇兀冥，与世率龃龉，性又偏狭，意所不合掉头去，喃喃骂不止。……石汀又不自爱惜，訾謷讥讪无所避忌。诗歌篇什滤漫墙壁间，都不自收拾，人复不甚爱惜。……己丑正月，石汀子诗狱起[4]25-26。

从中可见陈维崧对石汀子诗案的悲愤与后怕，以及他心中开始升起的对于作诗的警惕心理。曾教授作诗的陈子龙、吴应箕都在国变后为节身死，眘质则因诗而死，这对于陈维崧来说，无疑是令人惊惧的事件，且都与自身的学诗经历密切关联，推动了他在诗、词二体间的第一次转向。

二、"弃诗转词"的双重意涵

陈维崧"弃诗转词"是一个渐进的过程，而非一蹴而就。甲申之前，陈维崧虽举制科，但仍"窃为小诗"。国变之初，陈维崧对作诗态度为之一转："后五年为甲申，余粗涉世事，益日夜发愤为诗。曾与石汀一再相见石城，互读其所为诗，读已，哭，既笑曰：'已矣！今世谁知我两人者！'"[4]25乙酉之后，约在顺治三年，陈维崧与顾贞观、任源祥邀同郡能文之士结国仪社[9]114，从瞿源洙《任源祥先生传》中我们可略知当时情况：

> 乙酉留都溃，次尾、子方皆握节死，定生伏处村舍，先生亦弃诸生服，以诗文自娱。而定生子其年、子方侄梁汾及同郡能文之士，共邀先生为国仪之社。诗酒往来，舟车络绎[10]。

无论是所结之社的社名"国仪"，以及结社后诸人往来之景象与文字记录，都不免让人想起晚明包括方以智、陈贞慧、冒襄、侯方域等人于金陵集会、结社的场面，其间的风流追仿自然明显，然而在国变之后，陈维崧等人这一行为的政治意味也昭然若揭，不容忽视。①

观照陈维崧在顺治初年所作诗篇，可看出其在诗歌写作上还未有全然的避忌，时有"惊心故国三年月，回首春宫第一花"[11]166-167等语。陈维崧在所作《吴湛传》中，对自己的心态也有所记述：

> 忆丁亥秋，与余夜宿吴氏云起楼西舍。漏三下，两人藉草据梧坐。吴生起，自

---

① 杨凤苞在《书南山草堂遗集》一文中即指出明清之际诗社大结与朝代变动之间的密切联系："明社既屋，士之憔悴失职、高蹈能文者，相率结为诗社，以抒写其旧国旧君之感，大江以南，无地无之。"参见：秋室集·卷一//续修四库全书：第1476册[M].上海：上海古籍出版社，2003：10。

循其发曰:"余年几何,发已种种矣。"颔而卧,则又蹴余曰:"人生几何?朝闻能几?"聆其言,心怦怦动也。嗟乎,余负生也[4]113。

时为顺治四年,陈维崧已弃去其诸生籍,外界对于其身份与心态的审视自然不如那些已出仕成名者,然而对于陈维崧、吴湛等人而言,历史大变动与时间流逝所带来的身份变动,依然使他们手足无措,"世事已横流,举国忧心忡。而我四五人,狂态殊沾沾"[4]1672-1673,每日与里中好友狂游作诗。昝质诗案则是陈维崧"弃诗转词"这一文体选择的开端,若是结合当时的历史情况,顺治初年所发动的文字之祸不止昝质,顺治四年函可《变纪》案,顺治五年毛重倬案、黄毓祺案、冯舒案等,都在士人群体中造成了浓重的恐怖氛围。①在这种情况下,陈维崧于顺治七年开始与邹祗谟、董以宁、任绳隗等人填词唱和,便是极为自然且必须的选择:

> 忆在庚寅、辛卯间,与常州邹、董游也,文酒之暇,河倾月落,杯阑烛暗,两君则起而为小词。方是时,天下填词家尚少,而两君独矻矻为之,放笔不休,狼藉旗亭、北里间。其在吾邑中相与为唱和,则植斋及余耳[4]52-53。

但此时的陈维崧亦未全然弃诗,一方面由于他尚处学词之初,作诗对他而言自然更为娴熟,如他在顺治十年时送别词友董以宁时,也依然用诗体写了《送文友之襄阳》;另一方面则因他当时已不再"绝仕进意",恢复诸生籍虽有里中不平奸人环伺的实际考量,但从陈贞慧不再要求其避居于家,并为之刻诗稿,延请侯方域、姜垓等为之作序等行为,以及陈维崧于顺治九年跟随侯方域游江南诸地、顺治十年次常熟呈诗于钱谦益等交游活动,②结合当世众遗民后代的诸种行迹,可见陈维崧已有出仕的想法,如此一来作诗必不可废。

反观顺治年间填词尚未完全流行开来,陈维崧在康熙十九年《送史省斋观察衮东》诗中回忆十一年前境况,有"词垣冷署世所唾,君独见嗜如疮痂"[4]878之句,可知直到康熙八年,起码中州词坛是较为冷清的。陈维崧若想要在广泛的交游中以才华赢得名声,此时亦难免作诗,更不免做带有遗民意味的诗,这不仅是士人自觉的情感流露,更是身处具有遗民性质场域的必要呈现。士人若想于此圈中立名,不仅要作诗,还要作得巧妙,取得某

---

① 函可和尚因自撰记录弘光政权事迹的《变纪》书稿与南明福王答阮大铖信件被发现而与徒弟等人被流放;毛重倬因为书坊刻印的八股文选所作序文中未用顺治年号而被人告发,与之相关人员均被捕法办;黄毓祺因在诗中鼓吹复明且持有鲁王所颁铜印被人告发,病死狱中之后被戮尸;冯舒因所编选《怀旧集》自序中未用顺治年号且所选诗歌中有忌讳语而被人罗织罪名,指为讥谤,死于狱中。

② 陈维崧顺治九年诗《赠侯朝宗》中有言"片帆愿附游吴越,更与谈诗论风骨",侯方域《章皇帝御笔歌》中有"同时拜者有陈生"之句,且侯方域在当年十月确到宜兴访陈贞慧,并为陈维崧诗作序;顺治十年所作《舟次虞山呈钱宗伯牧斋先生并示令子孺饴二首》。

种微妙的平衡，①从陈维崧这一时期的诗学实践后效来看，他并不如王士禛。也正因如此，填词在陈维崧读书、制艺、作诗交游之余扮演的角色也就格外重要。填词不仅仅使陈维崧得以在纷繁世事之外精神有所休憩，同时在词学渐兴的顺治、康熙年间，充当了其易代书写的主要载体，使其在"清廷目光所关注的'诗'之外的词场以自由抒其块垒"[12]，并希冀得到遗老乃至仕清明臣等操持文柄者的关注。②而这一趣向，与当时的文坛风气也是相合的。

正如李渔在康熙十二年所指出的"乃今十年以来……一切诗人皆变词客"，清廷或许尚未注意到这一文体强大的内在塑造力，但已在文坛活跃的诸人却已经敏锐地捕捉到了词体创作的抒情特质与当时的易代书写极为相称，大有可为的空间，顺康之际的诸多唱和活动，如由王士禛所发起的题《青溪遗事画册》唱和，曹尔堪、龚鼎孳、周在浚、王士禄等人参与的秋水轩唱和等③，都于题咏中有一定的易代寄托，可见清词复振与易代士人心态之间的联系。陈维崧在其后所作的《苍梧词序》中，便展露了自己填词的心迹：

……固知情难跻实，事比镂尘，托隐谜以言愁，借嘲诙以写志。凡兹抹月批风之作，悉类诅神骂鬼之章。达者喻之空花，愚夫求之楮叶。……既美人骏马之安在，亦故宫陈迹之极多。于是万感风生，千端猬集。……狂时漫写，定属神来；醒后详观，不知谁作。……梦华小录，仿佛前生；花月新闻，依稀故事。……仆也老而失学，雅好填词；壮不如人，仅专顾曲[4]380-381。

所谓"托隐谜以言愁，借嘲诙以写志"，"故宫陈迹"以及"梦华小录，仿佛前生；花月新闻，依稀故事"等语，无一不指向填词这一文体选择与易代书写的直接联系。另如其《曹实庵咏物词序》一文，也作了一番彻底的剖白："仆每怪夫时人，词则呵为小道，……以彼流连小物之怀，无非淘洗前朝之恨。"[4]365

自顺治七年（1650）始，直至康熙十二年（1673），陈维崧一直保持着诗词并行的状态，从其具体创作数量来看，呈现出诗渐少、词渐多的情况。从诗歌内容上，陈维崧前期颇多悼明之作，"道胜国时事，激昂悲慨"，如《读史杂感》二十首，全咏明末清初时事。

---

① 当时混杂的历史社会环境对于诗人、诗歌的影响是极大的，即便是看起来完全主动的遗民制作，仍不免有重重自觉或不自觉的矫饰痕迹，屈大均在《见堂诗草序》中曾言："今天下善为诗者多隐居之士，盖隐居之士能自有其性情，而不使其性情为人所有。"屈大均虽意识到这一问题的存在，却也无法完全超脱出来，未能意识到即使是所谓"隐居"而不在主流政治交际圈层之中的明遗民（他在文中主要指的是岭南诗人群），其创作出的"性情之作"，也即是"遗民诗歌"的代表作品，仍然逃脱不开诸种隐形的桎梏与重塑。参见：欧初、王贵忱主编.屈大均全集·三[M].北京：人民文学出版社，1996：79。

② 清初遗民于当时文坛上势力极为壮大，如瞿源洙为任源祥《鸣鹤堂诗文集》所作序言便说："古未有以穷而在下者操文柄也……独至昭代，而文章之命，主之布衣……闾巷之士不附青云而自著，此亦一时风声好尚使然乎！"参见：曹虹.集群流派与布衣精神——清代前期文章史的一个观察[J].苏州大学学报》，2012（6）：144-150，200。另外，当时的仕清明臣群体亦形成了一股势力笼罩京师，不容忽视。

③ 严迪昌认为，"秋水轩"之集虽然没有提出任何主张和宗旨，但从前引题记文字中可以感觉到一种"心骨具清"为貌、"纵横排宕"其神的离心情绪。唱和篇什中所激射的莫名的悲凉和惆怅、难以言传韵、郁积极其显然。最初参与唱酬的又大都寄居龚鼎孳等幕下的遗逸之辈和故家子弟，尽管笔下并非一题一境，但心志基本上是一气通同的。参见：严迪昌.清词史[M].南京：江苏古籍出版社，1990：117。

但是作诗的政治压力却是一直存在的,清初诸案迭起,尤其困江南士人为多,因此这一群体在文字上始终有如履薄冰之感。陈维崧在创作中后期,忧怀故国、指涉时事的诗作变少,有不少研究者认为是其感情淡化的结果,实际上这与陈维崧逐步"弃诗转词"的行为有一定的关联。他将原本表现在诗歌中的易代内容移入词中,规避了可能存在的政治风险,也使得诗歌本身不再具有顺治初年的面貌。这一"遗民性"内容特质的弱化,与王士禛此时期诗歌中的微妙转变并不相同,陈维崧虽将"遗民性"内容从他的诗歌创作中剥离,却转而在词中有所寄托,与王士禛诗词中的朦胧心态表述存在着处理上的差别。而根据蒋景祁在《陈检讨词钞序》中有言:"向者诗与词并行,迨倦游广陵归,遂弃诗弗作。伤邹、董又谢世,间岁一至商丘,寻失意归,独于里中数子晨夕往来,磊砢抑塞之意,一发之于词,诸生平所诵习经史百家古文奇字,一一于词见之。"[4]1831-1832

可见,除却有意识地将诗中的易代书写移植于词中,陈维崧在填词过程中也渐起振兴词体之心。若以陈维崧即将弃诗不作的康熙十一、十二年为例,他大部分诗作已经渐渐成为其日常交际记录的选择,如作于康熙十一年的《送兰溪祝子坚之梁溪兼呈伯成先生》《壬子仲冬,重过如皋,未三日,复有延令之役,巢民先生赋诗赠别,依韵奉酬五首》等,而其词作则包揽了陈维崧所能书写的所有题材,做到了"无意不可入词",其中多有寄托遥深之作,如其十二年所作诸词《木兰花慢·歌宴感旧》《喜迁莺·咏滇茶》《满江红·看牡丹感旧》《水龙吟·咏杜鹃花》《夏初临·本意》等,都是包蕴极深的作品。从诗、词二体具体创作的角度看,清初词体有所建构并实现总体复振的一大体现,就在于这一时期的词体消解了明清之际文人使用诗体开展诸种文化、社会活动的不可替代性。清初早有批评明诗"坏于应酬"之论,吴乔在其《围炉诗话》卷四中批评明诗之"坏":

> 诗坏于明,明诗又坏于应酬。朋友为五伦之一,既为诗人,安可无赠言?而交道古今不同,古人朋友不多,情谊真挚。世愈下则交愈泛,诗亦因此而流失焉。《三百篇》中,如仲山甫者不再见。苏、李别诗,未必是真。唐人赠诗已多。明朝之诗,惟此为事。唐人专心于诗,故应酬之外,自有好诗。明人之诗,乃时文之尸居余气,专为应酬而学诗,学成亦不过为人事之用,舍二李何适矣[13]!

吴乔对于明诗"坏于应酬"的批评并非个论,明末清初朱隗等人亦对明诗的"通套无痛痒"表示"恶为其伪也,恶其袭也"[14]。然深究其因,明诗陷于"伪""袭"之弊,与诗体使用过度的质地烂熟与审美疲劳大有关联,施闰章便指出当时作者"轻用其诗"[15]36,能作诗者也往往"苦烂熟已甚"[15]271,很难突围。蒋寅在其《清初诗坛对明代诗学的反思》一文中总结:"臣下应制和科举试诗施于朝堂庠序,虽褒衣大袑,毕竟不是日常所服习,而客套应酬却是人伦日用,举世竞为应酬,必致俗套滥调充斥诗中,汩没性情。"[16]由此看来,明清之际的词人转而作词的选择与此时期的诗体发展累积问题便不能全然斩断联系,而朝代鼎革也在这一文体历史脉流中起到了强烈的促推作用。

康熙十五年陈维崧在其《和荔裳先生韵亦得十有二首》其六中言及自身"诗律三年废，长喑学冻乌。倚声差喜作，老兴未全孤"[4]798，可看作陈维崧对于自己从康熙十二年来彻底弃诗不作的一个回答。诗律废弃的原因明显不单单在于要全力作词，而是需要"学冻乌"不发声的缘故，可见当时文网之密。检点此年陈维崧词作，则可见关乎易代与指涉时事的词作依然不少，如《六州歌头·竹逸斋头阅冯再来所著〈滇考〉，赋此怀古》《金明池·丙辰中秋书事》《满庭芳·亳村旧斋》《满江红·秋杪同南耕、鲁望弟过东郊外殿元叔祖废园感赋》《八声甘州·客有言西江近事者，感而赋此》等作，其中不乏直接指点时事之作。

从陈维崧开始填词，作诗渐少直至完全"弃诗转词"的整个过程来看，其行动具备双重意涵：其一在于陈维崧"弃诗转词"对清初词学的重大意义，在他渐转作词的过程中，不仅为当世的作词活动推波助澜，更引导了阳羡词人的创作与阳羡词派的诞生；其二，陈维崧在文体上的选择与易代之际的历史大环境紧密相关，来自新朝的政治压力自然是首要的影响因素。虽然他在文体选择上做出了改变，但在实际内容创作中，陈维崧实现了易代书写在两种文体之间的置换，足见这一精神主题对于其创作的重大影响。

三、"复作诗"与书写心态

陈维崧自康熙十二年始至康熙十六年间，几不作诗，这一情况在康熙十七年宋德宜荐其应试博学鸿词科后被打破。随着陈维崧进入京师文人社交圈①并重新作诗，其易代书写的心态与策略也有了较为明显的转变。在众多研究者看来，康熙十八年举行的博学鸿词科试是另一种形态的世变，清廷在统治渐稳的情况下正有偃武修文、收复天下士人的意图，况且"清廷诏举鸿博只不过以之为象征，本意实不在于揽才，而在于揽心"[17]。朱彝尊、施闰章、汪琬、陈维崧等人的应诏无论如何都成了一种文人心态的表征，甚至连拒绝征召的黄宗羲，也正是在此年起改变了他从明亡后为文只以干支纪年的做法，而开始使用康熙的年号，这无疑是一种潜在的认同。

统观陈维崧自康熙十七年（1679）至康熙二十一年（1682），其文体选择不仅回归了曾经诗词并行的状态，而且在书写内容上出现了较大的转换，从中可见其书写心态的起落变化。陈维崧应博学鸿词征召后，为了与当时文人群体进行酬唱，他开始重新写诗，如其《上大司寇蓼翁宋老夫子五言古诗一百二十韵》《张晴峰水部索雷琴诗，漫赋长句》《春夜宴集，敬和益都夫子原韵》《除夕前二日，同储广期过慈云寺访傅青主先生》等，都是应酬文字。除却在文体选择上出现变化，从这些诗歌的内容中也可见陈维崧其时因所处环境的变化而对自身书写进行的改造。作于康熙十七年的《除夕前二日，同储广期过慈云寺访

---

① 参见：叶梦珠《阅世编》卷四所描述之情势："其间或取科第，或入资为郎，或拥座谈经，或出参幕府，或落托流离，或立登膴仕，其始皆由沦落不偶之人，既而缙绅子弟与素封之子继之，苟具一才一技者，莫不望国都奔走，以希遇合焉"。

傅青主先生》诗,是陈维崧与储方庆在鸿博科试前去城外慈云寺拜访傅山的记录文字,其中对傅山坚辞不仕的态度值得深思:

> 忽忆太原老道士,破寺呻吟履决踵。……入门二客慰且劳,冒絮一翁坐而悚。苦言疾病关鬲冷,只诉衰羸腰脚㿔。……盛世偏修聘士仪,老夫滥被征车宠。儿扶孙曳还仗谁,此事商山真作俑。我闻翁也强盛时,画地谈天气蜂涌。诗篇兀傲压并汾,义烈峥嵘盖关陇。即今谁恨骥伏枥,畴昔争看蚕出蛹。葡萄噀香赛马浑,请翁饮此勿浪恐。黄扉爕理尽大贤,上有至尊坐垂拱。蒲轮会见送翁归,三关一路春花拥[11]282-283。

面对遗民傅山对征召的坚拒,陈维崧的态度显得极为暧昧,他先好语安慰傅山如今局势正是"争看蚕出蛹"的时候,意指清廷正在大力网罗人才,同时也表示若其辞心已定,"黄扉爕理尽大贤,上有至尊坐垂拱",无论是皇帝还是臣子都必然不至于再苦苦相逼,之后定会将傅山送回家中。无论此诗情感流露是否有所矫饰,我们仍可从中看出应博学鸿词科一事对其书写形态的强大改造。授官之后,陈维崧的诗歌创作仍以应酬诗为主,如《送少司寇冯再来先生暂假葬母》:

> 回首滇云一万里,九隆六诏何联蜷。此时妻孥尚陷贼,忆昔诀别谁迁延。……殊方绝徼归不得,土花绣血凝荒阡。至今魂叫澜沧侧,呜呼臣罪真通天。从来劫运有往复,昆明灰黑曾几年。乱臣贼子莫浪喜,会缚汝辈供炮煎。……死生会合浑一哭,能不化作啼红鹃。……[11]319-320

此诗作于康熙二十年,该年清军破昆明,此前冯再来只身脱离吴三桂时,将妻孥俱留昆明,母殁亦不得归葬,如今方通消息知合门无恙,上书乞假迎妻孥归并扶母柩归葬,陈维崧因之有诗[9]674。这首诗中最引人注意的是昆明这一历史文化意象其背后含义的失落与划归,它在此诗中已不再具有先前的遗民文学,乃至陈维崧此前的易代书写中的政治伦理意涵与哀戚的情感特质,陈维崧以"从来劫运有往复,昆明灰黑曾几年"带过了潜藏在"昆明"之中的易代意识,而以更为广阔的历史逻辑解释了在昆明发生的惨痛人事。这其中固然有吴三桂之流不为明遗民等群体所承认的因素在,但陈维崧在诗中对于这一意象的重新处理却是切实的。若将此处的"昆明"与他在康熙十二年所作的《杏花天·咏滇茶》相对照,词作下半阕"见多少、江南桃李,斜阳外、翩翩自喜。异乡花卉伤心死,目断昆明万里"[4]1045可谓有讽有叹,激切之意在咏物的表象下一望即知,与已经沉淀下来的"昆明灰黑曾几年"在痛楚程度上有着天壤之别。陈维崧在另一首词《齐天乐·重游水绘园有感》的下半阕也提及"劫灰"典故:"风前又成浩叹。说此间萝屋,有人羁绊。恨极卖珠,缘悭捣药,赢得啼鹃频唤。扁舟故国,只浩月魂归,清江目断。今古劫灰,付日斜人散。"[4]1408可见陈维崧在诗、词二体中对于同一典故情感意蕴的处理手法已经极为娴熟。无论是自觉的压力规避与不自觉的内在消解,都使其诗歌呈现出认同新朝的精神面貌。

同时，陈维崧在这一时段的词作中，与易代相关的内容也在减少，即使有部分感怀之作，也不再以曾经强烈的遗民心绪出之，而转向了感念身世。如《沁园春·题崇川范廉夫松下小像》等，往往以他人身世改换感念自身沦落。另如其文《米紫来始存词集序》有言："虽太仆亭台已无夜火，勺园泉石久歇春机。……只惭贱子，有愧前人。属题一卷之新词，并话两家之旧事"，与米汉雯共有身世之叹。至于其和《乐府补题》诸作，更带有一种矛盾的心态：

  萎蒿浅渚。有郭索爬沙，搅乱村杵。溪簖霜红，织满夕阳鸦渡。渔人拂晓提筐唤，小门边、陡惊羁旅。羹材谁算，子鱼通印，河鲀雪乳。记昨岁、秋窗鸣雨。见小插黄花，湿蝉拖处。笑说螯肥，双陆桂堂曾赌。玉纤帘底须亲擘，况西风、酿寒如许。沉吟此事，何时还又，暗听街鼓[4]1390。

"渔人拂晓提筐唤，小门边、陡惊羁旅"写蟹混乱中爬进渔人布下的织网，等到渔人傍晚收网时蟹才突然发觉自己已被捕获，读者很难不将这一场景与陈维崧自身的经历联想到一处。可见此时陈维崧对博学鸿词考试与新朝的复杂心理，同时亦可看出其和作中对《乐府补题》原有诸作意旨的部分偏移。

总的来说，陈维崧在应试博学鸿词后"复作诗"的文体选择，不但有交际应酬方面的考量，更与其易代书写心态的变化有一定关系。他往往将诗作为表达新朝所允许的题材与感情的主要载体，而在词中有一定的、逐渐减少的兴寄，这与他之前"弃诗转词"的创作策略相承。同时，陈维崧在这四五年间的诗歌创作中所展露的认同新朝的精神面貌，并不仅仅是外部仕途与政治压力所造成的审慎与掩饰所致，还与其政治心态的变化有关，可见当时文人群体的政治心态变动——易代之慨与身世之感未必完全消失，但面对新朝也不再如前一般抗拒。

四、余论

本文主要讨论陈维崧易代书写心态与其文体选择之间存在的关系。在甲申国变之初，陈维崧始终以诗歌作为其易代书写的主要载体，但由于之后外在政治压力的增大，陈维崧转而选择词体，在以此规避政治风险的同时，从文学文体的客观发展上也促进了清初词学的复振。

在博学鸿词科试后，陈维崧则"复作诗"，并自觉或不自觉地在诗歌中投射了自身对于进退出处与新朝的看法，体现了他后期在政治心态上的变化。蒋寅在《王渔洋与康熙诗坛》中曾言及王士禛在清初词体发展进程中的个人文体选择，"……康熙四年陈维崧、朱彝尊开始步入词坛之际，恰是王渔洋抽身之时"[18]，王士禛个人早年于广陵"昼了公事，夜接词人"①之后"弃词不作"②的一系列行为，与朱彝尊在康熙十八年后在咏物词上的创作变异可谓同质，更是在创作心态上与陈维崧"弃诗转词""复作诗"的文体认知存在值得关注的相似之处。虽然上述三人在客观上均因其文体选择而对清初的文学史进程产生了深远的影响，但追溯还原其动机，却未必纯粹是文学问题，而与政治外因、文人心态等有着不容忽视的关系。

参考文献

[1] 严迪昌.清词史[M].南京：江苏古籍出版社，2002：98.

[2] 万树.词律[M].上海：上海古籍出版社，1984：5.

[3] 李渔.李渔全集·笠翁一家言诗词集：第2册[M].杭州：浙江古籍出版社，1991：377.

[4] 陈维崧.陈维崧集[M].陈振鹏，李学颖.上海：上海古籍出版社，2010.

[5] 唐圭璋.词话丛编：第一册[M].北京：中华书局，1986：657.

[6] 王钟翰.清史列传：18-20册[M].北京：中华书局，1987：5705.

[7] 吴应箕.吴应箕文集[M].章建文.合肥：黄山书社，2017：601.

[8] 侯方域.侯方域文[M].朱经农，王云五，朱凤起.上海：商务印书馆，1933.

[9] 周绚隆.陈维崧年谱[M].北京：人民出版社，2012.

[10] 任源祥.鸣鹤堂文集[M].瞿源洙.刻本.宜兴：任氏，1889（清光绪十五年）.

[11] 陈维崧.清名家诗丛刊初集·陈维崧诗[M].钟振振.扬州：广陵书社，2006.

[12] 朱丽霞.清代辛稼轩接受史[M].济南：齐鲁书社，2005：183.

[13] 郭绍虞，富寿荪.清诗话续编：第一册[M].上海：上海古籍出版社，2016：594.

[14] 王文濡.说库[M].石印本.上海：文明书局，1915.

[15] 施闰章.施愚山集（增订版）（第四册）.[M].何广善，杨应芹.合肥：黄山书社，2018.

[16] 蒋寅.清初诗坛对明代诗学的反思[J].文学遗产，2006（2）：108-120.

[17] 孔定芳.明遗民与"博学鸿儒科"[J].浙江学刊，2006（2）：118-127.

[18] 蒋寅.王渔洋与康熙诗坛[M].南京：凤凰出版社，2013：5.

（张巧　华东师范大学2020级博士生　指导教师：朱惠国）

---

① 参见：吴梅村.程昆仑文集序//《吴梅村全集》[M].上海：上海古籍出版社，1990：682.顾贞观《顾梁汾先生书》亦有言："渔洋之数载广陵，实为斯道总持；二三同学，功亦难泯。"参见：陈聂恒《栩园词弃稿》卷首，清康熙且朴斋刻本.

② 顾贞观《顾梁汾先生书》一文谈及渔洋"弃词转诗"云："渔洋复位高望重，绝口不谈。于是向之言词者，悉去而言诗古文辞，回视《花间》《草堂》，顿如雕虫之见耻于壮夫矣。"严迪昌在论及王士禛在词坛上的急流勇退时，认为渔洋在当时已经意识到清词创作与政治现实之间存在着不可调和的矛盾，因而"弃词不作"。参见：严迪昌.清词史[M].南京：江苏古籍出版社，1990：54-55.

贺铸"以乐府为词"思想新论

李冰玉

摘　要：贺铸词在自拟词题、词题与主旨相关、多用乐府句法、合乐可歌等方面均与乐府传统高度相关，并且在词中引入了乐府功能与风格，总体上呈现出"以乐府为词"特征，且背后还体现出他"词源于乐府"的词源观，以及包容与创新的词学观念。进而重新定义了贺铸的"以乐府为词"，是在"词源于乐府"的观念指导之下，按照词"依曲拍为句"的创作方式，进一步在词中纳入乐府的题目、功能、风格等因素。贺铸在这一观念指导下创造出了声情双美的作品，开拓了北宋词的功能与风格，在词学思想上亦与苏轼、李清照分庭抗礼，体现出独特的价值。

关键词：贺铸；"以乐府为词"；词学观念

贺铸（1052—1125）作为北宋一大家，"兼晏、欧、秦、柳之长，备苏、黄、辛、陆之体，一时尽掩古人"[1]339，词作不仅众体兼备，且具有独一无二的"以乐府为词"①的创作特征。并且，这不仅是其创作表现，在背后还蕴含着贺铸的词学观念。贺铸虽然没有论词的理论传世，但其创作颇丰，时人程俱所见有500首，②现存286首，加之词题规整，特征鲜明，自其创作中可发掘出丰富的词学观念。

1988年钟振振《北宋词人贺铸研究》第四章第二节首次提出"以乐府为词"一说，但只是作为贺铸词的艺术特色，其他方面未予关注，留有较大开拓空间；近年来有些文章开始重新关注贺铸词另拟新题现象，如2004年解旬灵《贺铸〈东山词〉词牌改换新名现象探微》，对贺铸词牌改换新名现象进行了详细的统计，但多为现象的归纳，缺少理论的总结；2016年河南大学张云的硕士学位论文《贺铸"以乐府为词"研究》，以贺铸词与乐府的联系为重点探讨了贺铸"以乐府为词"的表现，从题目、句式和篇章三方面进行了统计

---

① 钟振振最早提出"以乐府为词"作为贺铸词的艺术特征之一。参见：钟振振.北宋词人贺铸研究[M].台北：文津出版社，1994：138.

② 程俱《宋故朝奉郎贺公墓志铭》："可考乐府辞五百首。"

与比较，以现象的统计对比为主，并且在对题目的分析中只选取了使用、化用乐府题和加有乐府类名的题目，取径不够全面，在以一章的篇幅分析贺铸"以乐府为词"的原因时只总结了客观方面的原因，主观方面则付之阙如；2017年李晟萱《贺铸词对前人的创作接受研究》第三章"词学理念的接受"，对贺铸词乐关系、"以乐府为词"方面的理念对前人的接受进行了概括，但较为强调其对苏轼的接受方面，对贺铸词学观念的独特性则认识不足；2019年颜庆余的单篇论文《以词为乐府：贺铸"寓声乐府"及其他》(《中国韵文学刊》2019年第1期)对解读贺铸的词题特点提出新思路，即从乐府发展视角来看，贺铸《东山寓声乐府》也可以称作"以词为乐府"，为解释贺铸文体观念开拓了新视角，但无法代替词学研究。因此，本文拟阐释贺铸"以乐府为词"现象背后的词学观念，从思想方面对这一现象做出深入、合理的解释，完善贺铸词研究。

需要说明的是，本文所使用的"乐府"含义，为宋人眼中的"古乐府"，指"汉魏六朝的乐府及其当代拟作"[2]，而宋人所称"乐府"，则通常是泛指当代歌词："唐宋人的习惯称呼，单说'乐府'二字，主要是指当代的新声歌词。"[2]

一、东山词词体之"以乐府为词"与"词源于乐府"观念

贺铸词在词题、句式篇章、与音乐的关系等方面均与乐府有着密切联系，对此现象的研究不应停留在特征的提炼或仅就单一方面进行解释，而应综合起来进行思想层面的阐释方可沿流讨源。

（一）自拟词题的"以乐府为词"

贺铸词现存286首（含残篇），其版本来源主要有残宋刻本《东山词》卷上与清鲍廷博知不足斋钞本《贺方回词》二卷两大系统，其余各本皆自此二源出，或加辑佚若干。其中宋刊本109首，除词牌外皆有自拟词题，且词题位于词牌之上，词牌为小字；清钞本共144首，大都不包含自拟词题，与宋刊本互见者共8首，均只余词牌名，如宋刻本《台城游·水调歌头》，清钞本只见《水调歌头》。清钞本亦有少许含词题者，然呈现方式也与宋刻本体例不同：清钞本《望扬州·春愁》盖以"望扬州"为词牌，而此三字当改自词篇中"依然灯火扬州"，为自拟词题，是"东山家法"（钟振振语）常例，小字"春愁"亦与词作"悲秋"题旨不符，似为后人误题；少数词牌标有"亦名"，如"鸳鸯梦亦名临江仙""念彩云亦名夜游宫"，可见其将前者视为词牌别名，而"鸳鸯梦""念彩云"均摘自词作正文，是贺铸自拟词题。由此可推测，东山词流传过程中贺铸自拟题词有所缺失，少数保留下来的也失去了原貌，此144首中当有更多词作包含自拟词题。又据陈振孙《直斋书录解题》记贺铸《东山寓声乐府》三卷："以旧谱填新词，而别为名以易之，故曰'寓声'。"[3]618似乎三卷都有新题。因此，贺铸词集原貌当为每首词均有自拟词题，这说明贺铸的词学观念是贯彻到整部词集而非某几篇作品的，即使退一步仅根据现有的版本信息，

也至少是指导了相当一部分作品的。

随着词作主题与词牌含义的分离与以词抒写性情的需要，在贺铸之前，词人在词牌下另为题序已非罕见。早至范仲淹、张先，近至苏轼，皆以题序来说明写作缘由或主题，而贺铸的拟题则与前人有着很大的不同。前人自拟题序的词作，题序皆位于词牌之下，且题序为小字（如苏轼《南歌子·感旧》，"感旧"为小字）；而贺铸则将自拟词题置于词牌之上，且词牌为小字（如《醉厌厌·南歌子》，"南歌子"为小字）①。贺铸词作的题主牌辅的版面特征与常例相反，显然是在强调词题的重要性。

并且就现存自拟词题来看，贺铸的拟题方式整齐划一，与乐府传统有着密切联系。这些自拟题的命制方式总体上可分为两种情况：一为直接使用或化用乐府新旧题；二为摘取词作正文文字或稍加改动正文文字为题。现存词题中使用或化用乐府诗者共30首，如使用《将进酒》《行路难》《子夜歌》《桃源行》等乐府新旧题，化用乐府题《艳歌行》为《艳声歌》，《陌上桑》为《陌上郎》，《渔夫歌》为《续渔歌》，等等。此类词题与乐府诗题的联系毋庸赘言，而摘句命题或稍加改动概括也是乐府诗常见的命名方式之一："（乐府题名）根据歌辞内容命名也很常见。有些是歌辞内容概括……有些题名只取歌辞前几字。如《江南》《鸡鸣》取其前两字，《汉郊祀歌十九章》取前两字或三字。"[4]117贺铸词题所摘文字没有固定位置，但大都能较有代表性地反映词作的中心意象或主题，稍加改动者则更加凸显主题，如摘取"红衣脱尽芳心苦"末三字《芳心苦》为题，再如提取"长安不见令人老"为《望长安》。此种命名方式虽然与乐府诗大都摘首句命名的方式不完全相同，但与此前词家拟题序只言背景或命意而与文本完全无涉的方式亦不相同。以其必与词作文本字句形成联系的意向来看，仍旧可以看出贺铸拟题方式与乐府诗命名方式更为密切。如果将提供格式要求的词牌看作乐府的类名，那么提取文中字句加类名的命名方式更是与乐府如出一辙。如《望长安·凤栖梧》与《东门行》，"望长安"与"东门"相对应，都提取自文中；"凤栖梧"与"行"对应，都表示音乐或体裁上的要求。如此看，则与乐府题更加接近，因此从词题的命制上即可见贺铸作词时对于乐府传统的独特关注与认同。

对于以法乐府而成的自拟词题为主、词牌名为辅的独特呈现方式，私以为前者表明贺铸认为词与乐府同源，后者表明他选择了或者说不得不认可了词体根据词牌规定"句度短长之数，声韵平上之差，莫不由之准度"[5]23的创作方式。这是贺铸"词源于乐府"观念的第一层表现。结合其他方面的特征来看，就可见这一做法并不仅仅是创作特征的模仿。

（二）词作主题及句式篇章的"以乐府为词"

贺铸作词对乐府传统的认可并不只停留在词题的命制上。从标题与主题的相关性来看，"乐府与词曲的一个最大的不同点，就是每个曲调都有相对固定的主题，这种主题一旦形成，就会成为一种相对固定的传统，后人在进行拟作时一般都会遵循这一传统"[6]3。

---

① 此版面信息参照残宋刻本《东山词》，钟振振指出"犹存'寓声乐府'原貌"。

词牌在诞生初虽亦与词意相关，但至贺铸时早已仅提供一种格式的规定："古人大率由词而制调，故命名多属本意；后人因调而填词，故赋寄率离原词。"[7]323而贺铸将仿乐府命制的词题置于主要位置，又与词旨之间建立高度关联性，则与乐府传统相似。以直接使用或化用乐府诗题的词作来看，贺铸均遵循了乐府诗题在历时书写中所形成的传统主题，如《子夜歌》写爱情，《续渔歌·木兰花》写高清隐逸之意，合于郭茂倩《乐府诗集》释"渔夫歌"的"浊谕乱世，可以抗足而去"[8]818-1078之意。摘句为题的词作更是以赅括主旨为准的，如《芳心苦·踏莎行》摘自上篇末三字，集中表现了士行高洁而伤于不遇的主旨。这种相关性与其说是"想要恢复词牌名实统一传统"[9]，不如说是对乐府诗基本不离本事的创作传统的继承，因为贺铸很清楚词发展至他的时代词牌名只提供格式要求，他也是按照他置于题目之下的词牌格式创作的，与其创作内容相关的是自拟词题而非词牌。

在句式上，贺铸词多用三字句及其组合，尤其是自度曲，如《小梅花》，以三字句、七字句为主，间用九字句，"三三七""三三九""七七"的句式交替使用，与乐府的典型句法正相切合。与之相对应，词体句式则以偶字句与奇字句错落为特色。"如果说单纯的长短句错落还属于诗的节奏类型，那么单式句与双式句的错落才展示了词体所特有的节奏美。"[10]234而贺铸的自度曲正是避开了词体的自身特色。此外，据统计，"贺词中三字句使用现象极为突出，三字句在所有句式中的占比较《全宋词》多10.38%……三字组合则以'三三七句式'借鉴最为突出"[11]34。数据统计结果从整体层面上显示了贺铸对乐府典型句式的偏爱，可以说引乐府句法入词的做法是较为突出的。

在篇章上，贺铸有多首词整篇隐括或化用了乐府诗，如《古捣练子》六首、《小梅花》三首等，张云《贺铸"以乐府为词"研究》[11]已对此进行了详细的比对，兹不赘述。

总之，贺铸词作从词题到与主题之联系，再到句式篇章，全面借鉴了乐府诗的创作方法，这是贺铸"词源于乐府"观念的第二层表现。

（三）词与音乐的关系反映的"以乐府为词"

贺铸长于音律，其词作守律颇严，"倚声而为之词，皆可歌也"[12]549；李清照也将之列为"别是一家"的"能知之"[13]350者。即使是与苏轼相近题材的言志之作也是如此，可见贺铸对词的看法与苏轼的"诗之裔"观念有别。

词与乐府最初的时候都是合乐的歌词，虽然后世文人拟作的乐府亦有不入乐者，但那不是乐府最初的形态，而是音乐信息丢失之后的无奈之举，就像南渡后词谱大量丢失，词家也只能按后人归纳之谱填词一样。贺铸词作无论是何题材或风格，包括言志的高亢之作，都坚持了协律的做法，可见与乐府这种音乐文学更为贴近，这是其"词源于乐府"观念的第三层表现。

之所以说贺铸的协律指向词源乐府的观念而非对词体自身特点的维护，还需结合其他特点加以说明。当时词坛上其他维护词体本色的论调，大多是协律与婉转同时要求。倡本色者如李清照要求协律兼婉约,开拓骇俗者如苏轼则慷慨而不合乐。贺铸词慷慨言志与合乐可歌兼具,便不似对词体本色的维护而更近对古乐府的学习了。并且李清照论词源时溯至唐乐府、声诗,同贺铸的看法一样同属乐府系统,二人都注重词的协律可歌,而认为词为"诗之苗裔"的苏轼则不严于协律,可以推见词人音律观念与词源观是有一定关系的。在慷慨言志之词并不似最初的小词有着佐酒应歌的需求时,同时满足言志与合乐的源头便是古乐府了。

不过,词与古乐府的合乐方式毕竟不同,而词乐结合的顺序影响了宋人对文体的看法,因此贺铸用新生歌词的创作方式表达民生疾苦等内容的做法还体现了他文体观念的开放性。虽然古乐府也有倚声的创作方式,"有因声而作歌者,若魏之三调歌诗"[8]1078,但这种方式并不是主流。在宋人观念中,"声依永"和"永依声"的不同依然是词与古乐府的重要区别,并且词因其"永依声"的创作方式屡受批评,如赵令畤《侯鲭录》载王安石言:"古之歌者,皆先有词,后有声,故曰:'诗言志,歌永言,声依永,律和声。'如今先撰腔子,后填词,却是永依声也。"[14]70言语之中不难见对"先撰腔子"的不满。因为"声依永"的创作方式,为先有情志而发,符合自《尚书》《毛诗》序以来"诗言志"的儒家乐教传统;而"永依声"的创作方式,则依附乐曲从而委曲情志,因而这一区别成为"诗尊词卑"观念的重要原因之一。钱志熙教授也指出这是"宋人的一种普遍看法,认为古诗及乐府都是因情志而发为诗,又由诗而配为乐;而词则是先有乐曲而作诗。他们将《尧典》中的'诗言志、歌永言、声依永、律和声'四句奉为原则,认为先有言志,然后才永言,而后发为歌声,而附以音律,认为词曲将这个顺序完全倒过来"。所以此前词大多用于娱乐,而苏轼作词情志所之,便"不喜裁剪以就声律"(陆游《老学庵笔记》)。但是贺铸兼采古乐府言民瘼等传统与新生歌词创作方式的选择则显示,在他眼中,古乐府有着更强的包容性,可以用新的创作方式去承载它的精神,或者说,可能是他觉得只要声情相和就可以抒发高雅的情志,因此词也可以承载古乐府的传统。这一选择可以说一定程度上打破了传统乐教"声依永"方言志、"永依声"则卑下的观点,这是他观念的一种开放和创新之处,也是他"有两派之长而无其短"[15]的重要原因。

(四)小结

贺铸词用乐府命题方式自拟词题、词题与主旨相联系、多用乐府句法、合乐可歌等方面均与乐府传统高度相关,可以反映出他思想上持"词源于乐府"的理念,或者说以"词源于乐府"为创作的理论基础。如果不深入这一层,是难以充分解释这种种特征的。如从词题的处理上来看,贺铸模仿乐府命名方式自拟题词显然不仅仅是为了满足"着意要加强词意与题旨之间的联系"[16]的诉求,此前词家在词牌下使用自拟题序揭示创作主旨或源起就已经能够达到这一效果。以乐府命题方式为主标题、以词牌为副标题的外在表现,也是追求"加强词意与题旨之间的联系"所不必要的,而是反映了他对词与乐府关系更深层的思考，即二者同源流。"想要用词陶写性情""想要开拓词的风格与功能"也并不足以解释这多方面特点，尤其是在前辈苏轼已经"以诗为词"、建立起词与主体人格高度统一的"东坡范式"[17]138、贺铸又与苏门诸人过从甚密的情况下，继续沿着苏轼开创的路就可以用词书写自我情事、抒发豪情壮志，而贺铸的"以乐府为词"在词题命制、词乐关系、功能观等方面都与苏轼的"以诗为词"有所不同，在拓宽词的风格、功能这一相同方向上与苏轼走了两条不同的路，可见贺铸有着独立的理论支撑，持"词源于乐府"的独特理念。

贺铸本人虽无论词的文字传世，但征之宋人言论，对词体之源有着类似的表述，如北宋胡寅《酒边词序》："词曲者，古乐府之末造也。"[18]360 又如南宋王灼《碧鸡漫志》："古歌变为古乐府，古乐府变为今曲子，其本一也。"[19]356 可以说贺铸在词作之中所蕴含的"词源于乐府"理念，比二者用文字表现的更早。

关于贺铸表现出"词源于乐府"观念的目的，有可能是他确实认为词体源出古乐府，而不满于当代古乐府之风扫地，便以古乐府之题、之意、之法、之风入词以挽其敝。同倡"词源于乐府"之王灼便曾表达过不满之意："古人善歌得名，不择男女。……今人独重女音，不复问能否。而士大夫所作歌词，亦尚婉媚，古意尽矣。"[19]356 贺铸亦有可能为此而"以乐府为词"。还有一种可能是贺铸只是借此以尊体，借用乐府传统以提高词体地位。李晟萱便认为"贺铸主要是通过在创作中对乐府诗的吸纳，潜移默化地使词向着诗化的方向迈进的"[20]75。不管贺铸是真诚地认为"词源于乐府"，还是仅借此来推尊词体地位，都可以说他是以此为理论基础来指导、进行"以乐府为词"的创作的。

本节对贺铸词源观的揭示丰富了钟振振先生提出的"以乐府为词"仅作为一种艺术特色的内涵，而可以说贺铸"以乐府为词"是在"词源于乐府"的观念指导之下，按照词"依曲拍为句"的创作方式，进一步在词中纳入乐府的题目、功能、风格等因素。东山词对乐府功能的继承与乐府风格的借鉴如果单独看，便只是创作特点；而如果与上文相联系，则可作为贺铸"以乐府为词"观念的一部分。下文以创作观念视角对贺铸词的独特功能与风格进行呈现。

二、东山词功能之"以乐府为词"

按东山词所表现出的功能，大体可分为四端：反映社会状况与民生疾苦的怨讽之作；抒发请缨无路壮志难酬的言志之作；表达爱意柔情与缠绵思恋的抒情之作；用于佐歌佑欢的酒筵娱乐之作。汉乐府及唐新乐府的讽喻传统、魏晋乐府的咏志传统、南朝乐府民歌歌咏恋情及文人乐府纵淫娱乐的传统，皆在贺铸词中得到了体现。不过，后三种功用，不一定放在乐府的传统当中才能解释，因自花间词以来，"用资羽盖之欢"（欧阳炯《花间集序》）的歌筵娱乐功能便成为词的主要功能，抒写个人情志的功能也由韦庄、李煜等人悄起而至苏轼为一股劲风。各种功能之间的界分也不那么清晰分明，如"感于哀乐，缘事而发"[21]1766的汉乐府可兼表事与传情。但反映民瘼的功用为此前文人词中所无,贺铸此类作品及言志作品又大多化用乐府题目及主题,显然与其继承了乐府精神有关。因此,本节主要考察东山词中较为独特、乐府传统突出的类型即讽怨词与言志词。

(一) 怨讽词对乐府功能的继承

表现民生疾苦是乐府传统功能,乐府自设立时起就有"观风俗,知薄厚"(《汉书·艺文志》)的功用,唐新乐府则以"即事名篇"(元稹《乐府古题序》)的形式继承了汉乐府的讽喻精神,而这一功能在唐宋文人词中却极为稀缺。即使被后人称誉"无意不可入,无事不可言"[22]3689的苏轼词也并未言及民瘼,可见贺铸引这一功能入词并未直接受苏轼"以诗为词"观念影响。贺铸这类作品与乐府传统主题十分接近,如《古捣练子》词其中两首:

> 收锦字,下鸳机。净拂床砧夜捣衣。马上少年今健否,过瓜时见雁南归。(《夜捣衣·古捣练子》)

> 边堠远,置邮稀。附与征衣衬铁衣。连夜不妨频梦见,过年惟望得书归。(《望书归·古捣练子》)

其中"夜捣衣"化自乐府新题"捣衣曲","望书归"化自乐府新题"望行人",捣衣主题也为唐乐府所习见,俞陛云评价这组词"皆有唐人《塞下曲》思致"[23]251,可以说是传统乐府主题。且此词遣词造句之中还能够看到贺铸对现实的关注,也体现了乐府表现现实的精神。北宋与辽和西夏对峙,边境战乱频仍,征发戍卒、夫妇分离是普遍的社会现象。贺铸出身武将世家,对战事的关注更是高于普通文人,他在诗作中也对役夫思妇之苦有所揭示:"役夫前趋行,少妇痛不随。分携仰天哭,声尽有余悲。"(《部兵之狄丘,道中怀寄彭城社友》)在这首《夜捣衣》词中代思妇抒离情时贺铸强调"过瓜时见雁南归"也体现出谴时意味:瓜代之期已过,戍边之人当有人接替而归家,此时却只见雁南归而不见征人还,隐隐有对朝廷不按时执行轮戍、置戍卒于不顾的讽刺。《望书归》也表现了思妇对于远人的牵挂和对音信的苦苦企盼,"置邮稀"三字则道出音信难达的原因:朝廷对戍卒的通信需求漠不关心。这两首词都在替思妇表现牵念之外,对朝廷的不作为有所指责。"轻描淡写中有微辞在,不可等闲看过。"[24]111借古题表现时事,是典型的乐府传统。即使不能确指此作含讽刺意味,贺铸选择这一主题入词也可体现出对表现民生疾苦功能的运用。

贺铸还有部分词作表现的是传统社会中妇女被抛弃这一普遍的社会现象,如《陌上郎·生查子》:

> 西津海鹘舟,径度沧江雨。双舻本无情,鸦轧如人语。

> 挥金陌上郎,化石山头妇。何物系君心,三岁扶床女。

此篇化用乐府古题"陌上桑",又糅合了"秋胡行"的题旨,与晋傅玄《豫章行》、唐李白《妾命薄》等乐府诗主题一脉相承。用"挥金陌上郎"的负心男和"化石山头妇"的坚贞女形象进行强烈对比,"三岁扶床女"更是用小女儿的幼弱堪怜唤起人们的恻隐之心,有力地表达了对被弃妇女的关切同情和对外出负心男子的谴责。此类题旨在北宋词中极为罕见,贺铸此词承接乐府传统主题,同时在语言上亦与乐府相近,其取法对象指向乐府是较为明显的,可见贺铸在词中继承了乐府的言民生疾苦功能。

(二)言志词对乐府功能的继承

乐府发展到魏晋文人手中,开始被广泛地用来表达自己的情志。"以意志内在之要求,复不欲为旧题所囿,于是借题寓意"[25]123,用乐府题吟咏性情。贺铸也有相当一部分词作抒发了自己仕途蹭蹬、壮志难酬的人生感受。有的使用了传统乐府题,如《行路难·小梅花》:

缚虎手。悬河口。车如鸡栖马如狗。白纶巾。扑黄尘。不知我辈,可是蓬蒿人。衰兰送客咸阳道。天若有情天亦老。作雷颠。不论钱。谁问旗亭,美酒斗十千。

酌大斗。更为寿。青鬓常青古无有。笑嫣然。舞翩然。当垆秦女,十五语如弦。遗音能记秋风曲。事去千年犹恨促。揽流光。系扶桑。争奈愁来,一日却为长。

此篇主旨合于鲍照《乐府解题》"《行路难》,备言世路艰难及离别悲伤"[8]858之意,既是对熟旨的继承使用,亦借此抒发了自己英雄失路的真切体验。贺铸出身武弁世家,父祖皆为将军,他既在诗集自序中详细申述,深以此为豪,秉承家风建立功勋之心自然不需详辩。"缚虎手。悬河口"便是借典对英雄豪气简洁有力的勾勒。据钟振振系年[26]104,此篇当作于徽宗崇宁元年至大观二年间,时贺铸任泗州、太平州通判,已至知天命之年。入仕三十余年,始终沉沦下僚,"车如鸡栖马如狗"之颓状是对词人现状的真实刻画,又与前文之英雄形象形成鲜明对比,笔力顿挫。收尾"争奈愁来"点出的不甘而无奈之情,已于通篇密实的典事中透露出来。《词则别调集》评曰:"借他人之酒杯,浇自己之块垒。"[26]107贺铸此篇确可见出壮怀难伸的英雄悲慨,是借乐府古题以言己志。

东山词"压卷之作"的《六州歌头》词题已不存,而追述自己"少年侠气"的功名未立主题与乐府诗《结客少年场行》别无二致。《六州歌头》如下:

少年侠气,交结五都雄。肝胆洞。毛发耸。立谈中。死生同。一诺千金重。推翘勇。矜豪纵。轻盖拥。联飞鞚。斗城东。轰饮酒垆,春色浮寒瓮。吸海垂虹。闲呼鹰嗾犬,白羽摘雕弓。狡穴俄空。乐匆匆。　似黄粱梦。辞丹凤。明月共。漾孤篷。官冗从。怀倥偬。落尘笼。簿书丛。鹖弁如云众。供粗用。忽奇功。笳鼓动。渔阳弄。思悲翁。不请长缨,系取天骄种。剑吼西风。恨登山临水,手寄七弦桐。目送归鸿。

上阕追述词人少年时期在东京的任侠生活,展现了武士豪健的精神面貌,下阕陈诉仕途坎壈志不得伸,用"笳鼓动。渔阳弄"暗指边事之紧张,用"剑吼西风"等壮词抒发豪情空蹈、无法为国征战的悲慨情志。郭茂倩《乐府诗集》按:"《结客少年场》,言少年时结任侠之客,为游乐之场,终而无成,故作此曲也。"[8]818 二者的主题与叙事脉络皆可谓毫厘不爽。《六州歌头》既是贺铸对自身经历的真实书写,抒发了自己抑塞磊落的真切情志,又与乐府古题相仿,可见贺铸吸收了乐府的言志传统为词。如此种种与乐府连接之密切,表明贺铸作词对乐府的吸收是系统的而非率意为之,是有成熟的观念指导的,在功能方面"以乐府为词"也是其创作观的一部分。

三、东山词风格之"以乐府为词"

历代乐府本风格多样,并无特定单一的风格,且南朝乐府艳歌更是对词风产生过重大影响。但贺铸词中还是呈现出主流词风所不具备的风格,并且能够在乐府中找到源流。

(一)"古乐府之风"

贺铸一些远绍汉魏乐府之作,充蕴古直悲凉之气。张耒在《东山词序》中便论其有"古乐府之风"[12]。如《将进酒·小梅花》:

城下路。凄风露。今人犁田古人墓。岸头沙。带蒹葭。漫漫昔时,流水今人家。黄埃赤日长安道。倦客无浆马无草。开函关。掩函关。千古如何,不见一人闲。

六国扰。三秦扫。初谓商山遗四老。驰单车。致缄书。裂荷焚芰,接武曳长裾。高流端得酒中趣。深入醉乡安稳处。生忘形。死忘名。谁论二豪,初不数刘伶。

此词化用了顾况《短歌行》《长安道》等乐府诗句,词句、意象古朴,多三字句的句式使词作节奏酣畅流利,情态豪爽。历代评家对此词的古乐府之风都有所注意,如夏敬观《手批东山词》评此词:"是汉魏乐府。"[27]138 前述《行路难·小梅花》《六州歌头》等作亦具备此特点。效汉魏乐府,是北宋其他词人未有之风格,这与贺铸"词源于乐府"观念不无关系,且反映了贺铸词学观念的开阔。李清照论词源时与贺铸一样同属乐府系统,但怎么继续指导词的创作,二人各有看法。李清照认为词宜表现的风调别是一家,而贺铸则认为词的功能和风格可以上续古乐府。应当说李清照在艺术上看到了这种新兴的长短句有其自身善于表现的风格,而贺铸的观念则更加开阔,一个适应了词的特质,一个为词开拓了更广阔的天地,均有其独特价值。

(二)乐府民歌风

贺铸部分词作还吸收了乐府民歌的活泼清新之气,跳脱开对女子妆容仪态的聚焦和由此产生的秾艳词风,表现出以清与真动人的词笔,如《子夜歌·忆秦娥》:

三更月。中庭恰照梨花雪。梨花雪。不胜凄断,杜鹃啼血。

王孙何许音尘绝。柔桑陌上吞声别。吞声别。陇头流水，替人呜咽。

此篇词题便取自南朝民歌，行笔也放弃了高度密集的意象连缀，而采用了民歌常用的顶真格手法，表意节奏疏淡，风调也"与南朝乐府相仿佛"[28]279，可见贺铸对乐府民歌的有意借鉴。此外，东山词中《愁风月·生查子》《品令》《乌啼月》《定情曲·春愁》《忆仙姿》等，也以近似民歌的清新风味一洗花间以来的绮靡，"在剪红刻翠、浓装艳抹泛滥成灾的北宋词坛上，的确能给人以耳目一新的感觉"[29]，在为佐酒而形成的淫丽词风中透出一股清疏之气。

对这两种乐府风格的借鉴不是贺铸词创作的全部特点，但是增就了贺铸词的独特性与丰富性。这两种风格也不尽合于词体这一新兴诗体的美感特质，但在当时词坛上起到了丰富词风的作用，这也是贺铸这一创作观念的价值体现。

四、余论

贺铸"词源于乐府"进而"以乐府为词"的词学思想是独特而突出的，既有别于苏轼的"诗之裔"与"以诗为词"，又有别于李清照的词源于唐"乐府、声诗"又"别是一家"，可与二者分庭抗礼，在这种思想指导下的词作也有情志、音律双美的效果。贺铸引入的各类功能、部分风格在后世得到了不同程度的接受，但系统的思想体系却并未得到充分揭示与响应。唯南宋张辑之词集《东泽绮语债》25首中有23首摘取篇末之语以为词题效仿东山词，然不仅量少，亦只学得皮毛。可以说在词史中贺铸"以乐府为词"的突出面貌与词学思想绝少嗣响。因此以下拟对这一原因进行简单探讨。

贺铸将"以乐府为题"的重要表现方式之一寄托在词题特征之上，通过文献版面来呈现，而在流传过程当中，这一信息极易丢失或变形。如第一部分所述，清钞本《贺方回词》词题损失大半，仅存者则被当作词调的别名处理，已不能体现出作者所寄寓的信息。此外，作家作品流传的另一种重要方式是选本，而选家都以自己的词学理想作为选择标准，作家全貌难以在选本中体现出来。

另一重要原因在于贺铸被遮蔽于东坡的巨大影响之下。后人之所以未留意于贺铸对于词的创新与苏轼的不同之处，大概由于贺铸借汉乐府"感于哀乐，缘事而发"的传统书写自我情事的作品，与苏轼"情性之外不知有文字"[30]65的作品毕竟有一定相通之处，而东坡不仅为贺铸前辈，更居于"文坛盟主"的地位，加之贺铸又与苏门诸人有诗词往来，因此长久以来他作为苏轼的追步者，作为"以诗为词"的"第二个"①被书写，却被忽视了词学理念的独特性。贺铸在拓宽词的风格、功能这一相同方向上与苏轼走了两条理论支撑不

---

① 李维新《步武东坡 继往开来——试论贺铸词的历史地位》中引用雨果的《笑面人》来称赞贺铸做"第二个"的勇气："在以诗为词、以词咏怀方面，他勇敢地充当了'第二个'。"

同的路,却由于"同归"而被忽视了"殊途"。

此外,贺铸取径古乐府的"别调"毕竟不合于词体本质。于偎红倚翠的主流词风中瞥见贺铸古朴豪健苍劲有力的词作,初确耳目一新,然不耐咀嚼,终不是词体所长。叶嘉莹先生道:"词中虽然也可以写雄健悲慨的内容,但其叙写之笔法却一定要有曲折含蕴之美。"[31]210而贺铸"有古乐府之风"的词作则酣畅有余,婉曲不足,因此他广为流传的还是"一川烟草,满城风絮,梅子黄时雨"此类深婉绵邈之作,而"缚虎手。悬河口"之流只多获称颂而少得效仿,这也是题中应有之义。赏其词作的着眼点既落在这些婉美之作,其"以乐府为词"的整体特征就易得到忽视。

最后,也是最根本的原因,贺铸戛戛独造的词题模式是为寄寓他的词学理想,作为了解他思想的一个切入口,但一旦其精神内核实际上被接受,词题是否复"古乐府之风"就不再重要了。贺铸处在北宋后期,其去世后一年就发生了靖康之难。南渡以后山河破碎的悲痛压过了对词体的成见,加之词乐大量丢失,以词言志、批判社会现实已被广泛接受和运用,贺铸词在创作层面为各家所师,而他"以乐府为词"以宽风格功用的思想也可以说结束了在特定历史阶段的作用。

贺铸"词源于乐府"进而"以乐府为词"的词学思想长期以来没有被全面揭示,在词史上没有作为一个完整体系被追步与模仿,在词学思想史上也没有被浓墨重彩地书写,但这并不意味着他的思考与探索是没有价值的。正如左东岭老师所说:"古人并没有责任向今人负责,他们有自身的生活需求与精神世界,他们首先必须为自己的生命负责,用包括诗歌在内的文学去体现生命的意义。"[32]贺铸的词学思想,无论获得深掘、追步与否,自有其价值存在。

要之,本文指出贺铸词在自拟词题、词题与主旨相关、多用乐府句法、合乐可歌等方面均与乐府传统高度相关,还在词中引入了乐府功能与风格,总体上呈现出"以乐府为词"特征,且背后还体现了他"词源于乐府"的词源观,以及包容与创新的词学观。本文也重新定义了贺铸的"以乐府为词",是在"词源于乐府"的观念指导之下,按照词"依曲拍为句"的创作方式,进一步在词中纳入乐府的题目、功能、风格等因素。贺铸在这一观念指导下创造出了声情双美的作品,开拓了北宋词的功能与风格,在词学思想上亦与苏轼、李清照分庭抗礼,体现出独特的价值。

参考文献

[1]陈廷焯.云韶集[M]//孙克强.唐宋人词话.郑州:河南文艺出版社,1999.

[2]钱志熙.词与乐府关系新论——关于词与乐府关系的综合考察[J].岭南学报,2017(1):107-126.

[3]陈振孙.直斋书录解题[M].上海:上海古籍出版社,1987.

[4]吴相洲.乐府学概论[M].北京:人民文学出版社,2015.

[5]元稹.乐府古题序[M]//吴熊和.唐宋词通论.上海:上海古籍出版社,2010.

［6］向回.乐府诗本事研究［M］.北京：北京大学出版社，2013.
［7］徐釚.词苑丛谈［M］//王运熙.乐府诗述论.上海：上海古籍出版社，2014.
［8］郭茂倩.乐府诗集［M］//卷八十三杂歌谣辞一，上海：上海古籍出版社，2016.
［9］解旬灵.贺铸《东山词》词牌改换新名现象探微［J］.南阳师范学院学报（社会科学版），2004，3（1）78-89.
［10］张仲谋.宋词欣赏教程［M］.南京：南京大学出版社，2015.
［11］张云.贺铸"以乐府为词"研究［D］.河南大学硕士学位论文，2016.
［12］张耒.东山词序［M］//贺铸.《东山词》，宋词别集丛刊，上海：上海古籍出版社，1989.
［13］李清照.词论［M］//郭绍虞主编.中国历代文论选（第二册）.上海：上海古籍出版社，2001.
［14］赵令畤.侯鲭录［M］.北京：中华书局，1985.
［15］龙榆生.论贺方回词质胡适之先生［A］//龙榆生学术论文集，上海：上海古籍出版社，2017.
［16］李晟萱.贺铸另拟新词题现象探微［J］.兰州教育学院学报，2016（1）18-20.
［17］王兆鹏.唐宋词史论［M］.北京：人民文学出版社，2003.
［18］胡寅.题酒边词［M］//郭绍虞.中国历代文论选（第二册）.上海：上海古籍出版社，2001.
［19］王灼.碧鸡漫志［M］//郭绍虞.中国历代文论选（第二册）.上海：上海古籍出版社，2001.
［20］李晟萱.贺铸词对前人的创作接受研究［D］.苏州大学硕士学位论文，2017.
［21］班固著.颜师古注.汉书·艺文志［M］.北京：中华书局，1962.
［22］刘熙载.艺概·词曲概［M］.唐圭璋.词话丛编，北京：中华书局，1986.
［23］俞陛云.唐五代两宋词选释［M］.上海：上海古籍出版社，1985.
［24］钟振振.北宋词人贺铸研究［M］.台北：文津出版社，1994年.
［25］萧涤非.汉魏六朝乐府文学史［M］.北京：人民文学出版社，2011：123.
［26］钟振振.东山词［M］//宋词别集丛刊，上海：上海古籍出版社，1989.
［27］夏敬观.手批东山词［M］//钟振振.北宋词人贺铸研究，台北：文津出版社，1994.
［28］龙榆生.两宋词风转变论［A］//龙榆生学术论文集.上海：上海古籍出版社，2017.
［29］李维新.试论贺铸词风格的多样化［J］.殷都学刊，1995（4）.
［30］元好问.新轩乐府引［M］//袁行霈.中国文学史（第三卷）.北京：高等教育出版社，2014.
［31］叶嘉莹.唐宋词名家论稿［M］.石家庄：河北教育出版社，2000.
［32］左东岭.玉山雅集与元明之际文人生命方式及其诗学意义［J］.文学遗产，2009（3）：97-104.

（李冰玉　首都师范大学2020级硕士生　指导教师：赵雪沛）

由许学夷汉魏六朝诗的"正变"思想观其"自为一源"的陶诗论

杨春雨

摘 要：明人许学夷在《诗源辩体》中用"自为一源"表达自己对于陶渊明诗歌的认识。"自为一源"的诗歌观念相对于汉魏六朝诗歌的正变观来说，实则亦为变体。与汉魏六朝诗歌这条发展主流既存在相关性，又存在许多独特性。同时许学夷将陶诗从汉魏诗歌发展之流中分离出来，并且自成一源。这一方面使得陶渊明诗歌摆脱了"诗溺于陶"的论断，极大地提高了陶渊明诗歌的地位；另一方面将陶渊明的诗歌纳入一个新的源流正变体系，使得明代文学复古主义者难于处理的陶诗，合理地纳入了中国古代诗歌发展历程。集中呈现出许学夷的诗歌"正变"思想，也体现出了许氏全面、公正、相对客观的诗歌批评精神，更展示了《诗源辩体》本身"集大成"的诗学史地位。

关键词：许学夷；《诗源辩体》；自为一源；"正变"思想

成书于明朝末年的《诗源辩体》历来被誉为"集诗学之大成"的重要诗学理论著作。其作者是明末学人许学夷。许学夷，字伯清，江阴人。据恽应翼所作《许伯清传》记载，许学夷的家族虽世代为医，但是许氏却并不通医理，对"博弈弹射诸技，医药卜筮之书"也并不感兴趣。其为人，年少即有高识，"性疏略，不治边幅，不理生产，杜门绝轨"，但是却"惟文史是绌"。他对文史，尤其是诗歌用功颇深，以"博则弗精，吾业有所专而"的专精态度对待古代诗歌。作为明代文学复古运动代表人物，许学夷极大程度上受到了胡应麟以及王世祯等人的影响。在《诗源辩体》当中，许氏也经常引证二人的观点以辅助自己的论证。在具体观点的表述上，许氏在展现出对前代观点进行继承的同时也展现了鲜明的批判性。而在明代文坛上，依据罗宗强先生的观点："复古与崇古的思想不同程度地贯穿于整个明代社会。"[1]843许学夷作为晚明复古派的诗论家，虽身处晚明文学思想多元化的大环境，但是其诗论思想整体上趋于复古确是无疑的。而在许氏这部诗学著作中，关于诗歌辩体而引发的有关"正变"的思考，则是许氏十分鲜明又颇具创见性的论断，"正变"思想可以说是许学夷诗学思想中极为重要的一个概念。实际上，中国古代诗歌的"正变"

思想由来已久,最早在诗三百中所谓的变风、变雅就是一种体现。而在明代,不同的文学流派也对此表达出了各自的见解。以"前后七子"为核心的复古流派针对汉魏六朝的诗歌就表现出"以汉魏为正,六朝为变"的态度,并且他们基本上认为由汉魏到六朝,诗歌的格调是一个由高到卑的代降过程。这一观点虽然影响极大,但在此后却也先后遭到了以杨慎为代表的六朝派以及公安派等的反对。不过总而观之,无论是前者还是后者都没有客观、公正、理性地看待"正变"关系。

许氏在《诗源辩体·自序》一开篇便引用孔子"中庸其至矣乎!民鲜能久矣"这句话来强调自己思想理论偏于中庸的主张。并在随后谈到这样一个问题:

> 后进言诗,上述齐梁,下称晚季,于道为不及;昌榖诸子,首推《郊祀》,次举《铙歌》,于道为过;近袁氏钟氏出,欲背古师心,诡诞相尚,于道为离。予《辩体》之作也,实有所惩云[2]。

由此我们不难看出,无论是徐祯卿的"于道为过"还是公安派的"背古师心,诡诞相尚,于道为离",都是各执一端的偏激言论,都没有很好地处理好"正变"关系。而如何处理好"正变"关系,以及正变关系的内涵究竟是什么,则是值得我们深入思考的一个关键问题,这对于我们贯通地理解许学夷的诗学思想是极具意义的。"正变"思想在许学夷的《诗源辩体》当中是作为一种核心原则而出现的。许学夷曾在开篇处就有所交代:"以三百篇为源,汉、魏、六朝、唐人为流。至元和而其派各出。古诗以汉魏为正,太康、元嘉、永明为变,至梁陈而古诗尽亡。律诗以初盛唐为正,大历、元和、开成为变,至唐末而律诗尽蔽。"由此可见,许学夷在注重诗歌发展源流的同时也注重正变,并且"正"与"变"是贯穿在诗歌发展的源与流之中的。在这里"正"不仅指雅正,也可以看作一种规范,具有崇高的地位;而"变"则是相对于"正"的区别与改变。并且引发诗体之"变"的因素是很多的,今人方锡球曾将许学夷认为的影响诗歌发展的要素概括为"自律"和"他律",即所谓"理势"与"时代"[3]52。一种诗体由产生、发展到最后的衰亡是自然发展;而当一种诗体的发展陷入困境时,就要诞生一些新的要素在批判继承古体的基础上另辟蹊径以促进新诗体的产生以及诗歌历史的进一步发展。虽然作为文学复古的代表人物,许氏整体上是更强调"复归于正"的,但是相较于一味的崇"正"斥"变",许氏同样也看重"变"的作用。并认为这种变化乃是"理势之自然",且有"渐变""大变"之分。虽说许氏提高了对"变"的认识,但是在后世学诗这一层面上他仍然强调在承认变化的基础上要更重视"正"本身,并强调变化本身也是在继承优秀诗学传统的基础上进行的。这就在很大程度上驳斥了以公安派为代表的"率性而成,欲并自古之轨范。一切抉裂而后快"[4]225的极端主张,同时也在一定程度上发展、纠正了复古派一味崇古而忽略"变"的弊端,使得许氏的正变思想更加完善且趋于中性。

除了完善"正变"思想这一理论,在《诗源辩体》中,许学夷还提出过很多独家且有意义的言论。在这其中，他对于陶渊明诗歌的评价则颇具思考的空间。在《诗源辩体·卷三》当中，许氏言："五言自汉魏至六朝，皆自一源流出，而其体渐降。惟陶靖节不宗古体，不习新语，而真率自然，则自为一源也。然已兆唐体矣。"此处许氏以"自为一源"来表现他对于陶诗的整体认识。而相较于此前其他文人的观点，许氏的主张属实是一种巨大的进步。明代自早期台阁体开始一直到前后七子乃至后来的胡应麟，都对陶诗评价不高。他们大多宗法汉魏古体，并以之为后世师法的正宗；对于陶诗则一度将其视为"偏格"，前七子的代表人物何景明甚至曾给出了"诗溺于陶"的主张，即"夫文靡于隋，韩力振之，然古文之法亡于韩，诗溺于陶，谢力振之，然古诗之法亦亡于谢"。从这段话中我们不难发现，在何景明看来古诗之法虽亡于谢，但是谢灵运的诗歌依旧是由汉魏正流发展而来的，而对于陶渊明的诗歌，何景明则极大地否定了它的价值，并且至于如何看待陶诗，应该给予陶诗一个怎样合理的定位，何景明也并没有说。而与此同时，明代其他文学流派（诸如唐宋派、公安派以及竟陵派等）却又对陶渊明诗的艺术成就推崇有加。可见在明代文坛上，各文学流派本着各自的理论主张，对陶渊明诗歌的认识和定位都是不全面、不公正的，都没有给陶渊明诗歌做出一个相对公正合理的定位。而真正在理论层面触及这一问题的，还要算许学夷"自为一源"说的提出。许学夷同样本着尊崇汉魏古诗为正体的观念，并肯定了由汉代到六朝诗歌的发展是一个由古到律、古体渐亡的过程。但是许氏同样认识到了这一过程乃是一种渐变的过程，同时也是"理势之自然"的表现；并且对于六朝诗歌，许氏虽然认为其尽是"俳偶雕刻"且尽力求"工"亦不免伤于"拙"，但是也并没有对六朝诗歌完全出于排斥的态度，体现了许氏相对全面的诗歌认识。这里尤为值得注意的就是许氏对于陶渊明诗歌的评价，一方面相对于汉魏正流，陶诗实属于一种变体，但是许学夷不但将其抬高到"源"的地位，而且还将其融会到了对于唐代诗歌的影响中，使其在"变"的基础上发源又自成一流，合理地评估了陶诗的地位，并集中体现了许学夷关于诗歌的"正变"思想。下面将对此有关问题进行详细分析。

一、陶诗相较于先秦、汉魏六朝诗之"变"

许氏在《诗源辩体》中，对陶渊明诗给予了格外的关注，书中许氏专门用了一卷的篇幅来表明他对于陶渊明诗歌的认识。总的来看，许氏认为陶渊明诗歌是"不宗古体，不习新语，而真率自然，则自为一源也。然已兆唐体矣"。并认为陶渊明诗歌是"初读之觉甚平易，及其下笔，不得一语仿佛"。实际上由以上论述就可以基本上看出陶渊明诗歌的主要特点了。不宗古体可以看作陶渊明诗歌脱离了汉魏古诗的发展窠臼，不习新语是说陶渊明没有陷入六朝诗歌那种过度修饰和讲求俳偶的泥潭，而陶渊明诗歌的核心特点便是"真率自然"。"真率自然"可谓是许学夷对陶渊明诗歌最具高度与最为凝练的概括。甚至不习新语以及不宗古体亦包括在陶渊明真率自然的这一诗歌特征内。而由于其真率自然的诗风,也导致陶渊明的诗歌不易被模仿、学习。下面就结合陶渊明诗歌以真率自然为核心的特征来分析其诗歌相较于诗三百,为何可以自为一源,以及相较于汉魏六朝诗歌的线性发展其变化之处在何;并从汉魏六朝诗歌与陶渊明诗歌在"诗体"层面的差异,着重分析陶渊明诗歌真率自然一面背后的深层因素。总体上由表及里、由浅入深地展现陶渊明诗歌相较于先秦、汉魏六朝之"变"。

(一) 陶渊明诗歌的真率自然

"真率自然"称得上是陶渊明诗歌最为核心的一个特征了,这一特征包含了极为丰富的内涵。而这其中最直接的表现就是陶渊明作诗乃是"直寄焉耳"并"直写胸中之妙"。由此一特点出发,可以涵盖陶渊明诗歌的大部分特点,而且也可较为清楚地与诗三百以及汉魏六朝诗形成对比。

首先,汉魏五言诗以及诗三百在具体创作上,汉魏古诗长于"兴寄"而陶渊明诗歌则是"直写己怀"。这一点在书中有直接交代,《诗源辩体》卷六第十七则:

> 或问:"汉魏与靖节诗皆本乎情之真,而体有不同,何也?"曰:汉魏近古,兴寄深,故其体委婉;靖节去古渐远,直是直写己怀,故当以气为主耳。《扪虱清话》云:"文章以气为主,气韵不足,虽有词藻,要非佳作也。昨读渊明诗,颇似枯淡而有味。"

这其中有几点值得注意:第一,最直接的交代在于许氏认为汉魏兴寄深,而陶渊明诗歌则直写己怀;第二,在于许氏将这种差异归结为汉魏古诗与陶渊明距古之远近;第三,言明了由这种差异所造成的诗体差异,即汉魏五言"其体委婉",而陶渊明诗作则"以气为主"。同时我们还注意到,所谓距离古之远近中的"古"应该指的是诗三百,这也印证了许氏关于中国古代诗歌"源"与"流"的观点,证明了汉魏古诗对于诗三百的接续性;同时也显示了陶渊明诗歌相较于汉魏六朝诗这一发展主流而显示出的新变,并且这种变化在许氏看来是从"体"这一层面言及的,这也正面表现出陶诗"自为一源"的特性。而联系诗三百到汉魏六朝诗歌发展的实际,也可以进一步验证这一观点。

早期诗三百的创作最为显著的特点便是,风人之诗多"托物兴寄,体制玲珑,实为汉魏五言之则"。这里不仅交代出了诗三百的创作多"托物兴寄",同时也表现出了诗三百与汉魏五言诗之间的关系。而长于托物兴寄加之诗三百创作大多"随语成韵,随韵成趣,华藻自然,不假雕饰"的特点,使得诗三百在整体上具备了"文采备美。一皆本乎天成"的艺术效果。也就是说,这种托物引类的表现手法,不用加以刻意的修饰,突出一种自然而然的、朦胧的美感。进而许学夷认为,诗歌应该追求一种"曲而隐"的表达方式,即所谓"风人之诗,不落言筌"实则追求一种言外之意,一种含蓄蕴藉之美。故而此种诗风在感悟上也沿袭了孟子的"以意逆志"以及严羽的"妙悟"说。提倡要多加以感悟与回味。这一点到了汉魏时期则有了进一步发展。许氏认为"汉魏五言,缘于国风,而本乎性情,故多托物兴寄，体制玲珑，为千古五言之宗"。在这里许氏肯定了汉魏五言诗歌在表达上同样是多托物兴寄的。并且，汉魏诗歌由于具备深于兴寄的特征，故而其整体感知上乃是"体简而委婉"，同时"委婉而具有深情"，同样强调了一种言有尽而意无穷的美感。故而在感知与解读层面，也与诗三百一样倡导"正须以悟入耳"的感悟方式。而到了陶渊明这里，情况则发生了比较大的变化。在此处，许学夷引用黄庭坚所谓"渊明为诗，直寄焉耳"表明自己的认识，认为陶渊明写诗不依仿于前人，而是在"直写胸中之妙"。相较于汉魏之"正"，陶诗与六朝诗歌一样，实属于一种"变"。只不过其区别于汉魏六朝这条发展线路，自辟道路。

其次，在陶渊明"直写胸中之妙"用词、用语等具体表述方式上，似乎可以更加直接地表现出陶渊明率性自然的这一特性。陶渊明的诗歌用语简洁明了，近乎口语化，许氏认为陶诗是"句法天成而语义通透"，语言非常浅近且自然。而相较于六朝时期文人在诗歌创作领域多"用意俳偶""工于雕刻"，陶渊明则一反此种创作风气，对于"言过其辞，淡乎寡味"的诗歌风气十分排斥。在许学夷看来，陶渊明创作诗歌达到了一种"倾倒所有"的境界。即那种不受任何语言文字的限制，表露出自己的真心。有人也认为陶渊明本无意于作诗，并且陶渊明作诗同样经过了思索与推敲，只不过陶渊明思考不留痕迹罢了。对此许氏表示强烈的反对。他首先认为陶渊明是有意于诗歌创作的，在陶渊明生活的那个时代，清谈之风盛行，诗歌创作未曾似往日那般兴盛；但是陶渊明是醉心于诗歌创作的，其根本用意就是在用诗歌来直接表述自己内心的感受。也就是说，诗歌创作在陶渊明这里属于一种自觉的创作活动，诗歌即生活。他不像谢灵运、颜延之那样刻意求工，陶渊明也并不会去斟酌用词然后使它不留痕迹、看不出思考，陶渊明本质上喜爱作诗，并将自己的内心平淡、自然地表现在诗歌中，直写胸中之妙。这也就是许氏所谓："若靖节，则所好实在诗文，而其意但欲写胸中之妙耳，不欲效颜谢刻意求工也。故谓靖节造语极工，琢之使无痕迹既非，谓靖节全无意于为诗，亦非也。"同时，由于陶渊明的诗歌创作都是写其心中所想，故而在陶渊明的集子中也找不到多少重复的语言，而这似乎也可以从反方向证明陶渊明的诗歌没有经过那种刻意为之的思考。这种创作特色也使得陶渊明的部分诗歌篇幅普遍不是很长，即所谓"尽意便了"。也正因为此，使得陶渊明的诗歌同汉魏诗歌一样不易模仿。许学夷认为："靖节诗，初读之觉甚平易，及其下笔，不得一语仿佛。"其模仿难度可想而知。

由以上论述我们不难看出，陶渊明诗歌真率自然的特性，相较于诗三百乃至汉魏诗歌那种长于托物引类的表述方式，陶诗则更为直白而自然，善于"直写胸中之妙"；相对而言缺少了诗三百以及汉魏五言诗那种委婉含蓄的诗歌风貌，多呈现出一种平淡自然、直抒胸臆且明白如话的特点。而在具体表述上，陶诗也几乎近于口语化，相较于六朝过于专注于句法雕琢与声韵俳偶，陶渊明诗歌语言平易自然，本着一种倾倒所有的创作心态尽心创作，将诗歌创作作为自己的生活方式。为了直写心胸，不在意语言文字的约束，只求尽意。

这一巨大变化与沿着汉魏五言诗的道路发展而来的六朝诗歌形成了极大对比。许学夷曾强调："汉魏五言本乎情兴，故其体委婉而语悠圆，有天成之妙，五言古，惟是为正。详而论之，魏人使渐作用，而渐入于变矣。"也就是说，五言古诗在魏就已经呈现出"渐作用"之态了，总体上汉魏六朝时期诗歌的发展是一个由古渐变到律，由"天成"渐至"作用"终陷于过分"雕琢"的境地。最终的结果在许氏看来即"至梁陈而古诗尽亡"，这也终使得从初唐开始，中国诗歌进入了以律诗为代表的一个时代。而处于古体渐乎衰落时期的陶渊明，其"真率自然"的诗歌与当时的主流诗歌创作风气显得格格不入、与众不同。也正因为这一点，使得陶渊明诗歌在晋宋之迹并没有产生很多重视，而许氏对陶诗的认可度是很高的。其"自为一源"的理论学说既是对陶诗地位的一种提高，同时也反映出了一定的诗歌发展事实。

（二）陶渊明诗歌的以气为主

如果说上文提及的陶诗真率自然的特征是从对陶诗直观感知的层面得到的，那么陶渊明诗歌的以气为主则是从更深层次的角度去领悟陶渊明诗歌实质的。同时，通过将陶诗"以气为主"与汉魏六朝以来诗歌由"天成"渐变到"古体尽失"进行对比，也可以清楚地看出陶诗相较于汉魏六朝诗之"变"，并进一步明确陶诗"自为一源"的具体表现与意义。在上文材料的引述中我们已经明确了，陶诗相较于汉魏古诗，虽然二者都强调"本乎性情"，但是陶渊明诗歌之所以在"体"的层面与汉魏古诗存在差异，其原因在于"靖节去古渐远，直是直写己怀，故当以气为主耳"。由此处论述我们不难看出，许学夷强调了"气"的重要性，并且此处谈及的"古"应为诗三百，汉魏诗歌则直接承接了国风，保留了中国古代诗歌在发源阶段就已经具备的一些特征，如本乎性情、托物兴寄以及体制玲珑等。而随着汉魏五言诗歌的发展，即使在汉魏之际，魏诗也呈现出了些许变化；就连许氏自己也总结道："魏之于汉，同者十之三，异者十之七。"而这其中最为显著的变化就在于魏之于汉"渐见作用之迹"，而这一点的不断深入演进，也终使得汉魏古诗的风貌发生了极大的变化。许氏强调："汉人潜流而为建安，乃五言之初变也。"虽然汉代诗歌进入建安以后，情兴多渐为有意为之，体多敷序、语多结构且多有"作用之际"，但是整体上却仍具"浑成之气"。但是进入晋代，尤其诗歌发展到了陆机这里，诗体则有了较为巨大的变化。许氏有言："至陆士衡诸公，则风气始离，其习渐远，故其体渐俳偶，语渐雕刻，而古体遂漓。"许氏虽然承认所谓"用意俳偶，自陆士衡始"，但是在承认变化的同时，许氏也强调这种变化是"渐变"的，即"五言自汉魏至陈隋，自初唐至晚唐，其变有渐，正由风气渐衰，习染相因耳"。同时，即使是在我们后人看来颇具风力的左思也存在着"语多讦直"的情况，进而造成了"诗至左陆而敦厚失"的结果。而到了谢灵运，则发生了根本性的变化，即所谓"体尽俳偶，语尽雕刻，古体遂亡"。在这里，许学夷认为这一改变是"叛古趋变"。虽然他对谢灵运并不是一味抹杀，他也注意到了谢诗"雕刻之极，妙亦自然",并提出了"溶液"这一概念,但是从许学夷的整体复古倾向上来说,许氏以诗三百为源、汉魏五言为正的诗学观念没有改变。而从以上论述我们也不难看出,由汉魏到六朝,诗体由多委婉兴寄、浑然天成,渐渐失其敦厚,变得如刘勰所谓"丽采百字之偶,争价一句之奇,情必极貌以写物,辞必穷力而造新"的地步,虽然从文学自觉发展这一角度,以及后世律体诗的发展上看,这也具有巨大的价值;但是从许学夷坚持以汉魏诗歌为正的立场上来看,却是有损古体的。

而陶渊明却从"诗体"这一方面,逃脱出了汉魏古体发展到了六朝以至于"古体尽失"的僵化道路,做到了"自为一源"。而在这其中,对陶渊明独特诗体的形成起着实质性作用的便属他的"以气为主"了。"以气为主"既作为陶诗与汉魏诗歌在"长于兴寄"与"直抒己怀"这一差异上的依据,同时它也是陶诗独立于汉魏六朝诗歌主流而能做到"自为一源"的核心,这一作诗理念无疑在陶渊明生活的时代是特立独行的,虽然在当时并没有得到主流文坛的认可,但是这一理念的产生也足以使得陶渊明为六朝时期发展近乎于疲弱的五言诗注入了活力,也使得五言诗歌的发展多了一种可能。而理解这一概念的核心就在于这个"气"字。在我国古代文论史上,关于"文气"理论的相关论说早有提及。"气"这一概念有着很广泛的内涵,对其含义的溯源也可以追溯到我国先秦时期。据杨明先生研究,我国自先秦时代开始就广泛地使用了"气"这个概念,"气"可以用来解释宇宙万物的生成,也可以用来说明人体物质与精神之间密切的联系及其相互转化的特性。这种观念在汉代得到了进一步的发展,人的性格与品质都可以看作与"气"有关,而正因为"气"这个概念可以用来形容人体的生理以及精神现象,那么"气"就很自然地被用于评价、称道人物。而随着汉末魏晋时期人物品评之风的兴起,"气"由一种品评人物的用语渐渐进入文学理论的范畴。如曹丕在《典论·论文》中说:"文以气为主,气之清浊有体,不可力强而致。"这里所强调的"气"的观念较为宽泛,这里的"气"既指人所禀赋的自然之气,又指个人创作所呈现出来的文气。换句话说,这里所说的"气"是作品风貌与作者才性的结合[5]。进而言之,就是"人品"与"文品"的结合。而这一点在此后中国古代文学理论中也有相当的呼应,其中最为著名的还要算刘勰在其《文心雕龙·体性》的论述:

> 夫情动而言形,理发而文见,盖沿隐以至显,因内而符外者也。然才有庸俊,气有刚柔,并情性所铄,陶染所凝,是以笔区云谲,文苑波诡者矣[6]。

在这里,刘勰交代了文学作品体貌差异之根源在于人之"四端",其"四端"包括"才、气、学、习"。在刘勰看来,"才"与"气"属于人所具备的先天因素,而学与习是人的后天因素。而这其中尤为值得注意的是刘勰对于"气"的讨论实际上是承接了曹丕的"文气"观的。这里的"气"可近乎看作气质,刘勰在下文也说到"风趣刚柔,宁或改其气",这里"趣"通"趋",可释为趋势。意在说明,一个人在风格情趣方面所表现出的刚柔,与一个人的气质有很强的相关性。本质上还是在说人品与文品统一的问题。这一点实属与曹丕一脉相承，但是刘勰的进步之处就在于他提出了"学"与"习"的概念，并认为后天因素对先天才气有着关键的作用。这种受后天影响，在学习与写作中逐渐养成的风格习惯，最终还会作用在个人的才气之上。也就是说，个人的才气与作品的风貌有直接的关系。归结起来就还是之前我们强调的那个结论，即"人品"与"文品"的统一。这一观念在陶渊明诗歌"以气为主"这里是同样适用的。这里谈到的"气"也属于陶渊明的个性气质，并且在一定意义上陶渊明本人的气质与其作品所折射出的风貌是相统一的，研究陶渊明其人的生活与风趣，就可以帮助我们理解陶渊明诗歌"以气为主"的内在意蕴，并进一步帮我们明晰陶诗"自为一源"的本质内涵。

在《诗源辩体》中，许学夷曾引用《与子俨等疏》中陶渊明的自述来描绘陶渊明的生活："少学琴书，偶爱闲静，开卷有得，便欣然忘食。见树木交荫，时鸟变声，亦复欢然有喜。尝言五六月中北窗下卧，遇凉风暂至，自谓是羲皇上人。"由此不难看出陶渊明高雅的情趣与诗意的生活方式。陶渊明拥有一种有别于时代的情趣，晋人贵玄虚，尚黄老，故其言皆放诞无实。而"陶靖节见趣虽亦老子，而其诗无玄虚放诞之语，……皆达人超世、见理安分之言，非玄虚放诞者比也"。其放达与超然也是发自内心、由内而外的。同时期的很多人故作放达，实际上这不过是他们进行自我宽慰的一种心理暗示。陶渊明则不然，其"悲欢忧喜出乎自然"，陶渊明随遇而安，当忧则忧，当喜则喜，有真性情，有超然的情怀以及遗世独立的姿态。同样是纵情丘壑，谢灵运"心未尝无累"，而陶渊明却进行着诗意的栖居，大自然仿佛是他人生的伊甸。陶渊明的人生处处充满诗意，其情趣的高远、思想的多元，加之其拥有浪漫、自然的田园生活，虽然日子不一定富足，但是陶渊明本人一定是身处其中并自得其乐的。陶渊明本身就崇尚庄老，其思维意识自有自然超脱的一面；而其生活情趣和生活环境又反作用于陶渊明的个人气质，使得陶渊明本人与他的生活，以及陶渊明的人品与文品高度统一，也就是说，陶渊明个人的才气与他作品中反映出的气本质上是统一的，解读陶渊明的诗，就要先解读陶渊明这个人。而陶诗的"以气为主"也就直接使得陶渊明的诗独立于汉魏六朝诗歌的发展主流，且可以做到区别于时代而"自为一源"。这一点在许学夷所引用的《扪虱清话》中也有印证："文章以气为主，气韵不足，虽有词藻，要非佳作也。昨读渊明诗，颇似枯淡而有味。"这里面强调了"气"的重要性，接续了"文以气为主"的理论观念，同时认为陶诗虽然"枯淡"但是却有"味道"。六朝诗歌那种虽有华丽的辞藻但是却空洞无物不同，解读陶诗实际上就是在解读陶渊明这个鲜活的人，陶诗虽然平淡，但是平淡的背后却有着一份感发的生命。陶渊明这个人是有别于六朝的，故而陶渊明的诗也是有别于六朝的。这也就决定了其诗歌具备了"自为一源"的独特地位。

二、自为一"源"所成之"流"

通过以上的论述，我们从陶诗的艺术风貌以及"辩体"的角度由表及里分析了陶渊明诗歌相较于汉魏六朝诗歌之"变",并回答了许氏将陶渊明的诗歌从汉魏六朝这一流中分离出来的原因。陶诗之所以被视作"自为一'源'",一方面确实有许学夷本人对同时代乃至前代理论家对于陶诗认识的继承与批判,其根源在于反对那种"崇正斥变"的理念,注重"变"的重要性,力图将陶诗划在合理、公正的正变体系内;另一方面,则是许学夷本着"辩体不辩意"的立场,从辩体的角度将陶诗的"以气为主"区别于汉魏古诗发展到六朝时所体现的"体渐俳偶,语渐雕刻",将陶诗提升到了与汉魏古诗"体委婉而语悠圆"同等的高度,并由此展现陶诗"真率自然""直抒己怀"的特点。将陶诗地位极大提高的同时,却也不失其公允。而若只将陶渊明的诗歌地位提高并视其为一源,也许不能完全体现许学夷对陶诗认识的深刻性,也不能展现其认识的完整性。许氏对于陶诗的又一创见在于他将陶诗自视一源后,又将它与唐代五言古诗的发展联系在了一起,由此形成了一个新的源流正变体系,使得陶诗的生命力更鲜活、更长久,同时也真正诠释了陶诗"自为一'源'"这个"源"的意义。

  许学夷在陶诗论卷首交代了陶渊明的诗歌不宗古体、不习新语、真率自然这些"自为一'源'"的属性后,随即谈到了陶渊明诗歌对于唐代五言古诗的意义:"惟靖节诗……。然已兆唐体矣。下流至元次山、韦应物、柳子厚、白乐天五言古。"而这也就突出了陶渊明诗歌的文学史贡献,突出了陶渊明诗体新变所带来的影响以及其开源价值。而在具体的影响中,许氏也根据陶渊明诗歌的不同类别,分别论述了陶渊明诗歌对于中晚唐时期唐五言古诗的不同影响,在《诗源辩体·卷六·第十六则》中,许氏曾言:

> 靖节诗有三种。如"少无适俗韵"、"昔欲居南村"、"春秋多佳日"、"先师有遗训"、"衰荣无定在"、"道丧向千载"、"故人赏我趣"、"孟夏草木长"、"蔼蔼堂前林"、"羲宾五月中"、"穷居寡人用"、"运生会归尽"等篇,皆快心自得而有奇趣,乃元次山、白、苏之所自出也。如"寝迹衡门下"、"草庐寄穷巷"、"靡靡秋已夕"、"山泽久见招"、"结庐在人境"、"秋菊有佳色"、"万族各有托"、"凄厉岁云暮"等篇,皆萧散冲淡而有远韵,乃韦柳所自出也。如"行行循归路"、"自古叹行役"、"游好非久长"、"愚生三季后"、"若龄寄事外"、"闲居三十载"等篇,则声韵浑成,气格兼胜,实与子美无异矣。

  由此可见,陶渊明的诗歌有三个种类:其一为快心自得而有奇趣;其二为萧散冲淡而有远韵;其三为声韵浑成,气格兼胜。这三点分别从不同的角度对陶诗进行说明,在许学夷看来陶诗富有情趣,体现着陶渊明快然自适、自得其乐的人生态度;诗歌用语平淡、自然真率,读之令人回味无穷;同时陶诗也是句法天成、声韵和谐,无论是创作风格还是整体格调,都具有很高的艺术造诣。而以上这些特点与汉魏古诗那种"体委婉而语悠圆"、长于托物引类、讲求温柔敦厚的特征存在着明显差异。许氏论述陶渊明的诗歌种类,一方面体现了陶诗区别于汉魏六朝诗而自为一源的特性;另一方面也使得唐代受其影响且未被划入古、唐诗正变系统中的诗人而被独立了出来,以陶诗为源,形成了自己的源流关系[7]。而既然将这些诗人划入了以陶渊明诗歌为源的源流体系,那么这一体系就同样会体现出许氏的"正变"思想。在许学夷的诗学观念中,后世受到陶渊明影响的诗歌与陶诗相比,还是存在高下之分的。这一点由许学夷自己的有关论述中便可以发现:

> 或问予:"子尝言元和诸公以议论为诗,故为大变,若靖节'大钧无私力''颜生称为仁'等篇,亦颇涉议论,与元和诸公宁有异耶?"曰:靖节诗乃是见理之言,盖出于自然,而非以智力得之,非若元和诸公骋聪明、构奇巧,而皆以文为诗也。

在这里,许氏将元和诸公之变化定性为区别于正变、渐变观的"大变",并交代出元和诗人的诗歌多见才力、造诣,且多以文为诗、以议论为诗的特色。这一点不仅有别于汉魏六朝诗"不言才力、造诣"的主张,而且与陶渊明自然浑成,直写胸中之妙、以气为主的诗歌也存在着不同,这在本质上属于许学夷"正变"观念的一种体现,同时也使得由陶诗发源的这一条流找到了得以发展、演化的原动力,赋予了这一源流以生命力。在理论上抬高陶渊明诗歌地位的同时,也在现实诗歌发展的具体情况上为陶诗"自为一'源'"的理论寻找依据,体现出许氏理论观念的完整性和全面性。

结　论

通过上文论述,我们围绕着许学夷诗论中的"源流正变"观念,尤其汉魏六朝诗歌的"正变"关系,集中讨论了许学夷将陶渊明诗歌评价为"自为一'源'"这一认识的具体表现、原因以及其影响。陶渊明诗歌之所以被许氏认定为"自为一'源'",一方面是陶渊明"不以道义为诗"的主张与许学夷论诗"辩体不辩意"的主张相合;另一方面,通过许氏的交代我们也确实可以看出陶渊明的诗歌是陶渊明"诗品"与"人品"的结合,其诗歌多"以气为主",这使他的诗歌在区别于六朝诗的同时,其高度也上升到了汉魏古体的层次。这是其"自为一源"的内在表现,也是其深层原因。而陶渊明诗歌在整体上给人以"真率自然""直写己怀"的直观感受,语言清新自然、不拘格套,陶渊明也真正做到了将诗歌生活化,将人生艺术化。同时,为了进一步说明陶诗"自为一源"的合理性,许学夷也将陶诗与唐中后期的五言古诗联系在了一起,构成了一个新的源流正变体系,在注重前后关联性的时候,也强调了变化性。由此可见许氏理论体系的完整和严密。而许学夷作为明末文学复古的代表人物之一,其崇古的思想是鲜明的;但是他既没有"崇古斥变",也没有另辟蹊径,对古一味地贬斥;而是在梳理诗歌源流发展的过程中,尤其强调"正变"的作用,既崇尚古之雅正、古之规范,同时也更看中"变"的作用。对于变体,许氏认为它受多方面因素影响,并且"诗体代变"体现着一种诗体由盛转衰的过程,并且这一过程是"渐变"的也是自然的;同时变体也有"大变""新变"这样的一些情况,对于变体的认识评价要本着公正、客观、全面的态度。由此才可以对古代诗歌的源流做出相对公允的判断。陶渊明的诗歌本质上就属于相较于汉魏六朝诗歌的一种变体，在诗歌体貌层次上有着区别于汉魏六朝诗歌发展主流的特性，并能够在"自为一'源'"的同时亦形成自己的一条流，展示出了陶诗的艺术生命力；同时也是在许学夷这里，陶渊明的诗歌有了一个相对合理的位置。这不仅使我们可以进一步深入认识陶诗，同时也让我们看到了许氏诗学思想的深刻性，也突出了《诗源辩体》这部著作的诗学地位以及诗学贡献。

参考文献

［1］罗宗强.明代文学思想史［M］.北京：中华书局，2019：843.
［2］许学夷.诗源辩体［M］.杜维沫点校.北京：人民文学出版社，1987.
［3］方锡球.许学夷诗学思想研究［M］.合肥：黄山书社，2006：52.
［4］朱东润.中国文学史批评大纲［M］.上海：上海古籍出版社，1983：225.
［5］杨明.曹丕文气说考［M］//汉唐文学研赏集—复旦大学中文系教授荣休纪念文丛.上海：上海古籍出版社，2010：3-13.
［6］刘勰.文心雕龙［M］.王志彬译注.北京：中华书局，2012：330.
［7］汪泓."辨体"不"辩意"——许学夷论"体制为先"［J］.江西社会科学，2003（9）.
［8］陈斌.许学夷的汉魏诗史观［J］.福建师范大学学报（哲学社会科学版），2006（4）.
［9］严志波.由"天成"论许学夷《诗源辩体》之汉魏六朝五言诗诗学观［J］.河北北方学院学报（社会科学版），2019（1）.
［10］冯圆圆.近三十五年《诗源辩体》研究述评［J］.宁波广播电视大学学报，2020，18（1）.
［11］杨晖.许学夷《诗源辩体》的正变观念［J］.阜阳师范学院学报（社会科学版），2008，36（5）.
［12］王征."自为一源"：许学夷《诗源辩体》中的陶诗论［J］.西华师范大学学报（哲学社会科学版），2018（2）.
［13］汪泓.许学夷诗体正变论之再评价［J］.江西师范大学学报（哲学社会科学版），2003（36）5.
［14］方锡球.许学夷诗学思想简论［J］.文学评论，2001（1）.

（杨春雨　首都师范大学2020级硕士生　指导教师：左东岭）

锁院隔离体验与诗歌创作
——以嘉祐二年省试唱和为例

詹莞如

摘 要：宋代的科举锁院制度，为参与考试工作的诗人们提供了罕见的隔离体验，这种限制人身自由、与世隔绝的状态，会对人的身心与人际交往产生影响。嘉祐二年省试唱和是锁院诗的典型，从中可以发现隔离体验如何从身体、心理、群体三个方面影响诗歌创作，并总结出锁院诗的独特性与艺术价值。

关键词：锁院诗；隔离；欧阳修；梅尧臣；王珪

科举锁院，是北宋出现的一项新制度。[①]为防止请托、泄题等舞弊现象，考官们在接受任命后，需要立即赶往试院。[②]从接收考生资料到放榜的一个多月时间里，他们只能在狭小的试院中活动，接触的人十分有限，更不允许书信往来。

在这种与世隔绝的情况下，诗歌创作是他们"宣其底滞而忘其倦怠"的重要途径，同时也是对特殊隔离生活的珍贵记录。由于写作时的环境、心境特殊，这些诗歌往往也呈现出特殊的面貌。

目前留存下来的锁院诗中，只有嘉祐二年、元祐二年、元祐三年数量较多，其他时期的诗歌皆为单篇散见。元祐二年同文馆唱和数量虽多，但多为同题套路化写作，诗中多有应酬之语，且该次发解试似乎存在封闭不太严格的情况[1]。元祐三年苏黄等人的诗作数量较少，仅有考试事务结束后围绕伯时作画的一次唱和，内容亦较少涉及心理体验。因此，为深入、准确说明隔离体验对诗歌创作的影响，本文将以嘉祐二年唱和为主要的讨论对象，具体论述中偶及宋代其他锁院诗。

[①] 学界一般认为淳化三年是宋代科举锁院的开端，但雍熙年间徐铉已有贡院锁宿的诗作。《文献通考》卷三十："（苏易简）（淳化三年）知贡举，既受诏，径赴贡院，以避请求，后遂为例。"淳化三年前锁院或已成制度，"后遂为例"指的可能是试官受诏后须立即前往试院的规定。

[②] 前引苏易简一段可证。此外，据《宋会要辑稿·选举一九》的记载，大中祥符七年，朝廷曾下发了更为明确的诏令："今后所差考试、发解并知举官等，宜令阁门候敕出，召到画时令阁门祗候引伴指定去处锁宿，不得与臣僚相见言话。如违，仰引伴使或阁门弹奏，并当重行朝典。如候鞍马未至，即阁门立便于左骐骥院权时供借。"

嘉祐二年锁院的时间为正月六日至二月二十七日，共五十天，[①]地点在尚书省东厢，位于东京内城，靠近刑部东楼和御街。这次锁院中，参与唱和的有六人，分别为欧阳修、梅尧臣、王珪、梅挚、韩绛和范镇，现存的仅有欧阳修、梅尧臣、王珪三人之诗，共九十六首。锁院结束后，欧阳修曾将此次唱和的作品结为《礼部唱和诗集》，元后亡佚。[②]

学界已有的对锁院诗的研究往往侧重于考证史实。说明锁院诗的特殊性时，也往往集中在内容上对科举制度的表现，以及其中体现的平淡、戏谑等宋诗特色，较少关注隔离体验本身。本文将基于心理学、社会学视角，详细分析锁院隔离体验对个人身心和群体唱和的影响，展现锁院诗的独特风貌。

一、受限制的感官与不自由的身体

锁宿期间，考官们的人身自由遭到限制，最直接的体现就是感官受限。在试院中，诗人们的视线被围墙遮挡，即目所见只有单调的景色，抬头也只能见到被檐角围住、被大树遮挡的天空。相应的，锁院诗中多见"檐""瓦""阙"等高处的建筑部件，多写烟、高树、墙头花、枝上鸟等高处的可见之物，多用"遥望""遥知""遥听"等表述。如"遥望觚棱烟霭外"（《再和梅圣俞元夕登东楼》）[2]380、"风点稍闻寒瓦急，玉条初向画檐垂"（《春雨呈主文》）[3]933、"青葱嘉树锁连甍"（《和永叔出省有日书事》）[4]5982等句，明月、雨点、树枝这些原本稀疏平常的景色，仿佛都被框定在建筑物组成的画框中，观赏者无法忽略建筑物的存在，只能将它一同放入切割后的视角之中。有时，这种受限的视角也会形成特殊的审美效果。宋庠充当殿试副考官时，有"卧惊银汉入宫墙"之句[4]2265，仿佛是把宫墙当作自己的取景框、惊讶地发现美景"跑到"画面中一样，独特而巧妙。

偶尔，诗人们的视角也可以由仰视变为俯视。此次锁院靠近刑部东楼，他们在节日里可以登楼远眺，但远眺所见仍然有限。诗人们只能俯看华盖和牛马，遥望重山和灯火。元夕夜里的御街热闹非凡，[③]反使墙内的气氛变得更加冷寂。梅尧臣因此写了一首《莫登楼》，表现"心往形独留""有此光景无能游"的寂寞[3]924，引发众人唱和。值得注意的是，这

[①] 按：《宋会要辑稿·选举一》《续资治通鉴长编》皆记载正月六日下诏试官名单，《选举十九》记载为正月五日，当从前者。正月六日梅尧臣虽有诗曰"明朝锁礼闱"，但小试官由主试官推荐选定，在入院时间上应有宽限，不妨以前述判断。时长五十日，欧阳修《礼部唱和诗序》《归田录》凡二见，据此推算，此次锁院的结束日为二月二十七日清晨，正在寒食节前两日，可与"到家犹得趁清明"等诗句相印证。

[②] 《宋史·艺文志》仍著录"《礼部唱和诗集》三卷"，其后目录中皆未见此条目。

[③] 仁宗朝对御街的管理较为宽松，平日允许两侧街市叫卖，元夕夜不禁百姓车马彻夜欢乐，盛况非凡。《东京梦华录》中对此有生动的描写。

些诗歌与过去登高、登楼主题的表现方式非常不同。原本登楼这一动作意味着诗人具有高度上的优势，可以远望四方穷千里之目，可以俯视尘嚣作冷静之观，因此与登楼绑定的常常是怀古、论政、思远人等指向外部的情感，然而位于高处的视点并未让这些试官们产生优越感，反倒成为横亘在他们与平地上的人们之间的壁障。登高独拥的广阔景致曾是描写的重点，此时他们却在尽己所能看得更细致些，努力辨认车上女子的发型或车前马的品种。他们登楼的心境与前人不同，是为突破限制获取感官的短暂充盈，因此朦胧的空气、不佳的视力与此后长久的空虚最终必然使他们的情感指向个人。

视觉上的限制使得其他感官变得分外敏感。由于试院与御街相邻，元夕夜登楼回到住所后，墙外的笙歌法曲彻夜不休，①墙内众人则久久未眠。欧阳修听着"禁城车马夜喧喧，闲绕危阑去复还"[2]380，思绪随着来来往往的车马一同飘荡，连屋檐上关关的鸟鸣声也变得格外清晰。心中有愁绪，睡眠质量就会受到影响，王珪《和圣俞春雪》曰"谁知下帷苦，未晓已闻鸦"[4]5977，以黎明前听到乌鸦叫声来说明早醒不寐的痛苦，表达自己的愁绪。

诗人们常以受拘束的鸟、兔等动物自比，描述自己人身自由受到限制的处境。梅尧臣《上元从主人登尚书省东楼》："谁教言语如鹦鹉，便著金笼密锁关。"北宋，省试知贡举考官和点检试卷官都是馆阁之臣[5]，因此梅尧臣此处将自己和朋友们比作鹦鹉，因能言而身遭锁闭。锁院期间的吃穿用度一应由官方提供，还会暂时提升官阶和俸禄，②故称之金笼亦十分贴切。王珪《和圣俞莫登楼》："画省宵闲空翠帱，束如穷兔离新罘。"[4]5950应和梅尧臣《莫登楼》中"粉署深沉空翠帱"一句，以翠帱为罘罝，将自己比作罹网之兔，和梅尧臣的金笼鹦鹉之喻十分类似。

但是，鸟儿毕竟与人不同，它们有翅膀，根本不会被几道围墙阻隔。于是，诗人们也常常将鸟儿、蝴蝶、梦魂、风等作为突破重闱锁闭的寄托。王珪写下"朝锁楼台空怅望，欲将春恨托飞翰"[4]5982、"曾从宸游燕双阙，梦魂通夕绕严关"[4]5976，是希望自己的思绪能自由地离开锁闭的空间。梅尧臣《书事和韩子华舍人》："见凭蝴蝶过墙飞，却梦翩然入绮闱。欲扑翅轻萦不住，觉时疑有粉沾衣。"[3]935现实中的蝴蝶能轻松地飞越墙头，因此当梦中之蝶翩然飞进院中时，诗人想借助它的力量离开，却根本无法扑住，睡醒时身上仿佛还沾有蝴蝶翅膀上的花粉。当欧阳修与梅挚聊起自己心爱的宠物时，他们都害怕宠物会在自己锁宿时被偷偷放跑："或被偷开两家笼，纵此二物令逍遥。兔奔沧海却入明月窟，鹤飞玉山千仞直上青松巢。"[2]174-175这个话题使众人的想象变得更加宏阔，梅尧臣在和诗中想象欧阳修因思念白兔，企图向嫦娥借来玉兔一观。梅挚更是梦见家中白鹇抱怨自己偏

---

① 王珪《依韵和梅圣俞从登东楼三首·其二》："谁在玉楼歌未足。"《依韵和梅圣俞从登东楼三首·其三》："午夜笙歌移法曲。"《全宋诗》第5976、5977页。

心，引发了以谢鹘、送鹘为主题的一系列唱和，超越受到束缚的身体和感官，使诗思来到了竹林、岭云或太液池之上。被限制的感官与不受限的想象之间形成一种张力，读来有着一种跌宕的美感。

二、被隔绝的心理体验

信息是个体接受社会影响的主要途径。锁院期间，试院内"绝不通人"[2]1107，信息的进出受到严格控制，诗人们无法与外界交流，即使是与家人有关的事件，也只能通过"平安历"的形式辗转传递。①这种被隔绝的状态引发了一些特殊的心理体验。

首先便是愈演愈烈的思亲之心。试官们长久不能与家人见面，甚至无法触摸他们的亲笔字迹，自然分外想念。而与常见思亲主题尤为不同的是，他们都定居在东京城内，原本不远的距离被围墙生生隔开。"家在望春门外住，身居华省信难通。"[3]934 相距咫尺却无法见面，更添无可奈何之愁。

试官们同样渴望与其他人交流，尤为典型的是在仕途上仍有远大抱负的梅尧臣和王珪。二人都曾在诗中写到诏令下发的突然，王珪诗曰"诏书初捧下西厢，重棘连催暮钥忙"[4]5972，强调得诏与入院的匆忙。梅尧臣的描写则十分有画面感："来时攀茧正探官，走马传宣夹路看。便锁青春辞上阁，徒知白日近长安。"[3]926 攀茧探官，是当时的新年习俗，取食者掰开放有纸条的空心面食，占卜未来的官场运势。而正在这时，使者传来锁院的诏令，打断了攀茧的过程，也打断了正常的官场活动。试院虽与宫城相近，试官们却无法参与任何朝中活动，连上朝请奏试题都不被准许，②这正是另一种"日近长安远"。长久的隔离让他们不由得担心自己会与他人生疏，以至于"龙阁凤池人渐隔"[3]934、"亲旧全如远别来"[3]937。王珪希望考试结果能尽快公开，因为"玉阶未放金书榜，谁识秦关旧弃繻"[4]5973，只有早日回到官场，他苦心经营的人际关系才不致破裂。

此外，信息有着减少或消除不确定性的重要作用，信息量越多，不确定性越少。③如今我们对电子设备的依赖，很大程度上就来自我们对掌握即时、大量、准确信息的需求。古人虽不如此，但长时间不接触新信息，心中自然会生出对不确定性的恐惧。宋代有着发达的邮传体系，而都城正是信息交换与信息处理的中心，在这里生活的官员们习惯于每日获知各种新事件，此刻却突然断绝了与朝廷、外界的联系，难免会感到不适应，这也是诸

---

① 司马光《涑水记闻》卷十四《平安历》："皇祐中，王罕为监门，始置平安历，使吏隔门问来者，详录其语于历，传入院中。试官复批所欲告家人之语及所取之物于历，罕遣吏呼其人读示之，往来无一差失。"

② 《宋会要辑稿·选举三》：（大中祥符四年）十二日，诏："自今知贡举及发解试官，更不得乞上殿及进呈题目。并令门辞，差官伴入院锁宿。"

③ 这一定义最早由美国数学家克劳德·艾尔伍德·香农提出。参见：石庆生.传播学原理[M].合肥：安徽大学出版社，2001：7-8。

人感到惆怅的原因之一。在锁院前，欧阳修面对纷纷凋零的好友，已有"追惟平昔念少壮，零落生死嗟分联"[2]139的感慨。在试院中回忆过往诸事时，他或许也渴望得知友人们的近况。事实上，欧阳修的好友杜衍就是在锁院期间病重、去世的，而他直到二月底离开试院后才得知这个消息，匆忙为友人设帐、写祭文。杜衍病重一事甚至惊动了天子为他送药[①]，欧阳修却不得而知。他在《祭杜祁公文》中写道："系官在朝，心往神驰。送不临穴，哭不望帷。衍辞写恨，有涕涟涟。"[2]1233-1234语间或有客套，但因锁院错过最后的交流机会和吊唁时间的伤感，想来是真切存在的。

也正是出于这种对未知信息的渴望，试院中的人们常常有意聆听墙外的交谈声。考试快要结束时，梅尧臣"夜闻相府催张榜"[3]934，为这一锁院即将结束的信号感到雀跃。王安石参加发解试考试工作时写到"忽忽觉来头更白，隔墙闻语趁朝时"[4]6716，早早醒来的他听着墙外人们的叫卖声与交谈声，似乎渴望外界的烟火气能够告慰自己的孤独。

被隔绝的不仅是人事，还有春光。试院中可见的物候非常单调，诗人们敏感地发现今年的花开得似乎比往常要晚，于是努力探索，不厌其烦地记录着试院中初开的桃花、李花、寿春花，以及空中飘来的春雪、春雨、飞絮，生怕错过任何一分难得的春色。而无法准确地把握春天的进程，似乎代表着一种时间认知上的模糊，引起了诗人心中对于时间飞逝、光阴虚度的恐惧。他们"看榆吐荚惊将落，见鹊移巢忽已成"[2]389，不由得开始害怕"朱门深锁不知春，苒苒年光暗中换"[4]5992。因此，他们热切地盼望能在清明前结束锁院，赶上春天的尾巴，约定好一起踏青，珍惜久违的"春风任放百花开"的春景。

较为特殊的是，欧阳修似乎对这种被隔离的感觉并不陌生，锁院体验与他的老年体验在这一点上悄然相合。[②]年近半百的他屡屡感觉自己"欢情渐减"[③]，对歌舞醴馐不再感兴趣，与年轻人也缺乏共同话题。在至和二年的一次宴会过后，他感慨自己"与世渐疏嗟已老"[2]367，明确写出了被疏离的感觉。两年后在试院中，他写下了类似的诗句："与世渐疏嗟老矣，佳辰乐事岂相关。"[2]380这种疏离感由锁院与年老共同激发，在他的心里荡起更大的涟漪。宴饮上的疏离感尚且可以忍受，此时又与自己熟悉的家人、自然隔绝，让他分外难受。与友人的"群居一笑欢"，掩不住"年老思家甚年少""对酒思归未得归"的惆怅。他密切关注着工作的进度，希望能在寒食节前回到自己熟悉的环境当中，缓解心中

---

① 《续资治通鉴长编》卷一百八十五："太子太师致仕杜衍退寓南都凡十年……及被病，帝遣中使赐药，挟太医往视，已卒。"载：续资治通鉴长编［M］.北京：中华书局，1995：4468-4469。

② 库明和亨利在其社会心理学研究中，将疏隔感分为两个方面，一是来自社会的疏隔，二是来自个人的疏隔，而后者正是老年人的心理特征。参见：长谷川和夫，霜山德尔主编.老年心理学［M］.车文博，等译.哈尔滨：黑龙江人民出版社，1985：67-69。

③ 如《依韵奉酬圣俞二十五兄见赠之作》："欢情虽渐鲜。"《小饮坐中赠别祖择之赴陕府》："欢情落寞酒量减。"《读书》："前时可喜事，闭眼不欲见。"

愈演愈烈的孤独感。

三、试院酬唱与精神交流

  与一般的唱和活动相比，锁院唱和在封闭的环境之中进行，交流的对象有限，日常活动的范围也有限，且会持续相当长的一段时间。一方面，几个人之间长期、集中的往来，是极富挑战性的社交场合，也是唱和影响群体关系的典型样本；另一方面，唱和形成了群体性的心理感染，[①]既会加强特定情感的影响，也使锁院的特殊体验在诗歌中展现出丰富的层次。

  嘉祐二年锁院唱和的首倡者是梅尧臣，欧阳修则是这一进程的积极推动者。作为知贡举，欧阳修无论在文名还是话语权上都处于中心地位，且他和参与唱和的几人在嘉祐二年前已有联系，[②]只有他能快速活跃众人关系，引导众人积极唱和。而梅尧臣则不同，他在六人中则处于有些尴尬的地位。作为唯一参与唱和的小试官，他在六人中年龄最长，官阶却最低，此次参与试院工作也主要仰仗于欧阳修的有意安排。同时，除了与欧阳修的多年友谊，他与其他四人都并不相熟。在过往与欧阳修的交往中，他偶尔会表露出自己的自卑，在这次唱和中，他也写有"群公锦绣为肠胃，独我尘埃满肺肝。强应小诗无气味，犹惭白发厕郎官"[3]931、"五公雄笔厕其间，愧似丘陵拟泰山"[3]923这样的诗句，表现出作为小试官的谦卑。然而，他在唱和中起到了非常关键的作用。一方面，欧阳修对他的诗才屡有夸赞，在试院中积极唱和梅尧臣写下的几乎每一首诗。同时，参与取士工作无疑让他感到激动，试官工作的神圣性部分消解了自己对"韩孟比喻"的不甘[6]64-66。最终呈现出来的大部分作品中，他都表现得非常自如。欧阳修、梅尧臣作为年长者，能够放下身段主动提供好色、爱兔这样自我调侃的话头，使得众人的唱和气氛变得更为放松。他们的努力无疑是这次唱和蔚为大观的重要因素。

  这次唱和成功的另一个重要原因便是共同的隔离体验。试院中生活单调，工作繁重，众人都有"宣其底滞而忘其倦怠"的需求。而在同样的环境和活动中，他们有了相同的身体与心理体验，容易引起共鸣。这拉近了人与人之间的距离，原本并不相熟的众人在唱和中很快变得熟悉，甚至敢于相互调侃。锁院结束后，众人之间的来往明显变多，他们在诗歌中还时常回忆起锁院时的经历，东楼望远、雪中思春、墙头看花，成了他们独特而鲜活的共同记忆。王珪《依韵和景仁寄河中公仪龙图》："南省深沉春又锁，东楼怅望雨中情。"[4]5981-5982即使已经离开试院，他们的唱和仍然延续着过去的话题。而梅尧臣的《上

---

  ① 心理感染（contagion）是社会心理学术语。参见：孙时进.社会心理学导论[M].上海：复旦大学出版社，2011：261。
  ② 欧阳修与梅尧臣为挚友，与王珪、韩绛同为知制诰，曾与范镇同修《新唐书》。嘉祐二年前，他与二梅、王、韩四人都有明确的诗文来往，而《归田录》中提及范镇举进士后写给自己的诗，二人应当也有交流。

元夕有怀韩子华阁老》，更是将试院中的体验融合当下的心境，再出新意：

> 一岁老一岁，新年思旧年。东楼尝共望，九陌听争先。
>
> 白发更中笑，舞姝应转妍。追随都已倦，强对月明前[3]994。

中规中矩的开头过后，一句"东楼尝共望，九陌听争先"，将锁院时局促的视觉和难寐时敏感的听觉又一次带到了两人面前。后四句接续锁院唱和中对自己贪恋红袖的调笑，并介入时间的流逝感。几年来自己依然沉居下僚，时间却一刻不停地老去，相比过去群居谈笑时，诗人的心境更添一分苍老。过去与当下的交会，使情感的表达变得更为厚重。

相比起独自一人的吟咏，唱和形成了心理感染效应，相同环境下有限、集中的交流，使原本孤立的情感在你来我往的创作中不断加深，激发出更多的层次。同时，书写的过程也是加深印象的过程，在寻觅诗思、反复吟咏时，诗人们会敏锐地捕捉到周围的情绪，而艺术加工又会使情感的表达变得更为深刻、凝练，在传看、唱和的过程中影响到他人，引起共鸣。且唱和本身便带有竞较诗才的性质，此次参与唱和的众人都有诗名，爱好写诗，① 欧阳修将这次唱和比作一场势均力敌的诗战[7]1937，甚而有以酒赌诗的行为。②众人在这样的气氛下各创新意，使诗作的主题不断拓展，原先说不明道不清的情感也有了越来越丰富和细致的表现。唱和活动因此使原本单调、受限的生活在不断推衍中变得精彩纷呈，花样迭出。

四、余论

嘉祐二年礼部试结束后，欧阳修对险怪文风痛加裁抑的做法引发了巨大的争议。③汹涌的舆情蔓延到了诗歌上，有人"以为主司耽于唱酬，不暇详考校"[8]429。然而，欧阳修仍然坚持将这些诗歌结集流传。一篇《礼部唱和诗序》，透露出欧阳修坚持结集的原因，也恰好可以作为锁院诗的特殊意义的总结。

首先是锁院唱和这一行为有助于塑造理想的士大夫形象。在他们看来，前人在锁院时唱和不兴是由于"窘束条制，不少放怀"，拘泥于规定而不敢表露情绪，郁郁寡欢，是一种不自然的表现。而在游刃于工作的同时戏乐自得，才是无愧于国家和自己的两全状态，要远胜于前者。这样的价值取向自然与宋代兴盛的乐感文化相关。同时，这种士大夫形象

---

① 除欧、梅二人外，其余众人在诗话或史书传记中都得到了长于文学的评价。参见：陆胤·北宋科举锁院诗考论[M]//中国诗学·第十三辑，北京：人民文学出版社，2008：125-143。

② 梅尧臣《二月五日雪》："冻吟谁料我，相与赌流霞。"句下自注"闻永叔谓子华曰明日圣俞若无诗，修输一杯酒"。

③ 据《续资治通鉴长编》卷一百八十五记载："及试榜出，时所推誉，皆不在选。嚣薄之士，候修晨朝，群聚诋斥之，至街司逻吏不能止；或为祭欧阳修文投其家。"舆情之汹汹可见一斑。

较之庆历学风平和安泰，又比左右逢源的软熟风气多了始终存在的责任感，通过唱和摹画理想的士大夫面貌，与考试中正面反对险怪文风的做法，实为欧阳修锐意改革士风的一体两面。无怪乎在巨大的舆论压力面前，欧阳修仍然要坚持将其结集出版。

其次是诗艺上的可取之处。众人皆有诗才，驰骋兴致，诗篇中可圈可点的地方自然不少。同时，锁院隔离状态下人们独特的视角、敏感纤细的感受、紧凑密集的交流，使得许多陈旧的主题与物象呈现出新的面貌。诗人们留意到自己的感官受到限制，便充分书写独特视角中的景色和该视角下萌生的情感；他们详细刻画被隔绝时的心理感受，并在唱和中不断挖掘其内涵，将这些感受写得更为丰富真挚；模糊的时间意识与诗战的热烈促进了众人的观察与创作，出现了很多咏物精妙、情感深挚的作品。此次唱和对宋诗风貌的形成也有着独特的贡献[9]。

《诗序》的最后一段则提示了诗篇本身对于这段特殊经历的纪念意义。欧阳修是一个重情的人。虽然锁院生活并不自在，但他也格外珍惜与友人的欢聚。他积极发动和参与唱和，不仅是为了改善心境、活跃气氛，也有留下诗篇记录珍贵时光的目的。事实上，正如上文曾提到的那样，众人的距离在锁院过程中被拉近，离开试院后的多年内，他们每逢春天都会回忆起当时的情境，正所谓"追惟平昔，握手以为笑乐"。即使这次唱和并不是一件前所未有的盛事，这段特殊的经历也值得重视和纪念。

特殊的体验往往能拓展诗歌创作的内容，甚而成为一种新的诗歌种类，如唐代始有的边塞诗。就人数来说，科举锁院在宋代是一项推广到地方的制度，几乎每年都会举行各级别的考试，考官的数量并不算少。在诗歌数量上，虽少大规模的唱和，但许多诗人都写有表现锁院体验的散见单篇，或许可以在内容题材上归为一类。对锁院诗的探索，提示我们留意诗人的即时状态对诗歌创作的影响，重视诗歌中流露出的细致的心理体验，帮助我们更好地理解诗歌的艺术价值。

写作这篇文章时，笔者正处于居家隔离的状态，因而在阅读这些锁院诗歌时屡有古今一心的感慨。当然，比起苦涩或郁结，这些诗歌中更多的是一种生命力，一种伴随更为敏感的心理而生的诗意。在摘下口罩之后，我想我们会因陌生人的一个微笑而感动，就像试官们迎接久违的无拘无束的春日那样。

参考文献

[1] 吕肖奂.元祐更化初《同文馆唱和诗》考论[J].四川大学学报（哲学社会科学版），2013（03）：91-97.

[2] 欧阳修，洪本健.欧阳修诗文集校笺[M].上海：上海古籍出版社，2009.

[3] 梅尧臣，朱东润.梅尧臣集编年校注[M].上海：上海古籍出版社，2020.

[4] 傅璇琮.全宋诗[M].北京：北京大学出版社，1991-1998.

[5] 夏亚飞.宋代科举考官制度研究[D].郑州：河南大学，2016.

[6]陈湘琳.欧阳修的文学与情感世界[M].上海：复旦大学出版社，2012.

[7]欧阳修.归田录[M].李逸安.欧阳修全集，北京：中华书局，2001.

[8]叶梦得.石林诗话[M]//何文焕.历代诗话，北京：中华书局，1981.

[9]诸葛忆兵.论宋人锁院诗[J].文学评论，2009（06）：64-68.

（詹莞如　北京师范大学2021级硕士生　指导教师：周剑之）

·中国现当代文学·

中国历史地图集

《女人》及"女人"的诞生
——作为精神现象和话语事件的翟永明组诗《女人》

冰 马

摘 要：回溯至20世纪80年代前期中国社会、思想、文化转折期的历史场域，可以发现，翟永明的大型组诗《女人》是当代文学（诗歌）史的一个重要文本事件，诗人通过此组诗及其后补"序言"《黑夜的意识》二文本，首先为当代中国女性诗歌树立了一个性别意识全面觉醒和性别主体性的确立与建构主题的原创书写范本，为当代诗歌树立了一个"'女性诗歌'开端的'标志性'作品"。更重要的是，它因此构成了于"女性诗歌"场域而言的一次划时代的精神事件，其诞生催生了"女性诗歌"概念的诞生，打开了当代中国女性文学的主体性确立和自觉建设的大门，推动了80年代中后期颇具规模的女性诗歌群体围绕女性主体性建构主题持续展开书写的潮涌。

关键词：翟永明；组诗《女人》；女性诗歌；女性主体性建构；女性诗歌发生史

翟永明组诗《女人》文本直接催生了唐晓渡的"女性诗歌"命名，而且它也是"女性诗歌"概念及诗学范畴体系（category system）中重要范畴原型（category prototype）构成，是程光炜、洪子诚等文学史家概述、总结这一具有构成性和动态性的"发展的概念"之内涵的"起点"和关键文本。

然而，对翟永明组诗《女人》及其随后增补的"序言"《黑夜的意识》的创作背景、精神和文学资源等问题，在部分学者那里甚至形成了一种将历史事实倒置后予以阐释的错误认知，把西方女性主义理论的译介和汉化传播误置为中国女性文学（诗歌）的重要发展动能[1-3]。这类叙述过于追求对女性诗歌群体兴起后的整体性"俯瞰"，却忽视了翟永明与《女人》的原创性，及其在发生初期的"女性诗歌"场域内部构成的更为先锋的前沿性、其"领衔"（程光炜语）或"头羊"（唐晓渡语）的"创世性"。

在对1980年代翟永明领衔的"女性诗歌"创作进行整体描述或概述时，常用时间术语要么是笼统的"80年代中后期"，要么是模糊的"80年代中期"，且基本以1985/1986年为节点[1-3]。但事实上，翟永明的组诗《女人》于1983—1984年的诞生，首先构成了她个人创作史的一个重大转向事件；而且，她凭借这一原创性文本，开拓出了一条"女性意识与女性主体性确立和建构"主题的自觉书写之路。因此，本文认为，在着手对"女性诗歌"发生期的总体性历史风貌进行研究时，切不可对《女人》精神与思想观念维度的、文学与审美维度的原创性避而不见；同时，对组诗《女人》创作史的考察，还涉及"女性诗歌"及当代女性诗歌史的发源与诞生的关键节点这一史学问题。

本文意在以当代女诗人翟永明的早期代表作组诗《女人》作为当代女性诗歌史的源头性文本，将其创作的起始时间1983年确认为"当代女性诗歌史"的起点，考察、论证它在翟永明个人创作史、女性诗歌史中的影响、价值和意义，期冀以此打开当代文学（诗歌）史叙述中对翟永明及其《女人》乃至对整个发生期"女性诗歌"书写群体进行重新历史化的相关可能性。

一、作为"女性诗歌"开端与范本的《女人》

翟永明的《女人》（组诗，选六首）最早公开见录于《新诗潮诗集》[4]；其创作或完成时间，洪子诚、陈思和、张桃洲在各自诗歌（文学）史叙述中均直接标注或界定于1984年[5]232,[6]253,[7]354,[8]99；而老木（刘卫国）生前回忆《新诗潮诗集》编选过程时言及，编选工作从1985年元旦始历时整一个月，"翟永明是我读到了她的组诗《女人》的手稿复印件后，当即把她……选入"[9, 10]的。①由此可确定《女人》的创作早于1985年1月，也可证明，《女人》当初在"朋友圈"内"广泛"流传的起始时间应在1985年1月或稍早。

《潜水艇的悲伤——翟永明集1983—2014》扉页简介称，"1984年完成组诗《女人》"，书中该组诗尾标注时间为1983—1984年；贺嘉钰通过对《女人》油印本与发表版本间的异同对比和辨析断定，"从1983年开始写作这组诗到1985年油印同名诗集，一个具有主体性的'女人'形象'夤夜而来'"[11]。翟永明对油印本亦有简略说明，"我只在完成后打印了二十本"[12]197，与老木的回忆、贺嘉钰的考辨形成互证——在1984年11月、12月与1985年头相交之际，该组诗便已首先通过手稿誊写复印件这一媒介样式，零星散布于当初的"民间诗坛"以及翟永明个人朋友圈，继而通过《新诗潮诗集》的另

---

① 老木所言"手稿复印本"，结合1984年、1985年的誊写复制技术条件，很可能为翟永明采用复写纸多页手工誊抄复制；同时，参考贺嘉钰《自"油印"走出——翟永明组诗《女人》发表考叙》（《文学评论》2021年第1期）一文提供的《女人》打印版影印图像，本文结合《新诗潮诗选》版和漓江出版社《女人》（1988年版）诗集版本之间文字异同比较，发现：1.《世界》一诗中，打印版和漓江版诗句均为"让时间燃烧成暧昧的幻影"的诗句，在"新诗潮版"则为"让时间燃烧成腹味的幻影"，其中的错误字词，极大可能是编辑或印刷厂排字工对手写体的误读；2.贺嘉钰提出，"由于《新诗潮诗集》所选几首，笔者未见出现于其他正式或非正式出版物中，编者老木到底根据哪版文本收录，翟永明对这一组诗究竟进行过怎样反复的修改，不得而知。但《新诗潮诗集》确为我们呈现出组诗《女人》的一个中间状态"。本文分析认为，老木所言"手稿"可能确实为贺嘉钰文中一再确认的《女人》最初的手稿之一，或手抄誊写复写件——而翟永明已对贺确认，其创作手稿早已不存。

类出版、发行、传播方式,以及个人油印本、《现代诗内部交流资料》等民刊的选载[13],①得以形成更具规模的传播效应。

以上互证链同时还确认了一个事实:在舒婷式女性书写的"当红"时期(即使"朦胧诗"在1983年底至1984年春的"清除精神污染运动"中成为主要批判对象,那也反向证明了其文学与诗歌地位及其巨大的社会影响力),翟永明以这样一种大型组诗的结构进行构思、写作,从自己更早期的"四川的小舒婷"(唐晓渡语)"仿写"阶段突然完成了根本性转向。更为重要的是它表明了诗人翟永明的写作自觉性,已远超时代中同性同侪。

她2010年回应自己的组诗写作策略时忆及,"我总是在情感冲动之际动手写作,但最终是在冷静理性状况下完成它"[14]205。此自陈,明确肯定自己于倾爱的长篇诗歌写作的构思与进程之中,确存有一种思想表达上、结构处理上的高度理性与自觉性;其次,身为创作者自然甘苦自知,她在此也凸显了写作中理性与感性、激情之间的较量和平衡。

有学者曾述及,翟的写作自觉始自《黑夜的意识》②这一篇组诗初稿完成后的后补"序言"[15]。那么,"女性诗歌"的发轫到底应以何为依据?以后补宣言式序文,抑或《女人》的创作发生及完成为"节点"和标志?这是一个各执己见的文学史学话题。

如果从文学史的证据建立原则和方法出发,抑或从文学文本作为文学(诗歌)史"事件"的意义考辨角度,确认和研究一个诗人的"女性意识的全面觉醒"状况,难道不是应该首先以其诗歌文本为主要和根本对象,却只需以一则宣言式"序言"为准则?何况"序言"还是一则类似"创作谈"的后补文字?

应该说,《黑夜的意识》一文与组诗《女人》,构成了一种文本间性(intertextuality,朱丽娅·克里斯蒂娃语)。所谓"文本间性,可以指一个文本从一个或多个其他文本中吸取材料,把它当作前文本(pre-text),也可以表示一个文本是如何作为前文本而被其他文本利用的"[16]。如果如前述学者那样对待"序言",便是将序言当作历史叙述更为根本的可靠文本证据;而以文本理论视角,该序言文本是以"前文本"为言—说基础的。它的前文本是什么呢?据翟永明回忆,它是在《女人》初稿完成后受友人刘家琨的读后感启发所得,亦即耗费近两年终于初成的《女人》,是序言的"前文本"和言—说对象。因此,

---

① 胡亮《从第三代人到第三代诗》言:1985年4月,在成都,《现代诗内部交流资料》得以顺利付印,这份民间诗刊由万夏任主编,杨黎、赵野任副主编,责任编辑包括宋炜、胡冬、赵野、石光华、万夏、杨黎、王谷,该刊共开设七个栏目,其中"女诗人"为第四栏,刊载翟永明、刘涛等六诗人诗作,并于第六栏"外国诗",刊出了岛子和赵琼翻译的西尔维娅·普拉斯的《爱丽儿》。

② 此文在《诗歌报》1986年8月21日第2版刊载时落款时间为"1985年1月24日于成都""1985年4月17日改于成都";但翟永明在《与马铃薯兄弟的访谈》中曾详细地回忆,"我的朋友刘家琨看完《女人》初稿后,说了一句:我在你的诗里面看到了黑夜。我那时正在想写一篇序言,他的这句话就此变成了序言的标题《黑夜的意识》"[12]197。这段叙述给出了两个明确的信息:第一,《黑夜的意识》作为组诗的序言,是在组诗完成初稿之后不久完成的;第二,鉴于贺嘉钰考叙及同文中的油印本封面影印件所示,组诗的油印本中已有该序文,因此可以推测,此文大致的写作与完成时间肯定不早于组诗初稿完成的1984年11月,至迟不晚于20份油印本打印"发行"的1985年4-5月间。

另一次夫子自道则见于翟永明《个人女性观》一文开篇,"自从1984年末完成组诗《女人》和文章《黑夜的意识》之后"[14]205,这一说法则又明白无误地显示,该文的写作时间是在1984年11-12月间。

《黑夜的意识》是翟永明个人诗歌文本写作的一个历史性产物，是其事后再生产出的组诗增补物，是对组诗的自我阐释。如此事实表明，《女人》才应是阐释诗人"创作自觉"和理解作品中"女性自觉意识"的重要源泉。

总之，单论"序言"的意义而忽视其与组诗的文本间性，从历史研究角度，显然是一种孤立主义态度；即或单纯从文学研究角度，作为诗人的创作实绩，组诗的文本意义、对诗人之为诗人的意义，也是更为基础和基本的；从文学史事件视角言之，组诗的创作、传播都早于"序言"，如果论及当代诗歌（文学）史的"女性诗歌"发生，相较"序言"，《女人》无疑更具"源头性"；从文学史证据辨析及叙述角度，组诗则更具正当性和合法性。可以说，翟永明组诗《女人》文本的构思、写作进程及其初成，已完全体现创作主体的"女性写作自觉艺术的诞生"（张清华语）。

当然，"序言"与组诗确实是相得益彰的翟永明式创造性书写，对此更为恰当的论说可取崔卫平态度：《女人》展现了一个"丰富流变、奇幻莫测的女性世界……与这组诗齐名的，还有它的序言……她甚至以女先知的口吻，宣布了女性的精神性别"[17]《编选者序》3。

综上，如果确认翟永明组诗《女人》的创作行为及初稿的诞生为"女性诗歌"的发轫节点，再"回溯""女性诗歌"史的发生，便可界定其起源时间为1983年。因为《女人》的组诗结构样式、源自的诗人经验、在抒情诗内部包括意象、声音、抒情角色等审美本体上的开创性，以及后来对诗人个人、女性诗人群体乃至"女性诗歌"的诗学及文学史命名，都构成了首要的和深刻的"事件性"影响，无疑具有哲学（美学）气质的"一种独一无二的追问"和"建基性开拋"（Entwurf, entwerfen/projecting-opening, to project-open）（海德格尔语）意义：一方面，其创作的起始与初稿完成过程已构成女性诗歌史事件的"第一现场"；另一方面，组诗的创作及其流转、传播，开启了当代文学与诗歌历史性的"另一个开端"——女性主体意识全面觉醒与"女性诗歌"的发展羁旅。

组诗的具体诞生时间点此后演变成了以下二者间的一道"分水岭"：在文学媒介传播与诗歌批评、研究及历史叙述时，此前一直使用"女诗人专页（版）""女诗人诗选（集/辑）""女诗人诗歌""女诗人创作"等词组，以强调作者生理性别的媒介表述和归纳逻辑；自此开始启用或沿用"女性诗歌"这一专用术语（概念），以强调女诗人创作之间的美学差异，包括诗歌的主题、题材、语言气质、精神表达乃至内嵌的"女性风格"（伊丽格瑞语）等多重维度。这种差异现象构成了一种全新文学史形态的浅表征候，却首先令《女人》及新的"女性诗歌"显现出了文学话语事件的性质和意义。

二、《女人》的文学与精神资源

严肃考辨《女人》及其序言的写作时间和互文关系，是为进一步论证中国当代"女性诗歌"发轫之初，以翟永明、陆忆敏、张真和小君等少数几位1983年前后同时出现的开拓性诗人构成的一个松散型"女性诗歌"发源性书写群体，并未受到源自西方女性主义理论的"介入"与启蒙，其精神与文学资源至多接受了少许外国女性文学作品的影响或"刺激"，更主要的"资源"则源自诗人们于"新时期"中国语境下的原创精神及原创性自觉书写意识与行动，她们共同呈现出深具本土性的一个文学（诗歌）书写现象，共同书写了一种有关"女人"主体性确立与建构的精神现象。

仍以翟永明为例。《女人》创作时的西方文学资源和性别主体意识——女性主义思想的资源，首先基本源自极匮乏的公开出版物和诗人圈子内流传的少量外国诗人诗篇的翻译手抄本。

普拉斯等美国自白派诗歌对翟永明的影响在学界早已达成共识，但它早于岛子、赵琼译《自白派诗选》正式出版的1987年3月，当时该译本部分译作以"民间传播"的媒介渠道在诗歌圈内已经形成小范围扩散和"互文性"影响；在此之前，尚有60年代内部发行的"黄皮书""白皮书"，70年代末和80年代初的《外国文艺》《世界文学》《苏联文学》（北京师范大学苏联文学研究所编辑）等几种刊物，曾以各种方式在知识分子、知识青年包括青年学生中流传，它们侧重苏联经典或"异端"作家、美国与拉美现代派作家的译介；唐晓渡忆及当时还有一种油印本《外国诗选》流布坊间[18]377；①袁可嘉等选编《外国现代派作品选》第一、二册，分别于1980年10月和1981年7月公开出版（每册首印5万册），影响极为广泛[19]。

这些出版（印刷）物中的某些部分一定构成了翟永明诗歌的潜文本（subtext）或"副文本"（paratext）。比如，翟永明曾谈及少年时期对禁书的兴趣，"那时的书不好找……有的是禁书，所以都是偷偷借，悄悄看"；还曾谈到普希金以及她姐姐的"二手莎士比亚"影响[20]13，也谈到过艾略特、洛威尔、叶芝等西方诗人对自己的阶段性启迪和影响[20]3。

有学者粗略统计过西方女性主义理论在80年代早期的国内译介，"1980年至1983年间，全国各大刊物平均每年发表5篇相关的评介文章"[21]。荒林对此曾概括："大约1980年—1985年间熟悉外国文学理论和创作动态的研究者，都还没意识到西方女性主义文学批评对于中国的特别意味，甚至也没有意识到西方女性主义本身存在的状态。"[22]而波伏娃《第二性》原著的第二卷、第一卷以及贝蒂·弗里丹《女性的奥秘》先后翻译、出版，都是1986年及以后的事，伍尔夫《一间自己的屋子》王还译本的新版更是迟至1989年才问世。②

正是在西方女性主义理论与女性文学资源稀缺的背景下，《女人》"首发式"地确立了翟永明此后十年创作的重大主题——演绎、抒发、表达作为"第二性"的女性主体性。她

---

① 唐晓渡原文如下："正如一册友人寄来的、墨迹斑斑的《外国诗选》（从中我最早读到了华莱士·史蒂文斯和塞尔维娅·普拉斯的诗）……"

② 伍尔夫：《一间自己的屋子》，王还译，文化生活出版社1946年6月版，曾列入巴金主编"文化生活丛刊"。

和同时期的陆忆敏、小君等同性的创作，更依赖于本土资源支撑。

其次，翟永明创作《女人》具有明晰的中国本土思想及文学资源和时代语境。

"新时期"之初从"思想解放运动"到"新启蒙"思潮的发展，历经了从抽象的"人"到个体主体性的流转"小史"：从总体、抽象的"普遍之人"降至血肉之躯，又逐渐发现更小外延甚至组成人类世界的"原子"的个人、"感性血肉的个体"[23]，发现了人性的丰富性与复杂性和总体性由每一个"TA"的丰富性构成。个体由此便拥有了"自己的"真实历史与世界，人类世界转而形成了"一人一世界"的个体主体性形态。

而当代诗歌史从朦胧诗到"新时期诗歌"再到"第三代"实验诗，就是这一"人文思潮"中的一支洪流潮头。梁小斌说"诗人的宗旨在于改善人性，他必须勇于向人的内心进军"[24]878。他们的创作意识里，诗歌根本无须思考人是否存在的问题，"人"的天赋存在正是"人性"的先验居所，因而其创作的首要任务是"集中表现人的价值问题""使人性复归，自然会导致艺术中的人性的复归"[24]878, 879, 879-880。朦胧诗的创作实践与80年代前期普遍之"人"的主体性哲学和实践美学主张，确有异曲同工之妙。

朦胧诗书写和抒发到"人性"为止。比如舒婷的"虚拟语态"句式和"软性话语模式"，模拟儿童式烂漫腔调的"撒娇美学"，橡树、鸢尾花、向日葵、手帕、月亮等系列意象构成的"朦胧修辞"[25]47-62，以及多愁善感、温婉可人、宁静温顺的抒情格调，无不缠裹着传统"女人腔"所具有的那种附庸型"普遍的人性"征候。她的抒情内容与抒情方式依然在"操演"（performativity）（朱狄斯·巴特勒语）家国情怀下的抑或母亲及男性话语机制内的"小女子"言－语形象以及情爱形态。"伤痕文学"与"朦胧诗"开启"人"与"人性"叙事和抒情主题的书写，"充当了最为重要的社会变革媒介"，人文领域涌动起"人道主义潮流"[26]，从而引发了1983—1984年的人道主义与"异化"问题大讨论；尽管1984年"讨论"被意外终结，但文艺界的探索依然在继续深入，"具体的表现形式上，则是个人私人生活空间的扩大，个人之间的情感关系获得了前所未有的正当性……个人重新获得归属认同"，"个体成为主体的经验性存在"[27]；文学创作的活跃反过来又促进了理论/美学界的呼应，李泽厚提出主体性哲学，以及由此引发美学热中的个体主体性及其先验性、实践性等以及它们与自由、"美好的原则"的关系问题的讨论。

文学创作、文艺批评及美学（思想）界等不同人文界别合围，共同追求以解构个体/人类、个人/社会、小我/大我间二元社会伦理结构为旨归的"人文思潮"的深入与递进。不得不承认，"第三代"先锋诗歌浪潮自1983年所开启的、后来谓之为"民间诗坛"的兴起，与1985年前即已逐渐形成的人道主义话语中的主流意识形态潮流变迁、文学和知识的生产等息息相关，后者在相当程度上构成了前者兴发的话语语境和重要思想资源。缘此，翟永明通过组诗《女人》以及其他几位女性先锋诗人，通过各自早期代表作的创作过程发动了一场重大的书写"越界"①、绣出了一面弘扬女性主体性的、具有中国女性主义"元写作"性质的汉语诗歌文本旗帜。

最后,《女人》的诞生必然还存在一个不可或缺的内部语境。"新时期文学"包括朦胧诗的主题书写和抒发、题材拓展等能力及其拥有的"象征价值"（布尔迪厄语）在一定程度上开始衰减,文学场域内"先锋性"在语言、文化和象征意义上的边界已经呈现出扩张、越界和转向的可能。而诗歌场域内部的"第三代"作为诗人亚群体,于原有场中的边缘化的法定位置之外,已开始谋求开辟"新的位置"的行动,这股新先锋力量的"划时代"竞合态势正在萌芽、兴起。

以翟永明为代表的少数几位"女性诗歌"书写者,包括陆忆敏、小君、张真,正是在如此社会思潮、文化、文学语境中登场,成为谋求诗歌场域新的划时代"先锋地位存在"[28]的"第三代"诗歌力量之一。在人道主义"人文思潮"的宏大语境下,经过普拉斯等西方诗歌的文学经验的"点化",她们形成了女性主体性主题和题材的书写自觉意识。《女人》的创作与诞生,正是这一自觉意识于1983—1984年所生产的代表性"物质结果"。该组诗及其后补"序言"开创性地共同构成了"女性诗歌"与"女诗人诗歌"的文本"区分标志",构成了文学（诗歌）史上具重大转折意义的象征性话语和精神事件,同时也因此奠定了翟永明作为"先锋诗歌"中"女性诗歌"的"领衔"地位。

三、"四川的小舒婷"：诗人写作前史的价值

以《女人》为代表的文本的诞生继而催生了中国当代"女性诗歌"。然而,它本身是如何诞生的？或者从创作主体角度,它缘何而生？对于作者而言,它又生而何所得？要追问出真相,必得从诗人习诗起点开始追寻。

综合翟永明个人诗集《称之为一切》的《附录：翟永明创作年表》、《女人》(2008)的封面勒口、《翟永明的诗》封面以及崔卫平编选《苹果上的豹——女性诗卷》的作者简介、欧阳江河《站在虚构这边》中的《词的现身：翟永明的土拨鼠》等资料获知,翟永明1955年5月生于四川成都（仅比舒婷年少3岁）,"知青"返城工作后,又作为大学生于1980年从成都电讯工程学院（今电子科技大学）毕业再分配回原单位。她曾自陈"真正开始写作是大学毕业之后"[12]196,据此推测,翟永明的创作生涯大致始于1980年下半年。

---

① "越界"：黑格尔《美学》第三卷下册（朱光潜译,商务印书馆1987年版）用"越界"阐述文学艺术各门类样式的发展规律；巴塔耶则根据自己创立的人的"动物性－禁忌"张力关系模型,建立了人的行为与思想"越界"的社会理论；而福柯将它们运用于自己所建构的知识体系－话语体系的关系模型之中,认为二者之间的越界－反越界矛盾结构构成了人类社会从宏观到微观各个领域的改良、变革与发展动力。"越界"在本文中作为一个术语,用以描述：文学（诗歌）文本形式、性别/政治、理论/话语之间通过相互持续不断的否定性辩证运动,从而构成文学（诗歌）抒写的新生、成长与发展；性别哲学、思想和文学文本以及抒写实践对传统哲学、思想和文学文本的辩证否定,并在此基础上孕育、诞生了自己。

从以下两首诗作，可以管窥写作初始期的翟永明"风格"。

公园，夜……[29]268

公园的浓荫处有一方石凳

（你铺上手帕，说

这好比舒适的沙发）

一对情侣踱过来，坐在树下

（那一地的烟蒂、果核

那一夜甜蜜的悄悄话）

我们伸出互相信赖的手

在蔚蓝色的天幕上

印出两朵心形的花

这一夜起

石凳埋藏了又一个童话

别[29]269–271

一

滨江的夜

垂柳吻着水

一排绿色的桅杆

泊在春天的港湾

铺着方砖的甲板上

走动着朦朦胧胧的身影

我的心在哪里呢

目光打捞着天上和水面的星星

二

我已经在江水里

投下过迷惘的影子

你游移不定的眼神

又勾起我昨夜的回忆

缀着丁香花的角落里

今勾①还会有新鲜的呼吸吗

月亮是我们头上

一个苍白的问号

三

我聆听着风

在枝叶间送来的耳语

那是被心灵证实了的爱情

可你呢

你是否读懂了

一段曾经孤寂的人生

我常常想

如果忽略了我的目光

就等于忽略了我的生命

不需要微笑和灯盏

我只要一个燃烧着渴望的灵魂

点亮眼睛时

也点亮我的心

---

① "勾",根据上下文,大概为"夜"的铅字误排。

四

末班车开来了

你说：上去吧

不要错过最后的时机

但是，渐渐围拢来的梦境

拉住了我的衣襟

我是有过热情的呵

我的血还没有冷

可以没有路灯

但一定要有固定的方向

就让今夜的站牌

作为告别昨天的见证吧

我将留下来

等待

  两首均为即景素描，描绘纯真、缠绵、童话式的恋爱场景，追求线条与色彩的清晰，其中显然借鉴了舒婷的手帕、石凳、桅杆、末班车等几个意象；特别是《公园，夜……》的标题，几乎是对舒婷的《夏夜，在玫瑰树下……》的改写。将二作与舒婷的《在潮湿的小站上》《赠别》《夏夜，在玫瑰树下……》[30]131, 132-133, 134-135三诗对读，会发现这种即景式素描手法、其中使用的表达策略都极近似。特别是"如果忽略了我的目光/就等于忽略了我的生命"这样的否定式假设句式、"可以没有路灯/但一定要有固定的方向/就让……吧"这样的假设加祈使句式，基本可归类为舒婷式的典型句型。张闳曾举隅《茑萝梦月》《致橡树》《也许——答一位读者的寂寞》以概括舒婷的"一种虚拟语态"，并引申批判这种语态提供了一种"'软性'话语模式，也提供了禁欲的一代人的情感模式"，认为恰恰"由于是假想的情感，所以，舒婷笔下的情感是可以公共通用的，抒情方式也是通用的"；也正因此，"吟咏舒婷的诗成为一代人的情感教育的功课"，"为公众情感交流和兑换提供了极大的便利"[25]54-55。他所指的情感交流和兑换的便利，当然也包含舒婷式抒情句法作为一种时尚语式，为其时的诗歌同侪提供了可仿写性和可复制性。通览合计274页的《中国当代女诗人诗选》，包括张真、方芳等诸多青年诗人的诗作，基本在以类似于张闳所言舒婷式、"性情温顺，而且多愁善感，一点点女孩子所特有的小性子和癖好"[25]47的范型进行抒情。刚刚起步于诗歌写作的翟永明亦难脱俗,一方面,舒婷式抒情诗范型乃至朦胧诗的抒情样态,几乎是那个年月诗歌书写的样板;另一方面,翟永明从一个打小就以阅读古典诗歌为乐趣、中学时代开始习诗的少年,及至进入"我的写作""兴奋期"的早期阶段[20]2,经历这样一个追逐时尚的仿写期,也是她的一堂写作经验必修课。

翟永明仿写舒婷的成果构成了其"诗人"身份的开端,她因此拥有了被人描述的"小舒婷"标签。唐晓渡回忆,"1983年最早介绍我和翟永明认识的朋友就是这样说的:'这是我们四川的小舒婷。'"[31]1及至1983年开始写作《女人》之前的翟永明,也正如唐晓渡所言,无疑是舒婷的"另一个'副本'"(copytext)。

不过,这一"副本"阶段,并非仅如唐晓渡所言之"最大价值就是为强化或放大其'正本'聊尽义务"[3]1般悲观、平庸,其意义和影响须得既透视它在诗歌现实中的成果水平,也应在对其回溯、追述时纳入翟永明个人写作史的延长线上予以理解。

翟永明的仿写练习,除为自己后来的写作奠定了一定的技艺训练基础外,所得"小舒婷"文本成果于西南地区专业刊物上的发表(尽管作者之后"悔其少作",没收入自漓江出版社1988年版《女人》及其后的其他任何个人诗集),在那个作家、诗人凭一文一著甚至改变人生方向的年代,极大提高了她在本地青年诗人圈的声誉;同时,伴随写作练习进程的前进,她对诗歌的认知、鉴赏和理解能力也得以提高。此类表征效应,为她提供了步入当时异常活跃的成都(川渝)青年诗人圈的因缘和契机,为未来翟永明诗歌书写的内在转折奠定了一个微观的精神与文学的资源交流生态基础。

翟永明沉浸于《女人》写作的同期,欧阳江河则正在写作长诗《悬棺》,后者自言与翟交情甚笃[32];且柏桦《左边》有佐证叙述,欧阳、骆耕野和翟等人曾在1981年组成过一个骆为社长的诗社[33]44-45;翟与欧阳这一"双套车"始终是最初的"四川五君",后来扩展为"四川七君"的核心成员。①"整个1980年代,我们成都那一群诗人都被诗歌裹在一起,诗歌本身就是日常生活,诗人们几乎每天见面……大家经常聚在一起切磋诗艺,活法、读法、写法混在一起",欧阳江河回忆道[34]。而那时的柏桦早已在就读广州外国语学院时阅读过拉金、普拉斯、狄兰·托马斯、史蒂文斯[33]70-74。诗人间的亲密交往形成了一个深度交流生态,对翟永明写作方向的转变、正在写作中的思考及未来写作风格的形成与成熟,无疑颇有助益。

比如柏桦详细描述过普拉斯对自己的震撼和影响:"普拉斯的纯金尖叫和纳粹式疼痛也对我有过短暂的致命影响。"[33]73柏桦自己阅读普拉斯时的惊艳、震惊和晕眩的美学感受,很难说他在1983年与欧阳和翟晤面之前,没有以书信往来方式有过交流,或者更难说,1983年的那次晤面[34],他们不会谈及普拉斯。尽管没有找到确凿的文献证据,但也

---

① "四川五君"(张枣、欧阳江河、柏桦、翟永明、钟鸣)之说,参见:曹梦琰.身体之辨——四川五君论[J].当代文坛,2017(3)。"四川七君"(在"五君"基础上增加了廖希、孙文波二人)之说,参见:徐敬亚、孟浪、曹长青、吕品贵编.中国现代主义诗群大观1986—1988[M].上海:同济大学出版社,1988:374。

无法对此通过猜测、推理予以否定。

普拉斯对《女人》写作的影响无疑是深刻的。《女人》与普拉斯之间的关系，除了后来反复被诸多文本批评和研究者进行过风格的比较论证，首重显在证据是，最初作者在该组诗标题下的引言之一，便征用有普拉斯《高烧103°F》的诗句："你的身体伤害我／就像世界伤害上帝"①；第二重证据则是她自己的说法，"普拉斯只是某一阶段我所喜欢的诗人……在某一特殊时期里，也许我写作中的某些点是与她一致的"[12]202，而这种深刻的一致性，一直持续到"90年代的写作中"[14]276，她的自白肯定了普拉斯风格影响她个人写作的深刻程度。她甚至在21世纪初如此自叙："尤为重要的是：通过写作《咖啡馆之歌》我完成了久已期待的语言的转换，它带走了我过去写作中受普拉斯影响而强调的自白语调……'我发现我的写作从未这样自由过，我也从未如此对今后的写作充满信心。'"[35]214-215 仔细揣摩这段叙述可以体味，作者摆脱普拉斯阴影前的压抑、苦闷和挣扎的痛感；更透露出她如释重负后获得的轻松、愉悦的快感。可以想见，普拉斯对翟永明的影响之深、之久，她那十年创作生涯，普拉斯几乎"如影随形"。当然，如果从另一面向理解，这一自述也明确了普拉斯风格影响的限度和边界。

但是，普拉斯作品在那个年头尚未被批量译介，"只有几首翻译过来"，"她的写作有一种很直接的能够打动你的力量"[36]。少量的普拉斯对于此时的翟永明而言，却几乎可以"隐疾"作譬，翟永明阅读接受之时的"震惊"、之后的接纳、消化与借鉴，它对诗人此后十年的精神、意识与抒情风格构成了可喻为"创伤性休克"[37]199-200般的"内伤"。按本雅明"震惊"原理转述翟永明－普拉斯之间的关系，可作如是观：普拉斯的文本将翟永明从古典诗歌和舒婷式抒情范型的"经验的桎梏"中解放出来，"这就使引发震惊的事故具有了严格意义上的体验性质"，从而形成一种自觉意识，甚至转换为"在创作中有一个明确的计划"，进而重建为其诗写的一种"常态的经验"[37]200。

尽管无法确定翟永明最初阅读的是哪一普拉斯译本，也无法得知她初次邂逅普拉斯的具体情境，但对翟永明当初阅读普拉斯诗歌的"境遇"，读者通过将翟／普作品对读，可粗略揣摩些许。比如，木叶在讨论翟的写作实践对普拉斯的"内化"借鉴和变异改造时，言及"普拉斯犹如一道闪电，令翟永明发现了自己以及自己炽烈的一面，同时她捕捉到那种极富张力的抒情与修辞，她的敏锐还在于召唤火焰的同时也迎向'灰烬'，诗与思变得

---

① 翟永明著组诗《女人》（油印版，1984年11月）扉页[6]；翟永明《女人》[42]2；《苹果上的豹——女性诗卷》[17]133；翟永明著《称之为一切》[35]3。

普拉斯这两行诗原文：Your body/Hurts me as the world hurts God。岛子、赵琼译本为："你的肉体/伤害我如尘世伤害上帝。"（西尔维娅·普拉斯《高烧103°》。罗伯特·洛威尔等. 美国自白派诗选［M］. 岛子、赵琼译，漓江出版社，1987：60）根据译本来看，翟永明读到的那几首普拉斯诗歌，①可能不是岛子、赵琼译本；②可能是岛子夫妇的最初草译本——漓江版则是经过译者修改校订后的版本，正如翟永明的组诗《女人》中的《瞬间》《世界》《母亲》《夜境》《边缘》《七月》《旋转》《沉默》等诗，在她的各种诗集中都最少有两个不同的版本，翟自己曾解释，这组诗"经过多次修改，有些篇章几乎完全重写，直至发表之后我也有过重大改动，因此导致出现一些不同版本"（翟永明，周瓒. 词语与激情共舞［M］. 诗歌与人——中国女诗人访谈录：3），所以翟永明当时抄录普拉斯诗句的来源，依然无法排除岛子译本。

弥漫、强悍而冷静"[38]。

继续讨论翟永明所言的几首普拉斯译诗的另一个可能性渠道。它们也可能来自曾在1985年4月印行的成都民间刊物《现代诗内部交流资料》的整个组稿/约稿、编辑过程。并非说她在该民刊印行后读到了普拉斯的《爱丽儿》《乞丐女士》《边缘》《暗伤》四首汉译版[39]，也并非可确证她曾参与该刊的组稿、编辑印行工作。在此为了强调，该刊的编辑、印行等事宜与骆耕野、欧阳江河关系密切，且同期也刊发了他们三位的诗作[13]；刊物编辑万夏、杨黎等亦为同城青年诗人，因此很难否定：山西诗人岛子、赵琼夫妇的普拉斯译本，在该民刊"正式"印行前便已经以手抄件（或复写纸复制誊抄件）并通过书信方式，"传播"到了往来频密的成都青年诗人圈，而且它总有一个途径"流转"至翟永明，再被她手抄保存。"在1981—1984年之间……一般都是通过朋友之间传阅，有一些是手抄，有些是朋友的书借来看，当时接触的西方现代诗歌基本上是手抄的。我现在还保留了两本过去手抄的诗歌。"[36]翟的回忆，或可佐证此一推测吧。

以上对仿写练习行为作为翟永明个人写作史中的重大事件的回溯，可以发现其具三个方面价值表征：锻炼了诗人的创作技艺和对诗歌艺术的理解力；提高了在当时青年诗歌圈的个人声誉；扩大了诗人的诗歌交流圈、提升了诗歌交流的生态水平。而以普拉斯译作来源的推理可证，特别是她进入交流生态圈后所获得的象征资本收益，在80年代早期那个西方文学资源尚不丰富的岁月，为她日后自《女人》开始的书写转向奠定了坚实的基础。

在此例举几行《女人·独白》诗句，①以扼要证明翟永明同自己此前模仿之作在语言和表达策略上呈现出来的显要转折形态：

    我是软得像水的白色羽毛体

    你把我捧在手里，我就容纳这个世界

    穿着肉体凡胎，在阳光下

    我是如此炫目，使你难以置信[4]723

"你把我……我就容纳……"，这一句式几乎彻底去除了以往舒婷式的虚拟语态，既表现出对永昼霸权姿态的反抗，又包含着女性与男性之间的谈判意味，语气果断，表达了"我是女人"语态的直率与果敢的内在心理和情感倾向。这种语言和情感形式及策略的彻底转变，意味着翟永明诗歌的抒情语法结构、风格及主题方向的大转折。

《女人》作为翟永明个体写作史中这一"转折点"的爆发，既具必然性，又具偶发性，正是她以四辑共二十首结构而成的大型组诗文本形式，呈现出了其时独一无二的抒情方式、语言方式，在汉语世界中原创性地建构了一种借鉴普拉斯风格、对女性主体性——"黑夜的意识"的表达形式、诗性的言-说（language）范式，翟永明曾自豪地宣称："现

---

① 本文在引用《女人》诗句时，尽可能选择该组诗的相对更为早期版本。

在才是我真正强大起来的时刻。或者说我现在才意识到我周围的世界以及我置身其中的涵义。"[40]

翟永明从舒婷副本式"女诗人"这个"开端",经历了对普拉斯、艾略特、叶芝等英美诗人汉译文本的阅读之自我"建基性开抛",并随之同她个人创作生涯的"另一个开端"——《女人》的书写与初成,实现了"接合"(Fügung/joining,海德格尔语,孙周兴译),翟永明个人写作史完成了一次巨大转折。她不仅从舒婷式仿写到自白式抒情的音域、音色和调性的华丽转身,洗净了"四川的小舒婷"这一形象标签,还开掘出了属于自己的词汇、语言和意象系统、经验表达方式,成功绣出了"女性诗歌"的文本旗帜。《女人》的初成,基本上确立了她直到1993年2月《咖啡馆之歌》出炉之前十年间主要的个人书写主题、抒情方式和美学风格,甚至翟的个人创作谈、随笔散文和访谈等周边文本也不曾绕开这一创作事件。也因而构成了其个人写作史的重大精神和话语事件。

四、主题转向:《女人》作为女性诗歌与"女人"诞生的开创性事件

后补"序言"以《女人》为言说前文本,并拟"黑夜的意识"为标题,很显然是作者对组诗核心主题的自觉凝练。"序言"所阐释的正是翟永明构思、创作组诗的内在理性:意在表达何为"黑夜"以及对"黑夜的意识"的体验、状摹与抒发。

"一个个人与宇宙的内在意识——我称之为黑夜意识——使我注定成为女性的思想、信念和情感的承载者,并直接把这种承担注入一种被我视之为意识之最的努力之中。"文章开门见山地阐述道。一方面,她打开了"女性"性别主体的个体性认知,体悟到每一个女人都构成一重自我"宇宙"(世界),"她"本能地、真实地承载着自己的思想、信念与情感;另一方面,"每个女人都面对自己的深渊——不断泯灭和不断认可的私心痛楚与经验",把"自己的深渊"与女性自我意识的内在性等同了起来。如此一来,也就意味着下述关于性别主体性意识领域相关问题的接踵涌现:女性个体如何确认自我存有思想、信念与情感?如何对自我予以不断扬弃和再确认?该如何将自己从传统的、古典的单极男性霸权世界中的无名史状态打捞出来,"既对抗自身命运的暴戾,又服从内心召唤的真实",等等。

对这些具有"创世性"价值的女性主义议题,中国传统性别文化中的女性世界从未有过如此清晰的辩证性思考。历史上的"女人"始终是男性、家庭和社会的附庸,始终是男性"白昼"话语及其象征世界的无名者(Nobody);如今,女性要从传统的"性意识形态"(sexuality,福柯语)史中自我解放,要同人类社会的另一半——男性他者共同构成一个对称、平衡的世界,且于二元共同体内,各自拥有自己的性别属性下的情感方式、思维方式、生命经验乃至性别气质。这种"创世性"的性别意识形态革命与性别意识的确立、建构之使命,于女性个体乃至女性群体而言,无疑充满了巨大危机,必"渊面黑暗"与"空

虚混沌"[41]。这应该是翟永明以"黑色"来隐喻女性的历史命运困厄以及为"自我"立"仁心"的当代使命的一种合理的逻辑演绎，可以认为是她以"先知先觉的"一次顿悟和书写实践，为中国"女性诗歌"开创了"性别主体性的确立"这一重大主题。

"序言"中称："对于我们来说，它是黑暗，也是无声地燃烧着的欲念，它是人类最初同时也是最后的本性。"[40]黑暗，首先象征着女性的"无名史"和"非存在"的社会性别形态，在男性霸权的"永昼世界"，漆黑亦即"非存在"；同时，女人或者说诗人作为性别个体，一旦意识到黑暗的存在，就定然产生"性别"（gender）的自我启蒙意识："犹如盲者，因此我在白天看见黑夜/……/从我的眼睛里/我看到了忘记开花的时辰。"（《预感》）[42]4这是一种"我思故我在"的辩证法，当个体意识到自我性别甚至男/女二元性别差异伦理的存在，意识到自己身为"女性"的无名和附庸史的存在，也就从本体上认识到了"黑暗"作为女性世界的非凡象征性——如此推演，则可以说，是女性自己"创造"了自己的"黑暗"。

然而，翟永明为什么不是直接使用"黑暗"而是发明了"黑夜"这一意象？或如她在《女人·世界》中言"我创造黑夜"？

回看前引《女人·独白》里的那几行"自白"。"肉体凡胎"意指女人作为"人"的诞生，而"她"此刻尚是"白色羽毛体"，初为"人"之雏形，其"白"已构成与男性"永昼"之色间的同构和平等对抗性，"二人"共享太阳的普照，而且"她"的"白"还反衬出曾经的性别黑暗史。"在阳光下，我是如此炫目"，则意在呈现"女人"诞生之后对"二人行"性别世界的反光、灼照和"女人"拥有与男人同样的伟大性之所在。"你把我捧在手里，我就容纳这个世界"，女性以谈判姿态同男性共处，诗人明示出一种全新的性别意识形态：你/我这一对性别二元应该是一种相互容纳、相互建构的结构关系。

组诗发明的"黑夜"意象以及书写中对它的演绎和经营，显示诗人建构、表达的全新性别意识形态的主旨在于：黑夜与白昼应该且必须互相接受和容纳；对称平衡的女/男二元性别世界的形态，是唐晓渡形容的"一场独特的东方式的以柔克刚的命运之战"[43]56。

所谓建立"黑夜的意识"，从根本上意味着，女性在性别"开蒙"——"女人"自此诞生——之后，必然要为自己的性别建构一个太极图式的阴阳平衡互补、刚柔相济、相生相克的世界图式，恰如法国晚期女性主义理论家露丝·伊丽格瑞在建立起自己的"女性风格"（style of women）和"性别差异伦理"（ethics of gender differences）学说之后，又通过理论、实践和文学书写建构自己的"二人行"性别世界理想范型[44]。翟永明使用"软得像水"的比喻，试图从本体上构造柔软与阳刚之间的二极互补共同体，如同黑夜与白昼构成二元自然时间世界的二极喻体那般。黑暗，在创世之前是女性"宇宙"（世界）的全部，而黑夜相较于黑暗，首先就已承认了昼的存在、夜/昼二元不可撕裂的共处；女性在"女性意识"觉醒之前深埋于性别无名的总体黑暗，一旦"她"提出"女性的黑暗"，便标志着"她"已承认了性别的一种存在本质——男/女二元对称，性别世界便凸显出相当于自然时间的夜/昼二元对称性"标记"(《旧约·创世记》)的象征意义。"作为人类的一半,女性从诞生起就面对着一个完全不同的世界,她对这世界最初的一瞥必然带着自己的情绪和知觉,甚至某种私下的反抗心理。"[40]"完全不同的世界",是一个相对性说辞,相对以往的"永昼"男权世界形态,昼/夜分明与对称互补形态突然降世。诗人则成为首位"亲睹"新世界开元的幸运者。

但她尚未从晕厥和震惊中恢复过来,内心充满了不安、惶惑甚至恐惧,承受着精神"被痛击"之感而疲惫难耐,不过她也意识到了自我救赎的必要,并通过"完成之后又怎样"的反复自我质询来鼓舞自己去探索这一新生世界。她一如伊丽格瑞所主张的,并不谋求颠覆男权世界以建构一个"女权"的单极话语霸权,而是以书写方式"重新穿越话语之地"[45],谋求与男性共居于"一室"的平等的、互为丰富的话语地位。

此前在组诗中,她既对女性的"黑暗史"做出了再现,又对"新世界"做出过描绘和追问。曾经,"那些巨大的鸟从空中向我俯视/带着人类的眼神/在一种秘而不宣的野蛮空气中/冬天起伏着残酷的雄性意识"(《预感》)[42]3-4,"一世界的深奥面孔被风残留,一头白燧石让时间/燃烧成腹味(暧昧)的幻影/太阳用独裁者的目光保持它愤怒的广度/并寻找我的头顶和脚底"(《世界》)[4]717-718,在"创世"的荒原,"俯视""残酷的雄性意识""独裁者的目光",这一组拟人化的词汇,无不依然在形象地控诉单极性别霸权"永昼史"的极权意志;然而"我"终是觉醒于荒原了,"穿黑裙的女人贪夜而来/她秘密地一瞥使我精疲力竭"(《预感》),神启般的"黑裙女人"横空降世,"她"亲眼见证到荒原里自我作为"人"的身影和镜像——这个"女人"可以被认作诗人内心的自我,或者诗人的"超我"(ego),本我与"自我"或超我互为镜像,互为她者,互相凝视("一瞥"),互相观照,互相发现。"这深长的一瞥是如此地富于威慑力,以至'我'刹那间完全被某种毁灭的预感充满,丧失了一切意志而'精疲力竭'。"[43]55唐晓渡的这一解读尽管使用的是诗性语言方式,却也显得恰如其分。女性的性别意识就这样从"她"意识到了自我的黑暗史形态、意识到了自我存在的一瞬间,打开了觉醒之门。

诗人翟永明接下来不断从女性的疑惑、欲望与欲念、母性、生殖、诞生、梦境、眩晕、死亡观等多重维度,书写"白昼曾是我身上的一部分,现在被取走"(《生命》)[42]29时的空虚与混沌经验,抒发"我目睹了世界/我创造黑夜使人类幸免于难"(《世界》)[4]718-719的女性哲学的崇高性、女性智慧的奇迹性与神秘性。女性的内在世界(宇宙)所拥有的另类复杂性、丰富性被诗性地再现成形:"女人"终于诞生!

男性评论家唐晓渡当初的预言穿透近四十年的时间迷蒙之后,依然铿锵有力:"《女人》将越来越表明它是一个不可忽视的精神事件。"[43]59在《女人》作为翟永明个人创作史的重大事件角度,它标志着诗人依靠此作的构思、书写与初成,真正发现并率先确立了自己的"女性主体性",以及自己未来十年的诗歌书写主题方向。更为重要的是,《女人》不可忽视的、更为广泛的精神价值在于,它在中国文学(诗歌)史上开创了"女性意识与女性主体性确立与建构"这一重大主题的书写纪元。1983—1984年诞生的"元写作"性质的大型组诗《女人》,自随后的1985年伊始开启了"女性诗歌"的书写时代风潮,一批以自身经验探索"精神性别"的表达、再现与抒发的女性诗人及其诗歌文本涌现出来,两三年之内形成了一个不断壮大的"女性诗歌群",她们如谢冕1996年所言,"从一般的女性写作到我们此刻称之为的女性诗歌是质的递进"[35]《总序》2-3。

翟永明《女人》的诞生,基本上已被确认为当代文学(诗歌)史上的一个重大事件、一个显赫标志。但是,与翟永明创作《女人》同期进入"女性诗歌"原创性书写状态的诗人,还有张真、陆忆敏和小君等,她们各具特征的书写,仅在《新诗潮诗集(下)》及《苹果上的豹——女性诗卷》所辑录的1983—1984年的作品中,便已露出"女性主义诗歌"的"峥嵘",她们各自以不同的风格、同样的先锋姿态,共同进行着中国当代女性诗歌的本土化建构实践;只不过,陆忆敏在女性诗歌史发生期的影响和地位一开始并不如翟显赫,而小君和张真二位的"女性主义"同期书写面貌,尤其是她们在"女性意识与女性主体性确立与建构"这一"母题"之下,在题材领域(比如张真1983年的身体与欲望的书写实践)、语言和抒情语法领域(比如小君以女性视角所参与的"他们"诗社的诗学实践)的开掘等维度贡献出的独特历史成就,尽管在20世纪90年代被崔卫平等少数评论家论及,却至今依然未能得到研究者的深入探究,更未得到现存历史叙述的确认,尤其是小君,基本被遮蔽于对"他们"诗群的指认和叙述之中。这一"女性诗歌"起源期的"群体"及其开启的书写多元"幽径",特别是以翟的《女人》为"头羊"的书写形态,随后逐渐嬗变、发展为一个"集团化"书写潮流,两三年内"便形成了一个创作的'高潮期'"(程光炜语)。

作为诗人,"她们"的性别意识及主体性的确立与建构的共同路径和策略,依赖的是其个人书写进程及其个性化书写。但其使命则一如西苏(Hélène Cixous)20世纪70年代末80年代初所宣扬的:"妇女必须参加写作,必须写自己,必须写妇女……妇女必须把自己写进文本——就像通过自己的奋斗嵌入世界和历史一样。"[46]188尽管在翟、陆、小君和张真开启自己的书写征程之时,国内尚远未引进、译介伊丽格瑞、西苏的理论与主张,但她们与伊丽格瑞性别差异伦理学、西苏"女性(阴性)写作"理论之间,似乎形成了一种私密的对话性,这也意味着中西之间在某种程度上进入了女性自我认知、性别主体实践的"同期声"状态。她们所致力从事的这种精神建构、性别话语和文本事件的本土化建构,为中国当代文学(诗歌)史甚至整个中国文学(诗歌)史打开了形塑女性"精神性别"与"女性风格"的开创性局面,其书写实践催生了一个更为宏大的历史命题:"女人"的诞生——中国女性自此开始拥有自己的性别主体性和性别人格,开始探索特立独行的性别表达方式、语言风格和抒情语法。

结　语

　　历史地看，组诗《女人》的诞生，既是翟永明在对少量普拉斯自白式诗歌的汉译文本"震惊"式阅读接受之下的美学顿悟，又是于青年诗歌交流生态互为影响中的"趋势而动"，更是在"新时期"社会、文化与思想的宏大语境的催动下，由其身为性别主体性书写主题开创者的、那种隐伏在其潜在性别觉悟与觉醒意识中的先锋精神气质使然。它们共同集成了诗人翟永明具有一定神秘性的诗性智慧、语言智慧和思想智慧的原初爆发性，融合构成了《女人》文本的生产性要素和生产机制。

　　《女人》的创作进程及其初成，不仅构成了翟永明诗人旅程从主题、语言、句式到抒情声音、思想和观念结构等的全方位转向；其更为深、广的价值与意义在于，它/她不仅因此而建构了自己在"女性诗歌"发生期的书写实践以及诗人身份与精神性别建构的典型性和代表性，更是直接催生了唐晓渡首创的"女性诗歌"概念[47]291，而且，随着唐晓渡评论文章的传播，诗歌界既认识到《女人》作为一种谓之"女性诗歌"的文本本体的客观存在，也意识到了这一概念所具有的、对一类书写及其文本的"性别本体论"意义上的指认和在审美本体层面的内在性确指；自1985年开始更是涌现出一批女性诗人，她们有意识、无意识地会聚到此概念之"名"下，自发地形成了一支诗歌"别动队"，比如《苹果上的豹——女性诗卷》便选集了80年代中后期十分活跃的十四位诗人，她们被指认为是当时代全体女性诗人中"最有创新、最具先锋性的那部分"[17]《编选者序》8。

　　及至2003年程光炜正式出版的《中国当代诗歌史》，基本围绕翟永明、伊蕾等七位诗人对"女诗人的表现"进行概述；从总体文学史角度，洪子诚著《中国当代文学史》，无论1999年版还是2007年修订版，在叙述"新诗潮"一章中则以一段专文对"女性诗歌"做了简明扼要的介绍。发生期的"女性诗歌"及其重要诗人或群体由是正式进入文学（诗歌）史叙述体系，而且无论从哪个角度或维度进行这一门类史述，都绕不开翟永明的组诗《女人》这一"'女性诗歌'开端的'标志性'作品"[5]243。

　　回溯组诗《女人》孕育于其中的"第三代诗人"、诗歌活动"现场"，以及中国社会在思想、文化转折期的宏大叙事历史场域，它的诞生在当代文学（诗歌）史上既是一个重要的文学本土化建构的文本事件，更可谓是一次"划时代"的精神事件，甚至标示着当代中国从此拥有了具独立性别主体性及"女性风格"的"女人"的诞生。

参考文献

　　[1] 董秀丽.20世纪90年代女性诗歌研究[M].北京：中国社会科学出版社，2019：9-10.

　　[2] 赵彬.断裂、转型与深化——中国九十年代女性诗歌写作研究[M].北京：光明日报出版社，2011：21-22.

　　[3] 马春花.被缚与反抗——中国当代女性文学思潮论[M].济南：齐鲁社，2008：131-132.

[4] 老木编选.新诗潮诗集（上、下册）（民刊）[C].北京：北京大学五四文学社未名湖丛书编委会印行，1985.

[5] 洪子诚，刘登翰.中国当代新诗史（修订版）[M].北京：北京大学出版社，2005.

[6] 洪子诚.中国当代文学史（修订版）[M].北京：北京大学出版社，2007.

[7] 陈思和.中国当代文学史教程[M].上海：复旦大学出版社，1999：354.

[8] 张桃洲.中国当代诗歌简史[M].北京：中国青年出版社，2018：99.

[9] 姜红伟.老木编选《新诗潮诗集》事考[N].南方周末，2020-12-06.

[10] 姜红伟.老木编选《新诗潮诗集》事考[N/OL]."南方周末APP". https://www.infzm.com/wap/#/content/197164/.

[11] 贺嘉钰.自"油印"走出——翟永明组诗《女人》发表考叙[J].文学评论，2021（01）.

[12] 翟永明.最委婉的词——翟永明诗文录[M].北京：东方出版社，2008.

[13] 胡亮.从第三代人到第三代诗[OL].世宾个人微信公众号《杜若之歌》.https://mp.weixin.qq.com/s/PRw4UyZMn7z8qiHxo5XkWA.

[14] 翟永明.潜水艇的悲伤[M]//翟永明集1983—2014.北京：作家出版社，2015.

[15] 张清华.中国当代先锋文学思潮论[M].修订版.北京：中国人民大学出版社，2014：282.

[16] Robert F. Berkhofer, Jr..超越伟大故事：作为文本和话语的历史[M].邢立军，译.北京：北京师范大学出版社，2008：39.

[17] 崔卫平编选.苹果上的豹——女性诗卷[G].北京：北京师范大学出版社，1993："编选者序"1-8.

[18] 唐晓渡.镜内镜外[G].北京：作家出版社，2015：377.

[19] 王德领.混血的生长——二十世纪八十年代（1976—1985）对西方现代派文学的接受[M].北京：中国社会科学出版社，2011：55-59，76-77.

[20] 黄礼孩，布咏涛主编.诗歌与人：中国女诗人访谈录（民刊）[G].广州，2003.

[21] 张晓红.互文视野中的女性诗歌[M].桂林：广西师范大学出版社，2008：84-85.

[22] 荒林.日常生活价值重构——中国当代女性主义文学思潮重构[M].北京大学出版社，2013：71.

[23] 李泽厚.中国现代思想史论[G].北京：东方出版社，1987：209.

[24] 上海师范学院中文系文艺理论教研室编.文学理论争鸣辑要（下）[G].上海：上海文艺出版社，1983.

[25] 张闳.舒婷：世纪末的诗歌"口香糖"//张闳.声音的诗学——现代汉诗抒情艺术研究[G].上海：上海书店出版社，2016.

[26] 俞建章.论当代文学创作中的人道主义潮流[M].文学评论，1981（01）.

[27] 贺桂梅."新启蒙"知识档案：80年代中国文化研究（第2版）[M].北京：北京大学出版社，2021：100-101.

[28] 皮埃尔·布尔迪厄（Pierre Bourdieu）.艺术的法则：文学场的生成与结构[M].刘晖，译.北京：中央编译出版社，2011：126.

[29] 雁翼主编，钟文编选.中国当代女诗人诗选[G].贵阳：贵州人民出版社，1984.

[30] 舒婷.舒婷的诗[M].北京：人民文学出版社，1994.

[31] 唐晓渡.谁是翟永明？[M]//翟永明.称之为一切.沈阳：春风文艺出版社，1997.

[32] 欧阳江河.站在虚构这边[M].北京：生活·读书·新知三联书店，2001：148.

[33] 柏桦.左边：毛泽东时代的抒情诗人[M].南京：江苏人民出版社，2009.

[34] 欧阳江河，何平.个人与文学史的延长线——关于欧阳江河四十年诗歌写作的对谈[L].天涯，2021（4）.

[35] 翟永明.称之为一切[M].沈阳：春风文艺出版社，1997.

[36] 冯睿，武靖雅.翟永明：中国女性地位在退步，女性诗歌不再像八十年代那样自由|新诗百年[N/OL].《界面文化》微

信公众号（booksandfun），2017-02-28. https://mp.weixin.qq.com/s/ItDTPWtUBsn9S2CQRLXcQ.

[37] 瓦尔特·本雅明.巴黎，19世纪的首都［M］.刘北成译.北京：商务印书馆，2013.

[38] 万夏，杨黎主编.现代诗内部交流资料（民刊）［J］.成都，1985：75-78.

[39] 木叶.翟永明：潜水艇的悲伤［J］.收获，2021（01）.

[40] 翟永明.黑夜的意识［N］.诗歌报，1986-08-21（2）.

[41] 旧约·创世记.

[42] 翟永明.女人［M］.桂林：漓江出版社，1988.

[43] 唐晓渡.不断重临的起点［C］.北京：文化艺术出版社，1989.

[44] 吕西·依利加雷（Luce Irigaray）.二人行［M］.朱晓洁译.北京：生活·读书·新知三联书店，2003.

[45] 汪民安.后现代性的哲学话语［G］.杭州：浙江人民出版社，2000：229.

[46] 埃莱娜·西苏.美杜莎的笑声//黄晓红译.张京媛主编.当代女性主义文学批评［C］.北京：北京大学出版社，1992.

[47] 程光炜.中国当代诗歌史（第2版）［M］.北京：中国人民大学出版社，2019.

（冰马　河池学院文学与传媒学院教师　上海师范大学2019级博士生　指导教师：钱文亮）

"劳动"体验与汪曾祺小说"新劳动者"形象的生成
——以《羊舍的夜晚》为中心

邱 悦

摘 要:"十七年"时期汪曾祺小说具备社会主义新人性质的"新劳动者"形象与其1949年前京派风格的劳动者书写形成"断裂"。这主要源自他1950年代对劳动的直接体验和间接体验,其由此获得对劳动者支柱地位的认识,对劳动改变个人内外生活并建构理想世界的功效和"劳动光荣"风尚、集体主义劳动观的认同。"新劳动者"形象的生成首先体现于《羊舍的夜晚》,描写方式的"新质"表现为对劳动过程的细节描写、鲜活口语的运用、风景与劳动者描写的统一和对劳动者勤劳和智慧的强调。"新劳动者"形象的劳动观被赋予社会主义的时代精神,他们通过劳动获得知识技能、精神愉悦、自我认同和锻炼成长,并将劳动行为与集体利益的维护、新中国的建设进程紧密联系。

关键词:汪曾祺;劳动;劳动者;《羊舍的夜晚》;"十七年"

严家炎在《中国现代小说流派史》中对汪曾祺写作风格独特性的一段表述颇有意味,对学界理解汪曾祺在"京派传统"之外的异质性、动态性大有裨益:"无论是《羊舍一夕》中的四个孩子,或者是《大淖记事》中的巧云与十一子之间坚贞的爱情,都是在一定程度上沐浴着新的思想阳光的新的形象。这也许可以看作京派在社会主义条件下的一种发展。"[1]193 汪曾祺虽从未"考虑过如何去迎合当时的某种浪潮"[2]210、刻意建构完全符合时代精神的"新人"形象,但作为知识分子也即改造对象的他经"十七年文学"的规训和磨砺后,事实上也在不自觉中获得对劳动与劳动者的全新理解,并成为其当代文学时期塑造具备社会主义性质的"新劳动者"形象的基础。

汪曾祺在《要有益于世道人心》中将其于中华人民共和国成立前创作(也即学界认定的京派风格)的作品归为"苦闷和寂寞的产物","我是迷惘的,我的世界观是混乱的,写到后来几乎写不下去了"[2]192,由此提示了其1940年代与当代文学时期创作的某种"断裂"。其小说中"新劳动者"形象的呈现也正在此一时期,并首先集中体现于其"十七年"创作的唯一小说集《羊舍的夜晚》(内收1961年创作的《羊舍一夕》、1962年创作的《王全》《看水》)。而在此前,田延[3]、沈佳[4]也关注到汪曾祺小说的劳动者形象书写从1940年代到"十七年"、新时期的嬗变,并将变化归因为其1950—1960年代下放劳动实践和民间文学滋养。但若将"劳动"作广义理解,将"体验"视为主客体双向交流的过程,汪曾祺此时期所有与劳动相关的书面文字的认知活动,以及他对文字背后价值观的主体筛选、过滤甚至改装的过程,都可纳入"体验"范围,都可成为促其劳动价值观转变的因素。此外,汪曾祺对"新劳动者"形象的塑造对主流文学规范、创作方法的偏离和改写,同样值得关注。据此,本文拟聚焦《羊舍的夜晚》集,论证汪曾祺1950年代的劳动实践与间接体验下,该小说集劳动者形象的描写方式、劳动观的"新质"的生成机制。

一、汪曾祺的劳动实践与间接体验

"十七年"时期,作为革命"主力军"的工农阶级确立政治主体地位,社会对劳动者的尊重更多指向对工农的尊重,劳动——尤其是体力劳动和手工劳动逐渐神圣化。毛泽东有关劳动的一系列论述为此提供了重要的理论依据,在《在延安文艺座谈会上的讲话》中,他指出从事体力劳动的"手是黑的,脚上有牛屎"的工人农民"还是比资产阶级和小资产阶级的知识分子都干净"[5]851;在《整顿党的作风》中,他强调"自从有阶级的社会存在以来,世界上的知识只有两门,一门叫做生产斗争知识,一门叫做阶级斗争知识"[5]815;直至晚年,他仍然对孔子的"四体不勤,五谷不分"提出尖锐批评。由此,脑力劳动及相应的知识分子群体的价值在当时并不受重视,甚至遭到贬低、否定。但蔡翔同时指出,通过体力劳动,"中国下层社会的主体性,包括这一主体的'尊严'才可能被有效地确定"[6]226;李祖德认为,毛泽东并非肯定体力劳动的"脏"和"累",而意在强调"劳动"使知识分子获取对"体力劳动"和"庶民"的认同和感情的改造作用[7],由此又揭示出中华人民共和国成立初期体力劳动在主体性确立、知识分子思想改造所发挥的积极正面价值。

早在1958年下放前,汪曾祺已初步接触劳动者。其童年与"铺子里店员、匠人、做小买卖的这些人"[8]382等小生产者接触较多,"常常在街上看打小罗汉、做竹器等"[2]503。"看"字暗示了汪曾祺的旁观视角,他以艺术性、审美性眼光审视小生产者的工作过程,但无法深入了解对方的日常生活、内心世界。

1958年,汪曾祺先后被下放至北京西山和张家口进行劳动改造。新时期回忆下放经历时,他反复书写的是和当地农民同睡一铺大炕时"枕头挨着枕头""虱子从最西边爬到最东边"[9]449的场景;粗重的农活于从前较少从事体力劳动的他一度成为沉重负担和严峻挑战,扛麻袋、起猪圈、刨冻粪等重活使他"体力有点招架不住"[8]404、"真够一呛"[10]291,修十三陵水库和西山种树更是让他"玩了命"[11]283。但正是与大批农民同吃同住并能亲身体验农民习以为常的苦力活、向群众学习生产生活经验的经历，使他得以深入农民内心的喜怒哀乐、"群众的疾苦和他们的想往"[2]279，认识到"中国农民自有传统，自有尊严"[12]202，中国历史由群众推动，劳动者是民族的支柱。更重要的是，他还不断反思其身为知识分子的盲视与局限，重新认识劳动的作用和意义。在《涂白》一文中，他坦言自己从前反对把树涂白，认为这样"很难看"[13]149。后来他得知涂白是为了防止树木窝藏虫蚁、保护树木过冬，认识到劳动在审美性之外对生产的实用效益、对外在世界的改造作用；涂白的场景则是"男的、女的，穿了各种颜色的棉衣，在脱尽了树叶的果林里劳动着。大家的心情都很开朗，很高兴"[13]149，众人为了同一目标而不畏严寒、群体外出保护树木。这体现了农村合作化运动开展后农业生产的主要方式"集体劳动"及集体主义劳动观，劳动者们维护的是果园整体利益和当地人民大众的利益，其愉快的心情更彰显了他们的集体荣誉感及团结协作、乐于奉献的精神而非自私自利之心。蔡翔认为，"劳动者"的主体地位"不仅是政治的、经济的，也是伦理的和情感的，并进而要求创造一个新的'生活世界'"[6]226；此时期人们的劳动已不仅仅为个人生计，他们皆将个体融入了新中国的建设，劳动指向的是全新的生活世界和社会主义的未来图景。

下放期间的汪曾祺主要在果园工作，前述重活只是偶尔承担；加之其面对政治运动一贯"随遇而安"的心态，他能对下放劳动保持积极态度和浓厚兴趣。和其他知识分子一样，汪曾祺在下放过程中遭受过暴力性规训和不公正待遇，但他同时能以辩证眼光感受劳动带给他的成就感。其中一个鲜明的文本征候是，新时期回顾下放经历时，他反复书写在果园里胜任的农活"喷波尔多液"，反复强调"我是个喷波尔多液的能手"[13]150。通观《汪曾祺全集》，"波尔多液"一词共出现34次。相较前述扛麻袋等重活，给果树喷波尔多液花费的体力较少，适合不能干重活的他；而这一农活讲究细致，他能喷得均匀、不多不少，是果园里唯一一项相较其他人他能展现出鲜明优势和特长的工作。他从劳动过程及其成果"防病，能保证水果的丰收"[13]150中获得成就感；而在短时间内从零基础学会"喷波尔多液"并达到为果园其他农民（也即新社会的主体）所认可的顶尖水平，则意味着新的秩序和制度对他的接纳，隐含其世界观改造初见成效之意。事实上，他在果园内也从事了其他轻活，如绑葡萄条、果树摘心、套纸袋等，但在作品中却对这些他同样得心应手的农活一笔带过。细读他对"波尔多液"的相关描写，可见他多次强调"波尔多液，颜色浅蓝如晴空，很好看"[10]291，向他人总结喷药经验时，他认为其中一条是"我觉得这活有诗意"[13]150。杨红莉研究《羊舍的夜晚》时便认为，"客观地说，这种集体精神并不符合汪曾祺自身的气质和艺术追求，所以汪曾祺的'位移'是有所保留也并不彻底的"[14]。即便汪曾祺下放期间接受了集体主义精神的淘洗，但他对不同类型农活的接纳和兴趣仍然可见1949年前审美视角的遗留。

此外，对与劳动相关的文学作品与"十七年"社会思潮和写作规范的书面认知也间接形塑了汪曾祺全新的劳动观。1950—1958年下放前，汪曾祺因《说说唱唱》和《民间文学》编辑工作需要阅读了大量民间文学作品，而这些作品与此前他酷爱的现代主义作品、创作的京派风俗画作品大异其趣。他曾以湖南古丈的一首民歌为例，津津乐道于其中两句"低头看见水中天""退步原来是向前"的哲学意味，感慨"这的确是劳动人民的作品。没有亲身参加过插秧劳动的人，是不可能有这样真切的体会的。这不是像白居易《观刈麦》那样只是以旁观者的身份在那里发一通感想"[2]105。1940年代汪曾祺所创作的京派乡土文学作品便与《观刈麦》旨趣相近，因而他惊讶于非新文学主流的民歌同样蕴含雅文学的哲理性、思辨性，甚至更加生机活泼、生动形象，而此般佳作及其中的真切体会正源自农民具体而丰富的劳动实践。由此他深感实际劳动的重要性，以及使劳动者获得知识、生发哲学思考的功效；而承载此般哲理的诗句明白晓畅、不加修饰，也促进了他的写作语言从佶屈聱牙的现代主义表达到日常通俗的转向。

"十七年"期间，第一党报《人民日报》以大众传媒形式多次肯定劳动和劳动者的价值。1950年5月1日《人民日报》发表刘少奇《在北京庆祝五一劳动节干部大会上的讲话》，其中提出"我们必须给劳动者，特别是那些在劳动事业中有重大发明和创造的劳动英雄们和发明家们以应得的光荣"[15]。1952年5月1日《人民日报》的评论则宣布"然而历史终究是劳动的历史，劳动人民的历史，它必然遵循着劳动群众的意向前进的"[16]。据任云仙、韩莉莉统计，1950—1956年《人民日报》含"劳动"一词的新闻报道便有1555篇[17]。1950年"五一"劳动节，北京20万群众在天安门广场举行盛大的游行活动，开启此后"五一""十一"节日游行的先例。"劳动光荣"的社会风尚由此形成，诸如《山乡巨变》《创业史》《上海的早晨》《乘风破浪》等紧跟时代中心选题的作品更是层出不穷，并由此形成工农劳动美学书写的传统。而1953年"社会主义现实主义"和1958年"革命现实主义和革命浪漫主义相结合"创作方法的相继提出则对文学创作形成规范，这要求作家注重写生活的"光明面"、以肯定和歌颂为主，塑造工农兵中的英雄典型甚至无所畏惧、无情无欲的"高大全"式人物。自称在"十七年"和"文革"期间"接受了党的教育，接受了马列主义思想"[2]245的汪曾祺也一定程度上受到了此般创作原则的影响。

二、"新劳动者"形象的描写方式

汪曾祺在1940年代创作的《老鲁》《异秉》《鸡鸭名家》《戴车匠》等名篇已塑造过旧社会的诸多劳动者形象，其中以"小生产者"为主。经由1950年代对劳动的直接实践和间接体验，一种具备社会主义新人性质的"新劳动者"形象在其1963年出版的《羊舍的夜晚》中生成。我们以1947年《戴车匠》和1962年《看水》的两个片段为例，对比其两个时代创作中劳动过程描写的嬗变：

狭狭长长轻轻薄薄的木花吐出来，如兰叶，如书带草，如新韭，如番瓜瓢，戴车匠的背勾偻着，左眉低一点，右眉挑一点，嘴唇微微翕合，好像总在轻声吹着口哨。木花吐出来，挂一点在车床架子上，大部分从那个方洞里落下去，落在地板上，落在戴车匠的脚上。木花吐出来，宛转的，绵缠的，谐协的，安定的，不慌不忙的吐出来，随着旋刀悦耳的吟唱。……[18]253-254

小吕留心看过大工们怎么堵洞，想了一想，就依法干起来。先用稻草填进去，（他早就背来好些稻草预备着了，背得太多了！）用铁锹立着，塞紧；然后从渠底敛起湿泥来，一锹一锹扔上去，——小吕深深感觉自己的胳臂太细，气力太小，一锹只能起那么一点泥，心里直着急。但是，还好，洞总算渐渐小了，终于填满了。他又仿照大工的样子，使铁锹拍实，抹平，好了[19]42！

田延评论1947年《异秉》时认为："与其说写的是王二的劳动，毋宁说是作者对'运斤成风''技近乎道'这种理想的劳动状态的夸张想象。"[3]该观点同样适用于同年创作的《戴车匠》。前一引文似在描绘一幅"风景画"，叙述者的注意力不在戴车匠制作工艺品的步骤、熟练操作的过程，而在其"轻声吹着口哨"的轻松惬意，以及对其劳动产品木花的千姿百态的赏鉴，仍是知识分子俯视劳动者的审美趣味的流露。戴车匠工作过程的艰辛、困苦由此被遮蔽，取而代之的是叙述者主观情绪的渲染，从引文时空的混杂、诗意化比喻的连用、快速的语言节奏、对形容词的堆叠甚至堆砌（田延称之为"迫不及待的表现欲""对炫技的偏爱"[3]）、少用动词便可见一斑。据此，戴车匠形象并未与劳动工具车床、旋刀和劳动产品木花等融为一体，而停留在疏离的主客二分状态。后一引文呈现的则是对劳动过程条理化、细节化的描写，作者连用"填""立""塞""敛""扔"等五个高密度出现的动词，不厌其烦地罗列小吕枯燥的劳动步骤，再现其劳动的真实状态。这些极具身体感、行动力的动作正呈现出主体与劳动工具之间的高度统一，铁锹、稻草等不再外在于劳动主体，而代表"社会主义新人"对劳动的认同。并且，在"十七年"典型的"与困难对抗"的劳动叙述模式中，叙述者能深入小吕的内心世界，体察其心理状态的变化，和小吕一起直面"自己的胳臂太细，气力太小"等劳动过程的困难和挑战，与小吕呈现为共情、共在的关系。

但正如汪曾祺在现实中以"浅蓝如晴空"观照波尔多液一样，其在《羊舍的夜晚》中仍然延续了1940年代将营造气氛和描述人事的地位几乎等同的京派风格，叙述过程不时穿插"风景画"式描写，如《看水》中的一句："躺下来，看着头顶的浓密的，鲜嫩清新的，半透明的绿叶，绿叶轻轻摇晃，变软，溶成一片，好像把小吕也溶到里面了。"[19]48汪曾祺在其文论《揉面——谈语言运用》中，主张小说对话、叙述、描写的语言要和所写的人物"靠"，景物描写"不但要是作者眼中所见，而且要是所写的人物的眼中所见"，尤其要注意"不能离开人物，单写作者自己的感受"[2]168，并以1961年《羊舍一夕》和1979年《黄油烙饼》为例。反观前面的《戴车匠》引文，以"宛转""绵缠""谐协""安定"等词形容木花，且木花能"悦耳的吟唱"，极具陌生化效果和现代主义色彩，为典型的"翻译体"式欧化语法，很显然只是熟稔知识分子书面语的作者的个人感受。汪曾祺在《看水》的景物描写中则是对自己从前现代派式笔法的改写和修正，其并未运用过多自造的新语或曲折难解的比喻，写浓密的绿叶"溶成一片"也符合小吕这一只上到六年级的果园小工的词汇量和感受。并且，不同于1949年前汪曾祺创作中风景外在于人物并具备独立审美价值，《羊舍的夜晚》有意将风景作为内在于人物的装置。柳青是当时"社会主义现实主义"文学的代表作家，其对通过自然风景的描绘表现历史进程有独到的认识。在《柳青随笔录》中，他认为"以农村题材写小说的作家，对于大自然……都应具有农民一样的感觉"[20]，而如以作者感觉代替作品人物感觉，那风景描写实际只是静物罗列。再看前述《看水》引文，作者描绘了葡萄叶的茂盛、深绿，正与后文小吕"十四岁的正在发育的年轻的胸脯均匀地起伏着"[19]48互相呼应，暗示小吕经过"看水"考验后一夜成长成熟及其内在的蓬勃生命力。尽管汪曾祺仍然不可避免挖掘劳动者及其劳动过程的美感，但作品中劳动者与劳动工具的统一、风景与劳动者的统一，显现的是社会主义"新劳动者"独有的积极向上精神。

在汪曾祺1940年代描写旧社会劳动者的作品中，对于这些劳动者致富或失败的原因，叙述者往往不作详细解释，而只由故事中的人物交代各自立场的看法：或是命中注定，如《鸡鸭名家》的"父亲"认为佃户倪二不宜养鸭的原因是命定安排他不能离开泥土地，《异秉》的保全堂众人也相信"一切是命。八个字注得定定的"[18]178；或需具备某种与生俱来的"异秉"，如《异秉》的保全堂众人从历代帝王的异像推求王二的致富源自其"大小解分清"[18]178之技。虽叙述者始终隐藏在故事背后，未介入叙事对人物发言的正误与否进行评价，但汪曾祺此时期的创作仍由此流露出命定论的虚无和神秘主义色彩。"十七年""两结合"创作方法主导下，主流文学作品多塑造凭借蛮力豁出命拼命干的"高大全"式英雄形象。反观《羊舍的夜晚》"新劳动者"形象，其成功更多依靠后天的学习、锻炼而非为命运观主宰：或是勤奋、能吃苦，如《羊舍一夕》中的小吕认为不论在菜园还是果园，"在哪里干活还不是一样"[19]3，《王全》中的王全喂马要"勤倒勤添，一把草一把料地喂"[19]30；或是凭借后天积累的经验、掌握的知识和技能，如《羊舍一夕》中的小羊倌老九、留孩认得自家羊，猪倌小白认得自家猪，数羊、数猪于他们而言不在话下，丁贵甲通过模仿羊叫找回丢失的羊，《王全》中的王全从长期的敛土实践摸索出"左手胳膊肘子要靠住胳膝，胳膝往里一顶"[19]28的省力手法，前述《看水》中的小吕正是凭借平日对大工的细致观察，在"看水"时模仿大工而完成"堵洞"考验等。《羊舍的夜晚》对劳动者勤劳、智慧和丰富经验储备的强调，与汪曾祺下放期间从事扛麻袋、修水库、种树等超负荷重活不无关系。《王全》中的知识分子"我"因手法不对，不仅敛土效率低下且一天下来就累乏，而王全却"一锨能顶我四锨"，并借机感慨"毛主席的办法就是高，——叫你们下来锻炼！"[19]28正如蔡翔所言"劳动（主要是物质性生产的体力劳动）曾经使中国下层社会获得一种主体性以及相应的阶级尊严"[6]274，通过对"新劳动者"的特殊技能或以其小说标题称作"异秉"的大力描摹，汪曾祺未全盘服膺于"革命浪漫主义"，而是为"新劳动者"形象的浪漫性增添相应理据，使他们不至于以非人化、神化的面目呈现，予读者无中生有、胡编乱造之感，失却"新劳动者"形象本应具备的审美价值。

三、"新劳动者"形象的劳动观

除汪曾祺对"新劳动者"形象的描写方式与其1940年代小说呈现较大反差外，此类形象在具体故事情境中所流露的劳动价值观，包括对劳动目的、意义的认识也与此前大相径庭，而涂抹上了属于新社会的时代精神。1947年《戴车匠》中，"小生产者"戴车匠劳动的目的主要为维持个人生计、发家致富，至多不过为孩童们制作玩具提供欢乐，为仅着眼于眼前利益的小生产观念所拘束，无法感受劳动为主体带来的自我满足与境界提升。

而在《羊舍的夜晚》中，于劳动者个体而言，除营生（如小吕辍学到农场工作的原因之一为"两个人养活五个人"[19]3）外，劳动首先能为他们带来知识和技能。王全敛土的省力方法蕴含物理学原理，而丁贵甲通过学走失的羊的叫声、等待其呼应而将其找回，小吕遇狼时想起从他人口中听说的"遇见狼，不能怕，不能跑""狼怕光，怕手电"[19]45等经验而成功避险等农村生产、生活的实际经验，也能在危急时刻为劳动者的财产、人身安全保驾护航。由此也就不难理解，当六年级的小吕向父亲提出辍学到农场做活儿的想法时，父亲在犹豫后也最终答应，让其"在这个农场里长大起来"[19]3。

劳动其次是"轻松的游戏"[19]3，"新劳动者"能战胜身体的劳累，从劳动中获得陶冶和锻炼、精神愉悦和自我认同，或借用杨红莉研究汪曾祺儿童视角小说提出的概念，劳动具有"成长仪式"的象征意义。《看水》中的小吕先后通过了"找志子""试闸""堵洞""遇狼""犯困"等不同类型的考验，经历了胆怯、经验匮乏、野兽侵袭、体能限制等磨难和怀疑、动摇、焦虑、喜悦、担忧、害怕等心理体验，最终顺利完成组长交给他的"看水"任务；《羊舍一夕》则是"看水"考验的预演，小说借丁贵甲之口讲述找羊经历、借老九之口讲述打狼过程、借留孩之口叙述捉鬼故事呈现"成长"的间接考验，最终老九、留孩、小吕皆顺利通过模拟的"捉贼"（贼由丁贵甲假扮）考验。劳动结束后的他们幸福、满足，"吃着，喝着，说了又说，笑了又笑。当中又夹着按倒，拳击，捧腹，搂抱，表演，比划"[19]24，所获得的不仅有自豪感和成就感，更重要的是，任务的顺利完成意味着叙述者扮演的"旁人"和社会对他们体力、胆量、经验等劳动素质的认可。如于小吕而言，"看水"任务的完成便意味他告别儿童期而为成年人、整劳力的行列所接纳，如他所言"下回我就有经验了，可以单独地看水，顶一个大工来使了，果园就等于多了半个人"[19]48。从此他将以进入社会主义"新劳动者"秩序的"成熟人"形象示人，其劳动的光荣感也早已超越了劳动带来的艰辛。而于汪曾祺而言，其曾坦言"《看水》那篇东西里的小孩实际上就是我"[8]381。缺乏劳动经验的他,确与十四岁的、做不了大工但能做一般女工做不了的活的小吕体力相当。纵观《羊舍的夜晚》,各篇主人公也大多为十余岁的少年,或"有许多地方还跟个孩子似的"[19]27的王全。已人到中年的汪曾祺将自己"文学化"为少年儿童,象征着其作为新社会的"孩童",需要学习接受包括"劳动光荣"在内的崭新意识形态,通过劳动实践改造世界观和人生观、否定既往以脑力劳动和精神劳动为主的劳动方式,并由此获得外在制度和秩序的接纳,进入社会"新人"序列,成为"新生活"的主体。

除个人层面的自我锻炼和能力提升外,在集体、国家层面上,《羊舍的夜晚》"新劳动者"能突破私有观念的束缚,其积极劳动的热情蕴含对集体的强烈认可和归属感,因而劳动又是"严肃的工作"[19]3。小吕的全名"吕志国"本就饶有意味,带有鲜明的一心向公、国家至上的时代精神烙印。接到"看水"任务前,小吕对夜间活动的计划如看书、洗脚、睡觉等完全以自我为中心、以个人身心的愉悦感为重,因而接到任务时不免犹豫、担心、畏怯退缩,但他能很快转变观念,"自己是果园的人,若是遇到紧张关头,自己总是逍遥自在,在一边作个没事人,心里也觉说不过去"[19]39,一旦进入"劳动"时间,小吕便能放弃"没事人"身份和个人的享乐权利,将自己重新定位为集体"果园"的一分子。而如无人承担"看水"任务,其后果便是"渠塌了,水跑了,淹了庄稼,灌了房子"[19]39,对集体成员的财产、生命造成威胁和损失;这便需要集体中的成员不论年龄、性别皆树立高度的责任感,在关键时刻促成个人利益对集体利益的无条件服从,保证集体生活、生产、建设的正常运转。丁贵甲为了找羊"连饭也没吃",一共找了三夜,最后一夜下定决心"我准备找一通夜!找不到不回来"[19]15。此般誓言看上去满蕴孩子气的天真,但正是这一带有理想主义情怀的昂然向上精神,使这些"新劳动者"能在身体条件许可的情况下(丁贵甲找羊回来"吃了多半碗"[19]15),始终保持狂热的劳动干劲,而他们最终也都顺利完成劳动任务,为果园的建设贡献一己之力。值得注意的是,《羊舍的夜晚》对丁贵甲、留孩、老九、小吕等孩童形象的刻画是去政治化的,他们对劳动之于集体意义的认识并非源自"社会主义制度""劳动光荣"等意识形态话语的教育,而完全出于本能的热爱、内心的认同与需求,这与同时期主流小说中新人形象劳动热情的思想根源截然不同。

而劳动对于个人、集体的意义同时是相辅相成的,《羊舍一夕》结尾写道"这四个现在在一排并睡着的孩子……在党无远弗及的阳光照煦下,经历一些必要的风风雨雨,都将迅速、结实、精壮地成长起来"[19]24。小说中还反复出现开往北京的216次列车意象,"北京"这一终点站在此时期极具政治象征意味,其巧妙地将果园与社会主义事业相联系,预示其光明的未来。劳动使个体成长成熟,而亿万个体的劳动将汇聚为社会经济发展、新中国繁荣富强的巨大力量。

结　语

在以 1940 年代创作为代表的"京派传统"之外，汪曾祺在当代文学时期塑造了一批具备社会主义性质的"新劳动者"形象。其通过 1950 年代于北京、张家口的下放劳动经历和对"十七年"社会思潮、文化环境的书面认知，认识到劳动者对中国历史的推动力量，认同劳动提升个人物质、精神生活并建构新中国理想社会主义图景的功效和集体主义劳动观，并对"两结合"创作方法进行提取、转化，这直接促成了 1963 年《羊舍的夜晚》"新劳动者"形象的"发生"。描写方式上，不同于 1940 年代对知识分子主观情绪的空洞渲染，汪曾祺注重对劳动过程的细节描写；尽管他对景物的描写仍有 1940 年代审美视角的遗留，但描写语言趋向通俗鲜活、风景描写与人物塑造形成有机统一；他还反复描摹劳动者的勤奋品质和长期摸索积累获得的知识经验，不同于"十七年""革命浪漫主义"创作方法而为劳动者形象的浪漫性、特殊技能增添相应理据。劳动观上，不同于 1940 年代创作中"小生产者"发家致富的私有观念，"新劳动者"沉浸于劳动带来的精神愉悦、自我认同和锻炼成长，并从内心对劳动的本能热爱、认同而非意识形态的灌输出发，致力于通过劳动维护集体利益。而他们的劳动行为，又与社会经济发展、国家建设的进程相辅相成、互相联系。

参考文献

［1］严家炎.中国现代小说流派史［M］.修订本.北京：高等教育出版社，2014.
［2］汪曾祺.汪曾祺全集：第9卷［M］.北京：人民文学出版社，2021.
［3］田延.一种"及物"的现实主义——从《异秉》的"重写"说开去［J］.图书馆杂志，2018（11）：7-12.
［4］沈佳."十七年文学"经验与汪曾祺的小说创作［D］.上海：华东师范大学，2019.
［5］毛泽东.毛泽东选集：第3卷［M］.北京：人民出版社，1991.
［6］蔡翔.革命/叙述：中国社会主义文学—文化想象（1949—1966）［M］.第2版.北京：北京大学出版社，2018.
［7］李祖德.劳动、性别、身体与文化政治——论"十七年"文学的"劳动"叙述及其情感与形式［J］.重庆师范大学学报：哲学社会科学版，2010（3）：5-13.
［8］汪曾祺.汪曾祺全集：第11卷［M］.北京：人民文学出版社，2021.
［9］汪曾祺.汪曾祺全集：第10卷［M］.北京：人民文学出版社，2021.
［10］汪曾祺.汪曾祺全集：第5卷［M］.北京：人民文学出版社，2021.
［11］汪曾祺.汪曾祺全集：第6卷［M］.北京：人民文学出版社，2021.
［12］陈映真.陈映真作品集7·石破天惊（访谈卷：陈映真访人）［M］.台北：人间出版社，1988.
［13］汪曾祺.汪曾祺全集：第4卷［M］.北京：人民文学出版社，2021.
［14］杨红莉."成长"主题及主体精神隐喻——汪曾祺儿童视角小说解读［J］.河北师范大学学报（哲学社会科学版），2005（2）：63-68.
［15］刘少奇.在北京庆祝五一劳动节干部大会上的讲话［N］.人民日报，1950-05-01（1）.

[16]马叙伦.迎接劳动人民的世纪[N].人民日报,1952-05-01(3).

[17]任云仙,韩莉莉.论建国初期《人民日报》对劳动观念的重构[J].云南社会主义学院学报,2015(4):103-107,116.

[18]汪曾祺.汪曾祺全集:第1卷[M].北京:人民文学出版社,2021.

[19]汪曾祺.汪曾祺全集:第2卷[M].北京:人民文学出版社,2021.

[20]刘可风.柳青随笔录(1958—1964年)[J].现代中文学刊,2018(2):67-68.

(邱悦　华南师范大学2020级硕士生　指导教师:咸立强)

早期新诗的诗学意义与立场建构
——以《尝试集》中第三人称代词的运用为例

王梦磊

摘　要：早期新诗的创作，代表了大多数青年寻新求变的思想状态以及情感心理，其本身是内化于思想革命、社会改造的整体文化逻辑之中的。《尝试集》中运用第三人称代词表达的诗歌，将"白话新诗"从语言层面深入现实层面。从第三人称代词及其复数变换的层面探寻《尝试集》背后的主体意识，即主义与文学、历史与现实的关系。可以看出，第三人称代词在《尝试集》中的运用隐含着新诗中的自我与他者意识同各种政治力量、话语势力的协商周旋，关系着当时社会的价值取向。因此，早期新诗的诗学意义与立场建构，共同构成了思考近代中国的视角和方法。

关键词：《尝试集》；人称代词；白话新诗；诗学内涵

人称代词是创作主体与时代相遇、对话的结果。《尝试集》中出现第三人称代词"他"的诗歌有25篇，出现"他们"的诗歌有8篇。相比第一、二人称作为应答主体在语言信息的发送者与接受者之间构成一种面对面的动态交流关系，诗歌以第三人称的形式来掩盖、转移主体的诉求，其抒情主体常常隐没在意象之后，具有强烈的"他者"指向。胡适倡导的是一种尚待成熟的白话，一方面，白话新诗有意借鉴古典诗学资源；另一方面，在使用"白话"翻译外国诗歌时，《尝试集》自觉使用第三人称代词，使得新诗自觉融入世界文学的范围当中。白话新诗作为"被发明的传统"，站在民族国家的立场上，参与现代文类的建构当中，从而在文学史上获得正统合法的地位。

一、人称代词与主体意识的自我表达

社会环境和时代处境的变化常常会给人带来创作实践上的重新定位与调整。《尝试集》共有三编，分别是胡适在不同阶段进行的白话诗创作实践。在此期间胡适先后在美国、北京等地辗转，地域上的变化使得白话新诗的创作尝试也发生了一些变化。从《尝试集》第一编到第三编，第三人称代词及其复数的使用逐渐增多，这在一定程度上与胡适进行白话新诗的创作尝试逐渐成熟是相互印证的。正如表1所呈现的，第三人称代词"他"一共出现在25篇诗歌中，而且尤其是第三人称代词复数"他们"的使用，在第一编中从未出现，第二编中则有3篇诗作，在最后的第三编有5篇诗作。

表1 第三人称代词在《尝试集》中的分布

	他	他们	合计（篇）
一编	《虞美人·戏朱经农》《他思祖国也》《生查子》《沁园春·新俄万岁》《论诗杂记》《景不徙篇》《病中得冬秀书》《百俫诊莫字令》		8
二编	《应该》《关不住了》《纪梦》《乐观》《民国七年十二月一日奔丧到家》《如梦令》《示威》《四月二十五夜》《送叔永回四川》《周岁》《老洛伯》	《鸽子》《威权》《一颗遭劫的星》	14
三编	《一笑》《我们的双生日·赠冬秀》《死者》《例外》《礼》《晨星篇·送叔永、莎菲到南京》	《湖上》《十一月二十四夜》《双十节的鬼歌》《四烈士家上的没字碑歌》《艺术》	11
合计（篇）	25	8	33

胡适本人在《尝试集》再版自序中写道："这本书含有点历史的兴趣，我做白话诗，比较的可算最早，但是我的诗变化最迟缓。……从那些很接近旧诗的诗变到很自由的新诗，这一个过渡时期在我的诗里最容易看得出。"[1]84第三人称代词及其复数的运用关切着白话新诗的创作风格。作为一个彰显白话新诗创作尝试变化的线索，人称代词本身关系叙述者与人物之间的距离，是现代汉语诗歌句法形式中不可或缺的构建因素。在诗歌的人称代词指向性描述中，"我"作为诗歌中的一个主体意象，主要用于自指，"你"多用于倾诉感情，"他"用来寄托。不同的人称代词存在着相互的关系，也就是说，抒情主体的角色不仅由"我"来扮演，而是通过诗歌的表现对象来完成。第一人称代词既可以在第二、三人称代词之间互换，又可以将诗人情感思绪寄于诗中，借他者的视角或口吻来予以传达。

这也就意味着读者受众与抒情主体的视域融合，不论采用何种人称代词，其情感的抒发并未脱离创作者的控制，背后都是创作者抒情主旨的表达。

首先，《尝试集》中使用第三人称的诗歌，以人称代词"他"和"他们"来指涉主人公，关注民众的自我主体性，从客体的角度进行情感的抒发。这种"他者"个人的叙述，关切着现代主体的想象建构，展现了中国现代诗歌参与民族国家形态机制建构的过程。诗人借由人称代词来提示读者他的位置和身份，并在此基础上辨析"个体"与"主体"的差异性。在《尝试集》中，体现"个体"与革命的直接关系的诗歌之一《死者》：

> 他身上受了七处刀伤，
> 他微微地一笑，
> 什么都完了！
> 他那曾经沸过的少年血
> 再也不会起波澜了！
>
> 我们脱下帽子，
> 恭敬这第一个死的。
> ——
> 但我们不要忘记：
> 请愿而死，究竟是可耻的！
>
> 我们后死的人，
> 尽可以为革命而死！
> 尽可以力战而死！
> 但我们希望将来
> 永没有第二人请愿而死！
> 我们低下头来，哀悼这第一个死的。——
> 但我们不要忘记
> 请愿而死，究竟是可耻的！

这首诗原载于1921年6月1日《新青年报》第9卷第2号，后收录于《尝试集》第三编，是为在安庆被军人刺伤身死的姜高崎而作。在五四运动的影响下，1921年6月2日姜高崎积极投身于反对军阀私吞教育经费的斗争中，在同反动军警的拼搏中被刺七刀，于7月1日身亡。这件事激起各界人士的气愤，工人罢工，商人罢市，各地纷纷声援。《死者》这首诗中第三人称代词"他"的运用，表明丰富真实而又立体的现代人在诗学变革中的产生出现，并且从人性和人道主义的角度出发，表达了对民族主义的思考。同时也反映出民族主义话语与"主体"的关系，表明新诗创作中的现代性创生关系。

其次,《尝试集》中第三人称代词"他"在诗歌创作中出现分化。《尝试集》中的《病中得冬秀书》原文第一部分"病中得他书,/不满八行纸,/全无紧要话,/颇使我欢喜"与第二部分"我不认得他,/他不认得我,/我常想念他,/这是为什么?/岂不因我们,/分定常相亲,/由分生情意,/所以非路人?/海外'土生子',/生不识故里,/中有故乡情,/其理亦如此"中的"他"指代女性冬秀,这种情况使得第三人称代词"他"仅指代男性的局面在现代新诗语言的日趋成熟中迅速被打破。在《尝试集》中,通过这种人称变化体现这种戏剧冲突的代表作为《如梦令》:

一

　　他把门儿深锁,不肯出来相见。
　　难道不关情?怕是因情生怨。
　　休怨!休怨!他日凭君发遣。

二

　　几次曾看小像,几次传书来往,
　　渐渐又何妨!休做女孩儿相。
　　凝想,凝想,想是这般模样!

三

　　天上风吹云破,月照你我两个。
　　问你去年时,为甚闭门深躲?
　　"谁躲?谁躲?那是去年的我!"

《如梦令》这组诗共有三首,原载于1918年10月15日《新青年》第5卷第4号。前两首为1917年8月所作,第三首是1918年8月胡适与江冬秀在京寓夜话,忽然回忆起一年前的旧事,遂和前两首诗歌所作。语言规则本身就是一个流动发展的动态过程,而特定的社会历史语境则从不同侧面促发了现代汉语人称代词在新诗中的涌现[2]。这首诗歌中,新诗人称代词的词汇体系逐渐形成,叙述者声音在第三人称代词"他"与第二人称代词"你"、第一人称代词"我"中不断转换。男女双方的对话、交流以及回忆,引发戏剧性的冲突,使得读者阅读视角不断转移。不同于中国传统诗歌中情感抒发带有明显的主体意识与个体色彩,现代诗歌变革过程中人称代词的不断转换使得情感表达逐渐明晰,这种人称代词的普遍性适用原则使得诗歌中的语言表达倾向于理性化。

最后,第三人称代词复数"他们"性别指向在《尝试集》中的运用逐渐走向认同。同时在第三人称代词"他"与第三人称代词"他们"之间形成一种鲜明对比,其中具有代表性的诗歌为《威权》：

一

威权坐在山顶上，
指挥一班铁索锁着的奴隶替他开矿。
他说："你们谁敢不努力做工？
我要把你们怎么样就怎么样！"

二

奴隶们做了一万年的工，
头颈上的铁索渐渐的磨断了。
他们说："等到铁索断时，我们要造反了！"

三

奴隶们同心合力，
一锄一锄的掘到山脚底。
山脚底挖空了，
"威权"倒撞下来，活活的跌死！

这首诗歌原载于1919年6月29日《每周评论》第28号。其中"他"代表的威权与"他们"代表的被压迫的奴隶之间形成了一种鲜明的阶级对比。在这种矛盾冲突下，第三人称代词复数"他们"具有集体复数的意义，承担着一种主体标记性的功能。从单数向复数形式转变的趋势折射出现代诗歌的两种发展趋势：一是"主流权力话语或者集体话语对个体话语的消解和同化"；二是实现了诗歌创作主智模式对主情模式的颠覆，"主体在对客观对象的观照上逐渐由个人视角转向普遍人类视角"[3]。正如诗歌第三部分表示的那样，"他们"标记出被压迫的广大民众，在集体的认同中推翻作为个体并且孤立无援的"他"。这种集体主义反映出时代主潮下，对个体广大民众的呼唤。

《尝试集》第一编到第三编还呈现出一些历史变化的特点。这一点胡适本人在《尝试集》序言中也是提到过的。胡适在《尝试集》第一版序言中写道："我在美洲做的《尝试集》，实在不过是能勉强实行了《文学改良刍议》里面的八个条件：实在不过是一些刷洗过的旧诗！……因此，我到北京以后所做的诗，认定了一个主义：若要做真正的白话诗，若要充分采用白话的字，白话的文法，和白话的自然音节，非做长短不一的白话诗不可。这种主张，可叫做'诗体的大解放'。诗体的大解放就是把从前一切束缚自由的枷锁镣铐，一切打破：有什么话，说什么话；话怎么说，就怎么说。这样方才有真正白话诗，方才可以表现白话的文学可能性。"[1]80—81《尝试集》中的第二、三编与第一编相对比，音节变化、语言字词、人称代词的使用上都呈现出更加白话的特点。这虽然说并未达到胡适理想化的创作目的，但是已经朝着更为现代化的方向发展。值得注意的是，胡适在《尝试集·再版自序》中提到，"总结一句，我自己承认《老鸦》《老洛伯》《你莫忘记》《关不住了》《希望》《应该》《一颗星儿》《威权》《乐观》《上山》《周岁》《一颗遭劫的星》《许怡荪》《一笑》——这十四篇是'白话新诗'。其余的，也还有几首可读的诗，两三首可读的词，但不是真正白话的新诗"[1]90。胡适承认的为真正"白话新诗"的14篇诗作中，其中8篇就用到第三人称代词"他"及其复数"他们"，这些都是在胡适后期创作的第二编与第三编之中。借由第三人称代词及其复数的运用，可见中国近现代诗歌创作变革中最明显的标志——置于历史发展过程中真实而又立体的自我主体情感抒发逐渐成为诗歌创作中的显性要素。

二、传统诗学与新派诗歌的兼容

"历史和进步是谈论文明、文化的两大基本要素，并使其获得了勾勒和设想人类历史发展的功能。"[4]95 五四前后，社会剧烈动荡，多种思想并存。新诗的创作，正是代表了大多数青年寻新求变的思想状态以及情感心理，其创作本身是内化于思想革命、社会改造的整体文化逻辑之中。大多数青年借助新诗在表达自我生活的同时，并不能完全实现主体层面的自我超越。在由传统向现代转变的过程当中，新诗之所以"新"，既意味着一个全新的结构框架需要丰富的现代经验来填充和弥补，也需要在"诗"的标准之下进行形式技巧的组织运作。

《尝试集》一方面受到传统诗学的反照；另一方面又受到近派诗歌变革的影响，呈现出独特的诗歌风貌。胡适在《尝试集》第一版自序中写道："我初做诗，人都说我像白居易一派。后来我因为要学时髦，也做一番研究杜甫的工夫。但是我读杜诗，只读《石壕吏》《自京赴奉先咏怀》一类的诗，律诗中五律我极爱读，七律中最讨厌《秋兴》一类的诗，常说这些诗文法不通，只有一点空架子。……所以我主张用朴实无华的白描功夫，如白居易的《道州民》，如黄庭坚的《题莲华寺》，如杜甫的《自京赴奉先咏怀》。这类的诗，诗味在骨子里，在质不在文！没有骨子的滥调诗人决不能做这类的诗。所以我的第一条件便是'言之有物'。因为注重之点在言中的'物'，故不问所用的文字是诗的文字还是文的文字。"[1]70-73《尝试集》作为白话新诗的代表，其中具有明显传统痕迹的诗篇为《景不徙篇》，原文如下：

飞鸟过江来，投影在江水。
鸟逝水长流，此影何尝徙？
风过镜平湖，湖面生轻绉。

> 湖更镜平时，毕竟难如旧。
> 为他起一念，十年终不改。
> 有召即重来，若亡而实在。

《景不徙篇》原载于1918年1月15日《新青年》第4卷第1号。胡适在诗歌序言中写道："《墨经》云，'景不徙，说在改为'。说曰，'景，光至景亡。若在，尽古息'。《庄子·天下》篇云，'飞鸟之影未尝动也'。"[1]112 作为哲理诗的《景不徙篇》体裁上采用传统诗歌的五言律诗格式，套用了中国旧的诗词格律，在遣词、造句和谋篇方面显示出传统的特点。白话新诗的创作充分显示出近代诗歌转型的特点：传统文学在潜移默化中影响着创作者的思维模式，使得诗歌创作具有传统文学中重意境、重哲理的特点。在传统诗歌向近代诗歌转型的过程中，《尝试集》无意中显示出传统诗歌创作的痕迹。

五四时期是一个多声部合唱的历史舞台，新文学激进派与折中派、守成派及复古派共同参与了文学史建构[5]。诗本难译。以外国诗歌面目出现的诗歌翻译，实际上正是接受者尝试根据自己的文化氛围、使用本国语言进行创作的。诗歌翻译作为自我表达的手段，一定程度上拓展了诗歌表现的审美空间，赋予了创作者传统规范之外的价值。《尝试集》第二编中的《关不住了》作为一首译诗，本身标志着胡适"新诗"成立的纪元，有效证明了译诗对于新诗尝试创作的参照示范作用。《尝试集》对于外国诗歌的译介主要是第二编的《老洛伯》，这是苏格兰女诗人Anne Lindsay以村妇的视角进行创作的情诗，原载于1918年4月15日《新青年》第4卷第4号，节选部分原文如下：

二

> 我的吉梅他爱我，要我嫁他。
> 他那时只有一块银元，别无什么；
> 他为了我渡海去做活，
> 要把银子变成金，好回来娶我。

九

> 我如今坐也坐不下，那有心肠纺纱？
> 我又不敢想着他：
> 想着他须是一桩罪过。
> 我只得努力做一个好家婆，
> 我家老洛伯他并不曾待差了我。

胡适在翻译外国诗歌的过程中自觉使用第三人称代词"他"，这在一定程度上促进

"白话"使用的流畅，从而使得白话新诗自觉融入世界文学的潮流当中。译诗之所以能够参与白话文学的建构当中，是因为五四时期的译诗本身就实现了诗歌自由体的转变，与建立白话文学的主张保持了一致。同时胡适本人致力于西洋文学各种文体的翻译引进，试图为中国文学现代文类的建立奠定基础。五四译诗在语言、句法、结构、主题等方面影响着新诗的创作，借此胡适建立了白话诗歌文学翻译的主题：爱国翻译主题。对于"五四"白话的这种不确定性，他在《建设的文学革命论》中写道："若要造国语，先须造国语的文学。有了国语的文学，自然有国语。"[6]中国诗歌求新求变的倾向虽然从晚清已经产生，但如果没有胡适提出的"建设国语的文学、文学的国语"以及"诗体大解放"等主张，新诗很容易落入晚清诗歌革命的窠臼。

三、诗学内涵与价值取向

胡适作为20世纪中国新诗的奠基性人物，不仅以"尝试"的实验主义精神出版了第一本白话诗集《尝试集》，其在文学革命初期有关新诗的论述也几乎成为新诗创作与批评的"金科玉律"，影响深广。因此，当胡适发现杜甫不仅在"白话"上为新诗的架构提供了话语资源，其对社会现实的高度容纳更是同白话新诗的构想完全契合时，"被发明的传统"在不期然间再次融入白话新诗的整体建构之中，成为孵化白话新诗不可缺少的古典资源。与此同时，"被发明的传统"作为新诗建构的话语资源，同样被纳入胡适的理论视野之内[7]。当杜甫作为古典诗学资源进入白话新诗的历史性建构，也就注定了白话新诗并非简单的"白话革命"，而是一场由"形式"深入"内容"、由"语言"撬动"现实"整体性的诗界革命。在1916年8月3日的日记中，胡适写道："尝试成功自古无，放翁这话未必是，我今为下一转语：'自古成功在尝试！'请看药圣尝百草尝了一味又一味。又知名药试丹药，何嫌六百零六次。莫想小试便成功，那有这样容易事！有时试到千百回，始知前功尽弃。即使如此已无愧，即此失败便足记。告人'此路不通行'，可使脚力莫枉费。我生求师二十年，今年'尝试'两个字。作诗做事要如此，虽未能到颇有志。作'尝试歌'颂吾师，愿大家都来尝试！"[8]108《尝试集》中人称代词的使用逐渐从简单走向复杂化，从单调走向多元。这种变化顺应了以白话为基础的诗歌散文化趋势，帮助了现代诗歌规避了散漫化的发展倾向。

一方面，以胡适《尝试集》为代表的白话新诗创作符合了中国诗歌发展的内在诉求。作为尝试的新诗重在对"自我"主体的强调，对内在真实的追寻。在文学创作传统中，"我—他"处于一个矛盾的生存环境。谈及"他"时，叙述者总是隐藏着一种疑惑、猜忌甚至是敌对的情绪。与第一人称"我"和第二人称"你"不同的是，文学表达中第三人称代词"他"所代表的人物总是不在场、缺席的。《尝试集》运用第三人称代词及其复数进行情感表达的篇章，其抒情主体常常隐没在"他者"之后。"说者"与"听者"共同审视着"他者",无形之中叙述者与读者会站在同一立场角度上,产生情感上的呼应,达到一种共鸣。叙述者与读者之间不再是紧张、对立以及敌对的关系,而是和谐稳定的关系。在面对被叙述对象的遭遇时,叙述者巧妙地使读者与自己处于同一阵营,达到一种意见上的共识。整首诗歌中不再存在争议的声音、不同意见的表达,取而代之的是统一的表达,充斥着进步、积极以及变革的思想。在这种强势话语之下,叙述者站在自身立场上有意遮蔽主观性表达,假借客体第三者的叙述,故意消解矛盾的存在,从而完成自我最真实的表达。晚清知识界的觉醒具有"指点方向"的意义,我们可以对之做出如下归纳:对拓展视野和提高思想认识的渴念和冲动,打破了传统桎梏,并在客观上给中国的文化自大感打上了"废品"的标记。这些对后来的发展都具有极大的"放射"意义。史料告诉我们,中西接触逐渐引起多样而复杂的文化反响,其主要表现形式是:(一)愈加顽固的对外防备心理以及对自我"文化"之精神胜利法的矜夸;(二)试图在技术和军事上赶超西方,而不放弃自我文化认同;(三)痴迷于对外开放和对外来文化(不仅是科学技术,而是一切"现代"文化)无保留的接受[4]60-61。五四时期,社会文化氛围逐渐转变。关注第三人称代词在胡适《尝试集》中的运用,既是梳理语言与文学从传统到现代过渡、转变的重要内容,也能加深对中国新诗及文化实践的思考。

另一方面,《尝试集》的创作,契合了传统文学向现代文类转变的探索发展。随着东西方文化交流的愈加频繁,如何将西方的称谓转变成传统文学中的概念成为主要的问题。胡适在诗歌译介的过程中,主动运用西方称谓改造中文的称谓体系,赋予传统字眼以新的含义。之所以是改造传统,而不是创造新词,是因为民众对于传统文学有着天然的熟悉感,借由传统字眼进行白话文学的尝试,在一定程度上可减少改革的阻力。胡适认为"白话"仅仅是"白话新诗"的第一步,重点在于"形式"与"内容"的连带作用,目的在于超越古典诗歌的容纳范围。第三人称代词"他"在五四时期被回炉再造,在原有的基础上,增添了新的内涵,这在一定程度上也代表了五四时期知识分子在新旧文化之间的困境。胡适在《尝试集》第一版序言中写道:"因为我主张的文学革命,只是就中国今日文学的现状立论;和欧美的文学新潮流并没有关系;有时借镜于西洋文学史也不过是举出三四百年前欧洲各国产生'国语的文学'的历史,因为中国今日国语文学的需要很像欧洲当日的情形,我们研究他们的承继,也许使我们减少一点守旧性,增添一点勇气。"[1]1177五四时期的知识分子普遍具有留学背景,对外国文学有着深入的了解。在促进传统文学向现代文学的转型过程中,以胡适为代表的文人不可避免地面临着新与旧之间的选择。第三人称代词"他"的运用正是反映了当时知识分子一方面靠近西方,一方面又难以摆脱传统影响的矛盾心理。

借由第三人称代词及其复数形式,《尝试集》在民族国家的建构层面上还发挥着一定的促进作用。胡适有着美国留学的经历,这使得他可以站在与西方文学同时代的位置上倡导白话新文学。白话新文学在创作过程中自觉参与跨文化的交流与沟通,以独特的民族身份参与到世界文学的发展之中。叙述者借第三人称代词"他"的表达,隐含的是个体寻求其民族身份进行公共表达的需要,在当时特殊的时代背景中参与民族国家的建构。实际上,这是在更为抽象的层面上完成了一种文化政治的选择,从传统向现代民族国家的建构转换中,适应时代与历史的变化。五四白话新诗的倡导实际上代表着当时语言文字的变革。如何对传统文学进行传承与转换,在保留其价值的同时适应现代社会的发展,成为当时知识分子思考的主要问题。同时,即使通过语言翻译的手段,中西诗歌之间也难以实现完全意义上的对等。因为诗歌形式本身就是一种审美对象,更不用说语言结构形成的审美空间。《尝试集》作为新诗创作的起点,其内在的多重精神特质,具有超越文学自身发展的意义。新文学与新文化在当时看来具有战斗性与鼓动性,以极具强势的力量和专断的话语框架着文学史的发展,带有极强的革命色彩。白话体新文学的倡导构成了新诗发展的一个重要阶段,也使得文学自觉参与到民族国家身份的建构当中。总之,胡适新诗《尝试集》是在"文学社会学"的理论构想下,将"白话"从古代传统中分离出来,在文言与白话的二元结构中,"被发明"的白话在胡适笔下逐步取代了古代文学中以文言为中心的传统,在实际操作中实现白话新诗指涉现实的目标。因此,采用白话的形式进行诗歌变革,进而指涉文学、社会与文化的变革,这其中更多隐含着时代背景下的权衡、协商与对话。

结　语

《尝试集》开启了中国白话诗歌的创作历史。白话诗歌是传统诗歌在新的历史阶段受西方文化的影响进行的自我改变尝试,这就决定了新诗的创作同时兼具传统诗学与西方诗学的特质。胡适通过白话新诗的倡导,阐明语言文体变革的重要性,为新诗格局的建立打下了重要基础。借由第三人称代词"他"及复数"他们"的运用,《尝试集》中的诗歌创作顺应了本土诗歌文学发展的内在诉求,在自觉进行文学与文类现代化的探索中,确立个体存在的意义以及民国国家身份的建构。同时,"五四"前后的政治变动、思想潮流、社会运动,不能简单作为新文学发生的外在背景,首先应考虑怎样将这些外在维度内化为一种交错的问题结构,从而粉碎固化的文学史、政治史、思想史叙述,让它们"相互激荡起来",在动态的历史情境中锻造一种内部提问的能力[9]。通过考察新诗《尝试集》中的人称代词的现代性,反思白话新诗在主流话语与时代困境下做出的尝试改变,透析出"五四"新文学及早期新文学的历史独特性与更为深刻的历史走向。

参考文献

[1] 欧阳哲生编.胡适文集(9)[M].北京:北京大学出版社,1998.

[2] 倪贝贝.中国新诗人称代词的诗学内涵与现代性发生[J].东北师大学报(哲学社会科学版),2020(2):62-68.

[3] 周少华,王泽龙.论中国现代主智诗的语言表达特点[J].河北学刊,2011(2):111-115.

［4］方维规.概念的历史分量：近代中国思想的概念史研究［M］.北京：北京大学出版社，2018.

［5］秦弓."五四"时期文坛上的新与旧［J］.文艺争鸣，2007（5）：44-59.

［6］胡适.建设的文学革命论［N］.新青年，1918-04-04.

［7］冯跃华.杜甫书写与新诗的诗学规范——以胡适为中心的考察［J］.烟台大学学报（哲学社会科学版），2021（3）：68—76.

［8］胡适：胡适四十自述［M］.长春：吉林出版集团股份有限公司，2017.

［9］姜涛."社会改造"与"五四"新文学——作为一个整体的研究视域（新文学）［J］.文学评论，2016（4）：16-25.

（王梦磊　西北大学2023级博士生　指导老师：苏永前）

从小说到歌舞话剧
——论《金大班的最后一夜》的文本改编

肖文君

摘 要：白先勇的短篇小说《金大班的最后一夜》讲述了一代舞皇金兆丽黯然退场的故事，寄托了作者对人生变故、时代更替的感思。与小说相比，由赵耀民改编的同名歌舞话剧有两处最大的不同：人物"穆老"的增设，以及歌舞描写的增加。这对歌舞话剧的舞台表演有多重作用：其一，在叙事层面上，使过去和现在两个时空顺利切换，推动叙事进程；其二，在主题表达上，强化了对青春和爱情的歌颂，凸显了"人生如梦"的主旨；其三，在氛围营造上，渲染出作品浓厚的历史沧桑感。这两点不同体现了改编本自身的创造性和跨媒介改编的内在要求。

关键词：《金大班的最后一夜》；戏剧改编；歌舞话剧；歌舞化

《金大班的最后一夜》是白先勇于1968年创作的短篇小说。故事梗概为：20世纪40年代，金兆丽是上海百乐门的头牌舞女，一时风光无限，人称"金大班"；后来她随国民党政府迁居台湾，在台北夜巴黎继续以舞女为职。到了60年代，她已年近四十，漂泊多年，虽多次虑及自己的爱情和婚姻，但始终未能如愿。最终，她无奈地决定嫁给年长自己二十多岁的商人陈发荣。在即将告别舞女生涯的前夜，她由现实中遇到的人和事想起了自己的青春时代以及她的初恋。

小说发表后，于1984年被改编为电影。2004年，编剧赵耀民将其改编为同名歌舞话剧，并于2005年由导演熊源伟执导上演。刘彦君对此剧作了较为全面的评价：白先勇的原作本身自有其文学深度，编剧和导演在忠于原作的基础上，成功使用了戏剧的结构技巧，获得较好的效果[1]。通过比较和分析，人物"穆老"的增设以及歌舞描写的增加是小说和剧本之间两处明显的不同。这两点对于剧本的叙事艺术、主题表达以及氛围营造等都具有独特的作用。

一、人物的增设

戏剧《金大班的最后一夜》增设了人物"穆老",他出场时年龄为六十多岁,年轻时是上海百乐门的舞客。他与金大班是故交,也是惺惺相惜的朋友,从百乐门到夜巴黎,他一直为金大班捧场。"穆老"的增设对剧本的叙事和氛围营造都有重要作用。

(一)人物增设的叙事功能

根据文本的叙述层次,可将小说中的叙述者分为两类,一类是外叙述者,一般而言,外叙述者并不是小说中的人物;另一类是内叙述者,内叙述者作为人物在情节中出现[2]43-44。小说《金大班的最后一夜》的叙述者即可分为这两类。其一为外叙述者,如故事开始,金大班刚出场时,关于金大班衣着外貌的叙述:

> 金大班穿了一件黑纱金丝相间的紧身旗袍……[3]51

此处的叙述者即外叙述者。此外,小说中还有一个内叙述者,即金大班本人。关于金大班当年在百乐门的种种往事,都是由金大班回忆展现的。这样的叙述方式有助于读者走进金大班的内心,拉近读者与她的距离,也更容易让读者对她抱以同情的态度。

不同于小说家可以用心理描写细腻地呈现人物的内心世界,在戏剧创作中,编剧主要是通过人物对白来塑造人物。当小说被改编为剧本时,其涉及的心理描写,也基本上需要借助其他舞台艺术形式来呈现,如舞台美术设计、音乐歌舞的使用等。当然,也包含了"将心理描写转换为对白"这一叙事策略。改编后的戏剧《金大班的最后一夜》所增设的人物"穆老",即这一叙事策略的体现。刘彦君指出:"穆老这个人物,是为了满足戏剧叙事的需要,起到牵引铺垫的作用,由他来引起金兆丽的一段段回忆。"[1]接下来,我们对此具体分析。

首先,可以看到,虽然剧本中涉及穆老的情节不算多,但他却同金大班一样,是一个"统领全局"的人物。如果不将序幕看作正文,穆老实际上是剧中第一个出场的人物。在第一场开场的舞台提示中:

> 台上的霓虹灯一盏盏地亮起……穆老上,走进"夜巴黎"。"夜巴黎"场景随之亮起……穆老走到吧台前落座[4]。

随后故事在穆老与调酒师的对话中展开,他们所谈内容正是金大班,这段情节如同故事的引子。同样的,在最后一场,虽然穆老并非最后一个离场的人物,但他离开酒吧的行为与他开场进入酒吧的行为形成呼应,同时也与金大班的"告别舞台"相对照。他们是多年的舞伴,从上海到台北一直互相陪伴。如今,曲终人散,他们互相道别,也是在向逝去人生的告别,为本剧增添了一丝沧桑的意蕴:

> 兆丽笑笑，无语。穆老转身下，背影顿显苍老……金兆丽目送他远去，怅然若失[4]。

除了起到"引起和结束整个故事"这一作用外，剧本对金大班往事的叙述也几乎都借助穆老才得以完成。小说中，故事的叙事时序是这样的：

> 金大班与童经理吵架（现在）——金大班从夜巴黎与百乐门的对比想起任黛黛下嫁潘金荣，继而想到自己下嫁陈发荣的无奈以及她与秦雄的感情（过去）——朱凤向金大班求助（现在）——金大班由朱凤联想起自己与月如的爱情（过去）——金大班帮周富瑞哄萧红美（现在）——金大班由萧红美联想起自己与吴喜奎在上海的风光，继而联想起吴喜奎的近况（过去）——金大班遇到男青年（现在）——金大班联想起她初遇月如的场景（过去）——金大班与男青年跳舞（现在）[5]

如前文所述，小说对过去的叙述都是通过作为内叙述者的金大班之追忆而完成。在叙事学中，这种叙事手法可称为"倒叙"或"闪回"。这四次倒叙的发生都是金大班从眼前所见之人、之场景联想到她昔日所见之人、之场景。至于在剧本中，故事的叙事时序是这样的：

> 穆老来到夜巴黎，发觉童经理的不满；金大班出场并与童经理吵架（现在）——朱凤向金大班求助，穆老来看望金大班，并邀请她跳舞（现在）——穆老与金大班在百乐门共舞，并介绍她与月如相识，金大班与月如相恋继而被拆散（过去）——金大班与穆老谈论她与月如、秦雄的往事（现在）——秦雄向金大班求婚，吴喜奎劝金大班"找个归属"（过去）——金大班与穆老谈论她和秦雄分手，并邀请他跳舞（现在）——金大班与秦雄分手（过去）——金大班决定嫁给陈发荣，金大班帮周富瑞哄萧红美，穆老与金大班告别，金大班遇见男青年并与之共舞（现在）

可以看到，剧本对过去的叙述共分三次进行，并且每一次都是由穆老和金大班关于过去的对话而引起。作为金大班人生经历的见证者，由他二人的对话引发叙事时间的切换，是很自然的。

俄国叙事学家普洛普在其《故事形态学》中提出了"角色的功能"这一概念。他在分析了一些神奇故事后发现，故事常常将相同的行动分派给不同的人物。这样一来，在不同的故事中，即使角色的名称发生变化，但他们的行动或功能并未变化。也就是说，功能具有重复性[6]17-18。在角色功能视野下，小说中的"朱凤""萧红美""男青年"这三个人物的角色功能其实是相同的，都引起了金大班的追忆，推动叙事进程。在改编后的戏剧文本中，"穆老"这一人物与小说中这三个人物的角色功能也相同。并且，由穆老和金大班的对话所引起的情节，恰好对应于小说中金大班追忆的情节。

（二）人物增设与戏剧的氛围营造

1971年，白先勇将《金大班的最后一夜》《游园惊梦》等14篇短篇小说合集出版，并将小说集命名为《台北人》。各小说主要人物在民国时期都生活在大陆,后随国民党当局迁居台湾,且他们在台湾的生活大多"今不如昔"。作者在《台北人》卷首写明"纪念先父母以及他们那个忧患重重的时代",并引用了刘禹锡的《乌衣巷》。刘彦君在评价戏剧《金大班的最后一夜》时指出《台北人》与《琵琶行》在主题意境上的相似性:

> 白先勇这组小说与白居易的著名长诗《琵琶行》的意境相同,捕捉到了一种历史的沧桑感,一种人生的苍凉情绪、失落情绪,这种东西是文艺作品里永远不朽的灵魂,被我们的历代名著反复地验证着[1]。

由此可见,作者意在通过书写《台北人》中各人物的命运变化来抒发他对时代变换的沧桑之感。在《台北人》诸小说中,与《琵琶行》故事最相像的当数《金大班的最后一夜》无疑。两者讲的都是"老大嫁作商人妇"的故事。小说中,金大班当年在上海百乐门的风光,可谓"五陵年少争缠头",到后来她却无奈地嫁给陈发荣。作者以个人的年华不再反映出时代的兴衰,表现出其所谓的"历史感""无常感"。

至于戏剧改编,白先勇和赵耀民都曾提到,著名导演(同时也是本剧的监制)谢晋很早就想把这篇小说改编为舞台剧。谢晋认为,该小说充满了"夕阳无限好,只是近黄昏"的深沉况味。金大班从大红大紫的舞后直到最后草率嫁人,这并非一般的舞女故事。而是"在最小的面积集中了惊人的思想",掺杂了很多的人生经历、世事悲凉。后来,谢晋将小说的改编权委托给赵耀民,赵耀民的改编自然也受到了谢晋的影响[7,8]。考察改编后的剧本,小说中的"沧桑感"不仅被保留,甚至有所增加。前文中,我们已经指出,穆老与金大班告别时,他"苍老的背影"为戏剧平添了一丝沧桑感。接下来,我们从文本其他方面继续分析穆老的增设是如何有助于营造剧本之"沧桑感"。

首先,剧本中穆老与金大班的关系,可对应于《琵琶行》中诗人(白居易)与琵琶伎的关系。在《琵琶行》中,诗人听完琵琶伎的演奏,继续听她讲述自己的故事。在剧本中,穆老则时而与金大班共舞,时而听她讲述自己的往事。穆老作为金大班人生的旁观者,见证了她的人生沉浮与世事沧桑[1]。

其次,在心境上,穆老也与《琵琶行》中的诗人具有相似性。《琵琶行》中,诗人从琵琶伎的遭遇联系到自身遭贬谪的境遇,从而发出"同是天涯沦落人,相逢何必曾相识"的感慨。剧本有两处引用了《琵琶行》的诗句,其中一处在第六场穆老与金大班的对话中,他对金大班和秦雄关系的评价为:"同是天涯沦落人,相逢何必曾相识。"通观剧本,我们可以认为,穆老和金大班这对惺惺相惜的朋友也可以称为"同是天涯沦落人"。从前在上海,他们为正值盛年的舞伴。如今却都流落他乡,一个不得不告别青春、谈婚论嫁,另一个则已步入暮年,并且两人的人生似乎都不太如意。尤其是穆老,在热闹的舞厅中竟然喝醉并沉睡,疲老之态尽显。虽然金大班称他有一位"好太太",但穆老却总是不置可否,而且他睡着后梦见的也是自己与金大班在百乐门共舞的情景。可以推测,他目前的生活状态可能并未完全如愿。因此在这一意义上,他也可称为"沦落人"了。通过穆老今昔境况的对比,人到晚年的失意寥落之情更得以凸显,文本的"沧桑感"意境也愈加浓厚。

二、歌舞描写的增加

相较于小说文本,戏剧《金大班的最后一夜》不同于小说的另一个特点是"歌舞化"。剧本中有大量的歌舞(包括音乐)描写,其所占篇幅要远超小说文本,编剧赵耀民也将戏剧的体裁明确标为"歌舞话剧"。关于本剧歌舞化的原因,主要有以下两点。

首先,从文本内部看,主人公金大班的职业为舞女,至于其他人物,或为男性舞客,或为舞女,与他们相关的情节也都涉及歌舞。因此,本剧中的许多歌舞描写一部分是出于现实主义原因。从时空的宏观尺度看,剧中使用的《何日君再来》《夜来香》等歌曲真实还原了从前上海、台北舞厅的时代风情。从微观尺度看,"舞厅总是要播放音乐的"[9],剧本多处舞台提示写明乐队演奏的音乐,以及人物的歌声、舞蹈,营造出"舞曲靡靡,舞影幢幢"的气氛,提醒读者故事的空间背景为舞厅。

其次,剧中大量的歌舞描写来自编剧的原创,这体现出编剧对本剧最终舞台表演效果的考虑。当小说被改编为舞台剧时,读者(观众)参与作品的模式由"讲述"变为"展示"。小说的参与模式为"讲述模式",即读者通过语言文字来想象作者所虚构的世界;歌舞话剧的参与模式为"展示模式",即观众需要先借助视觉和听觉的感知来认识作品[10]15。编剧在对小说进行改编时,必须将其充分戏剧化:"描写、叙述、呈现的思想必须转码为言语、动作、声音以及视觉形象。人物之间的冲突和思想差异必须成为可看得见和听得见的。"[10]28戏剧《金大班的最后一夜》新增的歌舞描写在推动情节、揭示和深化主题等方面都具有独特作用。在以此为脚本的舞台表演中,歌舞作为一条相对独立的表意轨道也将使故事情节更为可视化、可听化。接下来,我们具体分析歌舞描写对本剧的意义。

(一)歌舞描写对本剧的叙事功能

在推动情节方面,首先,歌舞描写使剧本叙事场景的时空转换更为自然。如前文所述,剧本对过去的叙述分三次进行。非常巧合的是,这三次倒叙的发生和结束或多或少涉及歌舞描写,我们以其中第一次倒叙为例进行分析。这次倒叙讲述了"金大班在百乐门初遇月如"的故事,倒叙始于第二场的结尾,金大班在夜巴黎应穆老邀请,与之共舞。此处舞台提示为:

> 随着他们的舞步,舞台转动,仿佛时光在倒流……[4]

接下来的第三场,舞台提示写明故事时间为40年代中期,地点为上海百乐门,舞厅内正举办"上海舞国皇后选举",正值青春的金大班和穆老作为搭档在台上表演。两个叙事场景借助歌舞完成转换,呈现效果比仅凭对白来切换要更连贯和流畅。

此次倒叙的结束在第五场结尾，此时金大班和月如已经分开，吴喜奎劝她打掉腹中胎儿，此处舞台提示写明有《梦中人》的歌声。而到第六场开头，舞台提示显示时间、地点与第一场相同，意即倒叙的结束。此处所引《梦中人》的歌词描述了失去爱人的痛苦：

> 夜莺林间痛哭，
> 草上溅着泪珠，
> 我的梦中的人儿呀，
> 你在何处[4]？

这段歌词既表现出第五场结尾金大班失去月如后的难过，也为第六场开头她和穆老继续谈论此事铺垫悲伤的情绪基调。甚至，我们还可以认为，《梦中人》可能是夜巴黎当下正在演奏的歌曲，歌曲将陷入回忆的二人唤回现实。也就是说，《梦中人》成功衔接了过去和现在两个叙事场景。

从上述可知，剧中歌舞描写对倒叙时的场景切换具有重要作用。除此之外，在某些特定情节，歌舞描写也有推动其发展的作用，如歌曲《梦中人》的使用。这首歌在小说中未曾出现，在剧本中则出现了四次。可以说，《梦中人》是金大班和月如爱情的主题曲。前文已对剧中第三次使用《梦中人》进行了分析，接下来我们分析其余三次使用。

剧本中第一次出现《梦中人》，是第三场金大班和月如刚认识的时候：

> 乐队奏起了慢三步的舞曲——《梦中人》[4]

随后，金大班邀请月如跳舞，并告诉他，这是她最爱的歌曲。在第三场结尾的舞台提示：

> 乐队又一次奏起了《梦中人》……
> 一名歌女穿过两人中间，走上乐台，唱了起来：
> 月光那样模糊，
> 大地笼上夜雾。
> 我的梦中的人儿呀，
> 你在何处？
> ……
> 两人慢慢走近，随着歌声旋转起来[4]。

此为剧本第二次使用《梦中人》，二人在歌声中起舞，歌词象征着他们的爱情进一步发展。在第九场结尾，金大班自斟独饮时，遇到了男青年：

> 蓦然地，《梦中人》的旋律在她脑海里出现……
> 两人和着《梦中人》的舞曲，慢慢旋转[4]15。

此为《梦中人》的第四次使用，歌词内容同前文第二次使用时相同。可以看到，《梦中人》的每一次使用，对应了金大班和月如的不同情感状态，分别是他们的相识、热恋、相离以及金大班的回忆。从音乐的叙事功能看，《梦中人》是他二人爱情发展的叙事曲，既推动相关情节的进程，同时也可作为一条独立的叙事轨道，表现二人关系的"起承转合"。作家余华说过："音乐的叙述和文学的叙述有时候是如此的相似，它们都暗示了时间的衰老和时间的新生，暗示了空间的瞬息万变；它们都经历了段落的开始，情感的跌宕起伏，高潮的推出和结束的回响。"[11]封底《梦中人》的使用表明，歌舞描写对本剧的叙事有着锦上添花的效果。

（二）歌舞描写对本剧主题的揭示和深化

在主题表达方面，本剧的歌舞描写揭示并深化了原小说文本所固有的多重主题。白先勇谈起他对金大班的看法时说道："（金大班）外在非常四海、洒脱，有一股世俗泼辣的劲儿，内心又要有少女般的浪漫情怀，对初恋的执着、对过往的迷恋。"[8]金大班在舞场漂泊多年，仍对初恋念念不忘，她泼辣性格表面下的少女情怀是这篇小说的主题之一。小说中，作者通过心理描写揭示了这一主题。在故事结尾，金大班回忆起她和月如第一次同眠共枕时的心情：

> 那时她心中充满了感激和疼怜……那一刻她才悟了原来一个女人对一个男人的肉体，竟也会那样发狂般的痴恋起来。……[3]63

这段文字表明，是月如的出现让金大班感受和明白，男女之间可以拥有真正的爱情，月如作为初恋情人，对金大班的重要意义不言而喻。在剧本中，编剧将这处心理描写与其他情节剥离，单独放在第四场，并以幕外声独白的形式呈现，幕内则是金大班和月如在音乐中舞蹈。不过，编剧同时也注明："此段独白也可以改成一段唱。"[4]由此可见，编剧意在对这段心理描写进行充分的歌舞化，从而揭示故事的主题。

小说结尾处，前述这段心理描写与"金大班遇见男青年并与之共舞"这一情节交织在一起。因此，虽然作者未写明，但读者会从这两段具有互文性的文本中，察觉到金大班可能把眼前这个男子当作月如的替身。那么，他二人的共舞对金大班来说是一种旧梦重温。与此不同的是，在改编后的剧本中，编剧通过歌舞描写将这一点直接点明，使这次"旧梦重温"变得更加"可视""可听"，因而也更有感染力。当二人开始跳舞时，舞台提示为：

> 舞台转动起来，"夜巴黎"在慢慢隐去，"百乐门"渐渐呈现；金兆丽和男青年旋转着，"穿"过夜巴黎，进入百乐门，在他们"穿越时空"的一刹那，那青年分明变成了月如……

> 舞台继续在转："百乐门"消失了，周围的一切消失了，那个青年也不见了，只剩下

偌大一个空舞池，只剩下金兆丽一人，还在舞池中央旋转、旋转……自歌自舞……[4]

在这段歌舞描写中，"和男青年共舞"是当下的实景，"和月如共舞"是回忆的再现，"自歌自舞"则为金大班此刻寂寥内心的外化。三个歌舞场景依次出现，成为一个有机的整体。让读者（观众）清楚地意识到，在她眼中，面前的年轻男子即月如，而她与月如的爱情是她舞女生涯——或许也将是她整个人生最难以忘怀、最值得珍惜的经历。

通过以上分析，我们可以看到，剧本中这几处歌舞描写对"金大班的少女情怀"这一主题的表达有着重要功用。

前文中，在分析人物"穆老"对剧本氛围营造之助益时，我们曾指出，作者创作这个故事意在借人生起伏抒发世事沧桑之感。这种感受与小说的另一主题息息相关，即以金大班为代表的舞女生涯的无奈与失意。

除金大班以外，作者在短短一篇小说中还塑造了其他性格各异的舞女形象，如朱凤、吴喜奎、任黛黛、萧红美等。然而，通观下来，她们的人生际遇又有着诸多相似，仿佛都在重复同一种命运：年轻时不得已以舞女为生，受舞客欢迎，风光无限，对爱情还抱有幻想甚至因此而受骗；等年华逝去，她们不得不考虑自己后半生的归宿，最终大多嫁给年长的商人，开始没有情感的婚姻生活。小说详写了金大班昔日与今天的遭遇，而这又何尝不是其他舞女曾经有过或者正在经历的人生？在剧本中，这一主题也通过歌舞描写得以呈现和深化，体现为序幕和剧终处"金大班的自歌自舞"。

在序幕中，金大班在一对对舞伴中出现，神情落寞，自歌自舞，继而黯淡退场。在剧终时，她和男青年随着《梦中人》跳舞后，男青年消失，她再次自歌自舞。她两次所唱内容完全相同：

> 身世酒杯中，歌舞匆匆；
> 浮生恍如梦，万事皆空。
> 红颜已留昨日镜，
> 今夜心事谁与共？
> 啊，歌舞匆匆，
> 歌舞何匆匆？
> 往事酒杯中，歌舞匆匆；
> 欢场二十年，一夜西风！
> 三步四步舞不休，
> 人散灯灭曲已终。
> 啊，歌舞匆匆，
> 歌舞太匆匆[4]15！

歌词写出了金大班在舞场漂泊多年后落寞、失意以及人生如梦的感受。这两段歌舞描写在剧本首尾两端遥相呼应，既塑造出戏剧结构上的对称美，同时也营造了此剧的悲情意味。更进一步来说，金大班的这段歌舞可视作她为有着相似命运的众多舞女的代言。"金大班的故事超越了个别而成为众多女性命运的重叠，从而深化了剧作的内涵。当然这些情节都是小说里原有的，戏剧将其立体化和鲜明化了。"[1]无疑，这两处歌舞描写对这一主题的揭示和深化有着重要作用。

通过上述分析可知，在《金大班的最后一夜》小说文本中，故事主题隐于文本之后，需要读者间接地感知和挖掘；而在剧本中，编剧新增了大量的歌舞描写，主题以更直观的形式表达出来，这种方式也提高了该剧最终在舞台上呈现时的视听观赏性。

结　语

通过比较《金大班的最后一夜》的小说文本和改编后的戏剧文本，我们发现，后者与前者两处大的不同在于人物"穆老"的增设以及歌舞描写的增加。这两点对戏剧文本的叙事艺术、主题表达、氛围营造分别有着不同而重要的意义，"被改编文本不是什么被复制的东西，而是被解释和再创造的东西——通常在一个新的媒介中"[10]58。歌舞话剧《金大班的最后一夜》改编自小说，但我们不应视其为原小说"二流的衍生物"，而应视其为独立于小说的作品。本文所论的这两处不同体现了《金大班的最后一夜》改编过程的"创造性"。

当此剧被搬演至舞台并呈现为表演艺术时，本文所论的这两点也必然对这一歌舞话剧的叙事艺术、主题表达、氛围营造发挥同样重要的作用。"各门艺术之中都有的一个共同项向是扩充媒介的表现潜力"[12]，小说的媒介是语言文字，而作为舞台艺术的歌舞话剧，其媒介为舞台表演。编剧在改编小说《金大班的最后一夜》时，必然将实现最佳舞台表演效果作为其目标。从这一点来说，本文所论戏剧文本的两处不同体现了跨媒介改编的内在要求。同时从"创造性"和跨媒介改编的内在要求这两方面着眼和分析，我们才能更好地把握《金大班的最后一夜》改编过程中文本发生的变化及其背后的原因。

参考文献

[1] 鲁人,刘彦君.歌舞话剧《金大班的最后一夜》访谈录[J].艺术评论,2005（03）：27-32.

[2] 胡亚敏.叙事学[M].武汉：华中师范大学出版社,2004.

[3] 白先勇.白先勇文集·第二卷：台北人[M].广州：花城出版社,2000.

[4] 赵耀民.金大班的最后一夜[J].上海戏剧,2004（08）：4-15+1.

[5] 黄诗娴.《金大班的最后一夜》的结构叙事美学[J].人文社会科学研究,2018,12（01）：63-75.

[6] 弗·雅·普罗普.故事形态学[M].贾放,译.北京：中华书局,2006.

[7] 岸边."金大班"有话要说[J].上海戏剧,2005（02）：38-39.

[8] 廖俊逞.白先勇：刘晓庆是麻辣金大班[J].PAR表演艺术,2007,180：26-28.

[9]江海宁.重逢总比告别少 歌舞话剧《金大班的最后一夜》观后记[J].音乐爱好者,2005(02):33.

[10]琳达·哈琴,西沃恩·奥弗林.改编理论[M].任传霞,译.北京:清华大学出版社,2019.

[11]余华.余华作品系列:音乐影响了我的写作[M].上海:上海文艺出版社,2004.

[12]Clement Greenberg,易英.走向更新的拉奥孔[J].世界美术,1991(04):12-18.

(肖文君　北京语言大学2021级博士生　指导教师:陈戎女　张廷银)

由《竖琴手》引发的改译事件

袁新梦

摘　要：《竖琴手》[①]是歌德的名作。此诗由徐志摩于1925年翻译，后由胡适改译，之后徐志摩根据胡适的改译进行了重译。此改诗事件引发了多人参与译诗，原诗的完整版本逐渐呈现，且有多种译本出现。本文意图通过对不同版本译诗的细读，看胡适的翻译观与诗学创作观；再对徐志摩的版本进行音韵学探析，讨论徐、胡二人在诗歌音韵上的侧重；最后回到历史现场，从胡适1925年的生活与情感状态入手，阐释其选择《竖琴手》的缘由，讨论该诗的特殊性。针对这一共同促成的翻译事件，或可窥探20世纪中期新诗的发展状态。

关键词：《竖琴手》；改译；胡适；新诗

一、文本之较：《竖琴手》奏出的独语之歌

《竖琴手》是歌德小说《威廉·麦斯特的学习时代》中一首诗歌的前四行。1921年徐志摩在佛罗伦萨游学时从英国作家王尔德的作品《从深处》（*De Profundis*）中读到了这段诗的英语译文。1925年，他用英文将该诗译出，发表在8月15日的《晨报·文学旬刊》上。此诗后由胡适改译，之后徐志摩根据胡适的改译进行了重译。至此，此诗有了两位译者、三个版本（见文末附录）。

细读这三个版本，胡适的改译之中最能感受到主体的存在。且看徐志摩初版本"东方的光明等待"，此句从语法事实上构成了一个主谓结构（或者可以说只是词组的组合），并没有增强或者削减前两句诗中的主语"谁"的主体性；第四句"他不曾认识你/啊/伟大的天父"用第二人称，似乎是一个隐含作者"我"对天父的对话，此时的"你"也就是重

[①] 《竖琴手》是歌德所作，徐志摩1925年8月20日译。载1926年3月29日《晨报副镌》。此诗收入1964年12月台湾商务印书馆出版的《胡适先生诗歌手迹》，又收入1970年6月台北胡适纪念馆影印的《胡适手稿》第十集中册，又收入1986年4月25日台北远流出版事业股份有限公司的《胡适作品集》第28册，又收入1989年4月人民文学出版社出版的《胡适诗存》（胡明编），又存入1998年11月北京大学出版社出版的《胡适文集》第9册（欧阳哲生编）。

心落到"天父"身上,并没有承接前面的这个"谁"。而胡适的改译,四句诗全部聚向一个主体:"谁"。这或许可以理解为"他",再或者是一个朦胧的个体:"某一个人"。第三句"泪汪汪地等候东方的复旦"这句话前面可以加一个"谁"字,也就是说这句话与前两句诗是顺承关系,作者又通过多个表心境的复杂动作"咽饭、叹息、睡了又重起"描摹出了这个主体忧愁痛苦的情绪,并在后面两行以第二人称的类似对话性的诗语强化了这种感觉,此时的重点"你"不再是"天父",而是指前诗中提到的"谁"或"他"。可以看出,徐志摩的重译是参考了胡适这一译法的,改成了"独自依偎着他的枕衾幽叹,——伟大的神明呵,他不认识你"。

在中国传统诗歌中,人称特别是第一人称单数"我"常常被淡化,常常被隐藏在社会群体或自然环境的背后,绝少以大写的个人出现。个体生命、个人的喜怒哀乐常常湮没在宏大叙事之中。独语中"我"实际上是文化转型期对人本主义的肯定和张扬(五四时期对于个体的重视),列费维尔说过,翻译是"改写"的一种重要形式,翻译"可以为主体文学引进新的表现手法,而且可以转变译人文化中文学的功能观"。胡适的这种改译则体现了艺术表现上偏重自我和内心世界的转向,这实际上是胡适对中国诗歌中的"我"的唤醒。由此可以联系到胡适的诗歌创作,如他的《你莫忘记》与《应该》。胡适曾在《尝试集》再版"自序"中说:"《应该》一首,用一个人的'独语'(monologue)写三个人的境地,是一种创体;古诗中只有《上山采蘼芜》略像这个体裁。以前的《你莫忘记》也是一个人的'独语',但没有《应该》那样曲折的心理境地。"[1]34

胡适对凸显自我声音的诗歌十分喜爱,他在1923年10月的日记中写道:"十二日我在上海沧州旅馆时,他带了一首《灰色的人生》来,我读了大赞叹说:'志摩寻着了自己了!'"[2]可以看出,这首诗明显契合了胡适上述观点中的"自我声音"或者说"独语"的彰显,如:"我想放开我宽阔的嗓音""我想散我一头的长发""我想调谐我的嗓音"①等,此间"我"的自我感情的抒发,或激昂或悲伤,是很合胡适心意的。

二、改诗之据:"硖石土音"与"自然的音节"

胡适的译诗主要集中于1908年至1925年②。1920年以后,胡适的诗歌翻译开始走向成熟,主题更加宽泛,形式也更加成熟。一方面,胡适遵从"历史的文学进化观念",认为文学是从低级到高级通过不同文学的相互借鉴逐渐演进的;另一方面,胡适认为翻译文学作品要只译名家著作,不译第二流以下的著作。

---

① 写于1923年10月12日。1923年10月21日《努力周报》第75期。
② 胡适的文学创作和文学翻译都是从诗歌开始的,白话诗歌是他"暴得大名"和开风气之先的最重要的工具。胡适一生翻译了30多篇诗作,他的作品收入了诗集《尝试集》,引起强烈的反响,掀起了启蒙的狂飙。他的诗歌翻译大致可分为三个阶段,即中国公学时期、美国留学时期和回国之后,主要集中在1908年至1925年。从形式上看早期的诗歌主要是五七言和十言,中期的诗为骚体,后期的诗歌主要为自由体。这三个时期,胡适的翻译主题和翻译诗体都发生了变化。

在《胡适全集》中收录的译诗《译葛德的 Harfenspieler》①"后记"中,胡适写道:

> 我们几个朋友都笑他押的是硖石土音,——饭与待为韵,坐与父为韵,——劝他试改译一本。志摩要我试译,我的译稿大致如上[3]218。

徐志摩对此事件亦有记录,他写道:

> 适之跑来笑我……你一没研究过音韵,再你又用你的蛮音(徐志摩是浙江人)瞎押。你看这首诗。四行诗居然是四个韵。……这也不提,昨天我收到他一封信,他说前晚回家,在车上试译葛德那四行诗,居然成了[4]124!

胡适改诗,显然与不满意徐志摩诗中的"硖石土音"有关。海宁市硖石镇是徐志摩的故乡,《海宁方言志》一书对市政府所在地的硖石话作了一个系统的描写,记录了硖石话声母26个,韵母41个,单字调7个;与此同时归纳了声韵配合规律、同音字表,同时记录了两字组、三字组连读变调的情况。笔者现根据《海宁方言志》[5]一书,将徐志摩初译的四行诗标音如下:

谁不曾和着悲哀吞他的饭,
[ʂe][pɿ][tshən][xaʔ][tʂo][pe][ai][thuən][tha][tɤ][fɛ]

谁不曾在半夜惊心起坐,
[ʂe][pɿ][tshən][tsaʔ][pɛ][ia][tɕia][ɕin][tɕhʔ][tsu]

泪滋滋的,东方的光明等待,
[lə?][tsɿ][tsɿ][tɤ],[tõ][fã][tɤ][kuõ][min][tən][ta]

他不曾认识你 啊 伟大的天父。
[tha][pɿ][tshən][zən][ɿi][niəʔ][a][he][ta][tɤ][tiɛ][fɤ]

徐志摩初译的四个韵尾分别为[ɛ](饭)、[u](坐)、[a](待)、[ɤ](父),按照硖石话朗读此诗,韵尾各自不同,按这一点来说,的确没有胡适译得精巧。但当我们仔细观察诗中每个字的音素排列,会发现有一些高频音素,如ɿ、ən、ʔ、ɛ、ts(tsh)、ɤ等,穿插在诗句之中,形成了跳跃性的节奏:"这些有节奏的语言代替了格律,虽然在今天看来,其语言与日常口语仍有一定差距,但已充分展示出徐志摩强调白话诗歌应拥有的'柔韧性',在新文化运动时代是一次具有开创性意义的大胆尝试。"[6]而在1924年,即翻译《竖琴手》的前一年,徐志摩在《晨报副镌》上发表了一首诗——《一条金色的光痕》,并主动标出了"硖石土白"四个字,由此可知当时徐志摩对土白诗创作予以了较大关注,并进行了一些诗歌创作与翻译实践。土白诗作为一种诗歌语体,从世界诗艺的角度看,首

---

① 即《译歌德的〈竖琴手〉》。

创极似应归彭斯所有[7]，①但在当时的中国而言，还是具有一定的独创性的。

1920年代的中国现代诗歌音节诗学具有三种形态，即以胡适为代表的自然音节论、郭沫若的情绪节奏论和新格律诗派的音节调和论[8]。在起步阶段，诗人徐志摩只关注到新旧诗体竞争，认为新诗具有更大的灵活性，在表现原文思想、声调、音节方面与旧诗格相比更具潜力；胡适则正确指出白话诗也同样要兼顾音韵、格律的再现，不能完全摒弃旧诗的韵律之美。他在《谈新诗》中提道：

> 这种解放，初看上去似乎很激烈，其实只是《三百篇》以来的自然趋势。自然趋势逐渐实现，不用有意的鼓吹去促进他，那便是自然进化。……诗的音节全靠两个重要分子：一是语气的自然节奏，二是每句内部所用字的自然和谐。……语气自然，用字和谐，就是句末无韵也不要紧。

在这里，胡适自然地将历史进化论中的"自然"移植至诗歌中。在徐志摩用"惊心起坐"与"枕衾幽叹"时，胡适的改译中翻译为"中夜叹息，睡了又重起"——这显然也与胡适诗论中"新诗散文化""诗该怎样做就怎样做""具体的做法"等有关。胡适的"自然的音节"仍未脱离从格式（结构）的方法促成诗歌的流畅性，严格来讲依然属于"外部声音"一脉，但此时与传统做法已有明显不同，例如此诗中尾韵的交错使用。朱光潜称，"在中国旧诗里，两句一换韵的诗很少，近体固绝无，即古体中也少见……隔行换韵押也没有……隔几行遥押，那更是簇新的顽意"[9]288-289。胡适译诗沿用了卡莱尔的英语诗韵式abab，而由尾韵引申而来的是开口呼与齐齿呼的使用，也就是an和i两个韵母的选择。元音的响度分为不同的等级，元音a的响度最高，利于抒发强烈的情感；iuv的响度最低，往往以抒发深沉、真挚甚至幽闭的感情。两韵呈abab式分布，使热烈与深沉两股情感流交织呈现，更利于原诗中悲情之传达；而且他把an韵放在13行，i韵放在24行，使得全诗以齐齿呼的低沉收尾，更显悲怆。

胡适在《谈新诗》中为自己的研究定性："这是新旧过度（渡）时代的一种有趣味的研究。"但这已经展现了"由外而内"的眼光的转移，为新诗"向诗歌内部寻找诗意"奠定了基础；而这同时对作为新诗依托的现代汉语提出了更高要求：更注重多义性，借助自身"发声"。这种朴素的"外部声音"与"内部声音"分化的雏形，使现代诗歌以至当代诗歌始终暗含着一股隐隐的调子。

---

① 早在18世纪，彭斯就在其著名的《一朵红红的玫瑰》(A RED, RED, ROSE,《过去的好时光》等诗中，用"LOVE""GANG""WEEL""AULD""TWD""BRAES"这样的苏兰格方言来代替书面"官话"，以真正意义的土白体民歌赢得了世界性的关注，其诗风的影响遍及欧美各国。在这样的情形下，对一个诗人——特别是对一个亲近英国文化的中国现代诗人来说，徐志摩的土白诗构想及实验全然与彭斯无关是说不过去的。

三、择诗之由：《竖琴手》与胡适的 1925 年

上文提道，在徐志摩的叙述中，胡适的改译是一个主动的行为；而胡适在"诗后记"中写道"志摩要我试译"，这个译诗的举动似乎又称为一个"表演"。他为什么如此"手译痒"，选择了这首《竖琴手》进行改译呢？这一方面自然与他不满与徐志摩他的"硖石土音"有关，而当我们观察他此时期的生活与创作（包括译作），也会找到一些缘由。

这里节选同样为 1925 年翻译的四首诗做一类比：

《清晨的分别》："他呢，前面一片黄金的大路／我呢，只剩一个空洞洞的世界了"（1925 年 3 月译，原作者是英国诗人罗伯特·勃朗宁）[3]211

《你总有爱我的一天》："我如今种下满心窝的种子／……／你那一眼吗？抵得我千般苦恼了／死算什么？你总有爱我的一天"（1925 年 5 月，原作者是英国诗人罗伯特·勃朗宁）[3]213

《译薛莱的小诗》："你去之后，情思常在／魂梦相依，慰此孤单的爱"（1925 年 7 月）[3]291

《月光里》："伊一定是你恋爱的人，安乐与患难变不了你的心；如今伊死了，你便失了你的光明？"（1925 年 7 月，原作者是英国诗人托马斯·哈代）[3]293

这几首诗中有一个极大的共性，就是情绪的充沛性和强烈感。1925 年，可以说是胡适情感世界最不稳定的一年。一方面，他与曹诚英的感情进入冰点，1923 年胡适曾与曹诚英坠入爱河，演绎出一段热烈的恋情，在杭州烟霞洞有一段"神仙般的生活"，但此时二人只有偶尔的书信往来；另一方面，他一脚踏进了徐志摩、王赓、陆小曼的三角关系。胡适这半年在感情上的冲动可能是一种转移或补偿，因为这期间是他个人以及家庭问题丛生的阶段。他自己一直被病魔纠缠着，特别是他的足疾、痔漏一直好不了。他多病的女儿素斐也在这一年夭折。

关于素斐究竟何时夭折，胡适没在他的日记或书信里提起。目前已经出版的年谱里，也没有一本说得正确，都以讹传讹地说她死于 1925 年 5 月。江勇振在他的《星星·月亮·太阳》里对此做了一个考证，可以拿来参考，他提道：

> 任鸿隽当年（1925 年）7 月 23 日的信中说："听说你的女儿病的垂危了，我们都非常痛惜。"……值得一提的是，胡适 1927 年 2 月 5 日在纽约旅途午睡的时候梦见素斐，"醒来时，我很难过，眼泪流了一枕头，起来写了一首诗，一面写，一面哭。忍了一年半，今天才得哭她一场，真想不到。"

1927 年 2 月初倒数算回去一年半，当是 1925 年 7、8 月间。江冬秀的大姊江润生的来信，可以让我们确切地说，素斐的死期是在 7 月底，死时还不满 5 岁。江润生 8 月 2 日的信说："前天接到酒弟［江泽涵］一信是说素斐甥女病死了，真令我心碎。"[10]275

胡适的小女儿夭折于 1925 年 7 月底，而胡适改译《竖琴手》的时间为 1925 年 8 月 20

日，选择此诗去改译，不能说没有关联。而歌德的原诗出版于1795年，在胡适关于此诗的"后记"中提道：

> 1806年，拿破仑破灭普鲁士王国，普鲁士王后路易莎出奔，在一个小旅店避难时，感慨当日所受的痛苦，脱下金刚石戒指，把这四行诗写在旅店的玻璃窗上[3]219。

与这首诗有联结的另一个人是19世纪英国作家王尔德，他曾讲述自己早年是一个不羁的浪子，把人生看作游戏，从不认为人间有悲哀。后来等到他受了奇辱，被关在监狱，他想起了歌德的四行诗，还曾在后面加了一行（大意是"在我看来似乎只有悲哀是人间唯一的真理"）。这首诗蕴含了一种伟大的情感，是深受于人生大痛苦中的人的一份慰藉。由此，胡适选择此诗的原因便不难理解了。

对于胡适的翻译和创作、心境的联系，廖七一在他研究胡适的专著中曾有一个观点：

> 在读者看来，翻译是复制，是模仿；读者通常不会因原诗的内容而为难译者，因而无论多么热烈的情感，多么离经叛道的念头，多么缠绵的思绪都能在译诗中得到抒发，甚至夸张渲染，不担心受到读者的价值判断和道德谴责。
>
> 但从翻译心理来分析，翻译"阻断了原文与读者的直接联系"因而具有"间接性"（indirectness）。正是因为译者的介入，翻译便"总能满足个人的真实需求"，个人的需求能在翻译中"找到自身"（find itself），而且"被对象化"（objectivized）；被对象化的个人需求便"成为翻译的动机"[11]。

这也就是说，在原诗中译者能找到"共鸣"，"不能自己而生强烈冲动"，并借翻译来表现自身的情感体验。所以，如果说胡适的诗歌创作是"有所为而为之"，强调"理胜于情"；那么他的诗歌翻译则是"无所为而为之"，侧重于"情胜于理"。其间绝大多数的译诗都是"情动于中""不能自已"。译诗可以说是他情绪的另一个出口，是他人生经历与心态的一种隐喻式的体现。

结 语

从三种译文来看，胡适的译文胜在形式工整，但"睡了又重起"这样半文半白的词句出现在诗中，冲淡了诗味；而徐志摩二次译诗时尤其看重"传神"，为此，徐志摩在初译时加入"惊心起坐"，复译时又用"凄凉""怆心""幽叹"等词语努力营造出一种悲凉的氛围，可以说在韵味上较胡适译文更为出色。但"怆心"一词过于冷僻古雅，加上另外一些文白夹杂的地方，译文与他所追求的水乳交融境界显然尚有差距。因此，徐志摩也虚心承认几种译文都还算不上"不负原诗的译本"[12]。

胡适与徐志摩共同促成了一次诗歌的"集体改译"事件：当时这首四行诗不仅有三个版

本，朱蹓先（朱家骅）、周开庆、郭沫若都有"试手"；日本作家小泉八云还有一个英译本；朱蹓先还找到了这首诗的后面四行，然后又进行了翻译；李竟何随后也进行了试译（见附录）。① 由一首短诗、一个译者，到数次改诗与数种寻根、补充、商榷，似乎可以窥见一个众声喧哗的五四诗歌场域。这场翻译竞赛与争鸣从徐、胡两人对新诗体神、形、音韵平衡的关注转向了对原作意蕴的关注和再现，并从对原著语境的关注拓展到对原作者思想的研究和准确把握，这意味着对诗歌翻译的研究逐步摆脱单纯的文字、音韵研究，向着文学史、思想史研究领域拓展。早期新诗的提倡，并非一种粗暴的历史生造，而是在求新、求精的历史态度中，逐渐自我建构起来。

附录 《竖琴手》的相关译本及原文：

徐志摩译诗：

谁不曾和着悲哀吞他的饭，

谁不曾在半夜惊心起坐，

泪滋滋的，东方的光明等待，

他不曾认识你啊 伟大的天父

胡适译诗：

谁不曾含着眼泪咽他的饭

谁不曾中夜叹息，睡了又重起，

泪汪汪地等候东方的复旦，

伟大的神呵，他不会认识你。

徐志摩重译：

谁不曾和着悲泪吞他的饭

谁不曾在凄凉的深夜，怆心的，

独自依偎着他的枕衾幽叹，——

伟大的神明呵，他不认识你。

---

① 关于朱蹓先等人的译本介绍与分析，见谭渊，刘琼.歌德诗歌的复译与民国译者对新诗的探索——徐志摩《征译诗启》背后的新旧诗之争[J].解放军外国语学院学报，2017，40（03）：121-128。

朱蹓先译诗：

谁从不曾含着泪吃过他的面包，

谁从不曾把充满悲愁的夜里，

在他的床上哭着坐过去了，

他不认识你们，你们苍天的威力

周开庆译诗：

（1）

谁不曾和着悲哀把饭咽下，

谁不曾在幽凄的深夜里，

独坐啜泣，暗自咨嗟，

伟大的神明呵，他不曾认识你！

（2）

谁不曾和着悲哀把饭吞，

谁不曾中夜幽咽，

愁坐待天明，

他不曾认识你呵，伟大的神灵！

郭沫若译诗：

人不曾把面包和眼泪同吞，

人不曾悔恨煎心，夜夜都难就枕，

独坐在枕头上哭到过天明，

他是不会知道你的呀，天上的威棱。

小泉八云对前四行的英译：

Who ne'er his bread in sorrow ate,

Who ne'er the lonely midnight hours,

Weeping upon his bed has sat,

He knows ye not, ye Heavenly powers.

歌德诗后四行原文：

Thr füthrt ins Leben uns hinein,

Thr lass't den armenschuldigwerden,

Dann überlass't ihr thn der pein;

Denn alle Schuld. racht sich auf Erden.

朱蹓先译后四行：

你们引导我们进尘寰，

你们使这苦恼的人们罪恶，

然后你们交给神痛苦忧患，

固为人间一切罪恶报应无差。

李竟何译后四行：

你们引导我们进生命界里，

你们使可怜的人于犯罪愆，

然后你们把他交绘苦虑；

因为一办罪愆都报应在这世间。

参考文献

[1] 欧阳哲生编.胡适文集[M].北京：北京大学出版社，1998.

[2] 廖七一.论胡适诗歌翻译的转型[J].中国翻译，2003（05）：53-58.

[3] 胡适.胡适全集10：文学创作[M].合肥：安徽教育出版社，2003.

[4] 韩石山.徐志摩全集[M].天津：天津人民出版社，2005.

[5] 柴伟梁.海宁方言志[M].杭州：浙江人民出版社，2009.

[6] 谭渊，刘琼.歌德诗歌的复译与民国译者对新诗的探索——徐志摩《征译诗启》背后的新旧诗之争[J].解放军外国语学院学报，2017，40（3）：121-128.

[7] 刘景兰.徐志摩诗歌语言研究[D].武汉：华中科技大学，2006.

[8] 王泽龙.20年代中国现代诗歌音节诗学初探[J].学习与探索，2004（4）：97-102.

[9] 朱光潜.心理上个别的差异与诗的欣赏[C]//杨匡汉，刘福春.中国现代诗论.广州：花城出版社，1985.

[10] 江勇振.星星·月亮·太阳——胡适的情感世界（增订版）[M].北京：新星出版社，2012.
[11] 廖七一.胡适诗歌翻译研究[M].北京：清华大学出版社，2006.
[12] 徐志摩.一个译诗问题[J].现代评论，1925，2（38）：14-24.

（袁新梦　首都师范大学2020级硕士生　指导教师：张桃洲）

·比较文学与世界文学·

社科学文库日出界世文中

"推销文明"：西方人关于铁路入京的话语建构（1865~1889）

张 晗

摘 要：自1860年西方人进驻北京、设置使馆乃至为各种利益目的之便在京营办海关、医院、学校、铁路等设施，北京就被裹挟着开启了现代性的进程。1865年，英国商人杜兰德在北京九门之一的宣武门外修筑了一条约一华里长的铁路。这条起初被国人"骇为妖物"的小铁路，是北京也是中国史上的第一条铁路。此后1900年，八国联军拆毁北京城墙将铁路修至正阳门，及至1916年1月北洋政府为"示海内以标的而竞文明于列强"自办自修环城铁路通车，这段50年的早期铁路入京史，浓缩了自1865年以来西方人通过各种手段敦促清廷接受铁路、国人对于铁路以及铁路所象征的西方文明从对抗到妥协、从被动修建到为"示海内以标的而竞文明于列强"而主动追求的全过程。本文重点探讨的是这一过程的第一阶段，西方商人、官员和传教士等各阶层人士纷纷通过书信、文章、报刊等媒介将铁路建构成"现代的、文明"的象征，并极力向清廷和中国民众"推销文明"的现象，并探析这一话语的建构方式及西方人借铁路在中国进行"文明殖民"的深层目的。

关键词：西方人；铁路入京；推销；话语建构；文明殖民

1865年，英国商人杜兰德（Trent）在北京宣武门外修筑了一条约一华里长的铁路。这条起初被国人"骇为妖物"的小铁路，是北京也是中国铁路史上的第一条铁路。杜兰德向清政府和京师民众展示这一西方文明的得意之作，演示火车运行，意在让中国官民认识铁路，从而达到将铁路引入中国的目的。然而此铁路在北京民众中激起了轩然大波，结果这条铁路旋即被步兵衙门拆除。

或许是杜兰德的"鲁莽"行动让西方人意识到向中国"推销"铁路的必要。此后西方人除"实验"之法外，还采用了"推销"的手段向中国推介铁路。他们通过书信、文章、报刊等媒介书写和言说铁路，将铁路建构成现代性的、文明的"大国重器"，希冀借此来实现促使中国开办铁路的目的。在西方"推销员"和中国"修路派"的合力推动下，慈禧和光绪于1889年最终降诏兴修铁路。

一、文明与进步：西方人早期关于铁路的介绍

（一）劝之以利：西方人的铁路"实用"宣传

早在1835年，西方人就向中国宣传铁路。息力在其1835年刊行的著作《英国略论》中说："（英国）又造轆轳路，用火车往来，一时可行百有八十里。"[1]美国公理会传教士裨治文（Elijah Coleman Bridgeman，1801—1861）于1838年刊行的《美理哥国志略》中记述道："（美国）其外更有火车，惟以火力旋轮，日可行千余里。"[1]西方人首先通过火车的迅捷快速而关注到了铁路的商贸作用，虽然这时的记述还较粗略，但这些介绍性文字成了中国人认识铁路的最早窗口之一。

德国传教士、汉学家郭实腊（Karl Friedrich August Gützlaff，1803—1851）在其1840年刊行的著作《贸易通志》中说："西洋贸易不但航海，即其在本国水路运载，亦力求易简轻便之术：一曰运渠，一曰铁路。……则皆中国所无，亦中国所当法。"[1]可见这时郭实腊开始有意将铁路引荐给中国。郭实腊在《贸易通志》中如此言说铁路，既含有传播福音的"热情"，又有向中国引介"西法"的意味。

不难看出，此时西方人在中文文献中书写侧重铁路的"实用"方面，这是宣传铁路的第一步。传教士们的根本目的仍是传教，但他们另辟蹊径，在使中国人接受基督教之前，使其先接受西方实用知识。如此，一方面传教士们可以"换取"许可；另一方面，传教士以此来给更"高级"的基督教思想的传播奠定"物质基础"。可见，来华传教士们认为文明和基督教是等同的，这一点在后世丁韪良等人论述中国铁路的文本中产生回响。上述宣传内容是西方人面向中国的"自我言说"，其目的还是传播"实用知识"和介绍西方文明。

我们还应注意，西方人向中国介绍铁路一事发生在1850年伦敦万国博览会之前。万国博览会在地球史、人类史上占有非常重要的位置；由此不难看出，中国的现代化进程和西方几乎是同步的。中国在知识和技术层面和西方并进，曾分享过红利，但此时科技史和思想史并未同步发展，中国人并未认识铁路的好处，所以西方人不遗余力地传播铁路实用知识。

西方人急切地想将铁路介绍进中国，一方面要"归功"于传教士们的热情，另一方面则是首先要配合西方的商业活动。为使中国开行铁路，西方人一方面采取了向清朝皇室献车的"实验性"行动；另一方面，在其所写作的书信、文章、报刊中鼓吹铁路的优越和益处，劝中国以"利"。

最早采取行动游说清政府修建铁路的是英国驻广州领事馆翻译梅辉立（W. S. F. Mayers，1831—1878），他于1862年，向广东当局提议修筑广东至江西的铁路，结果被中方拒绝。1863年7月20日，27家外国公司（大部分是英国公司）联合上书李鸿章，希望获得修建"上海—苏州"铁路的许可，并希望由他们正在筹办设立的"苏沪铁路公司"

承办；同时，英、法、美三国也向上海道台提出照会、加以支持。

1865年英商杜兰德（Trent）私自将铁路直接修到北京宣武门外，引起了不小的轰动。这是中国土地上第一次出现铁路，虽然该铁路很快就被拆除，但它开启了西方人的"铁路游说"大潮。在此事件之后，西方人关于铁路的宣传文字纷至沓来，从实用知识、商贸军事、社会民生、进步文明观念等角度向中国宣传铁路的优越与进步。

中国海关总税务司赫德（Robert Hart）在1865年作《局外旁观论》劝清廷开办铁路："凡有外国可教之善法，应学应办。即如……做轮车以利人行。"[2]20 中国海关税务司英籍德国人德璀琳（Gustav von Detring，1842—1913）于1884年向总理各国事务衙门递交请开铁路条陈，列举了"文报可速也""征调可捷也""额兵可减也""商贾可便也""矿产可兴也"等八条益处。继德璀琳之后，德国参赞阿恩德（Arendt）于1886年写作《论开铁路》一篇："查铁路一事，于各国商务、兵政、民事，均有攸关"，"兴办铁路，自系中国得意之举，然因此变更于国事民事者甚多"[3]71-72。他们详细列举了铁路的功效，向清廷"说之以利"。

德国公使巴兰德（M. Brandt）于1875年致总理各国事务衙门的信函中的说法较威妥玛、赫德更为极端："当今之世，如尚有一二不以电气蒸汽为救时急务，以为别有道以制胜于他国也，吾诚不知其果操何道也已。"[3]17 巴兰德更进一步指出，对于中国来说开办铁路是救时、救世的紧要事务，并且是唯一的途径。这"急人之所急"态度背后是西方人迟迟说服不通清廷的焦虑。

不难看出，西方人在向清廷上书宣传时，首要地将开办铁路视作有益于中国"实用"方式进行宣传。这些宣传集中在商业、军事、救时等层面，显见是针对朝廷的。与此同时，西方人也利用报刊向民间进行宣传，书写了更为细致的铁路的益处。

1874年，《上海晚邮》（*The Shanghai Evening Courier*）于7月13日刊出了一篇题为《铁路，国家财富的伟大开发者》的文章，写道："如果中国政府或一些主要官员真的即将，正如我们听说的那样，在没有蒸汽机和其他外国技术的帮助下开采华北煤矿，那么他们很快将对向港口运煤的铁路的必要性产生清晰的感知，这不是风水观念能阻挡的。"[4] 这颇带有威胁意味的文字极力劝说中国应开行铁路，以利矿产，这同样也是很多向中国推荐铁路的西方人惯常使用的理由之一。

1887年，《北华捷报》（*The North-China Herald and Supreme Court & Consular Gazette*）的一篇报道就详细论述了开行铁路后中国将获得什么样的发展："铁路可以通过打通，甚至是打通华北最贫穷的村落的方式带来西方人生产的知识，这些知识是当时（中国）获取不到的；并且因此可以帮助中国实现在贸易中最大的愿望——出口货物。铁路将会成为首都城防的巨大补强，这也是（中国）所能采取的最有效的措施。"[5] 铁路在交通、贸易和军事方面的功效被反复重言。

1889年，《万国公报》连刊五篇题为《铁路略述》的文章。文章列举了"邮政愈廉，此其获益于铁路者实多""凡铁路之运车其用较诸马车又有一可载重之利益""载人运货,其便利皆尚居第一也""运煤便捷,利满二城""铁路无险,伤人性命事极寡""甚迅疾""凡开铁路处,人烟辐辏,新立市镇、旧城镇亦较前兴盛也"等洋洋数条铁路的优长。文章事无巨细地详述了铁路的优越性,几乎是对当时中国国内反对铁路的论点的逐条"批驳"。这近乎总结性的文字将铁路的优长表述得淋漓尽致,这些优点正是半个世纪以来西方人反复重言的。

西方人最早的铁路宣传是以"实用"为基础的,他们既看到了中国器物的落后,同时认识到"说教"收效甚微,实际的利益更能打动清政府;所以他们首先选择"劝之以利"的宣传策略。西方宣传者向中国极力宣传铁路的商业、交通、军事、民生等功效,希冀使中国了解到铁路的实际效益。一方面,西方人看到铁路真正地在其母国产生了这样的效益,促成其发展;另一方面,晚清时期中国国力衰微,中国在交通、运输、矿业、商贸、军事等方面均落后于西方,不少希冀革新图存的中国人把目光投向西方;西方人也试图利用这一心理向中国介绍铁路。

(二)劝诱与批评:西方之"共与襄助"与中国之"愚昧落后"

西方人在"实用"的基础上更进一步,在"铁路援助"层面也进行了游说;他们对中国"晓之以情",希冀"共同襄助"铁路一事。

英国外交官、汉学家威妥玛于次年做《新议略论》称:"各省开设铁道飞线……各等新法,中国如欲定意试行,各国闻之,无不欣悦……其初现需暂约外国人相帮,迨其习熟,方能辞去。"[2]31 威妥玛想要教导中国修建铁路,像是一位"热心"的导师。

1867年英国翻译柏卓安(J. M. Browne)向总理各国事务衙门呈递"修约节略",文中称:"类如制造铁道、飞线,以及开矿用外国法术器具才艺,洋人共与襄助,于国政大体、民生兴盛,均有利益。"[3]31 这位英国公使将铁路的重要性提高到了利于国计民生的高度,似乎在为清廷建言献策。"节略"还不忘发出忠告:"办理此事,最要者,开创之权归于中国,自应防备外国挟制。"[3]31 然而英公使最后说:"若非外国帮助,即数百余年亦不能有此景象。"[3]31

铁路"宣传员"们站在"为中国好"的角度上,一方面提醒清政府防备外国挟制,另一方面,"共与襄助"之心跃跃欲试。西方人在宣传"利"的基础上,自愿充当起"成长导师"的角色,站在"为中国好"的立场上向清廷宣传铁路、"晓之以情"。

经过长时间"劝之以利"和"晓之以情",清廷仍未有全面开行铁路之意。急于在中国兴办铁路的西方人,从"好言相劝"转向了"严厉批评"。

西方人首先在科学方面批评中国。德国旅行家、地理学家李希霍芬(Ferdinand von Richthofen,1833—1905)对中国铁路建设抱有极高的热情。他在长江中下游旅行时论说道:"我预测,铁路的修建和汽船的通航会对破除迷信产生一定的作用,这也许就是改变的第一步。"[6]111 李希霍芬认为,中国人耽于迷信,开行铁路是破除迷信、促其进步的举动。1874年4月11日,李希霍芬在柏林地理协会(Berlin Geographical Society)发表题为《铁路——连接中国与欧洲最自然的方式》的演讲,称:"西方强有力的知识和科学元素注入到中国的核心腹地,这样才能使中国在他们一直追求的与他国在知识和科学上的竞争中获得胜利。"[7] 结合上书日记内容不难看出,李希霍芬希冀通过铁路破除中国人的"迷信",实行"科学"对"愚昧"的教化。李希霍芬希望通过铁路给中国带来科学和知识,将拥有铁路的西方视作了"启蒙者"。

更有严厉者将没有铁路的中国视作"不进化"的。1869年12月22日,美国传教士卫三畏(Samuel Wells Williams,1812—1884)在一封写于北京的信中说道:"这儿既没有晚报、铁路、电报、选举、暴动、轮船失事,也没有生日聚会、妇女权利协定或证募经纪人来吸引我们的注意和促进我们的进化。"[8]260 "我们"首先指西方人,也隐含着"促进中国人进化"这一含义,将铁路与"进化"画上了等号。尽管卫三畏此番论说在无意识中透露出优越的心态,但其或许和郭实腊也一样,仍衷心希望中国可以开办铁路,走上"进化"的道路。卫三畏言说的"进化的""启发的"铁路也是其他西方人试图构建、推介给中国人的。

1878年2月14日,一篇报道揭示了西方人在中国推介铁路的行动久无成效而越发急躁和鄙夷的心态:"一个如此强大、充满资源的国家会如此愚蠢地对自己的利益视而不见,抵制引入一个在许多人看来是19世纪进步的同义词和总结的伟大发明。"[9] 这篇报道将铁路的重要性提高到了前所未有的程度,赋予了它在19世纪的发明中"至高无上"的地位。从这里不难看出铁路对于西方人的重要意义。在19世纪尚未结束时,西方人就敢于发表如此宏论;如此迫不及待地总结体现了西方人内部已经彻底被铁路折服,并"傲慢"地认为铁路不愧是"前无古人,后无来者"的伟大发明。

其实更早时候,西方人就已将拒绝铁路的中国视作"落后""野蛮"的,这是极为"严厉的"批评。这在1853年《笨拙》杂志上所刊载的一幅名为"想要吞吃'月亮兄弟'的野蛮巨龙"[10] 的讽刺漫画上表现得十分鲜明。在这幅画中,左边,一位大腹便便、长着魔鬼一般手指的"满大人"指挥着一批严阵以待的士兵;士兵身着盔甲、手持绘有可怖鬼脸的盾牌,表情严肃恐怖。右边,是一辆长有双翼的火车头,写有大大的"Progress"(进步)一词。画中出现了诸多的"中国元素":凉亭、奇松、宝塔,就连瓷器和油纸伞都在充当"街垒":"顽固"的中国正在用它的一切奋力阻挡"进步"。画面远景处有一个留着长辫子的中国人正在奋力逃离一双给他剪辫子的手。这一细部构成了漫画意义建构的缩影:中国人在面对"进步"时,选择固守、抵抗和逃避。

图1 想要吞吃"月亮兄弟"的野蛮巨龙

从这幅漫画不难看出,西方人内部早已把火车视作"进步"的象征。在漫画作者看来,长刀盾牌和瓷制街垒在"进步"面前是那么不堪一击,中国的"阻挠"实在值得讽刺和嘲笑一番。

西方人对中国的批评从涵盖迷信、不进化到落后、野蛮多个方面,从实用到思想层面程度不断加深,体现了西方人说服不了中国的急躁和鄙夷。

综上所述,西方人主动向中国提供帮助,告知中国非"襄助"不能开铁路,以"为中国好"为出发点"晓之以情""循循善诱"。最终,在"久攻不下"之后,西方人对拒绝铁路的中国做出了全面批评。一方面体现出西方人"劝开铁路"的"狂热";另一方面,这些"铁路宣传员"表现得像一位"大家长",在"好言相劝"无果后表露出了"严厉"的一面。中国的拒绝不断召唤西方对于中国的"蔑视",同时西方内部早已确立了铁路火车的"进步性",正因如此,西方才会极力推介铁路,并对不接受铁路的中国严加批评。

二、文明与殖民:铁路推销员的人群构成及媒介利用

英国铁路工程师麦克唐纳·斯蒂文生于1864年。一到上海,"他第一个行动就是听取各阶层外国人,包括商人、传教士和官员,关于将铁路引进中国的意愿的看法"[11]5。无独有偶,1885年8月14日,《北华捷报》刊出的《中国铁路前景》称,向中国介绍铁路是"许多记者、投机者、商人、官员和其他群体的主题"。不难看出,向中国宣传铁路的西方人群体大致可分为商人、官员和传教士。

1858年,从印度退役的英国军官斯普莱(R. Sprye)自行刊印了《英国与中国铁路》

的小册子，分发给了英国的制造商和商人们，目的是向他们游说并证明自己要求英国在中国修建直通内地的铁路是其"商业上的智慧"。在1877年英国商会联合会举办的年会上，斯普莱的支持者们认为，现在再没有比开办一条通向中国西南内地市场的铁路更重要的了。

中国海关第一任总税务司英人李泰国（Horatio Nelson Lay，1833—1898）于1864年也说道："我们的目标是商业，我们希望避免一种导致不必要地获得领土的直接干涉的状态。"[12]4 铁路就是很好地避免了那种状态的方式。

英国驻中国领事阿礼国（Sir John Rutherford Alcock，1807—1897）于1867年致史丹雷勋爵（Frederick Arthur Stanley，1841—1908）的信中称："外洋各国的实际政策（指修造铁路等政策）是要等待的……让（中国人）自己去搞，将会前进得更快、更好……虽然不能使商人们满意，但是我确信，那样的一种途径将能最好的保证贸易上的长远利益。"[13]225

西方商人群体较传教士而言并不是最早推介铁路的，但他们有着直接、明确的目的，即在中国内地通商。"商界的主要野心是想使中国进入铁路时代，一半是为有投资场所，一半是为深入内地市场。"[14]134 铁路运输可以加速商品流通，使庞大的中国市场迅速获得极强的活力；同时，若是西方人援建铁路，则可以大量地向中国出售原材料，赚取大把的白银。市场和矿藏带来的商业利益是商人和部分官员关注的重要利益，对于他们来说，中国市场一旦完全开放，随之而来的就是广阔的市场和无尽的财富。所以他们主要地出于商业目的，热切地参与中国铁路事业。

除商人群体外，一些西方官员也具有明晰的目的，即实现"瓜分"和"殖民"。在他们身上体现出了殖民者的心态，且他们的目标较商业目的更复杂也更具侵略性。

英国铁路工程师金达（Claude William Kinder，1852—1936）在1881年主持修建唐胥铁路时，就力主采用1.435米宽的"标准轨距"——"标准轨距"实为当时英国通用的轨距。当时通行铁路的西方各国所采用的轨距并不一致，例如法国就采用较英国窄的"窄轨铁路"。金达的举动一方面可以争取英国在华铁路经营的垄断地位——采用英制，代表其他国家的火车不能在该铁路上通行，其他国家也就不能获取任何铁路经营利润；另一方面，势必要购入英国物料、聘请英国工程师来修造铁路，并用英国的知识和经验经营铁路。当庞大的铁路系统被英国控制后，中国的商业、工业、军事甚至社会民生等都将无法摆脱英国的影响，英国也就实现了对其他竞争对手的胜利和对中国的瓜分与殖民。但随着他不断深入参与中国铁路事务，金达也切实关照了中国的铁路利益。他建议在修路同时发展配套产业，并力主培养中国的铁路人才。这一建议最终促使中国第一个铁路学堂——山海关北洋铁路官学堂的建成。金达在客观上切实地关照了中国的铁路利益，同时金达先在地认为铁路是先进、文明的，看到了铁路的功效，所以才会力主培养中国的铁路人才，使中国也走向现代化。

美国公使田贝表态称："我们希望……将有可能在这个广大帝国的各个地区，采用我国的铁路制度。……可以预期我们的工程师和制造家们的技艺和进取精神将会在中国找到一个有利的使用场所,将会供应适当的人力和物资,足以维持我国铁路及其管理的崇高的声誉。"[3]66 俄国皇子 Engalistschew 于 1900 年对八国联军统帅瓦德西(Alfred Graf von Waldersee,1832—1904)说:"我们希望西比利亚(即西伯利亚)铁路之建筑,不为所阻。在十年或二十年以后,满洲将如已熟之果,落在我们手中。"[15]30 可见,西方官员首要地都希望借铁路扩大在华的影响力和殖民利益。

由此可见,西方官员的首要目的是拓殖,西方官员们想借助铁路来实现自己在华的殖民、瓜分的目的,铁路就是最重要的手段之一。然而,这些官员也并非铁板一块,其内部仍存在张力:他们中既有完全的殖民者,也有如金达这样既有意为母国争取利益,又有意为中国铁路发展出谋划策的官员。

传教士是最早向中国介绍铁路的人群,同时不同于西方商人和官员,他们介绍铁路的出发点是传教;为传教,他们首先开始宣传先进的实用技术——铁路。

《教会新报》曾转载了一篇《中西闻见录》上的题为《铁路有益说》的文章,以此来向中国介绍铁路。《格致汇编》于 1877 年刊登一篇《火车与铁路略论》,文章分为"历史略说"、"铁路有益"和"铁路工程"三大部分,并配有铁路全景、隧道、机车结构乃至各种重要零部件的图片;图片均为手绘,细致之极。这篇文章向中国详尽展现了铁路从宏观到微观各个部分的内容;更可贵的是,这篇文章将铁路建造的细节和方式细致入微地介绍给了中国人,甚至详细描述了英国的铁路经营情况。这位作者并没有像他的其他殖民兴趣高涨的同胞那样仅宣传铁路的优长而大搞"知识技术垄断",他用文字和手绘图向中国人呈现铁路,希望铁路在中国得以开行。

《格致汇编》之序言云:"特将西文格致诸书,择其有益于人者翻译华文……盖欲使吾华人探索底蕴,盖知理之所以然,而施诸实用。"[16]《中西闻见录》的序言也说:"中国人于外国学问及一切器具并各国风俗,果能博见广识、择善而从,未始不可为他山之助。"[17] 可以看出,西方传教士们是在一定程度上抱有促进中国的发展的博爱精神的。而另一方面,丁韪良、林乐知、李提摩太等传教士们认为,在中国传播非宗教的知识,例如轮船、火车等知识,是有助于传教事业的。丁韪良也承认,"传教士们前往中国的最初动机,和其前往其他国家一样,是希望将民众引向基督教,而他们的工作偶然引起的推广了世俗的知识的结果,在很大程度上给世界带来了不可估量的好处,对中国人则尤甚"[18]28。

西方商人和官员群体的铁路宣传直接指向商业或殖民利益,而传教士们的宣传则旨在分享西方经验和优良重器。正如利玛窦那一批耶稣会士就是通过天文、算术等成果向中国传教。传教士们一方面分享母国的先进成就,一方面展示西方的文明和先进价值观之优长,他们认为中国更易于接受现代器物,借器物来传教。

值得注意的是,传教士开始宣传铁路时,其本身并不认为这是殖民行为,正相反,他们将"言说、宣传铁路"视作传递"西方经验":传教士们目睹了铁路给母国带来的飞跃,铁路业已成了现代文明的一重要组成部分,由此可见,传教士们宣传铁路的首要心态和目的就是使中国接受"基督教—现代文明"。传教士们看到了西方的发展,前见地认为基督教文明是进步、现代、文明的,他们热切地希望当时"落后"的中国也能拥抱先进的价值观,走上进步、文明的道路。

另外,根据"铁路宣传者"们的书写媒介,我们可以看到他们明确的宣传指向性。

西方人首先选择了"高层路线"宣传铁路。他们认识到只有先说服清廷,方能说服民众。当时中国没有高度发达的资本主义,私人开矿、修路几乎不可能,国家事宜悉由清政府经办。所以西方人首先向北京、向清廷宣传铁路就成了几乎不言自明的共识。

继向清廷上书而起的是利用报刊向民众进行的铁路宣传,这是西方人采用的另一言说方式。譬如,《中西闻见录》在1873年到1875年间刊出了22篇有关铁路的报道;《教会新报》虽于1869年到1872年间仅刊出4篇铁路相关文章,但其在1873年改称《万国公报》后,至1889年,有关铁路火车内容的报道达192篇。报刊在宣传对中国人来说是全新的铁路时,有着明显的优势。一方面,报刊是一种新式媒介,发行量大、受众广泛、影响力强、较"上书"的文字所承载的信息量更大、叙述更细致、更贴近民众,且具有"广而告之"的效果。"上书"更针对向政府进言,报刊则具有向"朝"、向"野"宣传的双面功能,尤其可以实现发动民众"启蒙"的意图。

"上书"和"报刊"宣传相结合,构成了覆盖中国朝野的庞大宣传体系。其上承载的信息宏博、思想多样,一方面利于将铁路的各种优长悉数展现给清廷和民众,更有利于其深入认识铁路;另一方面能更好地达到西方人的"启蒙"意图。

综上所述,西方商人、官员和传教士这三大群体在推介铁路一事上表现出了不同的心态、情感、思想和目的,既有行商、拓殖的目的,又有"传播福音"的目的;这些自发或自觉的思想铰接在一起,展现了宣传群体复杂、多样的心态和目的。同时"上书"和"报刊"这两种宣传媒介体现了"宣传者"明确的指向。这对不同群体选择了不同的策略,从而形成了庞大又全面的宣传网络。

三、西方人铁路宣传中的词汇分析和等级建构

西方人通过书、文、信、报等形式对中国铁路进行话语建构,希冀可以促成中国兴办铁路。西方人在他们的文字材料中既对铁路本身和修建铁路一事进行了话语建构,还或明或暗地对西方和西方人、中国和中国人进行了话语建构,但这一系列的言说和建构目的仍是"向中国介绍铁路"。我们可以整理出一份高频词"词语表",借以分析西方人要言说什么样的铁路。

表 1　西方人宣传铁路的词语统计表

"铁路"功效	描述"兴修铁路"事件本身	"兴修铁路"事件中西方人的角色	"兴修铁路"事件中中国人的角色
迅疾 富国 利民 强兵 安全 科学 panacea（灵丹妙药） innovation（革新） great change （伟大的变革） wonderful power （惊人的力量）	启发 introduce/introduction （介绍） enterprise（事业） prosperity（繁荣） advance（先进） progress（进步） development（发展） advantage（优势） interest（受益/利益） awaken（使觉醒） success（成功）	civilizing/civilized （开化、文明的） instruct（教化） correct（改正）	未觉醒的 superstitious（迷信的） obstinate（顽固的） conservative（保守的） obstacle（阻碍） stupidly blind （愚蠢的盲目） Chinaman（中国佬） barbarian（野蛮人）

这张词汇表可以分成两大部分：言说"铁路"和"兴修铁路一事"的词语为一类，言说"西方/西方人"和"中国/中国人"的为另一类。

在言说铁路本身时，西方人罗列了铁路的种种优长，这些词语涵盖了经济、商业、军事、民生等各个重大领域。铁路所带来的全新运输、载货、出行等方式，对还在抬轿子、走土路的中国来说无疑是极具现代性的。西方人普遍认为"帝国的交通由人们的后背、骡子和马拉的车或者粗陋的手推车和独轮车运行；面对这样极为恶劣的困境，铁路总有一天势必开行"[19]91。英国谈判代表、全权公使额尔金（James Bruce，1811.7.20—1863.11.20）伯爵也说道："制造机器的西方将要置身其间的民族是一个世界上从事最普遍的最勤勉的劳动的民族。在这次竞争中若想取得胜利，西方只有设法证明物理知识和机械技术应用到生产技术上，比起即便是最顽强的但不合科学的劳动来，是优胜有余的。"[14]20

同时西方人在言说"开行铁路"一事时，也怀抱着"拯救"中国的宏愿。铁路的开行可以促进中国"发展""进步"，使中国"繁荣"。当西方人希望铁路给中国带来发展和进步的同时，他们已经下意识地认为中国是"欠发展的"和"落后的"，甚至是"停滞的"。许多西方人，正如斯蒂文生在1864年初到上海时所说的，都抱着借由铁路将中国从"盲目发展的祸害中拯救出来"[11]3 的"壮志"。

我们可以看出，西方"诟病"中国的方面无非在于"腹地商路不通""矿产得不到开发""交通方式落后""运输效率低下""人民不能获益"等。以上这些也是西方在铁路出现之前存在的问题，西方也曾"在山中矿窑处所，率用马车"[20]，也曾为转运人力、货物而斥资巨费；但当铁路开行后，西方国家面临的种种问题几乎在一夜间迎刃而解。西方借由铁路，在交通、商贸、邮政、民生、财富、军事、矿业等几乎所有的方面取得了又一次爆发式的进步，使西方向着现代又迈进了一大步。所以西方人无不自负地认为，铁路"在许多人看来，是伟大的发明，是19世纪进步的同义词和总结"，就是解决中国"落后"问题的"现代性方式"；以铁路之种种优长，足以使中国获得"启蒙"。在当时的西方人看来，铁路就是现代与进步的"终极解释"——至此铁路的"进步""文明"确立了。

除上述讨论的词语外，西方人使用的另一类词语也是我们必须关注的。单单言说铁路是不够的，西方人意识到仅向中国传播铁路的进步性和现代性还不足以使中国完全接受铁路。西方人还需要为中国构建一个"落后的""野蛮的""待拯救"的身份，来补全向中国介绍铁路的意义。

西方人将不愿接受铁路的清廷视为"保守的""顽固的"，将持同样态度的中国人蔑称为"中国佬""野蛮人"；在他们看来，这样的中国，是"未觉醒的"和"盲目的"。然而，西方人在面对同样支持开行铁路的中国官员时，则将他们称为"少数开明官吏""这些进步的中国官员"。另外，西方人在他们的文字中认为自己是"开化的""文明的"民族，是来"教化"中国，是要通过铁路"改正"中国的错误的。

西方人公然使用"中国佬""野蛮人"等侮辱性词语，而他们则是"文明的民族"，担有"开化"的责任，其目的是在"文明—野蛮"这一等级关系中占据优势地位。文明的西方人在面对野蛮、落后的中国人时，他们"目的不纯"的修路行为也可以得到"伟大、正确"的解释。

将这些言说"兴修铁路"事件中西方人和中国人之角色的词语做一对比，可以发现西方人结构了一个"文明—野蛮"的等级关系。拥有铁路的西方人是文明的，中国自然就是野蛮的。铁路和文明画上了等号。通过建构起"进步—落后""野蛮—文明"等二元对立关系，西方人可使让中国认识到自己的缺陷，主动加入进步的行列，从而"心悦诚服"地接受铁路。言说铁路的先进能更好地巩固西方的先进地位；不断重言中国的落后，可以顺理成章地取得在华修造铁路的合法性、更好地言说"先进的西方"。"在理论上说明中国的停滞，进可以为殖民扩张提供正义的理由，退可以让西方文明认同自身，引以为戒"，"即使假设中华帝国能够摆脱停滞与衰退的命运，进步的前提也是接受西方文明，分享西方文明，接受基督教道德、西式教育与工业化，加入全球西化的进程中"[21] 478-479。

西方人的宣传建构并确证了"进步—落后""文明—野蛮"的等级关系，将中国置于劣势一方，以便使中国"认清"自身并接受铁路；同时，西方人通过"文明势能"的比对，使自身获得了参与中国铁路事业的合法性和必然性。

在建构了等级关系后，西方人进一步建立了自身的形象。

首先，西方人在向清廷宣传时以"朋友"的身份出现。柏卓安上书称开办铁路"最要者，开创之权归于中国，自应防备外国挟制"，这句"忠告"十分耐人寻味。可以看出，以柏卓安为代表的宣传者是站在"为中国谋福利"的立场上进行铁路宣传的。他们释放出来的信息是，西方人在中国修铁路不为侵略、不为殖民而是一心一意为中国的进步出力。进行上书宣传的西方人强调的是中国的进步、发展甚至救亡，以"赤诚之心"打动清廷开行铁路。

我们也不要忽略上述柏卓安文章的另一信息，即"共与襄助"，这也是向清廷上书的西方人大多采取的宣传策略。铁路具有惊人的力量，足以使一个国家的军事、经济等各个方面获得飞跃；中国正急需铁路，但中国并没有能力兴办如此艰巨的工程，所以由西方人相助便成了必要。在西方人的"上书"中，屡次出现譬如"共与襄助"的言说，不难看出，西方人将自己塑造成了一个"帮助者"，甚至是"成长导师"。西方人"雄心勃勃"地向清廷上书劝谏，希冀首先"开化"清廷，传授铁路的知识，使清廷认识到铁路的优长和自身保守落后的缺陷；进而将"进步""文明"的观念教授给清廷，使清廷成长为一个现代的、文明的铁路支持者。

由此可见，西方人一方面向朝廷宣传可见的铁路功效；另一方面他们通过"上书"构建自己的身份——帮助者、成长导师；以此两方面的言说与建构促使清廷尽快开行铁路。

其次，西方人在报刊上的言说同样建构了自我的形象。从西方人在报刊上的言说来看，他们的目的集中于在技术知识和思想观念两方面"启蒙"中国民众。西方人"我启你蒙""我打你通"的宣传策略将知识和观念铺展在了中国民众面前。进而西方人迅速占领了"进步""文明"的叙事，将中国民众置于劣势的一端，这样，西方人的"教化者""启蒙者"身份几乎不言自明。

不能忽视的是，西方人借助报刊对民众进行铁路宣传是具有"西方经验"的。在其母国，"顽固"地抵制铁路的民众不在少数，西方铁路支持者为开行铁路同样借助母国报刊着实地讽刺了这些民众：《笨拙》上的漫画就是证明。"上书"和"报刊"宣传是有明显区别的，报刊"广而告之"宣传需要民众接受度。西方人经历过母国民众的抵触，这使他们做好了遭遇中国民众抵制的心理准备。由此，西方人对于中国民众的报刊宣传更为细致且更具意识形态。知识和观念、积极与消极宣传并行，从正反两方面讲述西方的经验与故事、教化中国民众，将中国民众纳入"进步""文明""现代"的叙事中，通过建构自身的"启蒙者"形象对中国民众进行宣传。

综上所述，西方人在面向"朝"进行宣传时，建构出"朋友""帮助者"和"成长导师"的形象；在面向"野"进行宣传时，建构起了"教化者""启蒙者"的形象。通过频繁转换身份，西方人希冀借助他们的言说与建构打通朝野，使其接受铁路、上行下效，最终实现在中国修建铁路的目的。这一系列的言说构成了西方人希望中国看到的西方的进步、文明之形象。

如此，西方人在结构了"文明—野蛮"的等级关系之后，顺理成章地获得了文明的解释权；西方人通过确立铁路的"文明"形象，进而确立了西方之中国的"文明"形象。西方人将铁路与"现代性"和"文明"画上等号，为他们进一步在中国推动铁路的建设树立了舆论典型。他们认为——同时也要让中国人自己认为——没有西方，中国是不能自行开办铁路的。

尽管西方人以如此诚恳的态度向中国推介铁路，并希望以此帮助中国，但他们并没有把中国视为"平等的朋友"。李希霍芬希望开行铁路后，欧洲商品可以"持续向中国倾泻"[22]；一位名叫哈雷特（Holt S. Hallett）的先生认为，中国铁路可以"增加英国贸易"[23]。不难看出，西方人只是将中国视作资源储地和一个新的市场，是他们"未来铁路事业的试验田"。

由此可见，西方人的铁路宣传表现出了"推销"的意味；其又通过将铁路与进步、现代画上等号，又通过构建起"进步—落后""文明—野蛮"的等级关系确证了中西方的在修路事业中的身份：在诸多语汇的复杂铰接之后，西方人"向中国介绍铁路"的行为褪去层层面纱，显露为"推销文明"的事业。

西方人将打通中国商路、开发中国矿藏、在中国修建铁路等行为统称为"事业"。对于西方国家来说，帝国拓殖就是最大的事业，帝国拓殖既是重大而艰巨的，又是光辉且荣耀的；同时对于西方殖民者来说，海外拓殖是和"进取"画等号的。帝国事业不仅体现在可见的贸易、掠夺和占领上，更体现在文化和意识形态层面。从前文引述的西方人的文字中不难看出，铁路这一现代技术是西方人引以为傲的先进、文明的象征，所以欧洲帝国选择用铁路、轮船等现代科学的产物进行"帝国文明"的拓殖活动。西方让中国接受铁路、接受现代科技，在客观上对中国的发展有促进作用，主观上则是使中国进行西方标准下的"进步化""文明化"，从而使中国与西方共享一套文明的标准和话语，使中国从思想观念到社会生活的各个层面都接受"西方现代文明"——铁路——为其后的拓殖铺平道路。西方人借铁路进行的正是一种不可见的"文明殖民"。

长久以来，那些"热烈的"殖民主义者一直抱持一种信念，"这种信念是一种观念：欧洲文明具有某种特别的历史优越性，某种种族的、文化的、环境的、心灵上的或者精神的优越性，它自古至今一直赋予欧洲民族一种超越其他任何民族的永恒的优越性"[24]1。布劳特（J. M. Blaut）将这种信念称作"欧洲中心传播主义"，他认为这是一种"关于文化进程在全世界流播的理论"。西方人在"推销铁路"的过程中"推销文明"，企图使中国走向"西方的现代化"，拥抱"西方文明"，从而使中国走上和西方一样的道路、接受和西方一样的文明。

结　语

以商人、官员和传教士为主体的西方铁路"推销员"利用书信、文章、报刊等媒介，言说了铁路的先进和现代，建构了西方之于中国的"文明—野蛮"二元对立和自身的"成长导师"和"启蒙者"的形象，以不同的心态和思想试图借铁路实现在华的不同目的。

在1863年接见27家外国公司组成的"修路请愿团"后，李鸿章就表示"铁路只有在中国自办并且自主管理时才会对中国有利"[11]2；其后又有许多清廷大臣和仁人志士表示要自办铁路：对于他们而言，铁路入京无疑是极大的冲击。面对中国这样强烈的反应，西方人仍然试图采用一系列"先进""文明"话语希望中国接受铁路，试图获得参与铁路事业的合法性。西方人通过将可以促进中国发展的铁路关键词无限重言和放大，通过各种信函、呈请、日记、报章等"推销铁路"，最终构建了一种全新的"铁路—文明"话语，达到了"推销文明"的目的。

被西方人建构起来的"文明话语"逐渐被中国人所接受。中国人在言及铁路时，尽管明确表态称要摆脱西方人的参与和控制，但也不可避免地采用西方人建立起来的话语体系来想象和言说铁路，并且这一套有关"文明"的铁路和殖民话语在被不断重言的过程中，对中国产生了巨大且深远的影响。

参考文献

[1] 王锡祺.小方壶斋舆地丛钞·补编、再补编·第19册[M].杭州：杭州古籍书店，1985.

[2] 宝鉴.筹办夷务始末·同治朝：卷四十[M].台北：文海出版社，1963.

[3] 宓汝成.近代中国铁路史资料：上[M].台北：文海出版社，1973.

[4] Railways the Great Developers of National Wealth [J]. *The Shanghai Evening Courier*, 1874.7.13: 0003.

[5] The Imperial Decree Authorizing The Construction of a Short Line of Railway in The North Would Have Caused Much Excitement among Foreigners a Few Years ago [J], *The North-China Herald and Supreme Court & Consular Gazette* (*1870—1941*), 1887.4.13: 001.

[6] 李希霍芬.李希霍芬中国旅行日记[M].李岩，等译.北京：商务印书馆，2016：111.

[7] Baron von Richthofen. A Treaties on the Most Natural Way of Connecting China with Europe by Rail [J]. *The North-China Herald and Supreme Court & Consular Gazette* (*1870—1941*), 1874.7.11: 016.

[8] 卫斐列.卫三畏生平及书信：一位美国来华传教士的心路历程[M].顾钧，江莉，译.桂林：广西师范大学出版社，2004.

[9] The Foreign Residents in China Have no Language Strong Enough to Describe the Depth of Their Contempt for a Nation Which Hesitates to Lay down Railways [J]. *The North-China Daily News* (*1864—1951*), 1878.2.14: 003.

[10] The Great Barbarian Dragon that Will Eat up "the Brother of the Moon" [J]. *Punch, or the London Charivari*, vol. XXV, London: the Office 85 Fleet Street, 1853: 98-99.

[11] Percy Horace Kent. *Railway Enterprise in China: An Account of Its Origin and Development* [M]. London Edward Arnold, 1907.

[12] Horatio Nelson Lay. *Our Interests in China* [M]. Robert Hardwicke, 192, Piccadilly.

[13] 马士.中华帝国对外关系史：第二卷[M].张汇文，等译.上海：上海世纪出版集团，2006.

[14] 伯尔考维茨.中国通与英国外交部[M].江载华，陈衍，译.北京：商务印书馆，1959.

[15] 瓦德西.瓦德西拳乱笔记[M].王光祈，译.台北：文海出版社，1966.

[16] 《格致汇编》序 // 格致汇编·第一卷（春）[J]. 1876：1.

[17] 中西闻见录序[J].中西闻见录，1872（1）：3-5.

[18] W. A. P. Martin. *The Awakening of China* [M]. New York Doubleday, Page & Company, 1907.

［19］Achibald R. Colquhoun. *China in Transformation*［M］. London and New York，Harper Brothers，1898.

［20］丁韪良.杂记：马车铁路［J］.中西闻见录，1874（24）：327-328.

［21］周宁.天朝遥远：西方的中国形象研究（下）［M］.北京：北京大学出版社，2006.

［22］Baron von Richthofen. A Treatise on the Most Natural Way of Connecting China with Europe by Rail［J］. *The North-China Daily News*（*1864—1951*），1874.7.9；003.

［23］Mr. Holt S.. Hallett is Unwearied in His Advocacy of His Burma-China Railway Schemes［J］. *The North-China Daily News*（*1864—1951*），1887.7.21；003.

［24］J. M. Blaut. *The Colonizer's Model of The World*［M］. New York：The Guilford Press.

（张晗　北京师范大学2023级博士生　指导教师：姚建彬）

腐朽的肉身：从刑罚看法国画报中的晚清

柏岚昕

摘　要：通过聚焦刑罚体系，法国画报呈现出一个腐朽衰败、残酷野蛮、崇洋媚外、软弱昏庸的晚清中国，东方巨龙腐朽破败的肉身终究跌下神坛，沦为任由列强殖民宰割的大肥虫。图像虽可佐证历史，但镜头凝视存在权力的视觉秩序。西方媒体所形塑和呈现的晚清形象，虽然有媒体报道客观写实的一面，但更是掌控国际话语霸权的西方，用俯视和猎奇的目光凝视晚清中国的产物。他们通过想象有选择地建构他者的异域镜像，以观照自身现代文明和种族的优越性。

关键词：刑罚；晚清形象；西方媒体；图像中国

自1840年西方列强凭借坚船利炮轰开封锁的国门，本就岌岌可危的晚清政府加速了衰亡的步伐，泱泱大国逐渐沦为半殖民地半封建社会。封建落后的东方巨龙无力抗衡先进的现代文明，它腐朽而厚重的肉身只能屈辱地任由列强分而食之。在法国等西方媒体的镜头下，粉饰太平的天朝上国终究暴露出她千疮百孔的乱世疲态：礼乐刑政制度形同虚设，官方苛政滥用酷刑残暴治国，民间作奸犯科草菅人命乱象丛生，各种残忍而野蛮的酷刑手段震惊国际。

"五刑"是古代中国基本刑罚体系的统称，"五刑"之外则为从刑。先秦以前主要指"墨、劓、剕、宫、大辟"五种肉刑，自隋律起正式形成"笞、杖、徒、流、死"新五刑体系并沿用至清末。法国画报对晚清的刑罚书写除了常规的笞刑，更着重刻画官方刑罚常见的斩首以及民间花样百出的吊刑、绞刑、火刑、枷项、活埋、割舌、凌迟、虫噬、溺刑、钉刑、钉竹签等各种刑罚，集中展示晚清中国血腥野蛮、残忍恐怖的肉身苦难。

一、斩首记功的野蛮奖赏

苏轼《东坡志林·论子胥种蠡》有云："生则斩首，死则鞭尸。"斩首是有着悠久历史的刑罚方式，即将人的头部砍去立即致死。自商鞅变法，斩首记功成为重要的军事奖赏制度，可以说敌人的首级就象征着地位和财富。此法在明清军事应用中尤为盛行。图1描述了1898年，黑旗军不满清政府签署《中法越南边界通商章程》等一系列不平等条约，向法国等列强租让港口、割让领土，于是在梧州附近与清军交火的场景。双方正在林中枪战，一名黑旗军左手紧握沾血的刀刃，右手高举尚在淌血的清兵头颅，还弓步向前挑衅敌军以示胜利。广州湾战役也体现了清政府"斩首记功"的军事制度。古拉旺和库恩这两名探路的法军一被清军发现就被砍下头颅。但这次展示的不再是英勇地反抗强暴，法国政府据此要求赔偿，清政府竟然一律答应。图2描述的是青岛附近，八国联军侵略者们正拿着枪抬头观看14颗钉在墙上的拳民血淋淋的头颅，画面边缘有一个士兵仿佛不忍直视，别过脸侧着身子的景象。这幅画反映了1900年庚子国变谈判期间，有些地方官员为求自保，割下了拳民同胞的头颅以谄媚列强，向八国联军侵略者们妥协的乱象。画报对此用戏谑而讽刺的笔触报道晚清中国人同根相残、叛国媚洋的行为："结果联军受到了一些中国人友好的接待。为了免除麻烦，他们有时会用一种近似粗暴的方式主动亲近联军……中国人就是这样向欧洲人示好的。"[1] 136

图1　黑旗军起义[①]

《国家画报》1898年7月31日星期日第25期发行第1年

---

① 本文所引历史事件相关文字描述、图片等，具体出处附在画报下方，不再重复注释。

图2　1900庚子事变（挂在墙上的14颗拳民头颅）
《小日报》（插图附加版）1900年11月4日星期日第520期

二、斩首示众的震慑教化

　　首级是记功的重要凭证，也是极具威慑性的警示工具。《礼记·王制》篇中所说的"刑人于市，兴众弃之"除了加深人犯的耻辱感，更强调震慑民众引以为戒的教化功能。图3描述的是1904年，慈禧太后继戊戌政变之后再次屠杀亲洋派的官员。对于这一批亲俄势力，"慈禧太后命人把被处决官员的头带到惶恐不安的光绪帝面前，在其长时间地端详了这可怕的一幕之后，太后才感到满意"[1]218。维新变法失败之后，光绪帝并未放弃改良图强以夺回政权摆脱傀儡地位，慈禧太后为了保障自身利益不遭损害，以亲洋分子的死亡直接威慑光绪休想轻举妄动。画面中几个长辫垂落的鲜血淋漓的断头，被守旧派们顶在杆上争先恐后地递到皇帝面前，而本该是一国之主的光绪帝坐在龙椅上弓起背斜侧着头，被迫仰视着这一堆恶鬼似的恐怖头颅。他好像被吓得惊愕失色，却又忌惮身旁笼袖抄手的慈禧，于是只好强忍着惧意遵从吩咐，畏畏缩缩地做认真凝视状。法国媒体对慈禧太后的报道态度可谓又爱又恨。慈禧强势把控清政府，狠辣清除异己，自大保守又穷奢极欲，法国乐见清政府在她的掌控之下，以便自己搞殖民扩张。因此，这位"大清帝国"的实际掌权者曾被法国画报高度评价为"中国的西奥多拉"。但在庚子国变中，她畏洋与仇洋的矛盾心理被法国媒体揭示得一览无余。她偏袒义和团煽动国民排外屠洋，严重损害了列强殖民扩张的利益。因此，法国画报这次改口给她冠以"残暴的女人""悍妇"等蔑称，还嘲笑她虽然已经老不死地活到七十高龄,但"人之将死,也没有柔软她那颗凶狠残暴的灵魂。她与被中国人称作'洋鬼子'的那些人还是势不两立"。

图3　中国的新一轮屠杀（慈禧太后向皇帝展示亲俄罪臣被砍下的头颅）
《虔诚者报》1904年1月19日第1307期

三、杀人表演的酷刑景观

　　斩首作为一种刑罚方式,最根本的功能就是严惩犯罪者,以安抚受害者遗族,保障各方权益,从而维护社会秩序和伦理道德底线等。然而在腐朽黑暗的统治下,刑罚不过是统治阶级意志的体现。它只保障少数特权阶级的利益,维系自上而下的权力等级秩序,彻底沦为控制舆论以维持虚假体面的霸权工具。图4到图7展示的是,1901年,八国联军侵略者们将策动保定府大屠杀的官员启秀和徐承煜,以及影响广泛的刺杀克林德男爵案的凶手清兵恩海斩首示众的行刑场面。清政府想彻底清算反洋派势力给联军一个满意的交代,以求尽快止损,和平收束庚子事变。图4中启秀和徐承煜屈辱地蹲坐在刑车上被日本军队押送。日本军队如摩西分海般,拨开两边围观的中国百姓和监管行刑的法德美等联军,让民众注目着昔日的高官权贵游街示众直到刑场。身着红袍的受刑者端坐在刑车上,占据画面的中心位置。这种中心构图法配合强烈的色彩对比,提高了画面的空间高度,构成了奇诡独特的审美景观。观者在观看行刑仪式时,能感到一种身份倒错的荒诞错觉,仿佛这不是罪臣示众游行,而是官员出行巡察。作为观刑者,"该地区的中国人都惊呆了。因为受刑的都是些大人物，人们一直觉得全世界都难以找到能够将他们处斩的刽子手"[1]158。从前权倾一方、生杀予夺的官员，因判斩首跌落神坛，命在旦夕。官与民的权力秩序转瞬间变成生与死的天堑鸿沟。以身体规训为媒介，在"看"与"被看"中，受刑者、执刑者与观刑者联结成交互的视觉空间，斩首被赋值成极具表演性的酷刑景观，主体在死亡仪式的狂欢中，获得恐惧与猎奇的震惊体验，实现权力秩序的颠覆与倒错。

酷刑景观的表演性、仪式化、娱乐性，在法国媒体报道处决刺杀克林德男爵的凶手恩海中表现得尤为戏剧化。"为等待希望观看处决的德国军官的到来，杀人犯在街道中央跪了半个小时。"[1]156 只要观赏猎奇景观的特权阶级没到场，这场杀人表演的演员就得无条件候场。而群众也是例行例行麻木地围观凑热闹，就好像屠戮的不是自己的同胞。刽子手会因一千两银子被德国人雇佣，成为执行杀人表演的演员之一。"军官一到，刽子手的助手就在囚犯的脖子上绕了两圈细绳。然后，一面提着细绳，一面提着辫子，尽量将囚犯的脖子展露出来。刽子手身子向后退，抡起大刀，斩了两下，将囚犯的头砍了下来。杀人犯的头颅被悬挂在街头的一个笼子里。"[1]156 法国画报接连用几个干净利落的动词，冷漠而生动地转播了这场猎奇的斩首表演的全过程，还讥讽道："他们的精神专注于身体的喜悦或苦痛，从而发明了不为我们所知的战栗。在中国，一位刽子手就如同一位色彩设计师，实施酷刑也被看成一门艺术。"[1]206

图4　中国的新一轮处决　　　　图5　在中国（在保定府执行的处决）

《小巴黎人报》（插图文学附加版）1901年1月20日星期日第624期

比较文学与世界文学

图6　庚子事变（保定府的处决）
《小日报》（插图附加版）1901年1月20日星期日第531期

图7　处决刺杀克林德男爵的凶手
《图瓦尔河报》（周日插图附加版）1901年1月20日星期日第3期

四、民间残忍的私刑泛滥

1905年4月24日,在伍廷芳、沈家本等人的奏请下,清政府下诏将刑律内的凌迟、枭首、戮尸这三项重刑永远删除,凡死刑至斩立决为止,并于1906年接轨近代西方刑法典的体例起草《大清新刑律》。从此除绞刑、斩首的死刑以外,其他肉身酷刑彻底退出官方刑罚舞台。然而"乱世用重典",那些残忍野蛮的酷刑不仅依然在民间活跃,甚至还被民众变本加厉地广泛应用。

由于民间私刑不具备公开的合法性,因此信息来源较少,加之酷刑残忍血腥,法国画报仅有少数以图像呈现(如图8的拔舌之刑;图9的钉竹签),而多半以文字进行侧面的曲折报道。比如在介绍神秘组织天地会的新人入会测试之一的溺刑时,法国媒体就没有具象的画报配图,而只是用抽象的文字简要描述:"比如浸在水里或是被关在衣橱或棺材里一段时间直到接近窒息。"[1]359 法国画报还采用个人回忆的口述经历,以讲故事的口吻来报道,那么其叙事的真实性、可靠性便有待考证。

图8 中国人的暴行(一个受刑的欧洲人)
《小巴黎人报》(插图文学附加版)1900年12月23日星期日第620期

图 9　法国将军卡雷尔被黑旗军俘虏
《小日报》（插图附加版）1895 年 8 月 25 日星期日第 249 期

当然，法国媒体为了吸引读者的眼球，也有少数对晚清民间酷刑采用了图文报道的方式。比如图 10 就以第一人称讲述了一个密谋失败后，参与者变成"柳条人"的故事。在广州，"我"因汉族仆人法侯泰的原因，目击了瓦侯亭（类似信号台）秘密谋杀案。那个秘密组织对检举者的酷刑就是钉竹签，"只见一个男子光着身子发出嘶哑的喘气声，他的身子侧躺在橡木地板上，手脚都钉了竹楔子"[1]217。一星期后在新城，"我"目睹东窗事发后 4 个满族施暴者"从上到下都被柳条编的筐捆绑着"[1]217，并即将被施以火刑。受这种刑罚的犯人就叫"柳条人"。图 11 是维尔迪厄医生讲述了他曾目睹自己的一个 60 多岁的中国朋友老陈酷刑惩罚家仆泰北的故事。老陈是义和团的密谋者。他发现自己 16 岁的妻子茶花和仆人泰北时常来往过密。泰北在准备鸦片烟斗时失误了，老陈借机开始发难。他不仅棒打泰北还对其私用虫噬酷刑。"泰北正光着上半身，被绑在酷刑柱前等着受刑……此时泰北的脸和胸口已经爬满了可怕的蜘蛛。鲜血流淌着，泰北呻吟着……半个小时的时间里，我在花园里来回踱步，心悬着，时时地听着泰北的惨叫。随着那叫声越来越微弱，他离死期也愈来愈近。"[1]207 老陈从乞丐处买了嗜血的毒蜘蛛放在泰北的身上，让他饱受毒物啃咬慢慢地被折磨至死。如此惨无人道的死亡折磨，是对生命的蔑视与戏耍，最后还是"我"（维尔迪厄医生）于心不忍，偷偷给晕厥的泰北注射过量吗啡，给予他安乐死的尊严，让他彻底解脱。

图 10　瓦侯亭

《走遍世界》1904 年 2 月 23 日第 94 期

图 11　酷刑柱

《走遍世界》1903 年 11 月 17 日星期日第 80 期

五、腐朽形象的生产语境

通过聚焦刑罚体系，法国画报呈现出清政府在内外交困下日趋昏庸腐朽的窘态：军事上不战自败、明哲保身；朝政上保守自大、党争迭起；外交上畏洋仇洋、奴颜婢膝。而酷刑景观，更是暴露晚清司法秩序混乱，人治私法操弄公正舆论以权力谋私，私刑肆意泛滥恍若人间地狱。民众朝不保夕，麻木不仁，见利忘义，冷眼旁观屠戮同胞，围观杀人表演。野蛮酷刑践踏生命尊严，临终关怀的伦理底线荡然无存，刑罚彻底沦为主导权力话语的统治阶级暴力规训身体的工具。一个腐朽衰败、残酷野蛮、崇洋媚外、软弱昏庸的晚清跃然纸上，东方巨龙腐朽破败的肉身终究跌下神坛，沦为任由列强殖民宰割的大肥虫。

法国的形象学家巴柔认为："异国形象应被作为一个广泛且复杂的总体——想象物的一部分来研究。更确切地说它是社会集体想象物的一种特殊表现形态：对他者的描述。"[2]121 图像虽可佐证历史，但镜头凝视存在权力的视觉秩序。西方媒体所形塑和呈现的晚清形象，虽然有媒体报道客观写实的一面，但更是掌控国际话语霸权的西方，用俯视和猎奇的目光凝视晚清中国的产物。他们通过想象有选择地建构他者的异域镜像，以观照自身现代文明和种族的优越性。因此法国画报将晚清刑罚视为猎奇表演，还批判"中国人和我们完全不同，他们没有灵魂"[1]206。实际上，西方酷刑史中记载的刑罚手段与晚清酷刑大同小异。

此外，刊载涉及晚清刑罚画报的《小日报》等法国媒体平台大多是在1881年"新闻出版自由法"通过后盛行的廉价报纸的代表。它们面向法国普通群众，主打薄利多销，招揽广告的经营策略。这类报纸的报道范围广泛，不以政治新闻为主，而着重报道社会新闻、司法新闻，且报道手法煽情。它们更注重商业性，标榜自身的超党派与独立性，试图做到去政治化报道。但在涉外报道中，它们却可兼顾言论自由的办报宗旨，与吸引读者眼球实现盈利的目的。就报道晚清刑罚上，它们既可以撰写耸人听闻的新闻，满足读者的猎奇心理，赚得盆满钵满，又可以保持自身正确的政治立场，维护国家利益，自觉与本国政府合谋操纵国内外的舆论场，促进政媒深度融合实现共赢。

就法军侵占广州湾引起民众抗争一事，《东亚报》就与法媒恶人先告状的报道截然不同："地方官不敢应，亦不敢却，乃仅刑杀无辜老翁以塞责。嗣因法人不肯罢手，乃遣一司员及数兵捕缚犯人，加以笞鞭。"[3]虽然清政府昏庸无道，而法国更是趁火打劫、倒打一耙、得势猖狂、卑鄙无耻。法国媒体的歪曲报道，在肆意夸大、丑化晚清中国的同时，也反向形塑了作为殖民侵略者的法国目无法纪、颠倒黑白、猖狂贪婪、残暴冷漠的伪善嘴脸。"欧洲难道不应该凭借其在中国的势力范围努力与这种可恶的习俗相斗争，从而消除这卑鄙的酷刑吗？"[1]392西方列强道貌岸然地谴责批判晚清酷刑，极力呼吁维护人权，恰恰暴露了他们妄图以此为由，非法干涉晚清的司法内政以获得殖民侵略的道义合理性的狼子野心。

与其他西方媒体刻意污名化报道以占据舆论高地不同，法国画报聚焦酷刑极力呈现残忍野蛮、腐朽落后的晚清，更多出于利用传教权配合商贸进行公开侵华的战略方针，从而遮掩法国对华实行掠夺治外法权，加快殖民扩张的步伐攫取利益的罪行。自1724年雍正帝颁布"禁教令"，法国天主教苦于传教无门久矣。直至1840年鸦片战争爆发，《南京条约》《望厦条约》的签订使法国看到了趁火打劫、更进一步的可能性，它开始借由传教步步谋划在华的司法管辖权。1844年10月24日，法国与清政府签署了《中法黄埔条约》（即《中法五口通商章程三十六款》），迫使道光皇帝弛禁天主教，并规定"法兰西人在五口地方，如有不协争执事件，均归法兰西官办理。遇有法兰西人与外国人有争执情事，中国官不必过问"[4]75。1846年4月，法国获批教廷授予取缔葡萄牙辖管北京主教区，从而在法理上彻底确立在华保教权。1956年10月，法国政府正是以"西林教案"为借口联合英国发动了第二次鸦片战争，并于1858年6月27日迫使清政府签订《中法天津条约》。该约第十三款规定："天主教原以劝人行善为本。凡奉教之人，皆全获保佑身家，其会同礼拜诵经等事，概听其便。凡按第八款备有盖印执照安然入内地传教之人，地方官务必厚待保护。凡中国人愿信奉天主教而循规蹈矩者，毫无查禁，皆免惩治。向来所有或写、或刻奉禁天主教各明文，无论何处，概行宽免。"[4]77自此，天主教信徒俨然成为清朝新兴的特权阶级，他们受法国领事裁判权的护佑，即便违法犯罪也可免于清律惩戒。法国在华的司法特权甚至膨胀到在上海租界建立中外会审制度，外国陪审官甚至拥有中国谳员同等审判权力。"凡有华民控告界内华民，及洋商控告华民，无论钱债与交易各事均准其提讯定断，并照中国常例审讯管押及发落枷杖以下罪名。"[5]总之，法国保教权在华存续期间，虽然在客观上推动了清政府改革司法移植西律，但从根本上侵犯了晚清的宗教主权和司法独立，加深了法国对晚清中国半殖民地化程度。

法国画报聚焦刑罚塑造一个贫穷衰败、愚昧迷信、道德沦丧的晚清中国形象，不仅出于布道需求以凸显天主教文化的高尚、先进，传播推广其所谓神圣的"普世价值"，更是掩盖了法国肆意攫取晚清司法自主权等，对华实行殖民扩张战略的根本目的。可以说，法国画报在呈现晚清政治腐败昏庸、刑政秩序形同虚设的社会乱象的同时，也无形暴露了法国掠夺中国治外法权，干涉中国司法内政，以便蚕食晚清中国的贪婪伪善的殖民者面孔。

参考文献

[1] 赵省伟，李小玉，编译.遗失在西方的中国史：法国彩色画报记录的中国：1850—1937[M].北京：中国计划出版社，2015.

[2] 孟华.比较文学形象学[M].北京：北京大学出版社，2001.

[3] 张明燕.法国议租广州湾前后的媒体反应[J].清远职业技术学院学报，2016，9（03）：30-36.

[4] 黄月波，于能模，鲍厘人.中外条约汇编第3版[M].上海：商务印书馆，1936.

[5] 陈同.上海公共租界会审章程的制定及其实际作用——基于英国国家档案馆档案的研究[J].史林，2017（06）：

1-17+218.

［6］毛婧.晚清民国时期的刑罚制度研究［D］.北京：中国青年政治学院，2013.

［7］葛夫平.论义和团运动时期的法国对华外交［J］.近代史研究，2000（02）：136-149+1.

［8］刘正祥.晚清时期法国天主教对华传教政策述评［J］.中国天主教，2003（03）：45-48.

［9］杨帆.西方媒体视野中的近代中国研究述评［J］.当代传播，2017（01）：33-37.

［10］吕颖.晚清时期法国在华保教权的演变（1844-1907）［J］.世界宗教研究，2020（05）：135-145.

（柏岚昕　首都师范大学文学院2020级硕士生　指导老师：易晓明）

论黄哲伦戏剧《蝴蝶君》的元戏剧特征

崔文硕

摘 要：在对黄哲伦的戏剧《蝴蝶君》的研究中，较少有研究者从"元戏剧"的视角解读其中的意蕴。黄哲伦对东方传统文化有着浓厚的兴趣，他试图通过建构一种全新的东方秩序，来打破东西方对彼此长期的认识樊篱。这种尝试具有一定的意义。本文以美国学者理查德·霍恩比的元戏剧理论为基础，从"戏中戏""角色中的角色扮演""自我参照""文学和现实生活的相互指涉"四个方面论述了黄哲伦在颠覆西方传统东方女性形象、突破东西方文化认知错位与话语权力关系方面所作的努力。

关键词：黄哲伦；蝴蝶君；元戏剧

黄哲伦（David Henry Hwang，1957- ）是美国当代著名华裔剧作家。他的戏剧作品以巧妙融合东西方题材和戏剧风格而著称，其最著名的戏剧是《蝴蝶君》（*M. Butterfly*，1988）。由于在该剧中展现出的才华，黄哲伦被《时代》周刊预测为下一个亚瑟·米勒。《蝴蝶君》将1964年法国驻北京外交官伯纳德·布里斯科特与中国歌剧明星施佩普之间的政治丑闻元素与意大利著名歌剧家贾科莫·普契尼的《蝴蝶夫人》相结合，讲述了法国外交官伽利玛与中国京剧花旦宋丽玲之间复杂的身份博弈与情感纠葛。该剧获得1988年托尼奖优秀剧本奖、外部评论家协会特别奖和年度百老汇剧本奖等多个奖项。

《蝴蝶君》不仅仅是意大利歌剧《蝴蝶夫人》的东方版再现，黄哲伦在剧中巧妙地利用男女之间的性别差异，通过跨越时空、跨越地理、角色互换等戏剧结构技巧，试图打破长久以来东西方刻板的对位关系，对传统的社会性别进行颠覆，从而实现东西方权力关系的倒置。作为独创性的戏剧，"'元话语自反性'在《蝴蝶君》中展现出美妙而精确的美感"[1]157。正如我国台湾学者单德兴所指出的，目前美国华裔文学研究的主要问题之一是大多数学者都将注意力集中在"后殖民主义、女性主义和身份认同上，而或多或少地忽视了某些作家和某些作品的个性"[2]3。本文拟从元戏剧理论的角度出发，重新审视《蝴蝶君》中使用的元戏剧结构，并揭示黄哲伦建构一种全新的东方秩序，打破东西方对彼此长期的认识樊篱的尝试。

一、"元戏剧"理论

"元戏剧"的概念由莱昂内尔·阿贝尔（Lionel Abel）在《元戏剧：对戏剧形式的一种新看法》（*Metatheatre: A New View of Dramatic Form*）中提出。他认为，在剧作家的想象力开始作用于生活的原材料之前，生活就已经被戏剧化了，因此元戏剧是"关于被戏剧化了的生活的戏剧形式再现"[3]60。根据阿贝尔的说法，元戏剧中的事件和人物是剧作家的再发明，而不是他对世界的如实观察。元戏剧将非现实的幻觉与生活联系起来，戏剧中的人物有充分的自我意识，通过创造和打破戏剧性的幻觉，元剧场向观众传递生活的真相。阿贝尔的《元戏剧》集中讨论了莎士比亚戏剧中的角色扮演、幻觉和面具的使用，但实际上这只是一部较为松散的论文集，并没有清晰的"元戏剧"概念界定。1986年，美国学者理查德·霍恩比（Richard Hornby）凭借前辈学者的研究成果和自己丰富的戏剧实践出版了《戏剧、元戏剧与感知》（*Drama, Metadrama, and Perception*）一书，总结了元戏剧的主要原则。

根据霍恩比的说法，元戏剧可以界定为关于戏剧的戏剧，"每当戏剧的主题在某种意义上回归了戏剧本身时，那便是元戏剧"[4]31，仍强调戏剧的自主意识。霍恩比根据"元戏剧"的概念，进一步确定了五种戏剧创作类型：戏中戏（the play within the play）、戏中仪式（the ceremony within the play）、角色中的角色扮演（role-playing within the role）、文学和现实生活的相互指涉（literary and real-life reference）、自我参照（self-reference）。从元戏剧的角度来看，它不反映外部现实，而是反映戏剧内部，反映戏剧本身。剧作家"不关心永恒的现实"，而是专注于作为一个独立的实体的戏剧。尽管这五种戏剧创作类型有各自不同的效果，但它们却很少单独作为一种纯形式存在，而是以一个整体互相混杂地呈现于戏剧文本的创作之中，这五种类型特征"本身并没有真理，而是发现真理的手段"[4]32。借助这五种类型，剧作家能够为观众制造一种错觉，然后打破幻象，从而达到"疏离"或"异化"的美学效应，这就是元戏剧的真正意义。霍恩比还指出："与一般的剧作者相比，优秀的剧作家对于元戏剧技巧的运用更为自觉，他们常以转变观众对这个社会的看法为己任。"[4]32

霍恩比的这一观点非常适用于考察《蝴蝶君》的剧本创作，黄哲伦在《蝴蝶君》中融合了四种元戏剧特征，即"戏中戏"、"角色中的角色扮演"、"文学和现实生活的相互指涉"和"自我参照"，借此可以揭示这些元戏剧特质在剧本中所具有的颠覆性意义，并以此来考察黄哲伦在颠覆原有的东方女性形象、突破东西方文化认知错位和话语权力关系方面所做出的努力。

二、"元戏剧"理论在《蝴蝶君》中的再现

（一）戏中戏

黄哲伦在《蝴蝶君》中使用了"戏中戏"的元戏剧特征，试图通过四层戏境使观众回归冷静的旁观者而不是戏剧的参与者之中，让观众看到戏剧和生活本身的错觉，主动思考戏剧所反映的东西方之间的真正关系。这种元戏剧的特征能够产生布莱希特式的陌生化效果，颠覆西方话语下构建的东方形象传统认知。这种颠覆和离间效果正是"戏中戏"的价值所在。

霍恩比认为，"'戏中戏'包括两个不同的表演层次，从而让观众感受到戏剧的双重性"[4]35。霍恩比将其进一步细分为"内戏"与"外戏"两部分。前者是一种内心戏，一种嵌入主要戏剧情节中但次于主要情节的表演，而外戏作为内戏的辅助，其焦点仍为内戏。在霍恩比看来，舞台剧幕的起落这种形式上的表现并不能代表真正的戏中戏，必须是内戏、外戏在功能上的相互融合才可创造出来此种特征。真正的内戏，一方面要求外戏要有人物有情节；另一方面，又要求外在戏剧必须以某种方式承认内在戏剧作为表演的存在。黄哲伦也是元戏剧的熟练实践者。黄哲伦借鉴了戏中戏的结构，在《蝴蝶君》中存在四个主要的叙事线索，即四层戏。第一层是普契尼著名歌剧《蝴蝶夫人》的故事，《蝴蝶君》则采用了非线性的叙述手法对该剧进行了改编。在戏剧开始时，通过伽利玛回忆"蝴蝶夫人"的情节引出《蝴蝶夫人》，最终伽利玛也以装扮成"蝴蝶夫人"自杀为最终结局，首尾呼应的戏剧结构便形成了一场"外戏"。伽利玛带领观众一起回忆他与宋丽玲的故事则为全剧的核心——内戏，也是第二层戏，在这个过程中，伽利玛把自己想象成平克顿，是他的内心戏。第三层戏是由伽利玛的想象力激发的与"蝴蝶夫人"宋丽玲的情感纠葛。在这个叙事层面中，伽利玛扮演《蝴蝶夫人》中的男主角平克顿的角色，宋丽玲则扮演巧巧桑，伽利玛第一次见到宋丽玲是在德国大使的家里，伽利玛对正在演唱《蝴蝶夫人》片段的宋丽玲十分着迷，他想"将她拥入我的臂弯——那么柔弱，即使是我也可以护着她，将她带回家中，疼惜她直至她露出笑容"[5]26。蝴蝶无疑是西方对东方女性的愿望投射——美丽、充满异国情调、服从、甘愿奉献而不求回报。被吸引的伽利玛向宋丽玲转达了自己对演出的赞美，却被宋丽玲驳斥："这是你最喜欢的幻想之一，不是吗？顺从的东方女人和残忍的白人。"[5]27东西方对彼此的偏见在此时显露出来，这条叙事线索也是最明显的一条。第四层戏是对东方幻想的颠覆。在深层意蕴上，黄哲伦通过这部戏剧的创作，颠覆了《蝴蝶夫人》中的男女性别对位，交换了原剧中东西方的权力位置。

在霍恩比看来，无论何时使用"戏中戏"的结构，都"反映和表达了其对社会生活深刻的愤世嫉俗"[4]45。人们在看一场戏，其中还有另一场戏。显然，内心戏是一种幻觉，他们所生活的世界也表明是一个假象。也就是说，戏中戏被投射到生活上，成为一种看待

生活的方式。它阻止观众对角色产生同情感，并使他们始终保持理智。借助戏中戏的结构特征，黄哲伦为观众提供了四层戏，以此来帮助观众看到戏剧和生活本身的错觉，激发观众思考角色之间、男性与女性之间、东西方之间的深层关系。

（二）角色中的角色扮演

角色中的角色扮演也是一种广泛存在于小说、史诗、戏剧中的创作特征。在《戏剧、元戏剧和感知》一书中，霍恩比指出："除其他外，角色中的角色扮演是描绘角色的绝佳方式，它不仅展示了角色是谁，而且展示了他想成为的人是谁。"[4]67角色扮演是指角色在剧中扮演新的角色，可以揭示角色的深层内在真相。霍恩比将其分为三种类型：自愿的、非自愿的和寓言式的。角色中的自愿角色扮演是最直接的一种，其中一个角色自愿扮演一个不同于他日常自我的角色。人物刻画是流动的、多变且神秘的，角色中的角色扮演也是如此。角色转换有助于打破幻象（原角色/外戏）中的幻象（角色扮演/内戏），使观众不仅意识到非真实的戏剧中幻象的存在，也能够通过戏剧对问题进行反思。角色本身也可以随时打断角色扮演，回到原来的角色，甚至对角色扮演进行评论。

《蝴蝶君》虽然借鉴了《蝴蝶夫人》的故事，但黄哲伦完全颠倒了剧中的人物性别与关系，推翻了《蝴蝶夫人》中柔弱的东方女子巧巧桑爱上残酷无情的西方男性平克顿的故事，取而代之的是一个西方男性伽利玛深深爱上东方男子宋丽玲所扮演的蝴蝶夫人的具有颠覆性的情节。伽利玛带着寻找"蝴蝶夫人"的梦想来到中国，他遇到了中国京剧名旦宋丽玲并对她/他很着迷。对于伽利玛来说，宋丽玲满足了他对东方女性的所有幻想，他自愿扮演了平克顿的角色，并试图拥有他幻想中的"蝴蝶夫人"。由于他想要的只是传说中顺从的东方女人，所以他在不知不觉中一点一点地误入了宋丽玲的圈套。他固守"平克顿"的身份，痴迷于他心中的"蝴蝶夫人"，却不知自己已被宋丽玲所蒙蔽。因此，当他知道真相时，被剥夺了身份感的伽利玛穿上和服，自己化妆成蝴蝶夫人，然后自杀，喃喃地说："我终于找到了她，在巴黎郊区的监狱里。我的名字是 Rene Gallimard——也被称为蝴蝶夫人。"[5]144在《蝴蝶君》中，伽利玛自愿扮演了平克顿的角色，让观众更接近伽利玛的真实自我或他想成为的样子，延续了伽利玛固有意识中的性别传统——男性应是高大的，女性应是外形柔弱的。当伽利玛沉迷于自己的角色扮演时，宋丽玲则对自己所扮演的角色十分清楚。他并不是一位女性京剧表演者，也不是《蝴蝶夫人》中的那位女主角——他是间谍。在戏剧的开头，宋丽玲并没有告诉伽利玛他的真实性别，而是继续扮演一个女人来勾引伽利玛。当发现伽利玛对普契尼歌剧中蝴蝶的形象着迷后，宋丽玲有意识地扮演蝴蝶夫人的角色，以完成他作为间谍的任务。

服装也是剧作家在《蝴蝶君》中实现角色扮演的重要手段，以反映男女性别身份问题。通过穿衣、脱衣和变装帮助角色从一个角色转变为另一个角色。在角色扮演的同时，宋丽玲进行了一系列的服装改造。他首先以一位身着中国传统服饰的东方美人的形象出现，随着音乐翩翩起舞；在法院，"他脱下假发和和服，把它们留在地板上，下面，他穿着剪裁得体的西装"[5]167，与伽利玛进行对峙。宋在舞台上脱下戏服，暴露了自己的身份：他不仅是男人，还是间谍。换装后，演员从一个角色转变为另一个角色并获得新的身份，成为一个新的自我，这不仅仅是服饰的变化，更是身份变化的象征。一直伪装成蝴蝶夫人的宋丽玲在其服饰变化的那一刻转变成了"平克顿"，而一直认为自己是平克顿的伽利玛实际上才是那只"蝴蝶"。角色被新的身份所拥有和驱使，开始在剧中扮演另一个角色。因此，戏中戏和角色中的角色扮演相互融合，在观众中产生陌生化的效果，向观众展示戏剧的非真实性。

这种颠覆性的角色扮演，不仅突破了西方观众对角色性别固有的传统期待，也凸显了戏剧试图以性别颠倒来重新构建东西方关系的主旨。正如黄哲伦在"后记"中提到的："西方人把自己看作是具有阳刚之气的男性化形象——大人物、发达的工业、拥有无数的财富——因此作为从属的东方则显得更为女性化——软弱、脆弱、贫穷，却精于艺术，而且拥有惊人的智力——女性的神秘感。"[5]174黄哲伦则利用角色扮演的戏剧技巧，打破了西方读者对东方女性如蝴蝶般的"刻板印象"的认知，同时也将东西方之间原本的隶属关系彻底颠覆。这种戏剧技巧为观众提供了一个全新的视角，去审视那些经典故事与人物角色之间的联系，进而引起他们的深层思考。就像林英敏在《蝴蝶图像的起源》中写道："蝴蝶在每一场表演中都会结束自己的生命，但它总是生活在西方和西方的幻想中，不断地被操纵和死亡。这个殖民主义的形象已经存在了一百多年了。现在，是时候让她的主人听到她声音了。"[2]208

（三）自我参照

黄哲伦在《蝴蝶君》中还运用了"自我参照"的手法，让戏剧中的角色与观众对话发表评论，获得了观众的认同感，同时也表现了戏剧的自我意识，提醒观众关照社会现实，促使观众对戏剧人物角色命运进行思考。

不同于戏中戏间接提醒观众看的其实只是一出戏，自我参照虽然具有同样的元戏剧效果，但这种特征更为直接，就像"泼在做梦人脸上的一盆冷水，将观众拉回现实"[4]104。借助自我参照，戏剧"直接将注意力引向作为戏剧、富有想象力的小说的自身"[4]103。类似于"戏中戏"，自我参照打破了戏剧性的幻觉，将观众拉回现实世界。戏中运用自我参照时，会通过演员介绍自己的表演方法，或评论某些戏剧场景，或提醒观众他们正在表演。自我参照包含两种类型：一类是由演出者意识到自己正在"演戏"，另一类则是从舞台演出中脱身出来直接面对观众讲话，接受观众的在场。傅俊曾指出："元戏剧刻意地表现出剧本的创造或表现过程，或与观众进行直接的交谈，使剧本和剧本创作/表演之间形成错位、矛盾或解构，产生间离效果，表现戏剧作品/演出的人为和假构性。"[6]

在《蝴蝶君》中，黄哲伦不断运用自我参照来引起观众的注意，表现出它的虚构性。

戏剧开始时，伽利玛对观众说"看我""你看，我逗得你们笑了"时，直接称呼观众为"你"，引起观众的好奇。伽利玛告诉观众："我一夜又一夜地坐着，看着我们的故事在我的脑海中播放，总是在寻找新的结局"[5]8，他把观众想象成能理解他的"理想观众"，他们会理解并同情他，甚至羡慕他与东方蝴蝶的故事，从而将西方自我的影子渲染为男性化。伽利玛通过直接与观众对话，从自己的男性视角讲述了蝴蝶夫人的故事，引起了他理想观众的同情。这样，该剧引导观众在观剧时释放压抑的冲动，对剧中人物产生共鸣，他们不仅是该剧的观众、故事的评委，还是该剧的参与者。

在《蝴蝶君》中，当戏剧在过去与现在、外戏与内戏之间来回闪现时，人物一直在与观众交流。例如，当在伽利玛讲述的蝴蝶夫人的故事中，宋丽玲打扮成蝴蝶夫人，随着"爱情二重唱"的音乐起舞，伽利玛转身以演员兼观众的身份观看，并与观众进行交流："她在折扇背后温柔地微笑着，我们这些男人不是在为自己的梦想而长吁短叹么？我们没有那么英俊，那么勇猛，那么坚强，但是，就像平克顿那样，坚信我们可以同样拥有一只蝴蝶。"[5]10他通过点评"蝴蝶夫人"的表演，激发观众的直觉欲望，邀请观众与他一起参与到剧中。通过演员—观众的对话将观众的意识外化，在角色和观众之间建立了一种亲密的关系。这些交流不仅带来了人物与观众的亲密感，也通过人物展现了观众的内在意识。

《蝴蝶君》另一个自我指涉的例子是戏剧的结尾与开头相呼应，伽利玛想象他的"理想观众"观看他的故事，理解甚至羡慕他即将拥有一只美丽的"东方蝴蝶"。然而事实证明，"蝴蝶夫人"的故事只是一个"美丽的错误"，伽利玛寻找自己的蝴蝶夫人这一过程以失败告终，他成为平克顿的梦想也已破灭。

服装和化妆是角色扮演的重要标志。当宋告诉观众他要做出一些外在形象的改变时，他让观众意识到他只是在演戏，从而打破了戏剧性的错觉。他还建议观众以朋友之间亲密的方式放松自己："我要做的改变大约需要五分钟。所以我想你可能想借此机会伸展双腿，喝一杯，或者听听音乐。我会在这里，当你回来的时候，就在你离开我的地方。"[5]79他希望他的观众和他一起跳出戏剧性的幻觉，形成自己的观点。宋然后走到镜子前，镜子前有一盆水。他在舞台上卸妆，灯光变暗。观众目睹了整个过程，因此被拉出虚幻的内在戏剧，同时进入了外在戏剧的幻觉。

布鲁斯·威尔希尔认为，演员"代表了"观众[4]112。观众既不会成为舞台上的演员，也不会像科学家做个案研究那样简单地审视演员；相反，演员是观众的代理人，作为观众自我的延伸，为他们表演，但从未成为他们真正的自我。因此，当一出戏剧开始时，观众会想象自己是舞台上的演员，正在表演戏剧性的动作。他们认同演员并分享演员的情感。他们从现实中被吸引到戏剧世界。但是在布莱希特看来，观众对剧中人物的同理心会阻碍观众对自己正在观看的内容进行理性分析。但是当自我参照发生时，演员介绍自己的表演方法，评论剧中的表演，或提醒观众他们实际上是在表演。以此便可以将观众从戏剧情节中拉回，引导观众对戏剧情节进行独立分析。黄哲伦在戏剧中安排戏剧角色承认观众的存在，并试图通过让演员直接向观众讲话并展示他们的意识来与观众建立亲密关系。为了避免观众产生厌烦情绪，黄哲伦在戏剧中还插入了一些剧情来满足观众的直觉驱动，如宋丽玲在伽利玛和观众面前裸露身体以展示男性身份，在一定程度上为观众带来了性欲上的满足。此外，剧中的异域东方场景描述对观众来说也是一种新奇的体验，为西方观众提供了异国情调的服饰、东方人的奇特风俗、东方蝴蝶的神话等，都为展示东方魅力、解构西方固有的西方刻板印象提供了帮助。

（四）文学和现实生活的相互指涉

黄哲伦在剧本创作过程中将戏剧文本与社会现实文本和其他文学文本形成互文关系。通过在《蝴蝶君》中将文学和现实生活的相互指涉，黄哲伦让观众们意识到戏剧是具有自我意识的，戏剧并非真实，而是对真实生活的一种反映。此外，黄哲伦在《蝴蝶君》中也揭示了历史与社会现实的相似性与差异性，旨在提醒观众重新审视历史，重新审视东西方的文化身份与性别身份关系。

戏剧既是文化的产物，又成为文化的子系统，解读一出戏剧就是理解它的文化密码。霍恩比认为，一个剧本与其他文本可以相互关联并形成一个体系，它与其他的文学、非文学等其他艺术形式又可以相互交叉。因此，戏剧既可以指涉现实生活中的真实人物或事件，也可以与其他文学作品相关联。剧中的元戏剧文本指涉是"对最近流行的特定作品的直接、有意识的暗示。所涉及的作品不得成为戏剧文化综合体的一部分，但最好是前卫的，或者至少有些争议"[4]90。在《戏剧、元戏剧和感知》中，对文学的参照包括四种类型：引用、寓言、模仿和改编。而对"现实生活中的指涉在很多方面与文学指涉一致"[4]90。与文学参考一样，现实生活参考的元戏剧效果也与观众识别所指内容的程度以及它与现实的相似程度成正比，这样元戏剧才能具有间离的陌生化效果。

黄哲伦在《蝴蝶君》中对文学与现实生活进行了指涉。在《蝴蝶君》中，四种元戏剧文学文本相互重叠。该剧可以看作对普契尼歌剧《蝴蝶夫人》的改编，然而，黄哲伦并没有简单地改写意大利歌剧，而是赋予了它更多的内涵。1887年，皮埃尔·洛蒂创作了《菊子夫人》，这是一个有关东方主义似的奇特构想，讲述了一个日本艺伎爱上欧洲水手的故事；1898年，约翰·路德·朗结合《菊子夫人》创作了《蝴蝶夫人》的小说；1904年，贾科莫·普契尼在他的大型歌剧中将小说情节改编为话剧《蝴蝶夫人》；1989年，大卫·贝拉斯科在伦敦创作了一部音乐剧《西贡小姐》，本质上是《蝴蝶夫人》的再现，在百老汇大受欢迎。《蝴蝶君》这一剧本的创作便是基于上述几个文本，黄哲伦运用元戏剧性的文学文本指涉，改编了普契尼的叙述。这两个文本是完全对称的：普契尼戏剧中的异族恋情以东方女人的死而告终，而在黄哲伦的写作中，异族交往是以西方人付出代价进行的。在黄哲伦对这部戏剧的阐释中，宋丽玲变成了操纵伽利玛生活的"平克顿"，而伽利玛才是实际上的"蝴蝶夫人"。《蝴蝶君》旨在推翻欧洲中心论，意在颠覆《蝴蝶夫人》

与《西贡小姐》一以贯之的主题。与其说黄哲伦的形象设置强化了中国人"狡猾"的刻板印象，不如说其更多地在某种意义上打破了西方对东方女性的想象。

《蝴蝶君》还对现实中的东西方刻板印象进行了讽喻。在《蝴蝶君》"后记"中，黄哲伦提道："当我购买（《蝴蝶夫人》）唱片时，就觉得其中充满了性别歧视和种族主义的陈词滥调……"[5]176欧洲人善于根据自己的经验和知识对东方进行分类和概括，并倾向于强化对东方的刻板印象："东方主义认为，东方只是为了向西方人显示出一种固定于时空中的事物而存在。与东方主义相关的文学作品深受西方读者欢迎，以至于东方文化、政治、社会的整体发展都被看作是对西方的一种回应。换句话说，西方为行为体，而东方为与之对应的反应体。西方是东方的观众，法官和陪审员。"[7]109多年来，亚洲人的形象在美国流行文化中盛行。在文学作品中，中国女性的形象虽然相比于中国男性较少，但仍具有代表性。华裔学者林英敏（Amy Lin）认为，美国文学中的华人女性形象可以归纳为两种："一种类型以龙女为代表……她脸上带着诱人的微笑，对着一英尺长的烟具吐着烟圈——既令人着魔，又充满危险。另一种类型则是含蓄、温柔的莲花或中国娃娃：矜持，乖巧，温顺。"[8]170这些女性形象以诱惑和被拯救的需要满足了西方男性的幻想。在这种对东方的想象构建中，许多作品通过表现对东方的征服——尤其是对东方女性的征服——来凸显西方的男性气质。在接受采访时，黄哲伦曾提到，他写《蝴蝶君》是"试图处理东方主义的某些偏见"[9]142，如果华裔作家要拥有自己的话语权，消除刻板印象便至关重要。黄哲伦通过颠覆《蝴蝶夫人》的故事来打破对东方的刻板印象，通过创造一个处于西方刻板印象与当代现实之间的文本空间，为西方观众理解东方故事提供一个更真实的视角。

回顾华裔美国文学作品的出版史，艾琳·金（Elaine Kim）曾评论说："亚裔美国人的作品，尤其是那些没有满足刻板期望的作品，已经被那些认为此类题材没有市场的出版商拒绝了。"[10]313换句话说，满足这些期望的写作至少部分地解释了华裔美国文学的适销性，只有那些创作或多或少符合这种东方主义的华裔作家才有机会在西方主流读者中成为具有代表性的民族声音。因此，黄哲伦以文学和现实生活的相互指涉，以及他大胆的想象，在一定程度上达到了打破西方对华人刻板印象的目的。

结　语

作为美籍华裔文学的代表，黄哲伦非常关注华裔美国人的身份话语。在《蝴蝶君》中，黄哲伦用"戏中戏""角色中的角色扮演""自我参照""文学与现实生活的相互指涉"等元戏剧手法，揭露了东方刻板印象中的荒谬。此外，音乐、服装、道具等元素也充分发挥了戏剧化的作用，与戏剧文本一同颠覆了"蝴蝶夫人"的神话，也突破了传统的社会性别观念，同时也意味着东西方的权力被倒置。在《蝴蝶夫人》中，顺从的"东方蝴蝶"为她的白人丈夫牺牲；在《蝴蝶君》中，伽利玛为自己的偏见和"蝴蝶"幻想而死。

然而,《蝴蝶君》并非仅仅是对东方主义的一次简单批评,而是以一位西方白人男性伽利玛的死亡作为结尾,这一结局可以看作是东方主义与西方主义共同导致的结果。因此,黄哲伦在戏剧中表达了对东西方主义的双重批判。他在接受采访时说:"大多数观众将《蝴蝶君》看作是对东方主义的一种批评,我认为这种看法是正确的。但同时我也觉得,这个剧本用了相同的分量来说明,东方对西方的理解也是错误的。在东西方文化的双重认知中,东方亦有过失,亦可说是与西方合谋。尽管东方在短期内取得了一些好处,但是他们并没有意识到加强种族偏见所带来的长期影响。我想东西双方同样有错。"[9]141-142 东方和西方均以长久形成的认知经验来构建彼此,而这一认知观念又对当前的文化评判产生了深远影响。正如前文所提到的,《蝴蝶君》中的"蝴蝶"经历了多个版本的变化,西方的传统想象早已不在,然而西方对此并不了解,伽利玛仍然幻想着在中国找到他心中的"蝴蝶夫人";作为东方代表的宋丽玲,对西方的认知依然停留在东方固有的观念之中,他也正利用这一点化妆成柔弱的东方女性骗过了伽利玛。事实上,东西方都各自身处偏见的樊篱,黄哲伦正是想通过这部戏剧,通过对东西方主义的双重批判,警示读者要通过戏剧进行独立的自我思考,以客观公正的视角来解读东西方主义,从而消解东西方对彼此的偏见。

参考文献

[1] Skloot, Robert. Breaking the Butterfly: the Politics of David Henry Hwang // *Asian American Literature* [M]. Ed. Trudeau, Lawrence J. Detroit: Gale Research, 1999.

[2] 何文敬,单德兴.再现政治与华裔美国文学[M].台北:中研院欧美研究所,1996.

[3] Abel, Lionel. *Metatheatre: A New View of Dramatic Form* [M]. New York: Hill &Wang, 1963.

[4] Hornby, Richard. *Drama, Metadrama, and Perception* [M]. London: Associate University Press, 1986.

[5] 黄哲伦.蝴蝶君[M].上海:上海译文出版社,2010.

[6] 傅俊.荒诞派戏剧的继承与变奏——论斯托帕德的戏仿型荒诞剧[J].外国文学研究,2004(05):63-73+172.

[7] 爱德华·W.萨义德.东方学[M].北京:生活·读书·新知三联书店,1999.

[8] 虞建华主编.英美文学研究论丛:第3辑[M].上海:上海外语教育出版社,2002.

[9] DiGaetani, John Louis. M. Butterfly: An Interview with David Henry Hwang [J]. *Drama Review*, 1989: 141-153.

[10] Kim, Elaine. *Asian American Literature: An Introduction to the Writings and Their Social Context* [M]. Philadelphia: Temple University Press, 1982.

(崔文硕 首都师范大学2020届硕士生 指导教师:林精华)

连锁与回心
——日本无产阶级作家转向事件的思想史位置

吴 鹏

摘 要：20世纪30年代初，日本无产阶级文学运动在天皇制国家的迫害下遭受重大挫折，无产阶级作家纷纷退出现实政治斗争甚至转为迎合法西斯主义体制。这次"转向"事件有着深厚的思想史根源。它首先是丸山真男提出的日本天皇制的"无结构"性的直接产物，其次是日本无产阶级作家错误理解政治主义的内涵，偏颇地看待政治与文学、国家与个人之间关系的结果。从这次事件中，我们可以联系柄谷行人关于日本近代话语空间的论断，发现日本思想场域中二元对立意识的缺失，才是这样的大规模政治转向发生的根本原因。我们可以站在日本近代思想史的高度，从无产阶级作家的转向事件出发，检视日本近代思想的内在结构和行动机理。

关键词：日本无产阶级文学；转向；天皇制；政治主义与文学主义；日本近代话语空间

在日本现代文学史上，20世纪30年代即昭和初期的无产阶级作家转向事件，是横亘在日本现代文学与日本现代史上的标志性事件，正是以文学界的集体转向为标志，天皇制国家主义意识形态开始统治整个社会。在其他国家和地区的左翼运动史上，鲜有如此普遍和快速的思想转向和组织叛变发生，因此这个历史事件背后所包含的深层动因也值得我们做认真的探讨。无论是在日本近现代史还是马克思主义发展史的意义上，它都具有超出文学创作潮流本身的意义。

日本的无产阶级文学是日本无产阶级运动即社会主义运动的一部分，甚至可以说是这场运动的直接结果。19世纪末20世纪初，随着日本加速进入帝国主义时代，日本无产阶级开始成型，并形成了无产阶级文学创作的潮流。1903年，片山潜《我的社会主义》出版，标志着日本知识分子开始宣传、研究和介绍马克思主义。只是日本缺乏工人运动的社会基础，这些左翼理论家的著作主要是一种知识的引介和思想的讨论。在日本社会主义后来的发展中，这种与社会革命实践相分离的局面一直没有得到改善，使得日本的马克思主义一开始就带有理论孤立发展的倾向。1922年，日本共产党成立，日本的左翼运动开始成为一个有统一领导核心的社会革命运动，只是由于领导人山川均、福本和夫等的路线失误，日共一度自发解散，直到1928年才重新组织起来，这暗示了日本左翼运动一开始就呈现出了思想结构上的混乱[1]25。

随着日本左翼运动的展开，日本无产阶级文学也开始发展起来。1921年，日本第一份左翼文学刊物《播种人》创办，第二年登载了理论家平林之辅的文章《文艺运动与工人运动》，在文中他提出无产阶级文学在本质上并不是一个独立的范畴，而是属于无产阶级与社会主义运动的一部分，是"阶级斗争的一种现象，它必须是阶级斗争的局部战，必须是阶级战线一部分的斗争"[1]27。这样一来，就要求左翼文学家同时也要是左翼革命家，文学成为政治的从属力量，正是因为这个属性，使得日本左翼文学在诞生之初，就受到了日本左翼运动的内部分裂斗争的影响，上述的《播种人》杂志也在不久之后停刊。之后，无产阶级文学运动迅速走向了分裂。从1925年第一个无产阶级文艺团体"日本无产阶级文艺联盟"成立，到1927年，这个组织已经分裂为"无产派文艺联盟"（同情无产阶级运动的非马克思主义作家）、"日本无产阶级艺术联盟"、"劳农艺术家同盟"、"前卫艺术家同盟"四个组织，造成这种分裂的根源始终是围绕无产阶级文学是否要全盘接受无产阶级运动的方向指导的争议[1]30。这样一来，文学与政治的争论，就成为无产阶级文学运动必然要处理的一个方向性问题，这种内在冲突使得它在1934年的转向风潮中走向解体。

无产阶级文学的转向，其标志性事件，是1933年6月，日共领导人佐野学、锅山贞亲在狱中发表《告共同被告同志书》。在他们的带领作用下，日本左翼文学家纷纷开始了自己的"转向"，要么转向天皇制意识形态，要么宣布不再参加政治活动，要么投入佛教等宗教信仰当中。只有小林多喜二、藏原惟人等少数中坚骨干不愿屈服，坚持抗争，最终要么被政府杀害，要么被长期囚禁，直到战后才得到释放。由于当局只要求他们停止参加政治活动，并没有明确禁止他们的文学创作，因此之后出现了一批被称为"转向文学"的作品，如村山知义的《白夜》和藤森成吉的《降雨的早晨》，大多是以私小说的形式，表达自己内心的自责和懊悔；或者是如同中野重治《告别和歌》那样，誓言以文学的形式继续革命；当然，也有林房雄那样彻底投入天皇制怀抱，为战争充当吹鼓手的[1]315-318。总而言之，尽管也产生了一些出色的反思和自白作品，但这次无产阶级文学转向依然是日本左翼文学发展中的重要挫折。

关于1930年代的这次无产阶级作家集体转向的原因，已经有过各种角度的解释，如知识分子的软弱性、日本资本主义发展的不彻底性、日本民族性中的共同体意识、军国主义当局的强力镇压等[1]320。但是，如果只是停留在这些个别化的原因分析上的话，将极大地浪费这个历史事件所包含的思想可能。为此，笔者依据日本思想史家丸山真男的《日本的思想》和柄谷行人《历史与反复》两部著作，尝试从天皇制、文学与政治的关系、日本近代话语空间三个角度来讨论这个事件背后的思想史根源。

一、天皇制与日本社会的无结构性

丸山真男是日本自由主义政治学家和思想史家,他对日本这个国家的思想空间结构和思想史特质提出了许多精辟的见解。他试图建立一个统合各个领域的思想史框架,却发现日本缺乏这样的统合性思想体系,究其根源,则要从日本近代天皇制的特征说起。

丸山提出,日本在制定明治宪法时,由于日本缺乏欧洲基督教那样的集体精神形态,就选择天皇制作为维系国民精神和政治秩序的机轴,将维护君权作为宪法的根本精神。天皇制和天皇崇拜的一大社会特征,就是每个臣民都对作为符号的天皇和皇室负有"无限责任",每个人的个人权利在天皇和皇室面前都无足轻重。作为国体(即国家根本制度)的天皇制原本像神道信仰一样,具有直感性和暧昧性,是拒绝明确界定的,它对臣民社会行为的约束力也是来源于这种意义的模糊暧昧。但是因为《治安维持法》等法律中使用了"国体"的概念,就必须对其进行明确界定。由于这些法律包含了禁止激进思想运动的内容,因此这种界定就很快借助立法,由对臣民外在行为和活动的约束,进入了对内在思想的统摄,也就是将天皇作为统摄一切社会意识形态的核心[2]22-26。

与顶层的缺乏统一责任主体的天皇制相配合,近代日本社会的基层维持了乡绅、地主主导的家族制社会,这样的前近代的社会制度,保留了旧时代的那种温情脉脉的共同体秩序,排斥个体意志,消解一切意识形态对立。这样一来,就从基层和两端确立了一种暧昧模糊、无差别无结构的社会组织形式,这反而保证了中间部分的"近代化"不用承担整体变革的使命,得以快速推进。顶层与基层的两种政治形态同时向中间渗透,相互交汇,就形成了日本独有的政治体系。这个体系的特征是理性主义与直感主义两种截然相反的思维方式的结合,也就是理性分工原则与人情原则的结合。如果说在中层的各个机构部门还能保持两者的平衡,并基本以理性原则为形式上的主导,顶层和底层就完全是以家族式的人情默契为核心的组织形式了。这种两头往中间渗透的社会结构,也形成强大的惯性,难以用政治批判来进行解构。更麻烦的是,中间层的近代制度由于是各个部门分别从西方引进,形成了被丸山比喻为"章鱼罐"的社会(即各个社会集团相互分立,找不到统一的体系)[2],缺乏一体化布局和适应本土的过程,反而导致它的理性结构无法充分成立,专门化、职能化功能无法充分发挥,被来自基层乡村共同体意识认为是混乱无序的都市病和脱离实际的官僚主义,为前近代的家族社会提供了反近代的理由。这当然也是对近代官僚体制的一种反抗方式,但由于这种反抗不是基于抽象到一定程度的近代理性,而是一种混沌的自然乡土意识,最终是无法对近代国家体制形成挑战的。

在丸山看来,正是因为日本社会分化成顶层天皇制、中层官僚组织、基层乡土社会三个不同的位面,其中顶层和基层形成了对直觉实感和自然人情社会原理的崇信,中层各部门分治的官僚机制则形成了对制度的迷信,即所谓"制度的拜物教",制度与精神、制度信仰和实感信仰两种思维方式的分立和对抗塑造了日本近代的政治文化和思想空间，后来的社会科学与文学的分化对抗也是源出于此[2]38。日本文学如私小说等文学潮流之所以将自己的题材局限在日常生活之中，正是因为这种分化。由于日语和日本文学传统擅长描写感性事物，现实主义文学也与传统的劝善惩恶的伦理人情因素脱不开关系，再加上日本近代作家多是官僚体系的边缘人和放逐者，他们将对官僚制度的抵触投射在对理性思辨的抵触上，这样一来，日本近代文学就没能形成深厚的宏大叙事和理性思考传统，留给作家们的就只剩下直接经验组织起来的日常生活了。日本思想空间中的这种实感信仰，导致了日本无产阶级文学对日常书写的偏爱，他们面对1930年代不断扩大的战争这样的压倒性的事态，难以产生抵抗性的力量。

理论信仰与实感信仰的分化导致了日本社会科学和文学的对抗，但实际上，两者都是日本的三层社会结构产物，而不是西方与日本思想对立的产物，只有认识到这一点，才有可能实现两者对话的可能。而日本的马克思主义，正是因为缺失了这重要的环节，使得它无法成为一种有充分解释力和穿透力的思想力量，这种思想指导下的文学也就失去了抵抗政治威权和社会性狂热的可能。林房雄在转向后，就声称"给我开辟转向之路的是国体"，"是天皇的心意"[1]318，显然，如果不是这个近代天皇制为中心的，以无系统、无结构的日本社会思想空间，就不会有日本的无产阶级文学作家如此大规模的集体转向了。

二、文学与政治之争

讨论日本无产阶级文学的转向问题，另一个重要的参照系就是纵贯于1920—1930年代的"文学与政治"论争。关于文学与政治的关系问题，最早在明治初期就已经被户川秋骨和石川啄木之争提出来了[2]51-52，但是集中爆发则是在社会主义运动兴起，左翼文学发展起来之后。这场论争虽然在后期有小林秀雄等非马克思主义批评家的参与，但高峰出现在无产阶级文学内部的路线与方法之争。这场被称为"政治价值与艺术价值"之争的论辩，起于林房雄1927年发表的《社会主义文艺运动》，反对实用主义和艺术至上主义，这引起鹿地亘和中野重治分别从政治至上和艺术至上两方面进行反驳。而后，藏原惟人对两方同时提出批评，提倡"艺术大众化"论，即将文学作为无产阶级运动的宣传工具，这看上去是将艺术价值与政治价值加以综合，实际上是倒向了鹿地亘的政治主义的一方，否定了文学创作艺术价值的自立性。尔后，平林初之辅等也加入支持政治主义的一方，中野重治主张艺术具有独立价值的观点日渐显得势单力孤。这场论争最终以日本无产阶级作家同盟中央委员会通过《关于艺术大众化的决议》（1930）作结，整个日本无产阶级文学往片面的政治化方向前进，文学自身的特质未能充分发展，这为后来的无产阶级作家转向埋下了伏笔[1]42-50。对于这个问题，丸山真男在《日本的思想》第二章中将这个事件作为案例，鉴照出日本近代思想史结构的一个侧面。

丸山将无产阶级文学运动中艺术本位的思想概括为"文学主义",将政治本位的思想方向概括为"政治主义"。丸山认为,光凭这两种维度无法界定清楚日本左翼文学的整体状貌,因而他又引入了"科学主义"的概念。所谓科学主义,就是以技术至上的观点来指导文学创作和社会运动。只有通过文学主义、科学主义与政治主义三者之间的复杂关系,才能廓清日本无产阶级文学中"文学与政治"之争的本质。在丸山看来,日本无产阶级文学虽然不是受"朴素的政治主义"(即将文学看作思想和政治主张的传声筒这样的思维模式)的指引,但却受到了"政治=阶级斗争"式的社会化、普遍化政治观影响。后者虽然不是以政治机构——无产阶级政党直接命令的方式来指导文学,却是以一种"政治总括主义"(即革命斗争目标直接对应文学书写对象的方式),和"科学的总括主义"(即以技术为中心的理性原则),让文学愈加陷入教条化误区[2]62。丸山认为,不能将"政治首位"的原则等同于图解主义,因为按照某个法则来布置情节和描写,这不是真正的政治主义,更像一种披着"政治"名义的科学主义。也就是说,丸山心目中的政治和政治主义,是更加普遍化和深入社会肌体内部的存在,而不是某个概念和口号宣言所展示出的集约化的文化行为。

丸山认为,日本的无产阶级文学家将政治单纯理解为理论和理性的抽象物,而没有像优秀的理论家青野季吉那样,看到政治中必然包含的人性问题,这样一来,当他们听闻斯大林清算托洛茨基的事件后,纷纷转向只谈人性的小林秀雄式的"文学主义",但这反而让他们丧失了对政治中所包含的非理性因素,尤其是军国主义政治的疯狂与暴行的识别力和批判力,最终都成了军国主义政治的附和者和吹鼓手[2]66。普遍主义的理论教条也无法涵盖现实政治中的决断行为,因为决断本身就意味着一种赌博行为,是以自己为赌注、以自身来承担责任的行为,如果是信奉一个可以解释一切的教条的话,就只会把责任归于理论本身,认为正确的理论和世界观一定会产生正确的决策判断,这样一来,就无法完成合理的政治行动了。丸山认为,如果说法西斯主义是将各种临场直觉决断合理化了,官僚制理性主义就是将理论教条绝对化,排除任何个人灵活决断的可能性。由于将理论体系的整全性当作不言自明的前提,因此在面对突发意外状况时,就不会去调整理论体系本身,而是用一些不负责任的手段来搪塞敷衍。日本的思想主流正是这样的官僚制理性主义,无产阶级文学家们为了对抗这样的主流政治模式,就会倒向依靠直感和决断力的文学主义,而藏身于文学主义背后的正是军国主义国家机器。对于丸山真男来说,这是无产阶级转向事件的思想根源。

无产阶级文学运动的转向,如果只是从思想史的角度来剖析的话,就必然会混同于一般的社会思想分析。如果说以上分析还只是从社会整体的思想史构造来思考的话,我们还可以进一步跟随丸山的思考来展开问题的更多面相。丸山提出日本无产阶级文学的根本问题在于所谓的"政治总括主义",即用终极的政治目标(所谓的"大政治")覆盖具体的政治过程,将每个具体文学作品的书写方法和对象都落实到无产阶级夺取政权这个最高目标上,把所有的人物和情节都当作阶级斗争的注脚。丸山借助藏原惟人的艺术观来批判政治总括主义的悖谬性,藏原认为用无产阶级斗争的观点可以绝对性地概括即反映社会现象,但又认为不同形势下本质不同的斗争不应该概括到一起,问题是如果从不同的视角看两次斗争事件,就会产生本质相同和本质不同两种观点。这样一来,这种均质化、中心化的绝对的艺术概括就是不可实现的了。一旦将创作活动本身视为绝对性的大政治的具体化,那么作家的创作活动反而会被烦琐的政治过程即"小政治"所压抑,创作变成了一种政治任务和政治行动,甚至创作时间被政治活动时间挤压,作家的创作激情和直感力量也因此会受到摧毁。对于作家来说,这种理论对具象的侵蚀是他们所无法忍受的。这是众多左翼作家在昭和初期军国主义当局的压力下纷纷转向的重要原因。

无产阶级作家转向的动因,还在于国家与个人关系的嬗变。丸山认为,无产阶级文学转向带来的一个意外结果,是文学中个人与国家的关系得到重新审视。在明治末期的自然主义文学中,由于天皇制的暧昧、非系统特性,所以国家是弥散于带有人情属性的家与"世间"(即日语的社会,主要指传统的熟人社会)之中的,作家们不太能意识到国家的实感存在。无产阶级运动兴起的大正到昭和初期,与国家这种"机构政治"对立的社会革命式"运动政治"兴起。在这过程中,作家的个体自我也没有面对国家的需求。昭和八年、九年的转向发生后,左翼运动退潮,左翼作家们不得不直接与国家发生碰撞,只有在这之后,国家与个人的关系才在文学中得以成立。

"九一八"事变之后,转向作家之所以转向了军国主义运动,正是因为国家与个人的对立让他们以为可以重拾对个人生活的实感,国策文学带来的那种社会动员感也让他们重新找到了参与"社会政治"而不是"国家政治"的感觉。而这种战争推动的社会政治中表现出的非理性,也让他们找到了反抗以往无产阶级运动"政治总括主义""政治优先"的立足点。但即使如此,他们也很快意识到了国家政治对文学创作的宰制和侵蚀,同样有作家对这种政治的高压形势做出了自己的反抗。丸山举出青野季吉的《散文精神的问题》这篇文章作为案例,青野区分了"思想体系"和"世界观",认为前者是属于理论领域的,表现为政治立场和理性逻辑等,后者是由作家的生活方式和个人情感特质决定的,而艺术正是建立在后者之上,因而艺术创作与政治立场属于不同的两个体系,政治立场对艺术作品的呈像没有决定作用[1]77。这样一来,青野的理论阐释就在军国日本的政治威权面前为文学创作争取了一定的独立地位。但是,这些文学家仍然将政治观念体系衍生出的科学方法理解为孤立、静止的法则,而不是在实践和思考中不断生成的活态思想,在这样的"科学总括主义"思维局限下,他们通过排除科学来逃避政治,最终就只能转向彻底依赖感性表现来传达思想的"文学至上主义"了。

从以上分析可以看出,丸山借助对无产阶级作家的转向来说明昭和时代文学与政治的关系,我们也可以从中看到"文学与政治"之争背后的思想史意义。无产阶级作家之所以转向鼓吹战争和所谓"近代的超克"、"大东亚共荣"的"国策文学"、日本浪漫派,是因为这种全社会动员让他们能有对抗国家政治的体验感，战争的非理性也让他们自认为能摆脱天皇制国家的官僚制"理性主义"，他们假想在对生活自然和直感行动中寻回文学的主体性。之所以会有这样的误判和选择，是因为他们没有在对政治和文学的关系中加入科学这个介质，将政治理解为终极的运动目标，将政治下的文学理解为某种理念的传声筒，没有看到更为普遍化的政治本身就有方法论的意义，它们能以科学方法的形式不断演进，与文学创作融合为一个整全化的过程。这样一来，出于一种精神结构的缺失，他们为了追求创作的主体性，反而向法西斯国家主动交出了自己的主体性。

三、日本近代话语空间的特性

我们可以求助的第三个角度，就是日本文艺批评家和思想家柄谷行人提出的日本近代话语空间的特征。柄谷行人在其著作《历史与反复》中，为了回应美国政治学家弗朗西斯·福山提出的"历史终结论"，而针锋相对地提出历史反复论，认为1989年前后的苏东剧变不是"历史的终结"，而只是一个历史周期的反复[3]238。在西方，这种近代史的反复表现为1848年路易·波拿巴政变对拿破仑上台的模仿，在日本则表现为昭和时代的政治家对明治时代的模仿。日本的历史令人瞩目的现象之一，就是各个流派和立场的思想家和政治家在各个立场之间不断转向，例如明治二十年代提倡民主立宪和个人权利的自由民权运动人士，到了明治三十年代，就纷纷转向了国家主义甚至帝国主义，成为对外扩张的吹鼓手。昭和初年无产阶级作家的集体转向，毋庸置疑也是日本近代这一系列转向中的一环。

为了探究明治以来日本历史的反复，柄谷尝试从近代日本的话语空间这个视角来提出自己的诠释，他的思路也能启发我们思考无产阶级文学的转向问题。柄谷将明治维新视为从1868年德川幕府被推翻一直到1889年（明治二十二年）发生的一个持续的过程，这个过程中充满了古今、东西一系列复杂的话语对立。明治维新的这个话语空间成为之后的日本近代史不断发生反复的内在机制。为了说明日本近代话语空间的复杂性，柄谷以国权与民权、亚洲与西方两组对立关系为横竖坐标系的象限图（图1）。上为国权，下为民权；左为亚洲，右为西方。四者交叉成了四个象限，日本近代的众多思想意识形态都可以在这四个象限中找到位置，而在历史发展中，他们始终在不断地变换自己的立场，在不同的向度中来回流转，这构成了日本历史反复的一个重要表征[3]66。

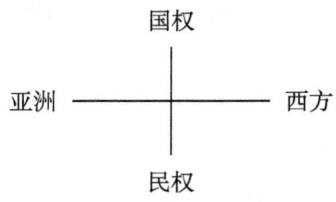

图1　柄谷坐标系

为了清晰地展现这个过程，柄谷举出了西乡隆盛作为案例。西乡是明治维新三杰之一，却在明治维新成功后，因为"征韩论"的主张得不到采纳，愤而辞职回到萨摩，带领对新国家体制不满的旧士族发动了叛乱，死于明治十年（1877）的这场"西南战争"中。在他死后不久，日本却正式开始向朝鲜扩张，西乡当初被打压否定的"征韩论"反而变成了国策，日本走向了侵略亚洲大陆的道路。这样一来，西乡就成了帝国主义的代表。另一方面，西乡的征韩从思想意图上，是为了在亚洲推广革命，让亚洲都走向文明，借以保卫日本的明治革命成果。这是后来以冈仓天心为代表的"兴亚论"的先声，西乡俨然成了亚洲主义的代表。同时，西乡是被自己培养起来的由平民训练而成的新政府军打败的，排除了旧士族（武士）的明治政府实际上致力于建立一种专制主义王权。这样一来，西乡又成了最早建立专制主义王权的参与者。另外，明治维新虽然名为拥戴天皇复权，实则是萨长藩阀专政，对这个局面不满的其他士族群体发起了自由民权运动，要求立宪法、开国会，对于他们来说，西乡又是反抗专制主义政府的精神偶像[3]67-69。

帝国主义与亚洲主义、专制王权与自由民权，这是分处于"柄谷坐标系"四个象限的四种对立的意识形态，但他们却在西乡隆盛这个历史人物身上互相交叉渗透，并随着历史语境的变迁而不断流转。正是因为近代日本的话语空间呈现这种多维位相互相重合的状态，看似对立的思想主张又分享着共同的思想出发点，使得处于近代日本话语空间中的个体在四个思想象限中不断旋转，随时都可能向另外的立场转化。明治大正时期，自由民权主义者多转向了帝国主义者，玄洋社等亚洲主义组织成为日本在亚洲扩张的急先锋。昭和时期，又开始了新的一轮转向，众多无产阶级文学家投入了国家意识形态的怀抱，就是这一次转向中最为引人瞩目的事件。这种思想空间的无序循环，是昭和历史对明治大正历史内在反复的思想结构实质。

从无产阶级作家转向这个事件上来看，马克思主义与当时的军国主义意识形态看似分处于"柄谷坐标系"的第二和第四象限，前者是西方话语的、民权式，而后者是亚洲话语、国权话语的，但两者之间可以通过"民权"这个中介来实现转化。无产阶级文学表现的是解放被压迫的底层民众，而亚洲正处于西方列强的帝国主义压迫之中，这样一来，他们就把马克思主义的"解放全世界"的理念移植到"解放亚洲"这个军国主义政权的口号上，从而把作为一种新的帝国主义实体的军国日本视为解放者，这样一来，他们就顺理成章让自己成为"大东亚战争"、太平洋战争的歌颂者和协力者了。他们让自己相信自己所从事的事业并非侵略，而是一种正义秩序的重建，正如法西斯主义的代表思想家北一辉所声称的，"正如国内的阶级斗争旨在重整不平等的区分，国际间也可以为了重新划定现阶段不公不义的势力范围而光荣出师"，"如果他们主张劳动阶级可以被容许组织起来以力量与流血斗争推翻不正义的现状，则他们就应该无条件承认作为国际的无产者的日本可以充实陆海军的组织性力量，并以开战来匡正不义的国际划定线"[4]94。

对于后来的历史观察者来说，他们背叛了自己的信仰，但是对于他们自己来说，正因为一开始他们接受的就不是一个二元对立的思想框架，而是一个二维流动的话语空间，所以他们往往将自己的转向视为一种前后一贯的延续性行为，并无矛盾和可耻之处，这也是林房雄等作家到了战后仍然为自己"协力"侵略战争的行为辩护的原因。这样的事态，某种程度上来说，正是丸山真男所概括的日本社会"无结构性"的直接产物。两位思想家对近代日本思想境况的判断，通过无产阶级文学作家转向这个事件，实现了某种意义上的连通互契。

结　语

日本无产阶级文学作家的转向是日本近代文学史上的标的事件。从这个事件中，我们可以窥见日本的思想结构与日本近代历史沿革的底层逻辑。审视这个事件的表层，我们看到的是天皇制本身拒斥结构和系统的特征，使得日本社会精神整体上缺乏马克思主义理论和无产阶级运动所需要的体系性和组织性，这导致日本的无产阶级作家最终抛弃了马克思主义，回归了日本社会传统中的实感信仰。这种实感信仰与理性信仰之间的冲突，转化为历史表征就是无产阶级文学运动中文学主义与政治主义之间的论辩。无产阶级作家将政治看作理论教条的同义词，用直接的政治指导来理解政治化写作，并出于对国家规训的逃避而落入了最彻底最极端的国家规训。

无产阶级作家转向问题，从根本上来说，是印证了日本话语空间的"回心"特质，即各种思想通过亚洲—西方、民权—国权两条坐标轴连锁在一起，随时可能因为政治境况的异动而向对立的意识形态转化，且不会因此而产生思想上的悖错感。1930年代的这次左翼大转向，是日本近代思想史上一个意味深长的事件，我们可以从中把握日本这个国家的思想结构和历史逻辑，及其在近代大转型中走向疯狂和毁灭的因缘。

参考文献

［1］叶渭渠.日本文学史 现代卷［M］.北京：经济日报出版社，1999.
［2］丸山真男.日本的思想［M］.宋益民，吴晓林，译.长春：吉林人民出版社，1991.
［3］柄谷行人.历史与反复［M］.王成，译.北京：中央编译出版社，2018.
［4］本尼迪克特·安德森.想象的共同体：民族主义的起源与散布［M］.吴叡人，译.上海：上海人民出版社，2016.

（吴鹏　中国社会科学院大学2020级博士生　指导教师：董炳月）

帝国的终结与最后的绅士：《长日留痕》中的不可靠叙述
——基于语料库的话语－历史分析研究

王丁莹

摘　要：2017年诺贝尔文学奖获得者石黑一雄的《长日留痕》出版于1989年，运用了其擅长的不可靠叙述创作手法。许多叙事学专家都将该小说作为不可靠叙述研究的范本，从多个角度对史蒂文斯的不可靠性进行了解读。但是，考虑到文本叙述以及不可靠叙述研究的双重复杂性，该研究仍存在着很大的空间。本文运用语料库研究方法，结合露丝·沃达克的话语——历史分析框架，重新审视了《长日留痕》中史蒂文斯的不可靠叙述。从视角化策略、述谓策略、命名策略出发分析其不可靠叙述话语，从而揭示出史蒂文斯使用话术拉近与读者的距离，并与英国神话和绅士政治形成合谋，而作者石黑一雄则使用这一叙述增加了后大英帝国时代的感伤之情，旨在揭开帝国神话的虚妄面纱。

关键词：《长日留痕》；不可靠叙述；话语——历史分析；语料库方法；帝国神话

引　言

《长日留痕》（*The Remains of the Day*，1989）是石黑一雄（Kazuo Ishiguro）的第三部长篇小说。凭借这部小说，他获得了"布克奖"和"诺贝尔文学奖"。小说以第一人称叙述展开，事件发生的时间是1956年，以主人公史蒂文斯向西旅行去与自己年轻时爱慕的女管家重逢为契机，他在六天的旅途中对自己过去30多年间在达灵顿府服务的日子作了回忆。20世纪20年代到1956年间的国际形势动荡，石黑一雄擅长描述个人生活对宏大历史的反映，书中也不乏他对两次世界大战期间重大历史政治问题的回顾与反思。同时，与其他很多作品一样，他依然使用了不可靠叙述的创作手法。

（一）研究背景

20世纪80年代，以结构主义为理论基础的经典叙事学遇到了前所未有的非议。一方面是其"母科学"语言学有了重大发展，它坚持的某些语言学概念显得陈旧过时；另一方面是文学批评开始由文本为中心转向"语境"和"读者"等文本外阐释元素。在"叙事学已死"的质疑声中，戴卫·赫尔曼（David Herman）在其主编的《新叙事学：叙事分析新视野》（Narratologies：New Perspectives on Narrative Analysis）一书中提出"复数的叙事学"（narratologies）概念。叙事学开始与人工智能理论、精神分析学、女性主义、语篇分析以及电影研究等结合形成不同的流派[1]1-2。然而，作为叙述学中一个重要概念的不可靠叙述，自1961年韦恩·布斯（Wayne Booth）在《小说修辞学》（The Rhetoric of Fiction）中首次提出以来，不论是经典叙事学还是新叙事学，它们都承袭着布斯的研究途径。布斯提出了隐含作者的概念，不可靠叙述的展开围绕着隐含作者与叙述者的"位置"和"偏离"进行，即以叙述者的言语或行为的价值规范与隐含作者的是否一致来判断，若一致则为可靠的，反之，为不可靠的[2]148。詹姆斯·费伦（James Phelan）作为布斯的学生，继承并发展了布斯的理论，将读者视角加入隐含作者与叙述者中形成了三轴模式——事件轴（叙述者）、评价轴（作者）、感知轴（读者），以及六种不可靠形式。但是，叙述者的性格特点、隐含作者的价值规范、理想读者的感知水平都具有主观性，正如国内叙事界领军人物申丹在其文章《何为"不可靠叙述"？》中所言，根据一种方法衡量出来的"不可靠"叙述依据另一种方法的标准完全有可能变成"可靠"叙述，反之亦然[3]133。《长日留痕》作为不可靠叙述研究的文本范本，叙事学家们从自己的视角切入，给出了不同的解读，费伦曾评价："其（史蒂文斯的）可靠性与不可靠性非常复杂……叙述层次特别丰富，经典叙述学关于不可靠性的解释无法充分说明史蒂文斯和石黑一雄的情况"[1]36。本研究旨在利用语料库方法，从微观的语言层面入手来分析史蒂文斯的话语策略，并与历史语境进行互文批评，以定量分析与定性分析结合的方法丰富不可靠叙事的解读，从而推断叙述者不可靠的深层原因、隐含作者的价值观念以及现实与理想读者的期待。

（二）研究问题

本研究基于以下问题：

①《长日留痕》中史蒂文斯使用了何种话语策略，是如何将读者带入共同的话语体系的？

②《长日留痕》中语言表征是如何表述意识形态并构建帝国身份的？

③《长日留痕》中的不可靠叙述表达了石黑一雄什么样的价值观念？

（三）预期结果

利用语言表征与历史事实的差异，挖掘出史蒂文斯不可靠叙述的深层原因，话语是意识形态的表达,揭开后大英帝国时代霸权神话的虚妄面纱以及石黑一雄反帝国主义的世界主义观念。

一、文献回顾

国外对《长日留痕》中的不可靠叙述研究关注较早,以大卫·洛奇(David Lodge)的文学性、费伦的修辞叙述学、阿米特·马尔库塞(Amit Marcuse)的人物性格、亚当·扎卡里·纽顿(Adam Zachary Newton)的叙事伦理、凯瑟琳·瓦尔(Kathleen Wall)的主体性等为主要视角形成了一批经典的文献。洛奇认为,如果史蒂文斯是可信的,那么小说将变得难以置信的无聊,不可靠叙述是一种文学创作的方式与技巧,丰富了文本的文学性[4]108。费伦和玛丽·帕特丽夏·马汀(Mary Patricia Martin)在赫尔曼的《新叙事学》中撰写了章节《威茅斯的经验:同故事叙述、不可靠性、伦理与〈长日留痕〉》,专门通过对《长日留痕》的批评以补充经典叙事学。费伦认为史蒂文斯在可靠与不可靠之间徘徊,认识到这一点不仅是要把叙述放在事件轴或评价轴上,而且要将作者的读者与现实的读者的预期与回应联系起来,石黑一雄认为读者有能力读出他的种种间接表述方法,感悟到叙事背后的伦理,以便在叙述的关键时刻把握好自己[1]56。费伦的文章落脚在石黑一雄作品的伦理维度,从而显示了文本对现实的指导意义。而根据纽宁(Nünning)的判断,史蒂文斯"归根结底是完全可靠的",他的判断标准基于不可靠叙述者是否诚实,认为尽管史蒂文斯的叙述未能客观再现故事事件,但真实反映出了其自我欺骗[5]59。丹尼尔·施瓦茨(Daniel Schwarz)也提出史蒂文斯只是缺乏感知力,但并非不诚实,因而并非不可靠[6]197。马尔库塞从人物性格方面分析了史蒂文斯的不可靠,根据大卫·基皮(David Kipp)的定义将史蒂文斯归于保守型自我欺骗的性格,这源于自我逃避的心理现象,为的是保持他以前的自我形象和世界观,尽管现实需要对其进行修正[7]132。过去30年间,文学研究发生了伦理转向,纽顿就是这一转向的一部分。他于1995年出版了《叙事伦理》(*Narrative Ethics*)一书,其核心观点是叙事即伦理。在该书的第六章,他将狄更斯、巴恩斯和石黑一雄三者的自传性叙述作品进行比较,认为自传叙述作品都含有反文本(counter-text)[8]289。与布斯和费伦都不同,纽顿以文本为中心,关注叙述过程中凸显的一些伦理问题,譬如"侧视""出走""把嗓音传至某处"等。瓦尔(Kathleen Wall)的文章更具批判性,提出史蒂文斯的叙述是对现行不可靠叙述理论的挑战。她首先系统总结了先前不可靠叙述研究的几种模式,接着从话语、情景、自然化、时序四个层面分析了史蒂文斯分裂的主体性与其不可靠性[9]。

而国内对《长日留痕》的关注则是在进入21世纪之后了,其中,对不可靠叙述研究较为经典的有申丹(2006)、邓颖玲(2016)、汪丽(2020)、李昆鹏(2010)等学者的文章。申丹在其文章《何为"不可靠叙述"?》中对国外学者的不可靠叙述的评论中,反复提及《长日留痕》,并在探讨叙述者是否诚实能否作为标准后,表达了自己的看法。她并非完全赞同纽宁对史蒂文斯可靠性的判定,认为叙述者的"可靠性"问题涉及的是叙述者的中介作用,"故事事件是叙述对象,若因为叙述者的主观性而影响了客观再现这一对象,作为中介的叙述就是不可靠的"[3]137。邓颖玲从回忆的复杂性、碎片化和选择性入手,分析史蒂文斯产生不可靠叙述的原因[10]77。汪丽也从该视角发表了文章,认为史蒂文斯的不可靠叙述和零散与错置的回忆片段揭示了记忆对历史的过滤,而主人公与他人的叙述冲突则呈现了历史与记忆的辩证关系[11]83。李昆鹏则采用了不同的视角,将叙事学与文体学结合,分析史蒂文斯在其不可靠叙述中运用的词汇、双重否定句以及插入语三个方面的特征,并探讨这些文体因素对其叙述的影响[12]9。综上所述,国外对《长日留痕》的不可靠叙述研究较为经典、层出不穷,国内也因其获得诺贝尔奖,开始变得热门。但是,考虑到文本叙述以及不可靠叙述研究的双重复杂性,该研究还有很大空间。因此,本研究拟利用语料库方法与历史语境进行对比,从布斯的事件轴判断史蒂文斯的不可靠叙述,并厘清叙述者、作者和读者三者间的关系。

二、研究设计

(一)理论框架

话语—历史分析(Discourse-historical Approach,DHA)是由奥地利语言学家露丝·沃达克(Ruth Wodak)在研究反犹主义语篇中形成的批评话语分析(Critical Discourse Analysis,CDA)方法。批评话语分析由菲尔克劳(Fairclough)在《语言与权力》(*Language and Power*,1989)一书中首次提出,这一方法对传统的语言中介论提出了挑战,关注话语与社会的辩证关系,认为话语是社会行为,语言建构社会生活和社会实践,言说者的话语传递意识形态,也是一种社会生产方式,它生产主体,帮助建构社会权力关系。沃达克继承了菲尔克劳观念的哲学基础,并进一步发展和完善了法兰克福学派和哈贝马斯的批判理论、福柯的后结构主义、维特根斯坦的后现代主义,以及布迪厄、吉登斯和伯恩斯坦的社会学理论,她将全部精力用于分析语言、权力和意识形态之间的关系。然而,与菲尔克劳不同,沃达克更多地关注"话语事件发生的社会历史背景和历史渊源等信息"[13]78,即将历史结合社会现实中的具体话语现象。

自20世纪70年代初至今，沃达克（Wodak）已经发表学术论文300多篇，出版个人学术专著、合著或合编学术著作60多部。她的话语分析主题集中于国家身份建构和歧视话语研究两大类。对国家身份的研究，沃达克提出了三维分析框架：（1）确定某一具体话语的主题；（2）考察该话语中使用的话语策略；（3）分析该话语的具体语言实现形式。其中话语实现策略有五种：命名策略、述谓策略、论辩策略、视角化策略和强化弱化策略[14]93-94。除了三维框架之外，上下文、互文和互语关系及情景语境也是历史-话语分析必不可少的考量步骤[14]93。沃达克的思路是从文本描述出发，根据所研究的具体问题，划分出不同话题（或主题），以分析不同文本间的互文性，然后结合该话语所处的社会、政治、文化和历史等语境，通过对比与互文来分析所要研究的具体问题[14]67。

国家身份建构包括集体身份、个人身份、政治身份等[15]121-122，其建构依赖历史语境和话语策略间的相互作用，《长日留痕》中史蒂文斯的不可靠叙述并非源于人物性格的不诚实，而是与维护大英帝国权力神话与寻找个人存在价值相关，所以可从微观的语言入手，分析史蒂文斯在叙述中使用的话语策略。本文拟采取历史-话语批评的分析框架，从视角化策略、述谓策略、命名策略出发，分析史蒂文斯的不可靠叙述话语，并结合20世纪20—50年代的历史语境进行互文批评，从而揭示史蒂文斯的不可靠叙述是后殖民时代英国神话与绅士政治的合谋，作者石黑一雄使用这一叙述者增加了后大英帝国时代的感伤之情，旨在揭开帝国神话的虚妄面纱。

（二）研究方法

本研究采用基于语料库的方法，采取沃达克的历史—话语分析框架，开展定性分析与定量分析相结合的研究。文章利用Antconc 3.2.2作为检索工具，涉及的语料库方法有关键词（keyword）和索引（Concordance）功能。关键词指通过与参照语料库比较得出的具有显著高频性的词[16]125；索引可以提供节点词在目标语料库中的词频信息，并呈现该词的上下文语境[16]71。主要使用的是英文电子版《长日留痕》的自建语料库（总形符数77812），同时选取LOB语料库（由英国兰开斯特大学、挪威奥斯陆大学与卑尔根大学联合建立的含100万的英国英语语料库）中K-R部分作为参照语料库①。根据数据呈现，结合文本细读进行分析，并与历史语境作对比，探究出史蒂文斯不可靠叙述背后的深层原因。

（三）研究步骤

本研究基于以下步骤：首先，通过Antconc 3.2.2的关键词功能确定文本的主题以及

---

① 因为这部分涵盖了同世纪英国英语小说的各种类型，包含一般小说、侦探小说、科幻小说、冒险小说、爱情小说等，总形符数为265750，作为文学研究的参照语料库具有普遍性和代表性。

其深层含义；其次，通过索引检索第一步得到的关键词，探索关键词的所指、搭配和语义韵，进而分析史蒂文斯的具体语言形式与话语策略；最后，结合历史语境进行互文分析，讨论不可靠叙述的叙述者、隐含作者以及读者间的三角关系，从而揭示出史蒂文斯不可靠的深层原因、理想读者与现实读者的期待以及石黑一雄的价值观念。

三、分析与讨论

（一）关键词分析

利用 Antcont 3.2.2 的主题词功能，对《长日留痕》与参考语料库作对比，得到了关键词词频表（Keyword List）。在关键词词频表中排在越靠前的关键词，其关键值（Keyness）越高，就越能突出文章的主题，体现其独特之处。通过去除功能词，该研究提取了《长日留痕》中关键值前30的高频关键词（见表1）。

表1 关键值前30的高频关键词

序号	关键词	频次	关键值	序号	关键词	频次	关键值
1	I	2697	8261.201	16	hall	126	190.946
2	mr	522	1610.205	17	staff	79	182.145
3	kenton	316	889.612	18	one	468	184.930
4	miss	324	502.803	19	fact	145	179.254
5	stevens	285	879.135	20	employer	67	172.763
6	darlington	163	502.803	21	father	174	168.034
7	sir	256	476.545	22	recall	70	160.458
8	lordship	154	433.012	23	me	533	149.315
9	mrs	103	317.722	24	smith	46	141.895
10	say	278	290.405	25	dupont	45	138.811
11	gentlemen	91	262.354	26	cardinal	47	135.740
12	butler	88	246.523	27	taylor	42	129.557
13	lord	95	236.130	28	professional	51	121.846
14	gentleman	86	201.984	29	dignity	49	116.130
15	farraday	64	197.420	30	point	96	106.309

观察发现 I 和 me 作为第一人称标志词在文本中出现的频率非常高,分别在第 1 位和第 22 位,"我"即史蒂文斯,说明他在文本是作为叙述者同时兼参与者的[①]。排在后面的专有名词有 Kenton, Stevens, Darlington, Farraday, Smith, Dupont, Cardinal, Taylor 显示出小说的主要角色,以及它们的重要程度。旅行的契机是以与年轻时爱慕的女管家肯顿小姐重逢,史蒂文斯一路上对这份从未说出的感情既充满期待,又不断回忆,小心地呵护着,就像去找拾年轻时遗失在沙滩上的珍珠。达灵顿和法拉第是身为管家的史蒂文斯的新老两位雇主,对其身份的建构也有巨大影响。其次,两个动词 say 和 recall 说明小说充满了转述和回忆,正如文献回顾中提到,史蒂文斯的不可靠叙述与转述、回忆的模糊性与间接性有关。同时,高频的名词还有 Mr., Miss, Sir, lordship, Mrs., gentleman/men, butler, lord, hall, staff, employer, professional, dignity。通过分析,上述关键词都与英国文化与英国国家形象有关,被划分为文化负载词(culturally-loaded word)。胡文仲[17]64 认为,就语言要素与文化的关系而言,语音与文化的关系最不密切,语法次之,而关系最密切反映最直接的是词语。词语分为一般词语与文化负载词。文化负载词本身载有明确的民族文化信息,并且隐含着深层的民族文化含义。石黑一雄擅长用个人记忆反映宏大的国家叙事与话语,史蒂文斯的叙述不仅是个人经历的回忆,更是大英帝国形象的话语构建与大英帝国神话的隐秘合谋。所以,从关键词词频表中得出个人记忆与国家身份构成文本的叙事主题。

(二)视角策略

视角化策略指讲话者从不同的视角,采用直接引语或间接引语、引号等方式,表达参与感或距离感[14]94。《长日留痕》采用了第一人称叙事视角,I 和 me 都是高频关键词,说明史蒂文斯既是事件叙述者又是参与者,这就符合叙事学中的"同故事叙述"(Homodigesis)概念,这类叙述者通常会采用"自由间接引语"(indirect quotation),由于没有"我当时心想"这一类引导句以及引号,"叙述语与人物想法之间不存在任何过渡,因此读者可以直接进入人物的内心"[18]104。譬如,史蒂文斯在开篇考虑是不是去看肯顿小姐时用了自由间接引语:

The fact that my attitude to this same suggestion underwent a change over the following days—indeed, that the notion of a trip to the West Country took an ever-increasing hold on my thoughts—is no doubt substantially attributable to—and why should I hide it?—the arrival of Miss Kenton's letter[19]4。

这样一来,就增加了读者的参与感,使读者在阅读下文时,不自觉地沉浸于史蒂文斯的话语策略中,甚至对他错失真爱和帝国衰落感到遗憾和惋惜。

---

① 对该项的具体分析笔者将此归于沃达克的视角策略,笔者将结合叙事学理论在后文进行详细论述。

（三）述谓策略

述谓策略指给社会行为者、物体、现象、事件及过程赋予特征和属性的语言方式。语言实现形式包括：积极的或消极的评价性语言；明确的谓词或谓词性的名词、形容词[14]94。鉴于确定的关键词是英国文化与国家身份，下面就将英国相关词汇（English，England，Britain，British）作为节点词进行索引检索，分析节点词周围的形容词、动词、名词等，确定语篇中述谓策略的使用情况和其语义韵（semantic prosody）。语义韵指的是由一些具有相同语义特点的词项与关键词在文本中高频共现，后者就被"传染"上了有关的语义特点，整个语境内就弥漫了某种语义氛围[20]74-75。

首先，在Antconc中以English作节点词索引，共有25行索引（见表2）。该研究发现史蒂文斯的述谓策略主要是形容词和名词，形容词有：grand, true, real, genuine, old, capable；名词有：house, countryside, splendour, landscape, race, gentlemen, butler, lord, privilege, advantage。分析发现共现的形容词都是具有积极语义韵的，名词中的splendour, privilege, advantage都是明显带有积极含义的，可以看出史蒂文斯语言表征中透露出强烈的大英帝国自豪感。同时，值得注意的是we English出现了3次，说明史蒂文斯的自我是包含在国家身份与形象这一大概念之下的。

表2 English索引行

1	a new staff' worthy of a grand old	English	House'. I immediately set about trying
2	encountered this morning of the rolling	English	countryside. now I am quite prepared
3	hazard this with some confidence: the	English	landscape at its finest – such as I saw
4	believe, a quality that will mark out the	English	landscape to any objective observer as
5	maintain for all his limited command of	English	and his limited general knowledge
6	of the emotional restraint which only the	English	race are capable of. Continentals
7	'dignity' is beyond such persons. We	English	have an important advantage over foreign
8	it is with such men as it is with the	English	landscape seen at its best
9	savour to the full the many splendours of the	English	countryside, and I know I shall greatly regret
10	It's those wretched frenchmen. It's not the	English	way of carrying on, I wanted to say.
11	bitterness is inevitable. but then, of course, we	English	also fought the germans long and hard.
12	but what's always puzzled me is how you	English	don't seem to share the view of the French
13	sir David said, rather uncertainly: 'we	English	have often had a different way of looking
14	I trust, would care to disagree. a classic	English	gentleman. Decent, honest, well-meaning.
15	describing with some flourish 'what the	English	lords used to do' in each room. Although

续表

16	infelicity, betrayed a deep enthusiasm for	*English*	ways. It was noticeable, moreover, that
17	they made that they too were owners of an	*English*	house of some splendour. It was at a
18	told her you were the real thing. A real old	*English*	butler. That you'd been in this house for
19	this house for over thirty years, serving a real	*English*	lord. But mrs wakefield contradicted me
20	to say, stevens, this is a genuine grand old	*English*	house, isn't it? That's what i paid for. And
21	for. And you're a genuine old-fashioned	*English*	butler, not just some waiter pretending to
22	maintain and develop one's command of the	*English*	language. It is my view – I do not know if
23	because such works tend to be written in good	*English*	with plenty of elegant dialogue of much
24	and it's one of the privileges of being born	*English*	that no matter who you are, no matter if
25	instinct. Because he's a gentleman, a true old	*English*	gentleman. And you must have seen it

其次，以England作节点词索引，共有19行索引①。与之共现的形容词有：best，finest，beautiful，都含有积极语义韵。除此之外，最常见的两个搭配是in England和of England，而这两个搭配表明英国有什么，与之共现的名词有butler，gentleman，service，hall，house，landscape，wonder，都是与英国文化相关的词语。Wonder of England出现了2次，在文本中指的是史蒂文斯旅行时用的一本类似于旅行手册的书，书中介绍了英国的大川大河。书名具有双关含义，暗示了此次旅行不仅仅是对英国自然风光的探索，更是对历史上大英帝国奇迹的追忆。同理，与Britain、British共现的词语也具有积极语义韵。但是，不能忽略的是在British的索引行中，union of fascist出现了2次。在回忆中，史蒂文斯并未把英国对法西斯的绥靖政策完全删去，可见，正如费伦的分析，史蒂文斯的不可靠叙述具有可靠的时刻。

（四）命名策略

沃达克的命名策略是指从语言学角度如何命名、如何指称话语中的社会行为者、物体、现象、事件及过程和行为，其语言手段为把成员分类，实现形式为指示词和名词[14]93-94。在众多文化负载词中，该研究选择gentleman/men和hall进行索引来研究史蒂文斯话语的命名策略，因为在笔者看来，绅士文化和绅士政治最能体现英国文化，尤其是考虑到文本的主题。Gentleman/men的索引高达177行，史蒂文斯的工作性质与生活环境充满了各色绅士，他们不同国籍、不同背景，所以说gentleman这一称呼指称不同的人物，要将其分类再分析语义韵，其中，最常见的搭配是American gentlemen，ladies and gentlemen of the land，a/the gentleman，young gentleman。American gentlemen出现了10次，5次是指代新雇

---

① 本文由于篇幅限制，就不在此呈现检索结果了。

主美国人法拉第先生；5次是指代美国议员刘易斯。与之共现的形容词、名词有different，familiarity，表现这些美国绅士和英国人不一样。显然，史蒂文斯可能是出于职业病才称呼这些美国人为绅士，但他打心眼里认为只有英国人才是真正的绅士。只有在旅行途中，他和当地人提起自己在达灵顿府工作，当地人说达灵顿勋爵是个法西斯主义者的时候，他才立马转移话题，用excellent来描述现在的雇主法拉第先生。其实，史蒂文斯也知道达灵顿勋爵的一生可能并不那么光彩，但他自己不想承认，因为承认达灵顿勋爵的过错，就等于承认自己终生效忠的主人和信念的错误。在这种情况下，史蒂文斯只能成为大英帝国神话话语的合谋者，这也是其不可靠叙述的深层原因。而ladies and gentlemen of the land指的是英国的小姐和绅士，与之共现的是great，the most established，respected这类具有积极语义的形容词。A/the gentleman的索引有52行，通过上下文分析，这里的指称大多是说达灵顿勋爵的，除了true，good，classic，decent，well-meaning，old大量具有积极语义的形容词共现外，在a/the gentleman前面经常出现的动词是was，体现了史蒂文斯为自己的辩解——在历史的结局已经知晓后，他仍然不愿承认达灵顿勋爵的判断错误以及自己错付的一生，只是反复强调"He（Lord Darlington）was a gentleman"（他曾是个绅士）。最后一个指称young gentleman指的是卡尔尼沃先生，除了用年轻天真来描述他之外，并未有太多形容词共现，具有中性的语义韵。话语体现出史蒂文斯主观的个人情感与意识形态，作为英国绅士文化的服务者与守护者，帝国话语塑造了他，同时，他也成了帝国话语的合谋。

（五）社会历史语境讨论

通过主题与话语策略分析，该研究得出《长日留痕》的叙述话语的主题是英国文化与国家形象，史蒂文斯的话语表征始终透露着积极的语义韵，表达出他对前雇主达灵顿勋爵的维护，更是英国绅士文化对忠诚的要求。同时，维护帝国神话体系也是对自己三十多年人生价值的认可，因为作为帝国体系中最下面的一环，他们无法掌握自己的命运。从历史语境分析，20世纪20~60年代是大英帝国衰落的历史，一战和二战对英国经济造成了巨大创伤；自1921年爱尔兰南部独立后，殖民地的纷纷独立使日不落帝国丧失了海外市场；"绥靖政策"使其世界声望下降，等等。石黑一雄的创作绝非偶然，他想利用历史事实与叙述话语的偏差来表达自己对后大英帝国神话话语的讽刺与批判。而小说的叙述时间设置在1956年，这一年爆发了苏伊士运河危机，最终埃及获得苏伊士运河的全部所有权，标志着英法老牌殖民体系的瓦解。这严重打击了英国民众长久以来的民族自尊，成为他们心中抹不去的痛楚。《长日留痕》出版于1989年，当时在英国国内售出100多万册，史蒂文斯的叙述迎合了现实的读者对大英帝国的无限怀念与追思，文本叙述与历史背景形成一种互文，揭示了话语背后的深刻现实意义。另外，石黑一雄也希望让隐含读者体会到话语与意识形态的辩证关系，意识形态总是参与维持不平等的权力关系并往往通过语言获得表述，所以我们必须在语言中寻找权力得以维护的途径[21]2-3。隐含读者通过种种标记可以"读出",史蒂文斯作为帝国集团的服务者,头脑里充满了英国和西方的中心意识,而这些意识是通过语言表现出来的。

小　结

运用语料库和历史—话语分析的方法解析史蒂文斯的话语表征,可以看出史蒂文斯的叙述未必是对历史事实的客观阐释与解读,而是大英帝国神话的同谋,他将一生服务于达林顿府,即帝国体系与绅士政治的重要象征,其话语自然也包含了英国的霸权主义和西方中心论,所以构成了其叙述的不可靠。正如辛斌[22]19所言,"语言并不像传统语言学家声称的那样是人们交流思想的透明媒介,它也不仅仅是一种稳定的社会结构的反映;语言传播各种各样的世界观,因而是社会过程的一种不间断的干预力量"。他运用了视角化策略、述谓策略与命名策略作为话语策略,来拉近与读者的距离,使读者不自觉地对其错付的一生和错失的真爱感到心痛与惋惜。同时,在积极语义韵的作用下,读者也会不自觉地参与到大英帝国形象的构建与维护当中,为绅士文化与政治在后大英帝国时代延续而努力。然而,这并非石黑一雄的创作意图,作者相信理想的读者有能力"读出"史蒂文斯语言表征与历史事实间的偏差,从而揭开帝国神话的虚妄面纱。

参考文献

[1] 戴卫·赫尔曼.新叙事学[C].马海良,译.北京:北京大学出版社,1999.

[2] 韦恩·布斯.小说修辞学[M].华明,等译.北京:北京联合出版公司,2017.

[3] 申丹.何为"不可靠叙述"?[J].外国文学评论,2006(4):133-143.

[4] Lodge, David. The Art of Fiction [M]. London: Vintage Books, 1992.

[5] Nünning, Ansgar. Unreliable, Compared to What: Towards a Cognitive Theory of Unreliable Narration: Prolegomena and Hypotheses [A]. In W. Grunzweig & A. Solbach (eds.). Transcending Boundaries: Narratology in Context [C]. Tübingen: Gunther Narr Verlag, 1999.

[6] Schwarz, Daniel. Performative Saying and the Ethics of Reading: Adam Zachary Newton's Narrative Ethics [J]. Narrative, 1997(2): 188-206.

[7] Marcuse, Amit. The Remains of the Day: The Discourse of Self-Deception [J]. Journal of Literature and the History of Idea, 2006(1): 129-150.

[8] Newton, Adam Zachary. Narrative Ethics [M]. Cambridge: Harvard University Press, 1995.

[9] Wall, Kathleen. The Remains of the Day and Its Challenges to Theories of Unreliable Narration [J]. The Journal of Narrative Technique, 1994(1): 18-42.

[10] 邓颖玲.论石黑一雄《长日留痕》的回忆叙述策略[J].外国文学研究,2016(4):67-72.

[11] 汪丽.论《长日留痕》中记忆对历史的重构与现实救赎[J].北京第二外国语学院学报,2020(1):83-95.

[12] 李昆鹏.论不可靠叙述的文体特征——以石黑一雄的《长日留痕》为例[J].首都师范大学学报(社会科学版),2010

(S3): 9-13.

[13] 杨敏, 符小丽. 基于语料库的"历史语篇分析"(DHA)的过程与价值——以美国主流媒体对希拉里邮件门的话语建构为例[J]. 外国语, 2018(2): 77-85.

[14] Wodak, R. & M. Meyer. *Methods of Critical Discourse Analysis* [M]. London: Sage, 2009.

[15] Ruth Wodak & Gilbert Weiss. Analyzing European Union Discourses: Theories and Applications [A]. In Ruth Wodak & Paul Chilton (eds.). A New Agenda in (Critical) Discourse Analysis [C]. Amsterdam: John Benjamins, 2005.

[16] Baker, P.. *Using Corpora in Discourse Analysis* [M]. London: Continuum, 2006.

[17] 胡文仲. 跨文化交际学概论[M]. 北京: 外语教育与研究出版社, 1999.

[18] 申丹, 王亚丽. 西方叙事学: 经典与后经典[M]. 北京: 北京大学出版社, 2010.

[19] Ishiguro, Kazuo. *The Remains of the Day* [M]. London: Faber and Faber, 1989.

[20] Sinclair, J.. *Corpus, Concordance, Collocation* [M]. Oxford: Oxford UP, 1991.

[21] Fairclough, Norman. *Language and Power* [M]. London: Longman, 1989.

[22] 辛斌. 批评语篇分析的社会和认知取向[J]. 外语研究, 2007(6): 19-24+110.

(王丁莹　北京航空航天大学2021级博士生　指导教师: 田俊武)

暴力、记忆与直言

——论刘宇昆的《纪录片：终结历史之人》

豆俊格

摘　要：美国华裔科幻作家刘宇昆在小说《纪录片：终结历史之人》(2011)中采取了空间和时间双重并置的叙事结构，围绕直言者魏博士和他的妻子共同进行的"时光旅行"的实验及其导致的讨论，生动描述了日军对中国人民犯下的极端暴力和不公，挖掘了日军犯下的滔天暴行，国际上对此事的缄默背后的意识形态、日本政府竭力对此段历史持否认态度的历史修正主义。在鲜活的个人记忆与官方话语建构的集体记忆的冲突中，通过对暴力记忆的描写，刘宇昆讲述了暴力、沉默、真相和历史相互交织的复杂，道出了包括中国人民在内所遭受的超出人类理性认知的苦难，审视了军国主义意识形态造成的历史悲剧。作品中所呈现的强奸、暴力、不公的主题远远超出了性别、家庭、社会的范畴，而是涉及种族、文化和国家的政治意识形态。小说中日军对中国女性的强奸不是男性对女性的性欲望，而是霸权强奸真理、帝国主义意识形态强奸历史、日本政府及其保护者美国强奸中华民族的真实描述。作家号召读者在对历史的清晰审视中思考现实，但其根本的目标不是仇恨，而是汲取历史经验，反思人性，呼唤和平。

关键词：终结历史之人；刘宇昆；记忆；历史；暴力

大屠杀、战争中的暴力和对罪行的沉默是20世纪历史的主要议题。美国华裔科幻作家刘宇昆（Ken Liu）将目光转向日本731部队占领哈尔滨，将其打造成"亚洲奥斯维辛"的这段历史，在小说《纪录片：终结历史之人》（2011）中挖掘了日军犯下的暴行、国际上的缄默、日本政府竭力否认的历史记忆。该小说获得了2012年雨果奖和星云奖提名，由于触及"有争议的历史"和"政治敏感性"落选，但仍被刘宇昆视为最自豪的作品。刘宇昆在接受媒体采访时坦言，他是受到美籍华裔作家、《南京大屠杀》的作者张纯如自杀的触动而创作的这部小说。他勇敢地写下了其他作家所害怕描写的历史和题材，借助纪录片的形式从客观的角度将不同的材料汇集在一个经验框架内，组建一个独立的历史档案，旨在找回被忽视的真相，为沉默的受害者获得救赎，并论证"这种历史创伤的浮出水面是如何与个人、政治和历史交织并产生影响的"[1]7。在这个意义上，刘宇昆是一个纯粹的直言者，他试图摆脱西方霸权话语，对个人记忆和跨国历史表达自己的清醒观点。

这部作品中所呈现的强奸、暴力、不公的主题远远超出了性别、家庭、社会的范畴，而是涉及种族、文化和国家的政治意识形态层面。小说中日军对中国女性的强奸不是男性对女性的性欲望，而是霸权强奸真理、帝国主义意识形态强奸历史、日本政府及其保护者美国强奸中华民族的真实描述。通过对暴力记忆的描写，刘宇昆讲述了暴力、记忆、直言和历史相互交织的复杂，道出了包括中国人民在内所遭受的超出人类理性认知的苦难和辛酸，审视了军国主义意识形态造成的历史悲剧。

一、纪录片和暴力

《纪录片：终结历史之人》采取了空间和时间双重并置的叙事结构，围绕魏博士和妻子桐野明美进行的时光旅行科学实验及其后果展开。其中，空间设置上以美国和中国为核心展开叙事，日本731部队1932年到1945年所在哈尔滨平房地区是展示中华民族创伤、日本军国主义暴行的场所，也是受害者家属时光旅行到达的场所；美国是魏博士思想转变、荣耀与耻辱并存、西方霸权话语滋生的空间。同时，刘宇昆打破了传统小说的时空限制，反复穿梭于1932年到21世纪之间：1932—1945年间731部队的记忆时光，魏博士进行实验和公共活动的过去时间，当代日本、美国、澳大利亚等国家对731事件的质询时光。在叙事的结尾，随着魏博士的去世、桐野明美在墓前自白，让"所有苦难与英勇，罪恶与正义"[2]215在时间和空间上汇聚到一起。

这种空间和时间双重并置的叙事结构承袭了后现代主义的创作理念，打破了西方传统小说常规的顺叙、倒叙、插叙等叙事模式，挑战了以线性时间为参照的历史与书写规则，终结了根植于文字的宏大叙事历史传统，对魏博士而言，"他所理解的那个历史终结了。那种距离产生的美，那些抽象的宏大叙事"[2]189终结了。其次，这种创作模式也成功地将中国、日本、美国等国家对731事件乃至二战期间奥斯维辛集中营等各种战争创伤的态度呈现出来，中国人民苦苦寻求历史真相和加害者的道歉，日本政府采取刻意淡化731部队的存在与记忆并拒绝道歉的军国主义立场，美国以麦克阿瑟将军不愿让苏联得到731部队的实验数据而赦免731部队暴行为代表的冷战思维和利己主义的大国立场。一方是苦求正义而不得，一方是不停推诿与否认，一方是漠不关心与控制，在这种时间和空间的转换中，三个主要国家的立场和姿态充分展露，多方位的描述有助于消解西方的霸权话语。

片头字幕显示这部纪录片是"香港回忆影视有限责任公司"和"日本仁恕工作室"联合出品、赫拉克利特·涉江制作，是充满了隐喻的"元纪录片"。"回忆"暗示小说是以时光旅行的方式获取受害者的苦难经历，个人回忆构成了集体记忆，进而建构了历史；"仁恕"讽刺日本右翼势力拒不承认历史事实，拒绝道歉和赔偿，既不仁，也不能且不配得到中国人民和其他亚洲人民的宽恕；赫拉克利特的名言"没有人能两次踏进同一条河流"暗示了时间旅行是回到同一条河流，回到同样的痛苦和创伤，也点名回到过去是具有破坏性的，只能回去一次的事实。另外，政治气候背景是"被中华人民共和国文化部禁止，在日本政府的强烈抗议下播放"[2]181，这就在731部队具体历史介绍之前设定了期望，考虑到中日两国因第二次中日战争（1931—1945）事件而存在的紧张关系，这篇叙述审视了与第二次世界大战有关的有争议的历史。播放的这一年被确定为在21世纪的"20××"中，预示着一个不确定的不久的未来，使观众相信这个故事提出了一个可能的未来现实：也许这是一个警世故事。正是在这样的叙事结构中，历史事实和虚构元素不断重叠，读者才会遇到731部队给中国平民带来的残酷现实。

　　小说采用纪录片的形式，构建并展开了一个复杂的档案。只有四分之一的篇幅直接描述了731部队的实验，其余的篇幅则展示了这一历史创伤的浮现是如何与个人、政治和历史交叉并产生影响[1]7。小说不仅通过纪录片的形式"客观地"揭露了日军在中国犯下的滔天罪行，呈现了西方人所不了解的日军731部队在中国哈尔滨奸淫掳掠，甚至活体实验等令人发指的暴行，"更为深刻的是它讨论了历史与政治之间的复杂关系，揭露了美国国家、政府与大众操纵及利用历史来实现自我意图的手段，是一部真实描写历史暴行如何因政治目的被最小化处理，从而很难进入西方公众视野的小说"[3]4。恢复过去的记忆是为了维护一个国家的历史，因此"暴力的时刻，女性的受害，男性的行动和经历，以及由此产生的创伤"[4]必须被探究。莉莉安·C.张薇思作为受害者的后代参与了再现记忆项目：她首先选择一个名字"长忆"来铭记她的姑姑，而姑姑的名字是相同的发音"畅怡"，寓意"舒畅而欢怡"，这个美好的名字与其遭遇是多么鲜明的对比，又是多么充满讽刺！后来，她回到1941年，亲眼目睹了731部队对她姑姑和其他中国人民犯下的罪行，并在美国国会小组委员会面前做证，使个人经历变成了公共记忆，完成了记忆的代际转移和传承。就像韦滕贝克的女性主义戏剧《夜莺之爱》中斐乐蜜勒（Philomele）在酒神节上操纵玩偶倾诉自己遭受的暴力一样，莉莉安成功打破了围攻，确保记忆能够持续作为活的经历，不仅存在于个人的头脑里，也存在于更大的公共单位对731部队暴行的理解里。

　　"记忆不是一种探索过去的工具，而是它的剧场。它是过去经验的媒介"[5]。在小组委员会期间，莉莉安讲述了她在过去的旅行中看到的活体试验、姑姑被强奸、腹中胎儿被杀死的情形；731部队前成员山形四郎在采访中坦白了他的罪行，作为第一手资料，侧面证实了莉莉安的证言。"通过在受害者（以代理人为媒介）和行凶者之间转来转去，这段历史中看似对立的两个目击者的观点变得相互加强。《纪录片：终结历史之人》即使不是一部真正的纪录片，至少也是一部纪录片的替身。"[1]6莉莉安姑姑的故事可以追溯到1941年1月6日，当时中国囚犯正在被迫进行冰冻实验，被称为Maruta（丸木，木桩之意），这表明日本军队认为囚犯不是人类，而是一个等待被认识的客体和对象、一个工具。山形在回忆里进一步揭露731部队军医不以名字称呼俘虏，而代之以号码，这完全是对中国人人格和尊严的侮辱；各种各样骇人听闻的医学活体实验亵渎了生命，完全没有顾及人类的生命，是完全泯灭人性的行为。福柯曾提出生物政治的概念，这种权力不是屠杀生命，而是维持生命，提高生命的价值，控制事件、缺陷和疾病，目的是消灭疾病，建立医学知识和公共卫生，总的来说，它对生命负责[6]243。然而，纳粹主义的种族灭绝却故意误用了这一理念，杀害其他种族，让自己的种族得以生存，将自我与他者的区别扩展到了这样一个极端。在这样的认知框架下，日本军队使用"劣等"种族进行截肢、活体解剖和生物武器。一旦验证了可行性，就会用这种方法更好地对待日军伤员。"在日本军国主义这架高速运转的机器上，医学作为工具，在其丧失价值理性后，人性已经彻底沦陷了。"[7]在731部队，强奸是"一种性教育"[2]194，医生甚至轮流强奸中国妇女和女孩。强奸作为一种羞辱性的方法、一种性教育、一种研究梅毒的手段，在二战中暂时的胜利方——日本被广泛使用。莉莉安的姑妈怀孕了，但仍然在没有麻醉的情况下被活体解剖，她恳求医生不要伤害她的孩子，然而，孩子的大脑被能写出优美书法的桐野明美外祖父解剖了。

科幻小说具有言说历史的合法性，读者可以借助科幻小说的视角观察"被当作某个未来世界的遥远的过去呈现在我们面前，而这种过去仿佛是遗留性的，并以集体性记忆的形式被保留下来"[3]2。刘宇昆将受害者的个人记忆与日本幸存者的自白并列，旨在揭示中国人民遭受的暴行，消除民族中心主义、种族主义、单边主义和霸权主义，铭记历史，为遭受迫害的无辜之人正名，使更多的人参与承担追寻历史真相、追求和平的人类共同使命之中。

二、直言者和否认主义者

小说以"戏中戏"的手法，以纪录片中的纪录片来回忆曾有"亚洲奥斯维辛"之称的哈尔滨郊区平房的受害者，通过文学肯定了他们的存在。对张纯如和刘宇昆化身的魏博士来说，将受害者的经历从坟墓中带出来，意味着一种责任，一件必须做的事，为此他必须要作为一个直言者来发声。直言是必需的，目标是改善人们的灵魂[8]148。从这个意义上看，魏博士是福柯式的直言者，满足坦率、真理、危险、批判和责任这五个维度的评判标准[9]12。

魏博士决心让世界关注731部队受害者的苦难。他对未知的过去感到强烈的内疚，感觉自己有责任说出痛苦，为受害者伸张正义，他必须坦率而坚定地说出自己的想法。福柯将直言定义为：

> 这样一种言语行为，在其中，言说者表达了自己与真理的关系，并将言说理视为一种任而敢于冒生命危险……说者运用其自由，他选择坦率而非说服，选择真理而非谎言或沉默，选择死亡的危险而非生命与安全，选择批判而非奉承，选择道德责任而

非自我利益和道德冷漠[8]150。

魏博士为被迫害的人们说话，试图让受害者的亲属重返过去、以事实来言说731部队的暴行，以微弱的民间声音对抗僵硬的官方话语，来消除对受害者的文化霸权。在这个意义上，魏博士、莉莉安都是直言者。虽然他们拥有保持沉默的自由，没有人强迫他们说话，但他们觉得自己有必须这么做的责任，因为"直言与自由和责任息息相关"[9]19。

作为一名直言者，魏博士拥有一种神圣的道德力量，他坚持"说出真实的东西，因为他知道这是真实的；他知道这是真实的，因为这在事实上是千真万确……他的见解同时也是真理……在信念与真理之间，始终存在着一种严丝合缝的对应关系"[9]14。魏博士努力超越民族国家的界限，让世界各地的人们同情受害者，谴责犯罪者，确认普遍的人性。魏博士拒绝了中国政府的监督和美国的赞助，体现了公共知识分子应该与各方保持距离的良好品质，确保了他的独立性和批评不受任何利益集团的影响[10]60。然而，真相却让讲真话的魏博士处于某种危险之中：实验被美国禁止、被大学开除、被电话威胁、被老师称为"宣传工具"。"没有危险，便不会有直言。"[8]150在这个意义上，魏博士的选择包含了直言者所必备的勇气。在说真话的时候，他非但没有建立起类似普遍知识、传统、从属关系、认同和友谊这样的正面联系，反而会引起愤怒。"要想言说真理，就应当越出对话者所持有的所谓'共同价值观'。这种'越出'将成为直言之批判维度的根基所在。"[8]150

实际上，魏博士还是一个"越界者"。在解构吉田大使关于日本已经道歉的声明时，他指出，"宏大而抽象，他们指的是模糊和未指明的苦难。他们只是在最淡化的意义上道歉"[2]196，这位大使所持的信念是"日本政府继续拒绝承认许多具体的战争罪行，拒绝纪念和纪念真正的受害者"[2]196。他进一步揭露了日本政府的虚伪：官方对731部队的存在保持绝对的沉默，一直否认在战争中研究或使用过生物武器。在压制档案的同时，政府也压制了记忆，从而否认了暴行的存在，最终否认了历史。这一幕与斯皮瓦克在《庶民能说话吗？》里描述的场景又何其一样！

日本驻华大使使用"也许一些不幸的事情可能发生"为借口，企图跳过他的种族对中国平民犯下的罄竹难书的暴行；质疑受害者家属的时间旅行是一个谎言，只创造幻觉，故事不是证据。魏博士坚决反对此种企图否认历史的行径："这些否认者对那些暴行的受害者犯下了新的罪行：他们不仅与施虐者和凶手站在一起，而且还在把受害者从历史中抹去，让他们沉默，让他们重新被杀。"[2]197因此，他不能保持沉默，就像斯通所说的，"直言是一个即使面对危险，依然说出真理的道德决定的结果"[8]151。直言者"冒着死亡的危险去说出真理，而非停留于真理未曾言明的安全地带……他宁肯做一个说真话者，而不是过一种自欺欺人的生活"[9]17。魏博士试图"向世界揭露一个巨大的不公，但在这个过程中，他似乎只激起了否认、仇恨和沉默的力量"[2]157。最终，魏博士觉得自己辜负了受害者，跳下站台撞上地铁自杀了。

作为一名直言者，魏博士在道德上有说话的义务。他必须一遍又一遍地宣扬真理，就像传道一样。福柯指出，布道"仍然是我们社会中实践真理的主要形式之一，它包含了这样一种理念，即真理不仅必须告诉和传授给社会中最好的成员，或一个排他的群体，而且必须传授给每个人"[8]120。

三、集体记忆与历史建构

通过罗列莉莉安对姑妈的思念和受苦的创伤记忆、731部队军医山形史郎实验、强奸中国女性和被俘虏的医学记忆、桐野明美外祖父爱家庭爱国家又反人性解剖活人大脑的矛盾记忆，刘宇昆呈现了战争时期中日双方对战争的态度：一方面，日方以"共建东亚共荣圈"、建立海外殖民地的丑恶嘴脸肆无忌惮地侵略中国的土地，日军以为天皇献身而骄傲，显露出其得意扬扬的帝国主义和殖民主义意识形态，是加害者；另一方面，是中华民族被践踏、被侮辱的历史，土地被侵占、女性被强奸、平民被用来做生化实验等，是中国人民的噩梦史、苦难史，是中华民族的屈辱史、创伤史，炮火连天、奸杀掳掠构成了中华民族二战期间的集体记忆，是受害者。刘宇昆选择直面战争记忆，探讨战争语境下的个人记忆、集体记忆与历史建构。

以纪录片的形式作为小说体裁，刘宇昆通过虚拟影像视角展现了731部队各种超出正常人类想象极限的残酷实验手段，揭示了731部队给实验对象带来的痛苦，与原731的军医战后用研究成果求名谋利的猥琐嘴脸形成鲜明的对比。刘宇昆从受害者、加害者和旁观者三个不同的角度来叙述同一段回忆。这三段回忆各有侧重，又互相印证，拼凑出日本在二战期间给中国人民带来的伤痛的历史画卷，展示出军国主义对海外掠夺的洗脑式教育，建构出活生生的、真实的历史记忆。

魏博士的初衷是"不能允许无辜者的血泪被遗忘，更不允许施暴者的罪责被豁免"[2]189，决定让731部队的受害者家属回到过去。莉莉安在寻找姑妈的记忆旅程的开始，目睹了中国战俘赤裸着胳膊高举在刺骨的寒风中被日本军官用短棍敲打的景象，听到了冻硬了的胳膊发出的咔咔声；731部队前成员山形史郎在90多岁回忆冻伤实验，以牺牲中国人民的身体为代价发现了不知道救了多少日本士兵的命的治疗冻伤最好的办法，正面印证了莉莉安的证言。此外，山形还提到了在战俘身上练习截肢和其他外科手术的情节。此后，莉莉安和山形依次还原了日军轮奸中国妇女和女童、恶意让慰安妇和怀孕的妇女感染梅毒、解剖怀孕的妇女等恶行，其中山形的"不痛、不痛"安慰是何其强烈的讽刺，活体解剖不打麻药的感染梅毒的女人如何会不痛？莉莉安姑妈的遭遇也是二战期间整个中国妇女的遭遇，被强奸、被轮奸、被怀孕、被活体解剖、孩子的脑子又被挖出来给内科医生做研究！莉莉安、山形和桐野的回忆构建出中国人民被奴役、被践踏的悲惨民族历史，构建出日本的精英人群是如何区分自我和他者、如何参与和实行其背离人性道德的医学实验中的。

如此，人们忍不住进行追问："本该拯救人类生命的医学家们，为何进行了人体实验？""本应救死扶伤的医生，为何会越过人类的底线呢？"[11]84-85桐野明美在魏博士死后才公布其外祖父的身份，在和魏博士同仇敌忾的同时也被祖辈的所作所为困扰，其身份是被撕裂的，而这种分裂的身份使她难以直面惨痛的中华民族创伤记忆，不得不选择隐瞒其回到过去看到的外祖父的记忆，反而加剧了精神创伤。记忆的埋葬造成了历史的封存和遗忘，也隔断了记忆的继承和传递。桐野明美的外祖父是当时日军军医病理学研究主管，对女儿父爱如山，可以写一手漂亮的字，为自己的文学修养自豪，写信喜欢用短歌结尾，对国家正在进行的事业无比自豪，自诩"我们为此地带来自由与财富""沐浴在大东亚共荣圈的光辉中""日本是东亚之光，是救赎与希望"，还说日本军士所做的牺牲是为了"亚洲雄踞于世界东方，从那些践踏她、蹂躏她的欧洲强盗们手中挣脱出来，重获自由。英国人终将被赶出香港和新加坡"[2]214-215，这深刻地反映了军国主义下的美化战争意识。日本的舆论宣传将反抗日军的中国人都称为"匪贼"，是要彻底剿灭的对象；长期以来实施的国民教育让日本全体认为这些实验对象都是仇人，是没有"任何价值终将处死的囚犯。所以他们并不认为自己所做的事情罪孽深重，反而有一种为国家效力的自豪"[11]85。政治权力主导者别有用心地以为国效忠之名美化战争意图和战争本质，淡化了战争责任，改变了普通人对于战争的认知，民众误以为参与战争是对国家的忠诚，并以忠于国家为荣耀。这与维多利亚女王时期宣传海外殖民为带来光明、理性、正义、启蒙、科学、民主给愚昧落后野蛮的国家和地区，是发财的大好机会，是光宗耀祖的荣誉何其相像！桐野明美外祖父提到的中国人形象是"鞠躬行礼"、拯救中国人民于水火的共产党是作乱的残党、"绝大多数中国人都极温驯可靠"，哈尔滨是"偏远却富庶的蛮荒土地"[2]214-215，构建出落后、野蛮、等待被奴役和被解救的中国形象。事实上，"日本社会的战争记忆是被扭曲的，在错误记忆的引导下，加害者成为受害者，成为了人民心中的英雄人物，而东亚其他国家的真正受害者却被忽视"[12]67。

"惊天暴行曾在平房上演，却被这世界有意掩盖和遗忘。"[2]213现实中，日本社会对历史记忆采取了回避、否认等立场和姿态。在日本，教科书里从未使用过"侵略"等字眼，以"进入"等中性词代替，对下一代的教育是模糊化处理战争本质；日本官方反复质疑南京大屠杀受难者数字的准确性，企图避重就轻，让中国人民沉沦在对数字精确性的陷阱里，以细节来重构民众的集体记忆；这些表述反映出了日本政府高层历史修正主义的企图，宣传者故意聚焦伤亡数字，丝毫不提及应该承担的历史责任。公众媒体几乎对侵华战争避而不谈；媒体反复强调1945年广岛原子弹爆炸带来的伤害以及在太平洋战争中日本人民遭受的创伤，塑造受害者形象，强化集团性的价值，试图抹杀战争记忆；靖国神社将二战战犯当作神灵供奉，塑造普通民众对于战争神圣化的集体无意识，企图改变日本国民的战争记忆；NHK等播出的中国题材的纪录片也多以大国威胁论及负面报道为主；大部分日本人认为所谓的731部队进行细菌战等灭绝人性的暴行是捏造的，日本政府也据此不承认

731部队进行细菌战的事实；日本国内对731部队多数呈现不关心、不评论的姿态。社会学家保罗·康纳顿指出，社会的集体记忆是保存和传承历史的载体，而历史记忆中的战争记忆内容对族群的身份认同具有特殊的价值和意义[13]10。日本国家内部"权力机构对于集体记忆的改变，表现了日本对战争失败的不甘以及战后反省的不彻底化"[12]67。

虽然大部分日本国民仍拒绝承认二战期间日本对其他国家的恶行，但不少热爱和平、希望说出真相的日本人民已从崭新的视角来诉说这段被压抑、被沉默的洲际历史。1981年，日本作家森村诚一出版了《恶魔的饱食》，是第一本日本自己主动讲述731部队历史的出版物，这是现实世界发声的真实事件，与小说中虚构的个人记忆虚实结合，在虚虚实实的过程中反思历史的真相。NHK 2017年播出的纪录片《731部队的真相——精英医者和人体实验》从参与731部队细菌战的医生的角度揭示了日军在中国犯下的惨绝人寰的罪行，"根本是在糟践'生命'这个概念本身"[2]200。虽然在报道深度上与中国国内的相关纪录片相比有一定差距，但敢于自揭历史真相的勇气和作为公共电视台的公正立场值得赞许，它必将给崇尚正义、坚持真理的日本人带来更大的勇气，也将有利于更多被蒙蔽的日本民众认清历史的真面目[12]88。在宣传《刺杀骑士团长》这部具有纳粹大屠杀和南京大屠杀历史背景的小说时，村上春树接受记者采访时曾一针见血地指出："历史乃是之于国家的集体记忆。所以，将其作为过去的东西忘记或偷梁换柱是非常错误的。必须（与修正主义动向）抗争下去。小说家所能做的固然有限，但以故事这一形式抗争下去是可能的。"[14]

以美国为首的西方国家对魏博士及其妻子桐野明美还原日军侵华731部队暴行的科学实验的态度、看法和立场通过会议发言及采访回答等文体呈现出来。澳大利亚的高中老师约翰认为山形史郎等人的自白是想要被人注意，证言是编造出来的荒诞故事，抹黑控诉被抓去做慰安妇的朝鲜妇女，企图否认731部队的残忍行径和暴行历史；美国的家庭主妇阿什比则认为"战争中总免不了有恶行。耶稣基督教导我们遗忘和宽恕，要有慈悲之心"，企图以特殊时期的例外状态，辅以宗教的受苦、宽恕和全盘接受来为731部队的暴行开脱，并诬蔑魏博士的实验扰乱了时间，会遭报应[2]197；霍格特议员以"在第二次世界大战这样的非正常时期里，正常的人类行为准则已不再适用""我们都不应该成为历史的奴隶，更不应该让当下屈从于过去的掌控之下"[2]197为借口，暴露了其冷战思维，对自己无用的东西就应该坚决放弃和打击。这些西方民众的看法看似客观，实则是在掩饰731部队的罪行，企图玩弄语言游戏来否认事实，推卸责任，日本政府的一贯否认态度已经严重伤害了日本与其亚洲近邻之间的关系。

莉莉安在批判日本政府从来不肯公开承认731部队的暴行，从来不曾为之道歉时，也指明了美国政府同样不曾承认战后庇护日本战犯的行为，不曾承认他们利用过那些从酷刑、强奸和杀戮中得来的实验资料，更不曾为他们扮演过的肮脏角色道歉。科特勒议员也鲜明地摆明正视历史、改过自新的政治立场：美国并非没有利害关系的第三方，作为日本的盟友与战略伙伴，美利坚本有责任指出日本错在何处；然而，美国反而在掩护凶手逍遥法外的过程中扮演了积极角色。为了压制苏联,并获取731部队的实验数据,麦克阿瑟将军豁免了其成员及其所有罪行,因此美国同样对否认和掩饰负有部分责任,美国人同样有罪。学者徐刚认为这些观点之间的碰撞显示了该小说包含多元杂糅的文体,不仅向读者传递了大量多元的文本信息,而且体现了小说话语"复调性"的特点,展示了众多的各自独立而不相融合的声音和意识;作者尽可能从不同视角、尽量保持对事件真实客观的呈现,不做主观性的评价而平静的叙事是对"真实"最好的敬畏[10]61。

尽管回忆战争里的暴行让人痛苦和绝望,但通过呈现其残酷才能体现人性和平的可贵。刘宇昆以独特的华裔文化价值观视角,利用科幻元素将历史与现实、自我与他者并置于科幻小说的独特空间中,采用跨越时空的表征空间、杂糅文化身份、多元文本并置等写作策略,构建出跨越时空、种族、小说与现实的隔阂的文学对话平台,从而表达出美国华裔科幻作家对当代社会存在问题的关注与反思[10]59。这部小说不仅通过纪录片这一形式客观地揭露日军731部队在华所犯下的滔天罪行,还呈现了日本以及西方各国对此反人性惨案置身事外的态度。在小说的结尾,作者刘宇昆借助人物桐野明美之口说出振聋发聩的声音:"长久以来,历史学家,乃至于我们人类,都依靠着死者的骨骸为生。但过去从未死去。过去与我们同在……死者的痛苦与我们同在……我们无法闭眼不看,充耳不闻。我们必须为他们作证,代他们发声。我们只有一次机会,去把事情做对。"[2]217在此,作家号召读者在对历史的清晰审视中思考现实,但其根本的目标不是仇恨,而是汲取历史经验,反思人性,呼唤和平,这也是这篇小说的最终目的。

结 论

在展现战争中的暴力时,刘宇昆关注的是个体遭受的苦难与不公,以及他们的记忆,给人的印象是福柯式的牧师权力(pastoral power),更关心每个个体,而不是群体,其作用是保证集合、带领、引导的羊群的得救,并对羊群保有一种终极性的仁慈。这种仁慈接近于献身,牧人做的每一件事都是有益于他的羊群[6]283-284。福柯将牧人和羊群的这种关系称作牧领权(pastorship)。在这样的牧领关系中,牧人和羊群的关系不过是上帝和人民的关系一个隐喻性的形象说明,在此,"牧人—上帝""羊群—人民"之间展示的就是这种照看式的牧领权[6]284。个人历史和集体历史之间的紧张关系继续成为中日关系争论的基础,在21世纪刘宇昆的作品中,这一问题被重新置于背景之中。刘宇昆将受害者的声音从坟墓中带出,发明了时间旅行技术,为日军的暴行提供证词,旨在保护他的个人,他的种族,他的前祖国——中国,确保他们获得很早以前就应得的正义。

借用纪录片的形式,刘宇昆试图找回被忽视的真相,为沉默的受害者获得救赎,展示历史创伤与个人、政治、历史的互动。敢于书写"有争议的历史",刘宇昆是一个越界者和直言者,寻求从霸权话语中解脱出来,鼓励受害者和追求正义的人。莉莉安、731部队的军医山形史郎、魏博士、桐野明美等人都向公众讲述了他们的个人回忆,团结受害者为正义而战。刘宇昆赋予了这些讲真话的人非凡的勇气,他们是道德上的无神论者,他们坚持必须说真话,不顾风险。过去与现在相互交融,传达了一个永恒的主题:愿世界和平,不再有战争。

参考文献

[1] Tan, Berny. The Past is Not Dead: On Ken Liu's *The Man Who Ended History: A Documentary* [J/OL].[2021-12-20]. https://staticl.sqaurespace.com.

[2] 刘宇昆.纪录片:历史终结之人.思维的形状[M].耿辉,胡笳,等译.北京:清华大学出版社,2014.

[3] 霍盛亚.刘宇昆《纪录片:终结历史之人》:承认历史,方能把握未来[N].文艺报,2018-02-02(004).

[4] Saikia, Yasmin. Beyond the Archive of Silence: Narratives of Violence of the 1971 Liberation War of Bangladesh [J]. *History Workshop Journal*, Iss., 58, Autumn, 2004:275-287.

[5] Benjamin, Walter. Teses on the Philosophy of History [A]//In Illuminations, ed., Hannah Arendt, trans. Harry Zohn, Bungay, Suffffolk: Fontana/Collins, 1982:255-266.

[6] 汪民安.福柯的界线[M].北京:中国社会科学出版社,2002.

[7] 马明杰,宋秉霖.清醒的审视 深沉的思考——文献纪录片《揭秘731部队》叙事分析[J].当代电视,2018(12):83-84.

[8] 布拉德·艾利奥特·斯通."主体性与真理"[M]//福柯:关键概念.狄安娜·泰勒编.庞弘,译.重庆:重庆大学出版社,2020.

[9] Foucault, M..*Fearless Speech* [M]. ed. J. Pearson. New York: Semiotext(e), 2001.

[10] 徐刚.解析美国华裔科幻小说中的对话性——以刘宇昆的《终结历史之人》为例[J].名作欣赏,2021,(33):59-62.

[11] 崔亚娟.NHK二战纪录片《731部队的真相》解读[J].艺术评论,2017(11):83-88.

[12] 孟辰,崔玮崧.《刺杀骑士团长》的战争记忆与历史认知[J].长春大学学报,2021,31(05):66-70.

[13] 保罗·康纳顿.社会如何记忆[M].纳日碧力戈,译.上海:上海人民出版社,2000.

[14] 林少华.《刺杀骑士团长》:旧的砖块,新的墙壁[J].文学自由谈,2017(3):86.

(豆俊格　北京科技大学2020级硕士生　指导教师:李涛)

试论后冷战时期英国左翼期刊《新左派评论》文学批评中的民族观念问题（2000~2008）

邱方瑾

摘　要：《新左派评论》自1960年创刊以来便是英国乃至欧美范围内当代左翼知识分子活动的理论重镇，虽然该期刊并非专门的文艺理论杂志，但它对文学、文化现象和艺术审美问题都极为关注。本文将选取2000年《新左派评论》整改并重新推出至2008年全球金融危机这一时间段，即冷战后至金融危机前左翼理论最为艰难的重要时期，归纳、总结《新左派评论》在文艺理论和文化研究方面的文章发表情况，在此基础上发现这一时期的批评文章对民族性问题格外关注。因此，本文将结合具体文章归纳其文艺批评中民族主义思想的主要观点和思想倾向，而后尝试从社会历史环境、西方马克思主义思想的传统与革新和《新左派评论》的作者构成三方面入手分析民族观念问题备受关注的原因，最后进一步探讨这类文学批评的理论意义和现实意义。

关键词：《新左派评论》；民族主义；西方马克思主义；英国文论

引　言

1957年春夏，受苏共十二大秘密报告、波匈事件和苏伊士运河危机的影响，英国两大左翼刊物《大学与左派评论》和《新理性者》相继创刊。随着两大刊物的支持者的增加和影响力的提升，提议两者合并的呼声越来越高，两大刊物最终以核裁军运动（CND）为契机正式合并为《新左派评论》。根据杂志官方网站给出的简史，自1960年创刊至2010年，《新左派评论》的发展主要经历了11个阶段，并由佩里·安德森再次担任编辑并发表题为《更新》的宣言为界分为两个系列。

20世纪80年代末90年代初，苏联解体、东欧社会主义国家发生剧变，国际社会主义陷入危机和低谷，《新左派评论》出现了理论偏移和内部分化。2000年1月，《新左派评论》重新推出，以一种"不妥协的现实主义"立场宣布杂志"在两种意义上都毫不妥协：拒绝与统治体系妥协，拒绝一切可能低估其权力的虔诚和委婉说法"，实现了理论的向左回归。直到2008年，受美国次贷危机影响，全球爆发金融危机，资产阶级意识形态新自由主义由盛转衰，左派理论开始触底反弹。可以说，冷战后至金融危机前是左翼理论最为艰难的时期，《新左派评论》在重新推出后与时俱进、自我更新，始终坚守左派理论阵地，团结全球左派学者，以丰富的议题推动了左派思想复兴。

截至目前，学界对《新左派评论》的研究主要集中在对杂志发展历程的总结，如张亮发表的论文《〈新理性者〉、〈大学与左派评论〉和英国新左派的早期发展》、赵国新发表于《外国文学》的文章《新左派》；探讨杂志与左派运动之间的关系，如刘鸿畅发表的《论英国第一代新左派的兴起（1956—1960）》、张亮发表的期刊论文《〈新左派评论〉的"更新"及新左派的再兴》和《新左派运动终结的"图绘"》；对杂志的理论研究，代表性的有付德根发表于《马克思主义美学研究》的论文《〈新左派评论〉与战后英国马克思主义文论》、武桂杰发表于《文艺研究》的《"新左派"刊物与英国"文化研究"的原动力》，以及对杂志中某一具体作者的研究，这一方向的研究往往集中在代表人物佩里·安德森和斯图亚特·霍尔身上，如《从激进乐观主义到现实主义——佩里·安德森与〈新左派评论〉杂志的理论退却》和《"入戏的观众"：斯图亚特·霍尔与英国文化研究》。可以说，对《新左派评论》在特定时间段内的文学批评情况的详细研究是较为缺乏的。

综上，本文将研究视野锁定在《新左派评论》重刊至经济危机这一后冷战时期，全面阅读并分析整理2000年到2008年间54期刊物上发表的520余篇文章，以政治、经济、社会理论、哲学和历史学等方向的文章为补充，着重研究文学理论和文化研究方面的文章，从而发现民族性问题是这一阶段关注的重点。下文将主要从杂志具体文章论述中的民族性观点和思想倾向、对民族性问题关注的原因以及这类文学批评理论和现实影响进行论述。

一、《新左派评论》文学批评对民族观念问题的讨论

根据笔者粗略统计，2000年至2008年间，《新左派评论》共发表了文艺评论和文化研究类文章134篇，约占发表文章总数的1/4。可以说，《新左派评论》尽管不是一本专门的文艺理论杂志，但对于文学、艺术和文化现象都是极为关注的。进一步阅读分析这些文章，我们不难发现，民族观念问题始终是左派学者们关注的重点，根据其研究内容我们主要将其分为两大类：一是关于民族文学与世界文学两大概念的讨论，代表作有弗朗哥·莫莱蒂发表于第1期（本文所提到的期刊序号均指2000年重新整改后的刊号）的《关于世界文学的猜想》和发表于第20期用来回应有关"世界文学猜想"的批评的《更多猜想》、克里斯托弗·普伦德加斯特发表于第8期的《谈判世界文学》、帕斯卡尔·卡萨诺瓦发表于第31期的《文学作为一个世界》和亚历山大·比克罗夫特发表于第54期的《没有连字

符的世界文学》等；另一类则是关于文学作品和文化现象中的民族主义、东方主义、民粹主义、文化霸权主义和反殖民主义的探讨，如本尼迪克特·安德森发表于第2期的《公鸡蛋》、第27期的《石榴中的硝化甘油》、第29期的《木星山》，萨布里·哈菲兹发表于第5期的《小说、政治和伊斯兰教》，弗朗哥·莫莱蒂发表于第52期的《小说：历史与理论》等，下文将从以上两方面进行详细论述。

（一）关于民族文学与世界文学的讨论

1827年1月，歌德首次提出"世界文学"并在其后的数年间对这一概念进行了多次阐释，与今人想象的不同，歌德的"世界文学"概念"基本上不是指作品本身，而是一种'现象'，一种'态度'，一种'行为'。歌德的'世界文学'用词在很大程度上具有'动词性'，即他喜用的'精神贸易'，也就是今人常说的对外交流、开展国际文学活动"[1]25。歌德关于世界文学的讨论主要集中在德国与意大利、英格兰、苏格兰、法国范围内，将欧洲文学看作世界文学，"即把'欧洲文学'理解为文学在欧洲世界的'交流'"[1]26。自此以后，世界文学这一概念在学界备受关注并掀起了广泛讨论，而学者们关于对世界文学的理解或多或少都受到过歌德的影响。

1848年，马克思和恩格斯《共产党宣言》中曾有一处论及"世界文学"，尽管仅凭这一处论述便得出马恩二人提倡世界文学或有"世界文学观"是一种误读，但这一论述无疑促进了世界文学概念的传播、吸引了左派学者的注意。"若说歌德对'世界文学'用词的确立和传播做出了重大贡献，那么后来的马、恩之说同样功不可没，并理所当然地出现在无数关于世界文学历史发展的讨论中，几乎成了'保留剧目'（repertoire）。"[2]137

20世纪六七十年代，欧美一些发达资本主义国家产生了一股新左派力量并掀起了思想文化运动，同之前的左派势力不同，新左派"更注重个体性和马克思思想中的人道主义，强调文化斗争"[3]62，世界文学这一话题自然成了他们的关注对象。

以弗朗哥·莫莱蒂为例，他在《新左派评论》上先后发表七篇探讨文学理论的文章，其中关于世界文学的看法集中在《世界文学猜想》和《更多猜想》两篇，以其他文章作为补充，可将其观点做出如下归纳。

首先，世界文学是一个同一且不平等的体系。莫莱蒂认为世界文学是一个相互关联的体系，但它是极度不平等的："一种文化的命运（通常是边缘文化，正如蒙特塞拉特伊格莱西亚斯桑托斯所指定的）被另一种'完全忽略它'的文化（从核心）交叉和改变。"世界文学是一个变化的系统，来自英法核心的压力使其统一，但它永远无法完全消除差异。

其次，"远读"。"远读"的意思是"距离是一个知识的条件：它允许你关注的单位比文本更小或更大：方法、主题、修辞或类型和体系"。这与我国不少学者将"远读"看作"一个以数据、表格和视觉化为范式的工作方法"[4]46不同，莫莱蒂在借助这一概念解释世界文学时并没有涉及数据处理和计算机技术等方法。"远读"是一种在对待文本时，为了全面了解整体，可以牺牲一些细节以达到"少就是多"的方法。

再次，以小说为例的"中心—边缘"模型。莫莱蒂以印度、日本、巴西等不同文化中的小说发展中找到相似的文学进化规律："在属于文学体系边缘的文化中（这意味着：几乎所有的文化，在欧洲内外），现代小说最初并不是作为一种自主的发展，而是作为西方正式影响（通常是法语或英语）和当地材料之间的一种妥协。"克里斯塔尔对这样的假设提出质疑，他反对世界经济和文学体系的不平等之间普遍同源，认为文学和经济之间的关系有时并行，有时不然。对此，莫莱蒂对原有理论做出了调整，增加了"半边缘"区域作为"中心–边缘"模型的补充。"半边缘"区域是文化进出核心的过渡地带，一些创新的模式可能产生于此，但不能发展为主流，并且这些创新要想获得更大的影响只有通过主流的传播。

最后，世界文学的抽象形式模式：外来形式（外国情节）；本土材料（本土字符）；本土形式（本土叙事声音）。这一模式遭到了帕拉和阿拉克的反对，提出本土形式和外来形式之间存在折中，因此世界文学体系在形式层次上没有解释力。对此，莫莱蒂回应道"没有任何文学作品在本地和外国之间没有妥协"，但这并不意味所有类型的妥协和干扰都是一样的，某些文学依然受强势文学系统的限制。

就形式来说，莫莱蒂从历史学家那里借用了两个认知隐喻模型：树和浪。"树"的概念来自达尔文，是比较语言学的工具，描述了从统一到多样性的过程。树有许多分支，浪恰恰相反：它观察到统一性吞噬了最初的多样性，"随着世界文化在两种机制之间摇摆，其产物必然是复合产物"。民族文学和世界文学分工的基础：民族文学让人看见树，世界文学让人看到浪，尽管两种理论截然不同，但却能共同在世界文学模型中发挥作用。

莫莱蒂的世界文学观念以马克思主义的"文学社会学"为宏观视角的出发点，它对于文学史的衡量是两个方面的：一种是以象征形式的身份获得社会学地位；另一种是文化传统的身份获得历史学地位，这种要求在尺度与综合性上与沃勒斯坦的现代社会体系不谋而合。按照莫莱蒂的理解，存在两种不同的世界文学：一种是产生于18世纪之前、可以用进化论来解释的、相互独立存在的本土文化；另一种是18世纪之后由国际文学市场整合为统一整体，可以称为世界文学体系，"他的理论特点在于，将世界文学空间视为一个各种形式相互竞争、争夺霸权的权力场域"[5]182。莫莱蒂的世界文学体系和模型问世后随即在《新左派评论》上引起了广泛的讨论，克里斯托弗·普伦德加斯、亚历山大·比克罗夫特、帕斯卡尔·卡萨诺瓦等学者纷纷发表自己对世界文学的看法。

从最基本的观念问题出发，莫莱蒂在《世界文学猜想》开篇谈到"世界文学不是一个对象，它是一个问题，一个需要新的批判方法的问题"，"问题不是我们应该做什么——问题是如何做"，他将世界文学看作正在进行的行为和动作，强调应该以具体的实践来建构世界文学。而帕斯卡尔·卡萨诺瓦在《世界文学共和国》中则写道：世界文学"是一些内在关联的、必须从关系的角度来思考和描述的立场。至关重要的不是对世界文学的分析形态，而是将文学作为世界来思考的概念方式"[1]，在这里世界文学被理解为一种思维方式，是看待所有文学现象的新观念。

对世界文学理解的差异不仅存在于最基本的观念层面，左派学者们对于世界文学的具体运行模式也有着不同的理解。世界文学的运行机制是以现实判断为依据来理解世界文学的方式，包括创作机制、流通机制、消费机制等。就流通层面而言，学者们对民族文学进入世界文学的方式有不同看法："莫莱蒂信奉文学形式的'妥协'（compromise），普雷德加斯特倡导民族主义与他异思想的'协商'（negotiation），卡萨诺瓦认可民族作家与世界作家的'抗争'（struggle）。"[7]137

与莫莱蒂不同，比克罗夫特并没有提出什么猜想。比克罗夫特发表于第54期的《没有连字符的世界文学》可以说是对莫莱蒂和卡萨诺瓦此前文章中观点的一种回应，他引用沃勒斯坦的"世界体系"概念来说明自己的世界文学模型——"它将成为文学对应对它们所处的政治经济环境而采用的策略之多元性予以把握和强调的一种手段。就其本身而言，它既不会简单地宣称文学与更大的经济和政治秩序无关，也避免对这一秩序以及文学与这一秩序之间的关系会是什么样子做出预先的假设"[1]。比克罗夫特认识到了经济和政治的复杂性，他拒绝将文学和经济、政治相对应，但同时承认二者间存在某种联系，同时也就避免了陷入莫莱蒂和克里斯塔尔关于文学与经济政治之间是否并行的论争。

对于民族文学概念，比克罗夫特也同样有着不同的看法。他从文学语言出发，将"民族文学"和"民族语文学"这两个概念区别开来并置于世界文学体系中进行共时研究，不再单纯的以民族国家为界限来界定世界文学，认为民族语文学是更为丰富和复杂的结构。"民族语的文学所使用的语言倾向于在多个系统内工作，对一种或多种世界主义语言以及该民族语的一系列竞争语言加以改造吸收"[1]，比克罗夫特正是认识到民族文学与民族与文学二者存在差异又有所交叉才将两者作为完全独立的系统进行共时研究。尽管这一说法在分析某些民族文学（如印度少数民族语言文学与梵语文学）时可能不够精细和准确，但相较于莫莱蒂相对来说忽视历史现实的层级模型和卡萨诺瓦的历时性研究更为合理和严谨。

总的来说，世界文学和民族文学问题是《新左派评论》在后冷战时期极为关注的话题，杂志不仅大量刊载学者们的最新观点并在杂志内部形成一股批评讨论、批驳回应的良好学术氛围，而且这些文章也都成了考察近20年来世界文学谱系不能绕过的重要文献。

（二）民族主义与反殖民主义

除去上文专门研究民族文学与世界文学概念的文章，《新左派评论》中有大量文章探讨文学作品和文化现象中的民族主义、世界主义以及与之相关的东方主义、殖民主义与反殖民主义、民粹主义、文化霸权主义等思想倾向的文章。

进入21世纪以来，特别是"9·11"事件后，民族、民族主义问题、种族主义问题愈加凸显,传统的马克思主义民族学说在新现象、新问题面前显得解释力不足,新左派学者们有感于时代状况,对民族和民族主义问题进行了积极的讨论。

本尼迪克特·安德森在《想象的共同体》中谈到民族"是一种想象的政治共同体——并且它是被想象为本质上是有限的,同时也是享有主权的共同体"[7]6,霍布斯鲍姆在论述自己的观点时也明确提出"民族不但是特定时空下的产物,而且是一项相当晚近的人类发明"[9]10。这些观点得到了新左派学者的认同,"新左派强调民族是现代化的晚近'发明',绝不是要否定民族的存在有其客观的自然基础,而是为了否定、打破那种将民族视为抽象的永恒自然存在的形而上学神话"[10]28,他们将目光放在爱尔兰、阿拉伯-伊斯兰世界、中国、日本、印度、巴西、非洲、菲律宾等被西方殖民过的地区,试图解释这些"民族"是如何被西方影响和塑造的,并在讨论中进一步确立自己的民族主义立场。

爱尔兰文论家戴克兰·基伯德在发表于第3期的文章《从恩尼斯基林的风景》中探讨了爱尔兰被英国去民族化的问题,"爱尔兰的每个人都被教育认为英国文化和社会是某种人类规范"[1],爱尔兰文学写作被认为是一种"落后"的叙事,"单调的、北方的、民族主义的叙事"[1]干扰了更"现代"的欧洲化和消费主义驱动的情节。尽管基伯德认为穆尔亨的观点有些绝对,但他十分赞同穆尔亨最终得出的结论,"即所有民族主义项目都必然是资产阶级的"[1]。在英国的文化殖民和文化霸权主义之下,戏剧由于其形式灵活、理解难度较低拥有广泛的群众基础成了委婉表达被压抑的爱尔兰民族身份和语言文化自信的载体,它以英国允许的方式继续探讨熊熊燃烧的民族问题。戴克兰·基伯德反对那些妥协的旧式民族主义者和对公民民族主义怀有希望的乌托邦主义者,在自己的理论和实际创作中坚定地宣扬爱尔兰的民族性。

萨布里·哈菲兹发表于第5期的《小说、政治和伊斯兰教》以海达尔的小说《海藻宴》在阿拉伯世界遭到大规模反对为切入点,说明"阿拉伯小说是一种纯粹的二十世纪现象,它的兴起与文化转型密切相关,文化转型涉及皮埃尔·布迪厄(Pierre Bourdieu)所说的'象征性统治'的重大转变,即向现代性的过渡"[1]。在传统阿拉伯社会政权和教权高度统一、文化生活极度依赖宗教,英国的殖民统治带来了新的教育体系,新闻的广泛传播、外国文学的翻译和日益庞大的阅读群体促进了民族主义的觉醒。在一味抹黑传统精英文化之后,新知识分子找到了新的文学道路:将神圣叙事合理化,转向对利用宗教来作恶的当地宗教势力的抨击。新知识分子开始尝试重塑伊斯兰教,阿尔德·侯赛因将科学技术与自己过去作为马克思主义者的思想成果结合为宗教服务,试图建立一个以"科学与宗教"为基础的国家。然而,在独立后的自由和社会正义梦想破灭后,新一代学者不再在作品中塑造民族自我来反殖民,他们"关注的是民族认同的矛盾,为无声者发声"[1]。就像萨义德在《作家和知识分子的公共角色》中所说的那样,"在像埃及、伊拉克、利比亚或叙利亚等国的家族统治的共和政府所造成的道德真空里,很多人要么转向宗教信仰,要么转向世俗的知识分子，寻求不再由政府权威所提供的领导"[11]140，然而这种寻找还在继续。

东方（特别是亚洲）的民族问题一直是左派学者关注的重点，西方一些国家及其领导者对所谓的"亚洲价值观"提出非议，为自己的权威统治和殖民主义辩护。本尼迪克特·安德森在《西方民族主义与东方民族主义》中提到欧洲一直"存在一种独特的亚洲民族主义形式"，"它的最终根源在于种族主义的欧洲帝国主义臭名昭著的坚持，即东方就是东方，西方就是西方，两者永远不会相遇"[1]，实际上东方民族主义与西方民族主义并没有本质上的区别。默里·赛尔的《再造日本》讲述了日本在18世纪的后几十年和19世纪初统治者如何通过绘画、建筑、服饰、地形等因素来建构日本官方身份和民族主义；W.J.詹纳则在《中国的种族与历史》中将关注的重心放在当代，讨论"中国人民"和"中华民族"的模糊性概念以及中国的民族主义态度。

除了上述传统意义上的各民族的文学外，还有一群流散在外的知识分子在进行着文学创作和社会活动。世界市场的逐步发展和形成带来了一系列现代性的体验和问题，出现了一批除去受战争影响和正常人口迁移之外的"流亡者"，而这种情绪最常由知识分子来表达。达科·苏文在发表于第31期的《流离失所者》中着重探讨了萨义德的流散知识分子类型学模型和移民现象学。萨义德将边界知识分子理论与卢卡奇的小说理论相关联，提出小说是"灵魂的超验的文学形式"，达科·苏文进一步解释道："史诗与稳定的社会整体的（严重理想化的）秩序相关，具有明确规定的价值观和几乎不变的生活方式，与之相反，塞万提斯之后的小说源于并揭示了一个不断变化已成为常态的社会。"[1]文学文本是人类的社会活动的一种形式，其中必然包含着对政治、社会现实和价值观念的判断认识，对萨义德来说"流散知识分子"的新家园只能在书面上被发现。在《文化与帝国主义》一书中，萨义德称知识分子为"首先提炼然后阐明破坏现代性的困境"的群体，因此也赋予了知识分子沟通原社会和流亡至的新社会的责任。

由于作者自身身份的特殊性和左派学者对殖民主义的敌视，《新左派评论》中关于民族主义的讨论往往站在弱势文化一方，抨击殖民主义和文化霸权主义，提倡东方主义、反殖民主义，尽管从某些层面来说他们仍未摆脱西方中心主义的束缚。

二、民族问题备受关注的原因

任何能持续产生社会影响的学术讨论和潮流都是时代的产物，后冷战时期新左派对民族问题和民族主义的关注并不是凭空产生的，下文将试图从社会历史环境、西方马克思主义思想的传统与革新和杂志的作者构成这三个方面探讨这种现象背后的原因。

（一）社会历史环境

正如开篇提到的那样，《新左派评论》和新一代左派学者产生于20世纪50年代动荡的国际局势当中。二战结束后，美苏成长为世界格局中的"两极"，英国由曾经的霸主地位陷入了国际社会地位危机和严酷的政治环境中。随着反法同盟取得战争的胜利，苏联作为二战时期唯一的社会主义国家迅速获得了政治地位和国际声望，20世纪30年代英国迎来了第一个左派的高潮。然而，受国家现实利益需要，英国于1948年放弃原有对苏政策转而与美国外交政策保持一致，不得不对苏联实行封锁。这一时期的英国有一定数量的信仰社会主义的知识分子，但他们始终没有取得领导地位，因而专注于马克思主义理论的研究。1956年，苏共十二大秘密报告、波匈事件和苏伊士运河危机先后发生，左派知识分子受到巨大冲击进而对资本主义民主制和苏联社会主义产生双重的失望。新左派运动和《新左派评论》就在这样的背景下诞生，由《新理性者》和《大学与左派评论》所代表的新老两代左派学者联合而成。"新左派"是指"试图在共产主义和社会民主之间占据空间的第三种社会主义运动，即所谓的'第三条道路'"[12]13-16，是区别于斯大林主义和社会民主的一条新路。面对二战和一系列民族运动，马克思传统的民族学已经无法解释复杂的社会现实，正如本尼迪克特·安德森曾说"马克思主义确实曾经长期而自觉地追寻一个清晰的民族主义理论，只不过遗憾的是，这个努力失败了"[8]3，新左派学者开始试图寻找新的民族主义理论。

60年代，新左派运动发展迅速，1968年法国的"五月风暴"标志着新左派运动达到高潮，一些国家甚至出现了政治运动和试图用暴力手段推翻资本主义统治的思潮，"原本长期存在、发生于资本主义世界体系'边缘'的民族和民族主义运动日益向'中心'逼近，成为西方中心再也无法漠视的新问题、大问题"[10]26。

进入70年代后，"欧洲进入移民社会时代，源自前殖民地国家的移民社群成为英国越来越重要的社会力量以及政党政治争夺的目标，这就使得种族、民族问题等日益成为'中心'的日常话题"[10]26。

在80年代英国的保守党取得政坛胜利并进行长达17年的统治和90年代初苏联宣告解体、冷战格局瓦解的双重影响下，尽管《新左派评论》表面上依旧运行良好，但实际上"成功却是以政治路线、理论路线的偏移为代价取得的"[13]7。20世纪90年代至今，世界格局都在两极之间波动："一极是由'全球化'带来的文化趋同，而另一极则是由'地方化'造成的文化多元和文化孤立。"[14]267特别是2001年发生的"9·11"事件带来的恐怖主义阴影和美国借反恐为名开始的新一轮扩张和战争，特别是在中亚、阿拉伯等地区掀起的颜色革命都提醒着新左派学者要关注民族主义问题。

（二）西方马克思主义思想的传统与革新

在马克思和恩格斯的设想中，共产主义革命"不仅是一个国家的革命"[15]369，提出社会主义革命应该由多个资本主义国家相继革命，即"多国社会主义"。然而列宁随后提出"社会主义不能在所有国家内同时获得胜利，它将会首先在一个或者几个国家内获得胜利"[16]88，即"一国社会主义"。

1962年,新左派内部青年学者佩里·安德森及好友汤姆·奈恩与早期左派历史学家爱德华·汤普森产生了一场大范围的理论论争,内容包括:"社会主义理论的作用和特点社会主义与民族文化和政治传统的关系政治左派应该如何思考历史的过去和历史发展的民族类型"[17]134等,其中论争的重点在"马克思主义与其被移入的不同民族背景和文化之间的关系问题"[17]134,即"一国社会主义"和"多国社会主义"的问题。

汤普森等早期左派学者认同"一国的社会主义",强调民族的优先性。他以英国的历史发展为例,赞扬英国的文化传统与民族精神,他反对将法国的发展模式当作衡量英国的标准,"认为英国能够凭借自身的文化传统和民族精神走向社会主义的伟大胜利"[18]37。可以说汤普森的思想带有英国中心主义倾向,在新一代左派学者看来,这样的"国际主义是带有某种语言学或修辞学的国际主义,并非真正的国际主义"[18]38。

以佩里·安德森为代表的新一代左派学者则赞同"多国社会主义"的共同成功,这体现了一种国际的社会主义思想。他们将马克思主义作为社会主义理论的最高表达,而不只是众多理论来源之一。英国工人阶级的散漫和非理性状态,以及工党内部的保守改良主义氛围和缺乏领导能力使得英国较欧洲其他资本主义国家迈向社会主义的脚步更为落后,这是"对英国经验主义的马克思主义的否定"[18]38,转而走向了"文化的国际主义"。在新一代学者看来,单一某个民族的文化可以是进步的,也可以是倒退的,只有联合多国的文化资源才能建成真正的社会主义。

这种争论为新左派学者提供了讨论的场域和思想框架,大量西方马克思主义理论被引进杂志,国际主义的视野从这一时期开始打开。《新左派评论》不仅关注英国内部的社会主义运动,而且将古巴危机、布拉格之春、中苏冲突和欧洲共产主义运动等也纳入了讨论范围。通过这场论争,《新左派评论》及学者从早期的寄希望于某一民族的社会主义解放从而走向全世界的社会主义解放的"民族的社会主义"道路走向了通过国际的社会主义解放来带动具体民族的社会解放的"国际的社会主义"的道路,从而形成了广泛关注世界各民族文化和发展的良好传统和扎根西方马克思主义的理论基础。

(三)《新左派评论》的作者构成

除去上文谈到的客观的社会历史条件和西方马克思主义的思想渊源之外,许多为《新左派评论》供稿的学者都有着自身复杂的民族身份背景和非西方的生活学习经历,这使得新左派们天然地关注世界各民族发展和民族主义问题,以开阔的国际视野和反殖民者主义观念看待后冷战时期新的国际环境。

从刊物的创始人和核心人物来看,《新左派评论》的第一批主要作者几乎都不是纯正的英国人:威廉斯生长于威尔士;霍尔出生于牙买加,成年后才来到英国学习;佩里·安德森和本尼迪克特·安德森兄弟从小随在中国海关工作的父亲生活……这些学者来自外国或英国的边缘地带,往往具有"移民"身份,为杂志奠定了基本的政治倾向和民族立场。

同时，武桂杰老师还发现这些学者不但具有移民身份，而且往往担任过"大学的成人教育部的代课教师"[19]102；威廉斯曾以成人教育助教的身份在牛津大学和剑桥大学任职；霍加特在战后长期任教于赫尔大学和莱斯特大学成人教育学院；汤普森先后在利兹大学和华威大学成教部代课……成人教育学院的学生来自各行各业、跨越各年龄层，本身就属于大学教育中的边缘。这些边缘的新左派知识分子面对大学中的边缘教育，自然而然地形成了"致力于研究文化变迁的问题，即该如何理解、表述、理论化这些变化，以及文化对社会带来的影响和结果"[20]12的学术风格，他们提倡民族平等、文化多元，反对文化霸权，追求自由和平等。

2000年以后，《新左派评论》的作者群体更加丰富了。除了原本就活跃在杂志上的佩里·安德森、本尼迪克特·安德森，还出现了一批新的学者，如华裔学者亨利·赵、中国学者杨炼、巴西学者雅各布·史蒂文斯、埃及学者萨布里·哈菲兹等，这些身份、种族、文化背景各不相同的作者代表和讨论的民族主义问题无疑更加宽广和深刻。

三、《新左派评论》关注民族问题的意义

《新左派评论》从创刊开始就一直是欧美左翼思想的理论重镇，它跟随社会历史发展不断地调整和更新自身，始终引领着西方左派发展，特别是进入后冷战时期以来，《新左派评论》突破了理论偏移和国际形势剧变的阻碍，以更坚定的姿态宣布了理论的向左回归，并且在文学批评方面以民族问题为重点形成了广泛的讨论；同时这种影响从理论传递到实际层面，在一些国家和派别内甚至产生了社会层面的影响。

（一）理论意义

首先，它丰富和更新了西方马克思主义理论。正如前文论述这一思潮产生的影响原因时提到的，这种民族问题关切丰富了传统的民族理论，同时通过新旧双方的辩论找出了一条回归马克思最初设想又有所更新的"国际的社会主义"道路。这种"与时俱进的负责任的左派立场"[21]87支撑着左派理论界渡过了最低潮的时期，为2008年后左翼理论触底反弹提供了思想支撑和理论支撑。

其次，《新左派评论》丰富的议题设置引领了当代左派理论。"更新"后的新左派评论关注的民族和国家范围更广，探讨内容涉及文学作品、理论、文化思潮、艺术、文化生活和消费等各个方面，所讨论的理论涵盖法国理论、意大利自治主义、拉美问题、中东问题、中国道路、当代西方流行艺术等领域。

（二）现实意义

首先，这种民族问题的关注使期刊经受住了时间和市场的考验，并团结和培养了一大批各国左派学者。《新左派评论》不以商业成功为首要目的，坚守左派立场不动摇，同时

以更为综合性的视野密切关注不断变化的社会现实，"集学术性与理论性、严肃性与可读性为一体，成为当代西方极少数具有学院影响力的左派理论期刊之一"[13]10，使期刊免于破产。同时期刊善于培养和挖掘年轻学者，斯拉沃热·齐泽克、汪晖、阿兰·巴迪欧、萨布里·哈菲兹等非英语国家学者都从这里走向了国际左翼舞台。

其次，这种对民族问题的关注也间接地促进了一些左翼社会运动的产生。特别是经济危机后，美国以新自由主义为主导的政策引发了社会不满，随着社会矛盾不断激化，人们逐渐认识到"美国社会中的利益格局已经十分固化：它或者基于种族、民族、性别、性取向等标签，或者依据某些特定的能力水平限制等将社会划分为不同的利益群体"[22]169。为打破这一僵局，美国左翼运动打出了"回到工人阶级"的口号，理论界再度产生了学习马克思主义的热情。《新左派评论》早在全球金融危机发生前就曾预言新自由主义模式的破产，面对需要，《新左派评论》不但能为学者提供丰富的马克思主义经典理论研究，而且更以广阔的现实议题和涉及多民族、多国家的社会现实讨论提供了具有实际意义的参考。

此外，对民族主义和民族问题的讨论促使一些第三世界国家开始关注自身民族性问题，也促进了当代中国进行反思。一批中国学者（如王宁、苏源熙等）开始积极投入世界文学概念的大讨论中，也有像张亮等将新左派的民族主义思考与中国特色社会主义实际相结合把握其当下意义的，这都在一定程度上丰富了我国的民族文学和民族主义建设。

参考文献

[1] New Left Review [EB/OL].[2022-5-10]. http://newleftreiew.org/.
[2] 方维规.起源误识与拨正：歌德"世界文学"概念的历史语义[J].文艺研究,2020(08):22-37.
[3] 方维规.世界文学：马克思、恩格斯观点的用途与滥用[J].文艺争鸣,2021(06):135-137.
[4] 赵国新.新左派[J].外国文学,2004(03):62-66.
[5] 向帆,何依朗."远读"的原意：基于《远读》的引文和原文的观察[J].图书馆论坛,2018,38(11):44-48+43.
[6] 高树博.弗兰克·莫莱蒂的"世界文学"思想[J].学术交流,2015(01):181-186.
[7] 陈晓辉.近20年来"世界文学"概念的谱系学考察[J].西北大学学报（哲学社会科学版）,2021,51(06):135-145.
[8] 本尼迪克特·安德森.想象的共同体[M].吴叡人,译.上海：上海人民出版社,2016.
[9] 霍布斯鲍姆.民族与民族主义[M].李金梅译.上海：上海人民出版社,2000.
[10] 中共中央马克思恩格斯列宁斯大林著作编译局.列宁全集·第28卷[M].北京：人民出版社,1991.
[11] 张亮.英国新左派的民族观念及其当代中国省思[J].福建论坛（人文社会科学版）,2021(11):24-32.
[12] 萨义德.人文主义与民主批评[M].朱生坚,译.胡桑,校.上海：上海三联书店,2013.
[13] Claude Bourdet.F French Left [J].*Universities & Left Review*,No.1（Spring 1957）.
[14] 张亮.《新左派评论》的"更新"及新左派的再兴[J].江西社会科学,2018,38(01):5-11+254.
[15] 张晓红,刘小玲.全球本土化语境中的世界文学和世界主义[J].国际比较文学（中英文）,2018,1(02):265-269.
[16] 中共中央马克思恩格斯列宁斯大林著作编译局.马克思恩格斯全集·第4卷[M].北京：人民出版社,1958.

［17］迈克尔·肯尼，王晓曼.社会主义和民族性问题：英国新左派的经验教训［J］.学海，2011（02）：134-140.

［18］李瑞艳.英国新左派的社会主义思想走向［J］.哲学动态，2017（11）：34-40.

［19］武桂杰."新左派"刊物与英国"文化研究"的原动力［J］.文艺研究，2010（6）：96-106.

［20］S. Hall.The Emergency of Cultural Studies and the Crisis of the Humanities［J］.*The Humanities as Social Technology*，1990（53）.

［21］张亮.从激进乐观主义到现实主义——佩里·安德森与《新左派评论》杂志的理论退却［J］.马克思主义研究，2003（2）：87-95.

［22］张彦琛.美国左翼运动的现状与发展趋势［J］.马克思主义与现实，2019（06）：168-173.

（邱方瑾　上海外国语大学2023级博士生　指导教师：宋炳辉）

·语言学·

湛江雷州方音的历史溯源
——与三种韵书对比分析

黄丽娜

摘　要：粤西人民早在唐宋之时便陆续从福建迁徙而来，其所讲的"雷话"与福建闽语有着千丝万缕的联系，明清形成大规模的移民，雷州方言成为粤西的主要交际语言。但由于地理位置及语言接触等因素影响，雷州方言与本土闽语有着较大的差异。故本文旨在以雷州方言为例，与近两百年前的福建泉州、漳州、厦门闽南音系进行历时比较研究，为粤西闽语的音系性质及其动态演变提供理论参考和借鉴。

关键词：雷州方言；闽南韵书；历史比较；音变

湛江雷州话是指分布在广东湛江的闽南语，为粤西闽语的一支。其从唐宋以来，便陆续从福建迁徙而来，在宋代已经有了相当规模，明清时期已是主要交际语言。但由于土著底层语言与强势方言的影响，雷州方言产生了重大的变化，与源头闽语有着较大的差异。据族谱、县志，雷州话来源于福建闽南语（不同姓氏的族谱记载来源不同），但闽南语亦分为泉腔、厦腔、漳腔、潮腔，文献虽记载源于莆田较多，但两种方言相差甚远，故其具体源于哪里，皆无定论，有待探索。

福建闽南语作为雷州话的源头方言，至今较为完整地保留下来，但不可避免因自然音变与语言接触的影响，现今的语音面貌与雷州话分化时期相差较大，如莆田原本隶属泉州，莆田话为闽南话的一种，现今却分化为与闽南话差异甚大的莆仙独立方言。故想要厘清雷州话的源头，仅与现今闽南的语音进行比较研究是不够的，更为重要的是探索早期的闽南语语音面貌。而早在明清时期，福建的许多学者就编撰了许多方音文献帮助人们学习正统的闽南方言，现今，这些方言辞书得到学术界的较大重视，如马重奇先生就这些方言辞书与现今的福建方言结合研究，取得了重大的成果。但雷州因地理、文化的限制，并无学者对方言进行辞书的编撰。故想探究雷州方言的语音特点，厘清其源流，可将雷州方言与早期的闽南辞书（亦称韵书）进行比较。

本文将立足于湛江雷州话的声韵调系统，与反映泉州方音音系的《汇音妙悟》、反映漳州方音音系的《汇集雅俗通十五音》、反映厦门方音音系的《八音定诀》等闽南方言韵书进行比较研究，以点窥面，探索粤西闽语的语音源流，为粤西闽语的研究提供新材料、新思路。

一、雷州方言与《汇音妙悟》《汇集雅俗通十五音》《八音定诀》的音系介绍

本文所说为狭义的雷州方言，指的是雷州市政府及其下辖的乡镇所讲的闽语，简称为"雷话"，也称"黎话"。作为最具代表性的粤西闽语，较多学者对其进行了深入的研究，比较典型的有张振兴（1987）、林伦伦（2006）、陈云龙（2012）等。结合上述学者研究成果，雷州方言语音系统包括17个声母，46个韵母（包括声化韵48个），8个声调。

《汇音妙悟》，全称《增补汇音妙悟》，成书于嘉庆五年（1800），为反映明清时期泉州语音面貌的闽南韵书。其语音系统书中已标明"以五十字母为经，十五音为纬，以四声为梳栉"，即15个声母，50个韵部，4个声类（实为18个声母，85个韵母，8个声调）。

《汇集雅俗通十五音》，初版于嘉庆二十三年（1818），为两百多年前的漳州方言韵书。书中亦有标注"以五十字母为经，十五音为纬，以四声为梳栉"，但具体数目与《汇音妙悟》不一，包括声母18个，韵部50个、韵母85个，声调8个。

《八音定诀》，全称《八音定诀全集》，序为光绪二十年（1894）"觉梦氏"作，因其具备泉腔韵书以及漳腔韵书特点，马重奇等人称之为"兼漳泉两腔韵书"。其采用的是《汇音妙悟》的编排体例，共有18个声母，42个韵部、83个韵母，8个声调，反映的是一百多年前厦门的语音特点。

研究上述韵书的学者众多，本文多采用的为马重奇（2017）的拟音系统，但在个别拟音出入较大时，引入其他学者拟音，共同讨论。

二、雷州方言与《汇音妙悟》《汇集雅俗通十五音》《八音定诀》的历时比较

（一）声母系统的历时比较

表1　声母对照表

雷州方言（17个）	[p]	[pʻ]	[ɓ]	[m]	[t]	[tʻ]	[n]	[l]	[ts]	[tsʻ]	[s]	[k]	[kʻ]	[ŋ]	[ø]	[h]	[j]
《汇音妙悟》（18个）	边[p]	普[pʻ]	文[b/m]		地[t]	他[tʻ]	柳[n/l]		争[ts]	出[tsʻ]	时[s]	求[k]	气[kʻ]	语[ŋ/g]	英[ø]	喜[h]	入[z]

续表

《汇集雅俗通十五音》（18个）	边 [p]	颇 [p']	门 [b/m]	地 [t]	他 [t']	柳 [n/l]	曾 [ts]	出 [ts']	时 [s]	求 [k]	去 [k']	语 [ŋ/g]	英 [ø]	喜 [h]	入 [dz]/[j]
《八音定诀》（18个）	边 [p]	颇 [p']	文 [b/m]	地 [t]	他 [t']	柳 [n/l]	曾 [ts]	出 [ts']	时 [s]	求 [k]	气 [k']	语 [ŋ/g]	英 [ø]	喜 [h]	入 [z]

关于表1的声母，有几点需要说明。

第一，雷州方言的［ɓ］是浊内爆音，反映的是时音，其由［b］演变而来，与张振兴等人的［b］为同一音位；［j］为舌面摩擦音，摩擦较轻，所记为时音，张振兴等人记为［z］；[ts]、[ts']、[s]三母与细音相拼时听感接近于［tɕ］、［tɕ'］、［ɕ］。

第二，在《汇集雅俗通十五音》中对"入"这一声母的构拟，据麦都思在《福建方言字典》中用罗马字给其注音，将"入"拟作［j］，并在里面标注："[j]的声音非常轻，如法语中的j，或类似英语中的pleasure、precision等这样的s的音。"依照麦都思的描写，"入"母应该为舌面浊擦音。马重奇根据现代漳州方言的读音将其拟为［dz］，这里两个皆写上，下再具体说明。

第三，门［b/m］、柳［n/l］、语［ŋ/g］三母为不同语音条件下构拟的音值，在鼻化韵前读为鼻声母［m］、［n］、［ŋ］；非鼻化韵前读为［b］、［l］、［g］，故三本韵书实为18个声母。

从表1可知，在声母的数目上四者相差不大，有争议的集中在"入"这一声母上，但各家对"入"这一声母的拟音各有不同；马重奇（2017）将《汇集雅俗通十五音》中的"入"拟为［dz］，将《汇音妙悟》以及《八音定诀》中的"入"皆拟为［z］；曾南逸（2013）将《汇音妙悟》中"入"拟为［dz］；陈天泉和李如龙（1981）将《八音定诀》中的"入"拟为［dz］；各家似乎对"入"声母的具体音值没有统一的拟定，但皆为舌面音。而雷州方面中的［j］与［z］各家亦摇摆不定，据"入"母下收"儿、二、人、喻、锐"等字，现雷州方言中皆读为［j］，与麦都思的描写一致。此外，差异比较大的还有"门［b/m］、柳［n/l］、语［ŋ/g］"三母在雷州方言中并未出现于互补的音位中，而是以对立的形式出现，这种对立格局在现今的漳州话以及粤东闽语中也被打破，表现为鼻音声母亦可拼非鼻化韵，如：漳平：魔mo-无bo，汕头：木bak-目mak。这是雷州方言南下演变的结果。最后是关于［g］母的消失，在上述韵书的例字中读［g］的为疑母字，雷州话大多读为［ŋ］，小部分读为［n］以及［h］的，读［n］的例字如"迎［niŋ］""业［niap］"后接细音，应为声母受韵母的影响高化所致；读［h］应为与晓匣两母关系密切所致；而无［g］的读音应为上古音的遗留，李新魁认为上古音的疑母字读为［ŋg］，雷州方言来到粤西以后受底层语言的影响，失去［g］，只读［ŋ］。

整体来看，雷州方言的声母系统与福建闽南韵书所反映的声母系统大同小异，不一致的几个声母基本为音变所致,皆有因可循。从声母上来看,雷州方言的声母系统更靠近《汇集雅俗通十五音》。

(二)韵母系统的历时比较

雷州方言中共有46个韵母,包括声化韵则有48个;《汇音妙悟》书中标有"五十字母","字母"即韵部,共有50个韵部,92个韵母;《汇集雅俗通十五音》中亦标有"五十字母",共有50个韵部,85个韵母;《八音定诀》未标"五十字母",但据统计共42个韵部,结合漳州、泉州及厦门地区构拟出82个韵母;因涉及韵母数目众多,我们将其分为三大部分进行比较,具体如下:

1. 阴声韵

表2 阴声韵对比a

雷州方言	[i]	[u]	[a]	[ɔ]	[ɛ]	[ia]	[iɔ]	[ua]	[iɛ]	[uɛ]	[iu]	[ui]	[ai]	[uai]	[ɔi]	[au]	[iau]	[ɛu]
《汇音妙悟》	基[i/iʔ]	珠[u/uʔ]	嘉[a/aʔ]	莪[ɔ/ɔʔ]	西[e/eʔ]	嗟[ia/iaʔ]	烧[io/ioʔ]	花[ua/uaʔ]		杯[ue/ueʔ]	秋[iu/iuʔ]	飞[ui/uiʔ]	开[ai/aiʔ]	乖[uai/uaiʔ]		郊[au/auʔ]	朝[iau/iauʔ]	居[ɯ]	鸡[æ/æʔ]	科[ə/əʔ]
《汇集雅俗通十五音》	居[i/iʔ]	艍[u/uʔ]	胶[a/aʔ]	高[o/oʔ]	嘉[ɛ/ɛʔ]	迦[ia/iaʔ]	茄[io/ioʔ]	瓜[ua/uaʔ]		桧[uei/ueiʔ]	丩[iu]	规[ui]	皆[ai]	乖[uai/uaiʔ]		交[au/auʔ]	娇[iau/iaʔ]			
《八音定诀》	诗[i/iʔ]	须[u/uʔ]	佳[a/aʔ]	孤[ɔ/ɔʔ]	西[e/eʔ]	遮[ia/iaʔ]	烧[io/ioʔ]	花[ua/uaʔ]		杯[ue/ueʔ]	秋[iu/iuʔ]	辉[ui/uiʔ]	开[ai/aiʔ]	歪[uai/uaiʔ]		敲[au/auʔ]	朝[iau/iauʔ]	书[ɯ/ɯʔ]	梅[æ/æʔ]	

关于表2中的韵母,有几点需要说明。

第一,雷州方言中的[ɛ]出现音位变体;单念或处于韵尾的时候,开口度比较大,应为[ɛ],但后接音素时,开口度比较小,实为[e],如[ɛk]实为[ek],现统一记为[ɛ];

第二,[ɔ]的音值亦出现变体;单念或处于韵尾的时候,开口度比较大,应为[ɔ],但后接音素时,开口度比较小,实为[o],如[ɔk]实为[ok],现统一记为[ɔ];

直观上看,雷州方言与三部韵书阴声韵的主要差别(能区分其语音性质)有:

雷州方言与《汇集雅俗通十五音》皆有"[ɛ]"韵母,《汇音妙悟》及《八音定诀》无;

《汇音妙悟》《八音定诀》有"[ɯ]""[æ]"两母,雷州方言与《汇集雅俗通十五音》无;

仅《汇音妙悟》有"[ə]"韵目,其余无;

从表2几个能区分语音性质的韵母来看,雷州方言与《汇集雅俗通十五音》相似之处较高,结合三本韵书中的韵母字音,雷州方言与《汇音妙悟》《八音定诀》的差距较大,如表3:

表3 阴声韵对比 b

雷州方言	[i]	[u]	[a]	[ɔ]	[ɛ]	[ia]	[iɔ]	[ua]	[iɛ]	[uɛ]	[iu]	[ui]	[ai]	[uai]	[ɔi]	[au]	[iau]	[ɛu]
《汇音妙悟》	基[i]	珠[u]	嘉[ɛ]	莪[ɔ]		西[ai]	嗟[ie]文读	烧[io]	花[uɛ]		杯[ui]	秋[iu]	飞[uɛ]	开[ui]	乖[uai]		郊[au]	朝[iau]	
《汇集雅俗通十五音》	居[i]	艍（口语不用字典未收）	胶[a]	高[ɔ]	嘉[ɛ]/伽[e]	迦[ia]	茄[io]	瓜[uɛ]		桧[uei]韵尾脱落	丩[iu]	规[ui]	皆[ai]	乖[uai]		交[au]	娇[iau]	
《八音定诀》	诗[i]	须[i]	佳[ai]	孤[u]/多[ɔ]		西[ai]	遮[ia]	烧[io]	花[uɛ]		杯[ui]	秋[iu]	辉[ui]	开[ui]	歪[uai]文读		敲[a]	朝[iau]	

结合表2、表3可以看出，韵书中无雷州方言的[iɛ]、[ɔi]与[ɛu]三个韵母，与雷州方言的语音吻合度较高的是《汇集雅俗通十五音》这一本韵书的韵目，与《汇音妙悟》《八音定诀》这两本韵书存在着"嘉""西""嗟""飞""开"等韵目读音的差异。故从阴声韵来看，雷州方言更接近与《汇集雅俗通十五音》的语音。

此外每部方言韵书均有能表现出其音系性质的特殊韵部，最能反映出《汇集雅俗通十五音》特殊韵部的是"稽[ei]"与"伽[e/eʔ]"，此韵书存在着这两个韵部的对立。在雷州方言中这两字读音亦不一致，"稽"读音为[gɔi]，"伽"的读音为[gɛ]，但两韵目下所收例字存在着相混的现象，相混的部分有读[ɔi][ɛ][ui]这几个音。本文拟厘清其演变脉络。"稽[ei]"与"伽[e/eʔ]"本来为两个独立的韵部，后部分"稽[ei]"韵尾脱落与"伽[e/eʔ]"韵相混，为自然音变现象，故在现今漳州各地区亦存在着相混的现象。后期反映漳州音系的《增补汇音》以及《渡江十五音》皆将两个韵部合并，前者将稽韵字与伽韵字并为稽韵，拟音为[e/eʔ]，后者将两韵并为鸡韵字，均拟为[e/eʔ]。至于在雷州方言读为[ɔi][ɛ][ui]，亦有因可循，部分"稽[ei]"韵字元音低化读为[ɛi]，部分[ɛi]韵字韵尾不稳定脱落成[ɛ]，如"姐""这""袋"；部分韵字舌位后移成[ɔi]，如"街""买""题"等，这也这解释了[ɔi]没有与韵书相对应的韵目，其为音变后起音；部分[ɔi]继续高化成[ui]，这部分主要受北方官话影响，如"推""退"；具体演变脉络如下：

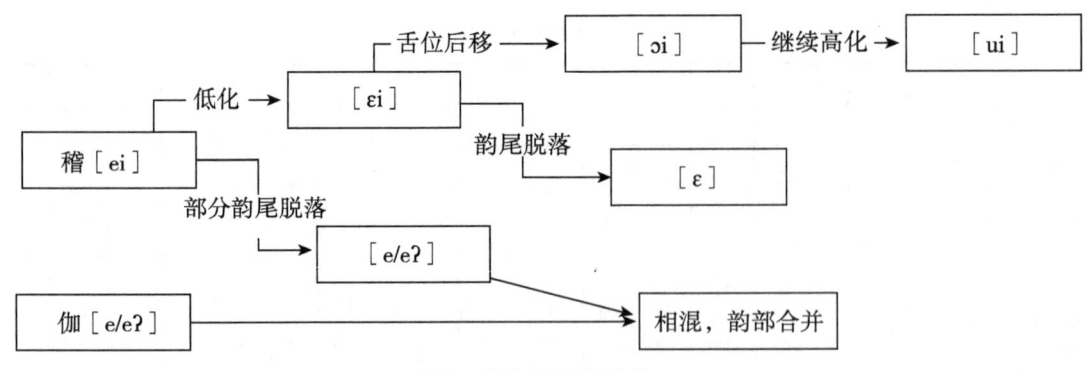

图1 稽伽韵演变脉络

至于［iɛ］［ɛu］两个韵母，均可以在韵书中找到痕迹。雷州方言中读"［iɛ］"的字有"舍射野夜"等，记录的应为文读音，受北方官话的影响。然而其在白读中，"舍射"读为［ia］，"野夜"读为［iɛ］，说明在雷州方言中"［ia］""［iɛ］"两母相混。"舍射野夜"在《汇集雅俗通十五音》中皆属于"迦［ia］"韵，加以 -i- 介音的影响，足以说明"［iɛ］"是后起的；读［ɛu］母的有"租裤土苦吴"等，这几个皆收于《汇集雅俗通十五音》"高［ɔ］"韵之下，根据复元音一般由单元音裂变而来的音变规则，"［ɔ］"演变为"［u］"，"［u］"再裂变为"［ɛu］"。

综上，就阴声韵来看，经过探讨音变的过程均可解释对应不上的韵母，是可行的，故与雷州方言最为接近的亦是《汇集雅俗通十五音》。

2. 阳声韵

关于阳声韵的讨论比较，这里涉及鼻化韵与鼻韵母的问题。《汇音妙悟》《汇集雅俗通十五音》《八音定诀》三部韵书皆拟有鼻韵母与鼻化韵，而雷州方言里面仅保存鼻韵母，未产生鼻化韵。按袁碧霞（2020），鼻韵母与鼻化韵之间为平行演变的关系，鼻韵母与鼻化韵同时存在是不同的语音层次叠加的结果。因其复杂性，我们需要分开来讨论，我们先来看鼻韵母的对应关系（见表4）。

表4 鼻韵母对比

雷州方言	[ɛm]	[im]	[am]	[iam]	[iŋ]	[iɛŋ]	[ɛŋ]	[aŋ]	[iaŋ]	[uaŋ]	[ɔŋ]	[iɔŋ]	[uŋ]	[m]	[ŋ]
《汇音妙悟》		金[im/ip]	三[am/ap]	兼[iam]	宾[in/int]	轩[ian/iat]		江[aŋ/ak]	商[iaŋ/iak]	风[uan/uak]	东[ɔŋ/ok]	香[iɔŋ/iok]	春[un/ut]	梅[m]	毛[ŋ/ŋʔ]
《汇集雅俗通十五音》		金[im/ip]	甘[am/ap]	兼[iam/iap]	巾[in/it]	坚[ian/iat]	经[ɛŋ/ɛk]	江[aŋ/ak]	姜[iaŋ/iak]	光[uaŋ/uak]	公[ɔŋ/ok]	恭[iɔŋ/iok]	君[un/ut]	姆[m]	钢[ŋ]
《八音定诀》		深[im/ip]	湛[am/ap]	添[iam/iap]	宾[in/int]	边[ian/iat]	灯[eŋ/ek]	江[aŋ/ak]		凤[ɔŋ/ok]	香[iɔŋ/iok]	春[un/ut]	不[m]	庄[ŋ/ŋʔ]

在阳声韵中，因鼻音韵尾的稳固性，雷州方言与韵书的差别不大；然而雷州方言中无［-n］韵尾，［-n］主要并入了［-ŋ］韵尾，故上表雷州方言中的［uŋ］、［iŋ］可与拟音为［un］、［in］的对应一致，剩下的［ɛm］［iɛŋ］两个韵母在韵书中均找不到相对应的拟音。我们主要看一下这两个韵母的演变，在雷州方言中，读为［ɛm］的字不多，有"森临舔"等，应是受北方官话影响，如"森""临"；至于"舔"，本字应不是此字，故［ɛm］应是后期衍生的音位。读［iɛŋ］的有"边片变电神"等，这些字在闽南韵书中均收于拟音为［ian/iat］的韵目下，［-n］与［-ŋ］相对应，受介音影响元音高化，故［iɛŋ］与［ian/iat］相对应，符合语音演变的规律。

我们再看鼻化韵的情况，所谓鼻化韵就是"发口元音的同时下降软腭，打开鼻咽通道，引入鼻腔共鸣所产生的一种元音"（吴宗济、林茂灿，1989），其作为一种语音标记，在语音发展的过程中很容易丢失。袁碧霞（2020）亦有提到，作为辅音性的鼻音来说，双唇鼻音前面的鼻音最不容易鼻化，即一种方言里面［-m］韵尾保存得比较完整，即不容易出现鼻化，雷州方言就是属于这种情况。此外，雷州方言中不少阳声韵，如深咸山梗等摄的字已经演变为阴声韵（鼻化成分丢成转变成阴声韵），情况较为复杂，不能用表格简单地概括之间的关系，需要结合前面的阴声韵一起讨论。现在来看三部韵书中鼻化韵与雷州方言的对应关系。

表5 鼻化韵对比

《汇音妙悟》	欢［uã/uãʔ］	弍［ã/ãʔ］	青［ĩ/ĩʔ］	京［iã/iãʔ］	管［uĩ］	熋［aĩ/aĩʔ］	箱［iũ/iũʔ］	猫［iãũ］		嘐［ãũ］	关［uãi］			
雷州方言	[ua]	[a]	[iŋ]文读[ɛ]白读	[iŋ]	[ua]	白读文读皆无	[ɔ]	[ua]		[au]	[uɛ]			
《汇集雅俗通十五音》	官［uã］	监［ã/ãʔ］	栀［ĩ/ĩʔ］	惊［iã］	裈［uĩ］	闲［ãi］	牛［iũ］	嘄［iãu/iãuʔ］	扛［õ/õʔ］	爻［ãu］	闩［uãi/uãʔ］	更［ɛ̃/ɛ̃ʔ］	糜［uẽi/uẽiʔ］	董［ɔ̃］	姑［õu］
雷州方言	[ua]	[am]	[i]	[ia]	[uŋ]文读	[ai]	[iu]文读	[iau]	[ɔ]	[iau]	[ua]	[ɛ]白读[ɛŋ]文读	[uɛ]	[iɔ]	[ɛu]
《八音定诀》	山［uã/uãʔ］	三［ã/ãʔ］	青［ĩ/ĩʔ］	京［iã/iãʔ］	千［aĩ/aĩʔ］	枪［iũ/iũʔ］	超［iãũ/iãũʔ］	毛［õ/õʔ］	乐［ãũ/ãũʔ］						
雷州方言	[ua]	[a]	[iŋ]文读[ɛ]白读	[iŋ]	[ai]	[iɔ]	[iau]	[ɔ]	[ɔk]						

表5中，韵书中的鼻化韵大多对应雷州方言的阴声韵，再结合表4，我们可以得知：

第一，早期的闽南语是-m、-n、-ŋ三个鼻音韵尾俱全的，明清时期的福建闽南语为两种语音层次叠加，而其演变为雷州方言大的途径应为：

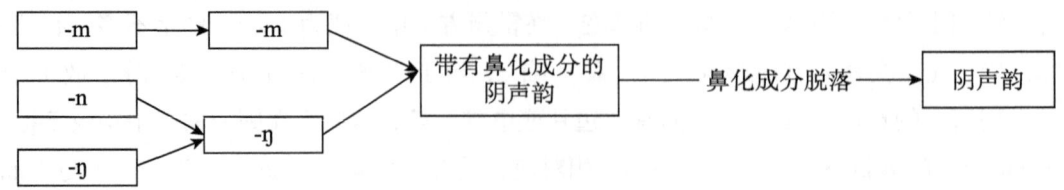

图2　鼻韵尾在雷州方言中的演变

第二，鼻化韵与鼻韵母一致，韵书中的鼻化韵来源不仅仅是中古的阳声韵，小部分受鼻音声母的影响引起的韵母鼻化，如"猫""嘧""牛""鼻"等。

第三，如不考虑韵书中的鼻化成分，单从主要元音的匹配程度来看，《汇音妙悟》与雷州方言存在着"关［uãi］""箱［iũ/iũʔ］""管［uĩ］""京［iã/iãʔ］"等区别；与《汇集雅俗通十五音》的主要差别仅有"姑［õu］"的读音，然而这仅用主要元音后移便可解释其差异所在；与《八音定诀》存在着"京［iã/iãʔ］""枪［iũ/iũʔ］""乐［ãu/ãuʔ］"的不同；故可得出与雷州音系最为接近的亦是《汇集雅俗通十五音》。

3. 入声韵

三部韵书中，不仅具有完整的入声韵尾，亦有组成成分较为复杂的喉塞韵尾。单从韵目的拟音来看，几乎所有韵母的拟音皆配促声韵尾，有纯元音加促声韵尾的，有复合元音加促声韵尾，有鼻化韵加促声韵尾的，有来自中古的入声韵的，亦有来自中古的阴声韵等，故我们需要分层次进行对比。

先看韵书中的入声韵尾-p、-t、-k与雷州方言韵尾的对应情况（见表6）。

表6　入声韵尾对比

雷州方言	[ep]	[ip]	[ap]	[iap]	[ik]	[ɛk]	[iɛk]	[uɛk]	[ak]	[iak]	[uak]	[ɔk]	[iɔk]	[uk]
《汇音妙悟》		金 [im/ip]	三 [am/ap]	兼 [iam/iap]	卿 [iŋ/ik]				江 [aŋ/ak]	商 [iaŋ/iak]	风 [uaŋ/uak]	东 [ɔŋ/ɔk]	香 [iɔŋ/iɔk]	春 [un/ut]
《汇集雅俗通十五音》		金 [im/ip]	甘 [am/ap]	兼 [iam/iap]		经 [ɛŋ/ɛk]			江 [aŋ/ak]	姜 [iaŋ/iak]	光 [uaŋ/uak]	公 [ɔŋ/ɔk]	恭 [iɔŋ/iɔk]	君 [un/ut]
《八音定诀》		深 [im/ip]	湛 [am/ap]	添 [iam/iap]		灯 [eŋ/ek]			江 [aŋ/ak]			凤 [ɔŋ/ɔk]	香 [iɔŋ/iɔk]	春 [un/ut]

前文我们提到，雷州方言里面无韵尾-n，-n主要并入了-ŋ韵尾，故与-n相对应的-t

亦并到 -k 里面。单从韵尾 -p、-k 与韵书的对应情况来看，雷州方言与三本韵书的对应情况一致。

雷州方言并无喉塞音，无法将其与韵书进行比较，但喉塞韵尾是由于塞音韵尾弱化而形成的，故想要寻得其对应情况，应从主要元音出发。与雷州方言的［εp］相对应的主要元音仅有《汇集雅俗通十五音》的"嘉［ε/εʔ］"韵，其早期形态可为［εp］，韵尾 -p 弱化为喉塞韵尾；雷州方言的［ik］韵从表上看，与之相对应的只有《汇音妙悟》的"卿［iŋ/ik］"，然而"卿"的拟音具有较大争议，曾南逸将其拟为"卿［iəŋ/iək］"，这就与［ik］相差甚远，再结合泉州各方言区的读音，"卿"的主要元音应为"［ə］"，与雷州方言的［ik］不符。与之相对应的应为韵书中的"基［i/iʔ］""栀［ĩ/ĩʔ］""诗［i/iʔ］"，韵尾 -k 不稳定，弱化成喉塞韵尾。至于［iεk］、［uεk］与之相对应的"迦［ia］"韵及"高［ɔ］"韵前文皆有论述其演变，加以入声韵尾弱化为塞音韵尾所致，这里不再赘述。

其次看喉塞韵尾与雷州方言的对应情况（见表7）。

表7　喉塞韵尾对比

《汇音妙悟》	基[i/iʔ]	珠[u/uʔ]	嘉[a/aʔ]	刀[o/oʔ]	西[e/eʔ]	嗟[ia/iaʔ]	烧[io/ioʔ]	花[ua/uaʔ]	杯[ue/ueʔ]	秋[iu/iuʔ]	飞[ui/uiʔ]	开[ai/aiʔ]	乖[uai/uaiʔ]	郊[au/auʔ]	朝[iau/iauʔ]
雷州方言	[i]	[u]	[ε]	[ɔ]	[ai]	[ie] 文读	[iɔ]	[uε]	[ui]	[iu]	[uε]	[ui]	[iau]	[iau]	[iau]
《汇集雅俗通十五音》	居[i/iʔ]	艍[u/uʔ]	胶[a/aʔ]	高[o/oʔ]	嘉[ε/εʔ]	迦[ia/iaʔ]	茄[io/ioʔ]	瓜[ua/uaʔ]	桧[uei/ueiʔ]	丩[iu]	规[ui]	皆[ai]	乖[uai/uaiʔ]	交[au/auʔ]	娇[iau/iaʔ]
雷州方言	[i]	未收	[a]	[ɔ]	[ε]	[io]	[iε]	[uε]	[iu]	[ui]	[iau]	[iau]	[iau]		
《八音定诀》	诗[i/iʔ]	须[u/uʔ]	佳[a/aʔ]	孤[ɔ/ɔʔ]	西[e/eʔ]	遮[ia/iaʔ]	烧[io/ioʔ]	花[ua/uaʔ]	杯[ue/ueʔ]	秋[iu/iuʔ]	辉[ui/uiʔ]	开[ai/aiʔ]	歪[uai/uaiʔ]	敲[au/auʔ]	朝[iau/iauʔ]
雷州方言	[i]	[i]	[ai]	[u]	[ai]	[ia] 文读	[iɔ]	[uε]	[ui]	[iu]	[ui]	[iau]	[ia]	[iau]	

结合上述鼻化韵所对应的喉塞音可以看出，三部韵书的喉塞音在雷州方言里面几乎全部舒化，读为阴声韵。小部分喉塞韵尾在雷州方言读其他韵尾，如《八音定诀》里面的"佳"韵目下收的"盒"，读为"[aʔ]"，雷州方言读为"[ap]"（《汇集雅俗通十五音》读音亦为"[ap]"，同为白读层面），"烧"韵目下收的"俗"，厦门读为"[siɔʔ]"，雷州方言读为"[siɔk]"（《汇集雅俗通十五音》读音亦为"[siɔk]"，同为白读层面）等，但仅限于文读层次。舒化后的主要元音亦是与《汇集雅俗通十五音》最为接近。

综上,从整个韵目的对应情况来看,不管是阴声韵、阳声韵还是入声韵,雷州方言与反映漳州音系的《汇集雅俗通十五音》更为接近。

(三)声调系统的历时比较

雷州方言现有八个声调,平、上、去、入各配阴阳为八声;《汇音妙悟》《汇集雅俗通十五音》《八音定诀》三本韵书虽标有八个声调,经考察,仅有七个声调,具体情况见表8。

表8 声调对比

雷州方言	阴平	阴上	阴去	阴入	阳平	阳上	阳去	阳入
《汇音妙悟》	上平	上上	上去	上入	下平	下上	下去	下入
《汇集雅俗通十五音》	上平	上上	上去	上入	下平	下上	下去	下入
《八音定诀》	上平	上上	上去	上入	下平	下上	下去	下入

如表8所示,三本韵书虽同为八个声调,但相混的调类是不一致的。《汇音妙悟》中的"上去"与"下去"混淆得较为明显,如"寸"字,中古音韵地位为清母慁韵,为阴去调,但《汇音妙悟》里将其归为上去调,又归为下去调(此字在雷州方言与《汇集雅俗通十五音》里面皆属于上去调)。且黄典诚亦有指出:"目前泉州阴去、阳去已不能分,只读一个42的降调,因此《汇音》全书阴去、阳去之分,纯属形式上的求全。"[黄典诚语言学论文集,厦门大学出版社,2003]故在《汇音妙悟》时期,去声在口语中相混较多,但未完全合一。据马重奇拟定,《汇集雅俗通十五音》阴上与阳上的调值一致,加以麦都思对下上调的描写:"与上上同,合称上声。"以及《汇集雅俗通十五音》下上声卷内注明:全韵与上上同。说明在《汇集雅俗通十五音》里面上声已经不分阴阳,合为同一声调(《汇集雅俗通十五音》里面上上声的例字,如交上上声"九""狗""走"在雷州方言里面均属于阴上声)。《八音定诀》相混的声调为"下上"与"下去",如"部"的音韵地位为並母姥韵,为全浊上声字,"杜"为定母姥韵,亦为全浊上声字,然而书中将其分别归为"下上"以及"下去"两个不同的声调("部"与"杜"在雷州方言与《汇集雅俗通十五音》里面皆归为阳上调)。

故从声调方面来看,雷州方言亦是与《汇集雅俗通十五音》较为接近。

本文通过将雷州方言与《汇音妙悟》《汇集雅俗通十五音》《八音定诀》的声韵调系统进行历时比较以及对某些语音演变路径的总结,初步得出,雷州方言应更加靠近《汇集雅俗通十五音》的语音系统,属于漳州腔。但上文的比较仅是从韵目上进行探讨,后期我们将结合《汇集雅俗通十五音》具体例字、韵书所反映的文白系统以及漳州现今语音面貌,进一步论证雷州闽语源头。

参考文献

［1］陈天泉，李如龙，梁玉璋.福州话声母类化音变的再探讨［J］.中国语文，1981（6）：231-238.

［2］陈云龙.粤西濒危方言马兰话研究［M］.广州：暨南大学出版社，2012.

［3］陈云龙.粤西闽语音变研究［D］.上海：上海师范大学，2012.

［4］黄谦（1894）：增补汇音妙悟.光绪甲午年文德堂梓行版。

［5］李新魁.李新魁音韵学论集［M］.汕头：汕头大学出版社，1997.

［6］林伦伦.粤西闽语雷州话研究［M］.北京：中华书局，2006.

［7］马重奇.汉语音韵与方言史论稿［M］.北京：人民出版社.2017：219.

［8］马重奇.清末民初闽南方言文献音系比较方法论［J］.吉林大学社会科学学报，2017：57.

［9］吴宗济，林茂灿.实验语音学概要［M］.北京：高等教育出版社，1989.

［10］谢秀岚（1818）：汇集雅俗通十五音.文林堂出版.高雄庆芳书局影印本。

［11］叶开温（1894）：八音定诀.光绪二十年甲午端月版。

［12］袁碧霞.闽南话的鼻韵母与鼻化韵［J］.语言科学，2020（19）：80-91.

［13］曾南逸.泉厦方言音韵比较研究［D］.北京：北京大学，2013.

［14］张振兴.广东海康方言记略［J］.方言，1987（4）：264-282.

（黄丽娜　岭南师范学院，首都师范大学2020级研士生　指导教师：李红）

非物质、情动与劳动主体："情感劳动"理论阐释

张安然

摘 要：世界是由劳动创造的，劳动是人类社会历史发展的前提。随着资本全球化和文化"去中心化"的到来，"劳动"这一关键词也在学科领域的交汇处出现了不同的解读。自治主义马克思主义学者哈特（Hardt）和奈格里（Negri）在前人的基础上，提出了情感劳动学说，认为一种具体的、物质的劳动生产转向了非物质劳动生产。本文拟从情感劳动理论出发，对其非物质性和情动特性进行理论溯源，并在此基础上对于劳动主体的生产实践做出讨论。作为一种时代的征候，情感劳动既是传统马克思理论的回响，又挟带着理性智能和激情，成为一种工具理性与交往理性的综合体。

关键词：情感劳动；非物质；情动转向；生命政治

一、劳动溯源：转向非物质

早在马克思对剩余价值史的阐述中，有关"非物质劳动"的概念雏形就已经出现，且集中在马克思对亚当·斯密关于生产性与非生产性劳动划分的批判中。此前施托尔希在"内在财富"与"物质财富"区分的基础上对斯密的划分进行了反驳，指出其"没有对非物质价值和财富作出应有的区分"[1]345。而马克思则坚持以一种具体的、切中的观点面对资本主义生产方式，认为物质—精神的抽象关系无法对有效阐释生产现状。身处物质生产部门占据国民经济主要组成部分的时代，马克思认为生产劳动发生在能创造剩余价值的物质领域，即"只有生产资本的劳动才是生产劳动"[2]147，而非物质生产领域的劳动则是非生产的："那就是不同资本交换，而直接同收入即工资或利润交换的劳动。"[2]148 在《1861—1863年经济学手稿》中，马克思对生产劳动和非生产劳动进行了更为详密的概念区分：生产劳动既是在资本主义生产关系下所进行的雇佣劳动，同时也需生产其剩余价值。与此对应的，非生产活动则是"提供服务的劳动"，直接同收入而非资本进行交换，且不

创造剩余价值。

处于非物质领域的劳动实则有两种形式：第一种形式表现为生产过程与生产结果的合一，如教师进行教学、歌手演唱歌曲、法官进行裁决等行为，这种劳动属于精神生产，不属于"物质财富的直接继承者"[1]348；第二种形式是前者的变形，即生产结果是独立的、以物化的实体形式存在的商品，能作为可流通的商品进入市场。马克思对此提出："一个教员只有当他不仅训练孩子的头脑，而且还为校董的发财致富劳碌时，他才是生产工人"[1]556，此时的服务劳动已然进入了资本主义的交换关系中，因此第二种形式则是发生在非物质领域的生产活动。由此观之，生产劳动与非生产劳动的界限首先与劳动的物质规定性并无干系，即不能单纯从所生产的物质产品进行区别划分；其次，此种分类形式是从资本家而非劳动者视角进行分析的，因此同一劳动究竟属于生产劳动还是非生产劳动取决于与资本的关系，而非具体的劳动内容形式；最后，生产劳动与非生产劳动的区分与剩余价值而非使用价值有关。

非生产劳动虽是提供服务的劳动，但服务劳动在不同视角下却并无诸如生产劳动或非生产劳动的单一归类，此种辩证关系为非物质劳动的存在形式提供了重要的理论基石。马克思曾明确指出："对于提供这些服务的生产者来说，服务就是商品。服务有一定的使用价值（想象的或现实的）和一定的交换价值。"[2]149，即言服务是商品，服务劳动也是生产劳动。然而，他又指出服务劳动不属于生产劳动，服务部门不属于生产部门。由此可见，服务劳动在生产的一般和特殊角度下既可以是生产劳动，也可以是非生产劳动。

而给予后福特主义范式直接作用的，是马克思在《经济学手稿（1857—1858）》中的"固定资本和社会生产力的发展"（即"机器论片断"）中提出的"一般智力"（general intellect），即抽象的知识趋向于以实际器官的形式成为真正的根本生产力，从而使得分配化的和重复的劳动降到残余的地位，这种抽象的知识可以被化约机器系统中固有的"客观的科学力量"。

在全球资本涌入的后工业时代，劳动的内容、方式及衡量价值的标准发生了转变。在施托尔希之后，毛里齐奥·拉扎拉托（Maurizio Lazzarato）在《非物质劳动》一文中重提了非物质劳动的概念，并赋予了更切合语境的描述，拓宽并重塑了经典马克思主义的劳动概念。他认为"非物质劳动是生产商品信息和文化内容的劳动"[3]139，前者指向劳动技能的信息化和技能化，后者则"不再是一般意义上的'工作'，换句话说，这类活动包括界定和确定文化与艺术标准、时尚、品味、消费指针范以及更具有策略性的公众舆论等不同信息项目的活动"[3]139，其形式是集体性的，也可以认为它以网络和流动的形式存在。

在拉扎拉托的理论视野下，"智力劳动和体力劳动"或"物质劳动与非物质劳动"的二分已经不再适用于生产劳动的新特性，生产劳动变为一种要求知识主体性的劳动。而与之相应的，生产过程中的生产者在形式的驱使下需要转化为能动的主体，主动参与到劳动过程中。"成为主体"看似在实践层面上激发了工人群体的真正个性，却又以其雇主对权力的重新分配的隐忧而与之抵触对抗，在更高度的等级结构中实施了对生产者独裁式的控制和约束。如果说知识意味着一套强力支配的编码工具，那么生产主体则化为编码和解码的单纯传送者，在抽象虚拟的生产线上运送"清晰而不含混"[3]141的规训程式，在沟通语境中完全被管理所规范化。

在非物质劳动生产中，"知识型工人"的出现使得自雇式自主工作替代了传统的资本家与工人的契约雇佣关系，劳动行为被嵌入了去时间化与去空间化的特质。生产者的生产活动也催生了新关系的交互，即不仅生产出了作为物的商品——这种商品不在消费中被消耗，同时还在商品的对使用者的反向影响中扩大、转变，甚至创造出了一种新的社会关系（资本关系）。正如巴赫金所言："意识形态产品是人周围的物质社会现实的一部分，是物化了的意识形态视野的因素。"在非物质劳动中，创造性会成为一种社会性。如果我们将其转化为一种传统的文学理论视角，"非物质劳动—商品—受众"就分别对应了"作者—作品—读者"的三重关系，而作者书写的元语言则是主体性以及寄寓在其中并进行再生产的"意识形态"环境。其中作为读者的受众被赋予了非单一的身份角色，即既作为结构性关系中的位置之一而静止存在，同时也以其生产性而动态存在，因此它具备了消费与生产的双重属性。在这种交互的关系网中，对受众的赋能无疑为其向劳动主体的分裂和转变奠定了基础。

劳动的形态与具体实践随着新的资本主义生产关系的产生而不断变化，而非物质劳动概念的出现，则彻底终结了生产/再生产、工作/生活、资本/劳动之间的二元区分。哈特和奈格里认为，在后现代资本全球化和信息化的浪潮中，非物质劳动以迅疾之态取代了传统工业劳动的统治地位。在拉扎拉托非物质劳动的概念基础上，二人进行了延伸，将其定义为"生产一种非物质商品的劳动，如一种服务，一个文化产品、知识或交流"[4]337-338。非物质劳动的生产者是诸众（multitude），他们能够充分表达和展现劳动者的合作与交往关系，从而为实现民主奠定前提条件。

在《帝国》一书中，哈特和奈格里将非物质劳动划分为三种类型，而后在《诸众》中进一步修正为两类。第一种形式主要是智力或语言的劳动，如问题的解决，象征的和分析的任务，语言的表达等。它所生产的是观念、符号、规则、文本语言图形等其他类似的产品。第二种形式则是情感劳动：从个体层面上看，它生产的"是一种轻松、友好、满足、激情的感觉，甚至是一种联系感和归属感"；而在群体层面上，情感劳动直接生产了"集体的主体性（collective subjectivities）、社会性（sociality），并最终产生了社会本身"[5]。

二、情动的可能：辨析与发展

对相关概念的界定模糊导致无法形成研究的基本立足点，成了当前国内学界研究情感劳动的问题之一。在《情动何益?》一文中，译者蒋洪生将emotional labor译为感情劳动，而将affective labor译为情动劳动[6]103，而目前国内学界往往把affective labor和emotional labor均翻译为"情感劳动"，概念使用的泛化导致理论精准度出现了一定程度的缺失。虽然奈格里在后期的论述中表现出了两种理论在实践中的融合点，但情绪劳动（emotional labor）和情感劳动（affective labor）隶属于不同学科范畴，理论源流与发展意涵存在一定差异。

情绪劳动（emotional labor）是基于外规则而产生的具有展演性质的具体劳动方式和手段，定义最初来自美国社会学家霍赫希尔德（Arlie Russell Hochschild）在1983年出版的著作《被管理的心：人类情感的商品化》。她采用戈夫曼的拟剧理论和符号互动理论，结合了马克思的异化观开启了劳动研究的新视角。霍赫希尔德将情绪劳动定义为："管理情绪去创造公开的面部和身体的展演。"[7]32这种劳动主要发生在服务行业，是商店店员、空乘人员等劳动者通过控制自身情绪状态进行影响他人情绪的劳动。霍赫希尔德的社会情绪理论认为，情绪不仅受到社会结构和文化权力的塑形，也越来越多地受到资本力量的规训。而本文所研究的情感劳动（affective labor）概念则源自意大利自治主义者哈特和奈格里的同名论文《情感劳动》（Affective Labor），是由拉扎拉托提出、哈特和奈格里加以发展的"非物质劳动"（immaterial labor）中重要的子集概念。与具有展演性质更强的情绪劳动不同，情感劳动着重从政治经济学的价值维度出发，强调情感与资本积累、再生产之间的关系，以及在特定组织结构中的使用价值。

早期劳动以物质作为交换条件实施等价交换，而情感劳动概念的出现则意味着作为一种无形的知识、情感或信息的非物质产物也出现在交换市场中。但这并不意味着资本导向逻辑的解体，而是物质劳动从原本单一的物质生产与再生产转向了交往理性与工具理性的综合，导致了知识、情感与剩余价值的猎取在同一场域内交织。毋庸置疑的是，后现代的非物质劳动中所产生的情动（Affect）使得这种非物质劳动具有了前所未有的颠覆性和自主性的潜能[5]。

当代的"情动"理论及实践研究有明确的哲学史脉络，其理论核心以德勒兹对斯宾诺莎哲学的阐释为基础，由马苏米对德勒兹及情动理论进行阐发，奈格里、哈特、格罗斯伯格、克劳馥等人进行了"情感转向"（Affective Turn）的命名与扩展。在《伦理学》第三部分"论情感的起源和性质"（de origine et natura affectuum）中，斯宾诺莎批判了笛卡儿等人心物二元论的情感哲学，认为一方面他们将人的自然的情感变化归结于情感中的某种缺陷（即affectus/affect），甚至还表示出"悲伤、嘲笑、蔑视"[8]90等消极情感；另一方面又试图用心灵中的理性部分对其加以克制，这种用情感的本因解释情感并将心灵对情感的支配能力归结于一种"自由意志"式的方法是无法自圆其说的。在此基础上，斯宾诺莎对情感进行了如下定义："我把情感理解为身体的感触，这些感触使身体活动的力量增进或减退，顺畅或阻碍，而这些情感或感触的观念同时亦随之增进或减退，顺畅或阻碍。"[8]97这个概念遵循实体一元论的逻辑，即情感（affectus）和身体不存在从属关系。如同洪汉鼎先生所比喻的那样，心灵和物体如同手心手背样的一体两面，虽然不能相互作用，但能同时发生变化，它们的秩序和联系是一样的[9]247-248。

"身体的感触"意味着斯宾诺莎观念中的情感是一种"受感致动的情状"[10]。情状（affectio/affection）的发现意味着传统哲学中将情感视作主体与外在世界互动的直接派生物的观念被打破，情状作为二者间的绵延的中介结构而产生存在。然而情感既不在主观心灵机制的独立运作下而产生，也不在单纯的身体活动中产生，而是发生在身体与心灵的交流与转换过程中，既发生在某一个特定的时刻，也发生在每个连贯的时刻中，正如哈特所言，"情感横跨于这一关系之上"。同时，情感可以对身体进行一系列改变和调整，这些调整能够提升或降低身体行动的能力。情感的最初表现形式是"冲动"、"欲望"、"快乐"与"痛苦"，它们都在一定程度上表现人的身体活动力量。"冲动"与"欲望"是身体基于本能的活动而呈现，"快乐"和"痛苦"则决定了我们的欲力。痛苦是身体力量的减弱伴随观念的负向发展，快乐则是身体力量的增强并伴随着观念的正向发展。人类的身体随着"情状"的力量而被动变化：当其被有益的情状吸引时，行动的力量会随之增加，反之不然。

德勒兹在斯宾诺莎的思想基础上建构了"情动"理论，引导了西方哲学研究的"情感转向"。在万塞纳的斯宾诺莎课程中，德勒兹首次提出了用情动（affect）一词对应斯宾诺莎程式中的情感（affectus），明确区分了"情动"和"情状"（affectio/affection），并总结性地指出"情动就是生成，就是存在之力（force）或行动之力的连续流变"[6]6。情动是一种非表象性的思想样式，这意味着情动本身预设了一种观念，无论这种观念是具体可感的还是模糊含混的。它不仅在主体中显现自身，而且存在明显"流变的机制"（régime）[6]6。以阅读为例，在对审美价值极高的文本进行阅读时，我们会被一种愉悦的感受所充斥，而当我们将目光移向杂志上的广告断篇时，愉悦则会转化为不快与烦躁。这两种截然不同的观念接续产生，具备着参差的现实性与内在完备性的等级，使得我们的存在和行动之力因此体现出了一种"增强—减弱—增强—减弱"的连续的流变。因此，情动并非一种还原式的观念比较，而是生成式的、真实的体验的连续转变。"从根本上说，它们是所有身体/物体之间彼此相合的媒介。"[6]21在人发生的每一次际遇（ocursus）中，通过所拥有的情状—观念，我们不断追随着情动的流变之线。它使人从现有的组织化、结构化的经验中脱离出来，摆脱了刺激—反应的单向度叙事，获得新经验的生成。在每个时刻，情动的力量都在生存之力的穹顶上完全实现，或悲苦，或愉悦，抑或是一种局部的悲苦和愉悦。而承受着情动力量的，则正是一种强度或强度的阈限，多种多样的差异性强度（intensive）对身体状态产生作用。"情动"是身体/物体在接触与互动的过程中，不断地产生联系、结合、共鸣或共振的过程[11]，它是跨越边界的"两种不相似的感觉彼此相拥的时刻"，能够带来"欲望的生产和主体性的生产"[12]47。

在情感的生成与世界本源力量相通的理论资源基础上，西方哲学界出现了情感向本体论发展的趋势走向,哈特和奈格里即是其中之一。在《大同世界》一书中,他们表达了"存在(being)由爱构成"的本质主义观念,认为"爱是一个本体论事件",且"爱是共同性生产和主体性生产的过程"[13]102。由此,奈格里延伸出了以"力量-爱-生产"为根本的矩阵,将人类未来的创作、劳动、生产等行为建立在这个基础上,创造出具有浓厚政治哲学色彩的"情感劳动"(affective labor)理论,为解读劳动观念提供了一个新的向度。

三、劳动主体:身体与权力

哈特和奈格里所处的自治主义马克思学派旨在建构一种自主的、抵抗性的诸众(multitude)作为政治主体,从而"确定集体生命政治体的新形象",以此对抗资本统御下的逻辑与政治。借助福柯的理论,有助于找到一种包含身体与潜能本体力量的"伦理主体",然而在一定程度上忽视了社会生产的推动作用。而德勒兹和伽塔里提出的机器与欲望生产强调了生产的动力,却把社会再生产能力视作一个游牧的、无边界的力量,并不指认一个确定的主体。因此,哈特和奈格里二人同时复归了马克思的劳动理论范畴,并将其与生命政治学互构,以此重新对劳动和生产进行赋能。奈格里打破了马克思的逻辑线索,认为当代资本主义的生产是再生产的一种社会形式、价值体系和社会经验的结构,而非剩余价值或劳动产品。劳动力是表层劳动在生产过程中重要的一环,除了主导劳动因素以及劳动构形的变化外,其内部还涌动着情动所带来的生命欲力,并与权力两相交织。在这个场域内,统治与革命、规训与反抗的对立动态地并存。

在情感劳动的生产形式中,由于"考虑到劳动以信息的和语言的形式被组织,并且知识是合作的产物,生产将会越来越依靠智力劳动和语言劳动构成的联系与关系体"[14]63,情感劳动的价值将由"集体个人"(collective individual)来决定。这种劳动主体是非组织化和强制化的,内涵是合作的、交流的、情感的,其合作的中心形式"不再是资本家创造的作为组织劳动规划的一个组成部分,而是从劳动自身的生产能量中产生出来的"[3]62,它在创造性的能量中爆发,以巨大的潜能冲破资本逻辑下的桎梏。我们可以由此看到两点:其一,现代社会的主导性劳动已经不再是传统机械化的高强度体力劳动,虽然过程中也存在一定程度的异化,但是一种可以动用人各个维度能力从而体现其主观创造力的劳动;其二,劳动的形式从资本家组织的高密度原子化个体的流水线作业,转换为劳动者自我组织的创造性形式,他们不断通过自我组织创造形成新的合作形式与网络的织体。

正如斯皮瓦克所言,"不论马克思在资本论时代的'虚假意识'(false consciousness,即马克思的'意识形态'概念)概念会是什么,但它是直接指向'工人'的"[15]。社会财富的真正来源,是劳动力这具富有生产性的身体。生命权力的形成,在于生命体作为劳动力而存在,而权力则在这个动态的场域内试图吸收生命的劳动力,规训它并为己所用。正像奈格里在《艺术与诸众:论艺术的九封信》中所强调的那样:"劳动——正如我们已经看到的,是非物质、认知的和情感的——正在变形,它正在变为生命(bios),变成生命政治的劳动,变为一种对生命形式进行再生产的活动。"[16]110

情感在人本质力量的驱动下诞生,是一种不断流动的身体力量对劳动状态的积极消解,使其成为受到"生活的实质吸纳"后的"活劳动"。情动的感性使得人们从异化的日常感性经验中脱离,突破了结构与边界的身体潜能。正如哈特所言,情感同时属于因和果,它"阐释了我们影响周围世界的能力,也阐释了我们被它影响的能力,同时还有两种能力之间的关系"[17]10,情感劳动成为一种积极的、突破束缚的身体抵抗,进行主体性生产的过程。同时,这种开放也为权力的进入敞开了缺口。

结 论

劳动,不再被纯粹窄化在古典经济学与马克思劳动价值论范畴内,自我实现与异化劳动、生产与非生产性的劳动分类在当下的社会文化环境中亟待一种转变。随着媒介变革和技术赋权的发生,社会逐渐转化为虚拟与现实交织调和的复合形态。以"情动"为驱力的劳动,为非物质劳动框定了新的形态方向和一种超越物性状态的生命本质,同时也为传统的生产性劳动与非生产性劳动的二分提供了一种文化阐释的新路径。劳动不仅只是马克思理论中作为工具理性的活动,而在情动中重新寻回了其价值,人们在这种复合的形式中传递数字化的信息并进行劳动的生产,同时也传送着具身化的形象,实现情感的交流,前技术时代个人的灵魂作为自身所经验世界的回声以另一种形态呈现在智能与情感官能的互塑中。

参考文献

［1］中共中央马克思恩格斯列宁斯大林著作编译局.马克思恩格斯全集.第三十三卷［M］.北京:人民出版社,2014.

［2］中共中央马克思恩格斯列宁斯大林著作编译局.马克思恩格斯全集.第二十六卷［M］.北京:人民出版社,2016.

［3］罗岗.帝国、都市与现代性［M］.南京:江苏人民出版社,2006.

［4］麦克尔·哈特,安东尼奥·奈格里.帝国——全球化的政治秩序［M］.杨建国,范一亭,译.南京:江苏人民出版社,2003.

［5］Hardt, Michael. Affective Labor［J］.*Boundary*, 1999, 26（02）:89-100.

［6］汪民安.生产:德勒兹与情动:第11辑［M］.南京:江苏人民出版社,2016.

［7］阿莉·拉塞尔·霍克希尔德.心灵的整饰:人类情感的商业化［M］.成伯清,谈卫军,王佳鹏,译.上海:上海三联书店,2020.

［8］斯宾诺莎.伦理学［M］.贺麟,译.北京:商务印书馆,2017.

［9］洪汉鼎.斯宾诺莎伦理学研究［M］.北京:中国人民大学出版社,1993.

［10］赵文.Affectus概念意涵锥指——浅析斯宾诺莎《伦理学》对该词的理解［J］.文化研究,2019（03）:234-247.

［11］林磊.从感性直观到情动感性:"情感劳动"的哲学谱系研究［J］.现代传播,2020,42（10）:71-75.

[12] Dowd, G.V., Felix Guattari. *Chaosmosis: An Ethico-Aesthetic Paradigm* [M].Trans.Paul Bains and Julian Pefanis. Sydney: Power Publications, 2006.

[13] 迈克尔·哈特, 安东尼奥·奈格里.大同世界[M].王行坤, 译.北京: 中国人民大学出版社, 2016.

[14] Antonio Negri. *Reflection on Empire* [M]. Cambridge: Polity Press, 2008.

[15] Spivak.Ghostwriting [J].*Diacritics*, *Summer*, 1995, 25 (02): 77-78.

[16] 安东尼奥·奈格里.艺术与诸众: 论艺术的九封信[M].尉光吉, 译.重庆: 重庆大学出版社, 2016.

[17] Michael Hardt. Foreword: What Affects are Good For. Patricia Ticineto Clough, Jean Halley, The Affective Turn: Theorizing the Social [M]. London: Duke University Press, 2007.

（张安然　首都师范大学2021级硕士生　指导教师: 胡疆锋）

阳城方言辅音格局的实验研究[①]

张 柯

摘 要：文章在田野调查的基础上，整理出了阳城方言的音系，并结合相关的语音格局理论，采用桌上语音工作室（MiniSpeech Lab）、汉化版Praat等软件对阳城方言的辅音进行了实验语音研究，并将其与北京话的语音进行对比分析，总结了其辅音格局的特点和规律。

关键词：阳城方言；实验语音学；辅音格局

引 言

阳城古称濩泽，位于山西省东南部，地处太行、王屋二山环抱中，是使用上古雅言的主要地区之一。全县国土总面积1968平方千米，隶属晋城市，下辖12镇3乡，324个行政村，11个社区，常住人口36万。《中国语言地图集》（1987）将晋语分为大包片、张呼片、吕梁片、并州片、五台片、上党片、邯新片和志延片，其中阳城属于邯新片中的获济小片[1]。沈明（2006）对《中国语言地图集》做了部分调整，将阳城归属于上党片中的晋城小片[2]。通过查阅相关资料可以发现，目前对阳城方言的语音方面的研究成果较少，以传统的耳听手记的研究方法为主，对阳城方言的音系进行描写，如张芳萍（2009）从声母、韵母、声调、元音和辅音格局、连读变调五个方面描写了阳城方言的音系[3]。相比传统的语音研究方法，实验语音学主要是依靠相关的语音实验软件，如桌上语音工作室（MiniSpeech Lab）、Praat等对采集到的语音样本进行分析，得到更为精确的实验数据，并对其声学特征进行科学化的描写。因此，我们采用南开大学研发的桌上语音工作室和汉化版Praat，并结合实验语音学的相关理论对阳城方言的辅音进行了调查研究。

---

① 北京市社会科学基金重点项目"北京方言的实验语言学研究"（项目编号：17YYA001）。

一、研究对象及研究方法

（一）研究对象

本文的研究对象为阳城方言，主要选取了六位发音合作人，通过实验语音学软件对阳城方言的辅音格局（塞音、擦音）进行声学实验，通过实验结果的对比分析归纳出阳城方言的语音特点。

（二）研究方法

1.田野调查法

《阳城县志》（2015）将阳城话分为东乡话、西乡话、北乡话和县城话四种类型。"21世纪以后，县城话小语区已日趋解体。"[4]目前阳城方言中使用西乡话的地域和人口约占全县城的2/3，故西乡话可作为阳城话的典型代表。我们选取了使用西乡话的演礼镇为本次的方言调查点，并在其中选取了六位发音合作人进行调查。为了确保实验的准确性，此次选择的六位发音合作人均为阳城县本土居民，主要分为老、中、青三组，老年组包括F1（女性，68岁）和M1（男性，69岁），中年组包括F2（女性，48岁）和M2（男性，47岁），青年组包括F3（女性，24岁）和M3（男性，24岁）。我们首先根据调查材料整理出了阳城方言的音系，再根据《方言调查字表》[5]和《汉语方言词语调查条目表》[6]制定了《阳城方言实验语音字词表》，并以此为依据进行录音采样，为后期语音实验做准备。

2.实验法

实验研究法是本文的核心方法，主要运用桌上语音工作室和汉化版Praat对所采集到的语音样本进行实验，得出实验数据，绘制辅音格局图，进而描写阳城方言的辅音格局。

3.对比法

通过语音实验得出的最终数据，将阳城方言的辅音格局和北京话的辅音格局进行对比，找出二者之间的异同，总结阳城方言辅音格局的特点和规律。

二、阳城方言的音系

（一）声母

在采集录音的基础上，我们梳理出阳城方言共有23个声母，包括零声母在内，具体情况如表1所示。

表1 阳城方言的声母

[p] 布别病百	[pʰ] 平怕膨匹	[m] 民眉门密	[f] 飞冯符福	[ʋ] 晚温惟物
[t] 到夺第得	[tʰ] 太同田特	[n] 怒难女纳		[l] 路吕连略
[ts] 糟祖增贼	[tsʰ] 仓醋草擦		[s] 死散洒索	
[tʂ] 招主专捉	[tʂʰ] 处虫陈出		[ʂ] 税诗是朔	[ʐ] 染认让弱
[tɕ] 精结焦觉	[tɕʰ] 秋旗全雀		[ɕ] 休旋虚学	
[k] 贵古共郭	[kʰ] 开抗葵扩		[x] 害汉化黑	
[ø] 化安椅恶				

（二）韵母

阳城方言共有38个韵母，具体情况如表2所示。

表2 阳城方言的韵母

开口呼	齐齿呼	合口呼	撮口呼
[ʅ] 支知持施 [ɿ] 资自慈紫	[i] 第地以泣	[u] 赌母书粟	[y] 雨虚欲续
[a] 爬那巴拉	[ia] 架牙家恰	[ua] 花瓜化跨	
		[uo] 左过搓坡	
[ɔ] 饱保桃雹	[iɔ] 茄鹞饺瞧		
[ɣ] 河蛇蛤者			
[ɛ] 胆三竿班	[iɛ] 姐野介街	[uɛ] 短酸官乱	[yɛ] 靴权圆劝
	[iu] 条效巧敲		
[ə] 直日木吃	[iə] 急踢吸一	[uə] 入竹鹿毒	[yə] 绿曲局菊
[æ] 合割百答	[iæ] 接夹铁歇	[uæ] 落郭活捉	[yæ] 确缺药月
[ɚ] 而耳儿盒			
[ai] 北倍摆牌		[uai] 桂贵帅对	
[ou] 斗丑收粥	[iou] 流纠由丢		
	[in] 紧林邻斤		[yn] 云群勋训
		[uŋ] 红东朋宏	[yŋ] 琼穷胸永
[ən] 渗证升澄			
[aŋ] 能党桑根	[iaŋ] 讲良巷江	[uaŋ] 窗光魂床	

（三）声调

阳城方言现共有4个声调（入声已经消失），具体情况如表3所示。

表3 阳城方言的声调

调类	调值	例字
阴平	31	高开婚猪抽专初伤低天
阳平	22	穷寒鹅陈娘才徐龙唐平
上声	32	古口好五纸楚手走死粉
去声	52	抗汉共害岸变怕放病犯

三、阳城方言的辅音格局

语音格局最早由诺姆·乔姆斯基和莫里斯·哈利在《英语的语音模式》一书中提出。每一种语言或方言的语音都是一个内部互相关联的系统，而语音格局就是这种系统性的表现。语音格局是系统地对一种语言或方言的语音现象进行考察，主要分为声调格局、元音格局、辅音格局、语调格局等。辅音是构成音节的重要成员。声调、元音的发音具有连续性的特点，而辅音则是多具离散性，种类繁多，特征各异[7]。辅音格局有它的下位子格局，如塞音格局、擦音格局、鼻音格局等，本文主要描写阳城方言的塞音格局和擦音格局。

（一）塞音

塞音在发音时会形成完全的闭塞，是最能够体现辅音特点的辅音，是辅音格局研究的重要内容。阳城方言中的塞音有6个，分别为 [p]、[p^h]、[t]、[t^h]、[k]、[k^h]。根据设计好的《阳城方言实验语音字词表》进行语音采样，设置塞音的采样率为22050Hz，16位，单声道。每个塞音各有5个词语，塞音声母位于每个词语的第二个字，六位发音人将每组塞音例词读两遍，共得到360个（6×6×5×2）有效语音样本。

表4 阳城方言实验语音字词表（塞音）

塞音	词语				
p	告别	黑板	课本	花布	方便
p^h	花盆	赛跑	菜谱	肥胖	车票
t	道德	入党	长短	大豆	扫地
t^h	儿童	大腿	身体	煤炭	手套
k	皮革	勇敢	旅馆	报告	奇怪
k^h	疯狂	天空	出口	水库	对抗

在塞音格局的实验分析中，闭塞段时长（GAP）和浊音起始时间（VOT）是两个重要的测量指标，对塞音特点的分析具有重要的作用。闭塞段时长是塞音发音时的成阻时间长度，浊音起始时间是塞音从除阻爆发到声带开始振动二者之间的相对时间关系。在语图上塞音和其他辅音的表现形式没有太大差别，所以一般用双音节词的后字测量。GAP和VOT都是时间数据，单位是毫秒（ms），我们主要使用汉化版Praat对阳城方言的塞音进行测量，由于Praat的测量单位是秒（s），所以需要乘以1000，将单位转换为毫秒，最后数值取整数位。具体情况如图1所示。

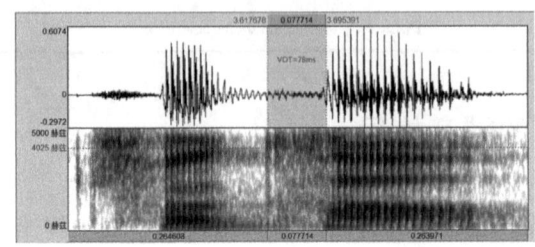 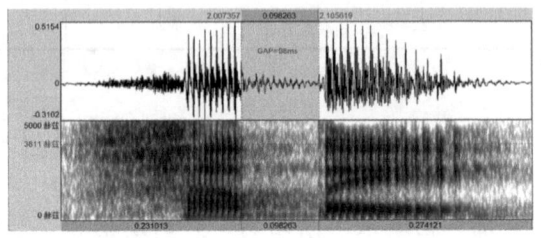

图1　塞音GAP、VOT值测量图

1. 塞音的统计数据及塞音格局图

通过汉化版Praat，先测量出每个发音人发同一个塞音时的10个语音样本的GAP值和VOT值，并对这10个测量值取平均值，即为该发音人发这一塞音的GAP值和VOT值（见表5）。将六位发音人的塞音数据取平均值即为阳城方言塞音的统计数据。以VOT值为横轴，GAP值为纵轴，绘制出阳城方言塞音格局图（见图2）。

表5　阳城方言塞音统计数据

塞音		p		pʰ		t		tʰ		k		kʰ	
		GAP	VOT	GAP	VOT	GAP	VOT	GAP	VOT	GAP	VOT	GAP	VOT
发音人	F1	88	14	72	100	84	12	56	90	59	28	57	100
	F2	83	12	58	69	70	12	51	47	59	22	45	66
	F3	106	17	73	91	88	11	56	78	62	26	51	76
	M1	90	19	59	80	83	21	45	71	61	28	47	74
	M2	101	12	70	79	97	25	53	74	84	28	47	77
	M3	81	11	56	63	93	13	57	56	63	22	45	72
	平均值	91	14	65	80	86	16	53	69	65	26	49	78

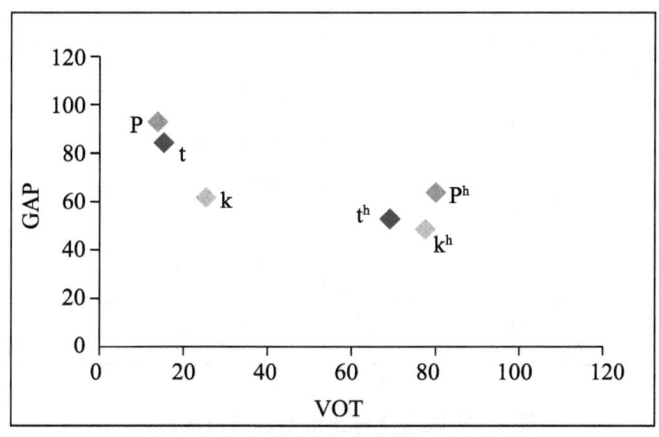

图2 阳城方言塞音格局图

由图2可知,阳城方言的6个塞音分为送气和不送气两个聚合。不送气音[p][t][k]位于格局图的左侧,送气音[pʰ][tʰ][kʰ]位于格局图的右侧。在阳城方言中,无论是双唇音、舌尖中音还是舌面后音,不送气音的GAP值总大于送气音,而送气音的VOT值则总大于不送气音。结合表5可知,送气音的位置集中性强,不送气音的位置相对分散。从横向上看,不送气音的VOT值的最大差值为12,送气音的VOT值的最大差值为11,送气音的集中性更强。从纵向上看,不送气音的GAP值的最大差值为26,送气音的GAP值的最大差值为16,送气音的集中性更强。

2. 阳城方言与北京话塞音格局的对比分析

冉启斌(2017)对50名北京人的塞音发音语料进行实验分析,得出了北京话塞音的统计数据,表6中的北京话塞音数据即提取自该文[8]。根据所获取的北京话塞音统计数据,我们可以绘制出阳城方言和北京话的塞音格局对比。

表6 阳城方言和北京话塞音统计数据对比

		单位(ms)	p	pʰ	t	tʰ	k	kʰ
调查点	北京话	GAP	79	62	68	49	64	48
		VOT	17	102	15	102	30	105
	阳城方言	GAP	91	65	86	53	65	49
		VOT	14	80	16	69	26	78

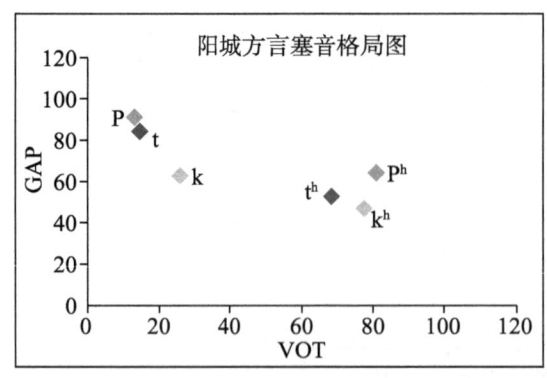 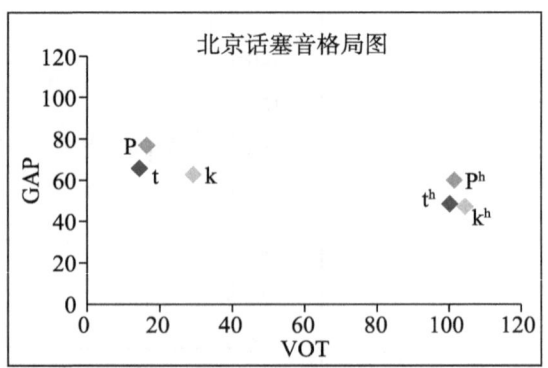

图3　阳城方言与北京话塞音格局对比

通过图3，我们可以更清楚地看到阳城方言和北京话中每个塞音的相对位置。二者的相同之处在于：第一，阳城方言和北京话的塞音都包括送气和不送气两个聚合，送气音位于格局图的右边，不送气音位于格局图的左边；第二，在阳城方言和北京话中，送气塞音的位置比不送气塞音更具集中性；第三，阳城方言和北京话中不送气塞音的GAP值为［p］＞［t］＞［k］，送气塞音的GAP值为［pʰ］＞［tʰ］＞［kʰ］，双唇音的闭塞段时长大于舌尖中音，大于舌面后音，闭塞段时长越长，说明发音时肌肉更为紧张。二者的不同之处在于以下几点。第一，阳城方言送气塞音和不送气塞音在发音时的闭塞段时长总大于北京话，发音时肌肉更为紧张。阳城方言的不送气塞音的GAP值分别为91 ms、86 ms、65 ms，北京话的不送气塞音的GAP值分别为79 ms、68 ms、64 ms。阳城方言的送气塞音的GAP值分别为80 ms、69 ms、78 ms，北京话的送气塞音的GAP值分别为62 ms、49 ms、48 ms，无论是送气塞音还是不送气塞音，阳城方言的GAP值均大于北京话。第二，除了舌尖中不送气塞音［t］以外，阳城方言中其他塞音的浊音起止时间（VOT）均小于北京话，发音时气流更弱一些。阳城方言的不送气塞音的VOT值分别为14 ms、16 ms、26 ms，北京话的不送气塞音的VOT值分别为17 ms、15 ms、30 ms。阳城方言的送气塞音的VOT值分别为80 ms、69 ms、78 ms，北京话的送气塞音的VOT值分别为102 ms、102 ms、105 ms，阳城方言的VOT值大多数小于北京话。第三，阳城方言的送气塞音和不送气塞音与北京话相比，在塞音格局图中的位置更为分散。

（二）擦音

擦音是指气流从缝隙中摩擦发出而形成的语音，与塞音相同，擦音格局的分析也是辅音格局研究的重要部分。阳城方言中的擦音有5个，分别为［f］、［x］、［s］、［ʂ］、［ɕ］。根据设计好的《阳城方言实验语音字词表》进行语音采样，同样设置擦音的采样率为22050Hz，16位，单声道。每个擦音各有4个单字和4个词语，六位发音人将每组擦音例字和例词读两遍，共得到480个（6×5×8×2）有效语音样本。

表7 阳城方言实验语音字词表（擦音）

擦音	词语
f	法　粉　福　放　发财　方向　肥胖　致富
x	虎　火　后　画　后面　寒假　很热　黄河
s	洒　嫂　算　宋　丝绸　松树　算术　雨伞
ʂ	手　水　善　世　上面　十个　收获　老师
ɕ	西　香　修　星　消失　小孩　夏天　小溪

首先，我们在桌上语音工作室中打开我们要分析的擦音样本，在幅度能量图中选取该擦音的能量部分，如图4所示。精确地选取擦音的能量部分是采集正确数据的前提，我们可以参照谱图和波形图，在反复校正后选择相应的能量图（如图5所示）。其次，在桌上语音工作室的工作栏中点击"谱图"中的"辅音帧参数"，就会在窗口中显示出擦音的谱重心（gravity）和能量分散程度（dispersion）的数据（如图6所示）。在擦音格局的实验分析中，谱重心和能量分散程度是两个重要的测量指标，对擦音特点的分析具有重要作用。

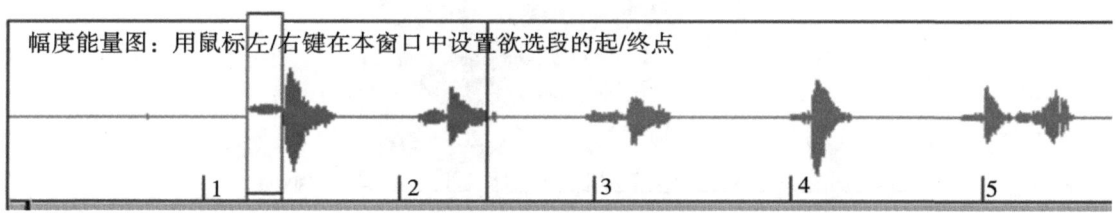

图4　擦音的幅度能量图

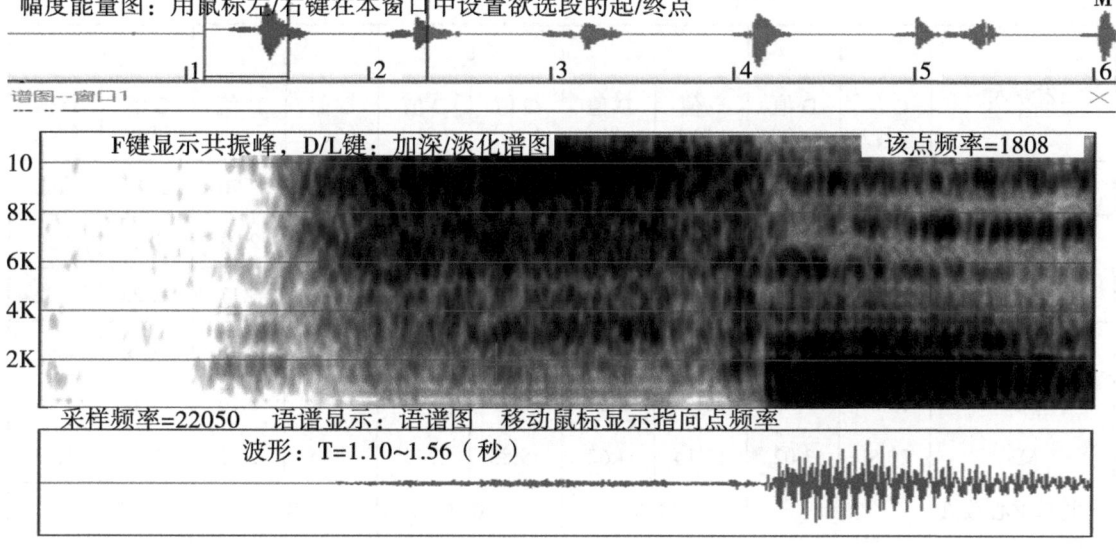

图5　擦音的参照谱图和波形图

图 6　擦音的谱重心和能量分散程度值

1. 擦音的统计数据及擦音格局图

擦音具有较长的时长，它的频谱往往能够被考察到，根据不同擦音的频谱特性，分析得到相关数据，就可以做出擦音的声学空间图。擦音的声学空间图用的是以谱重心为横轴、分散程度为纵轴建立起的二维直角坐标系。具体情况如图7所示。

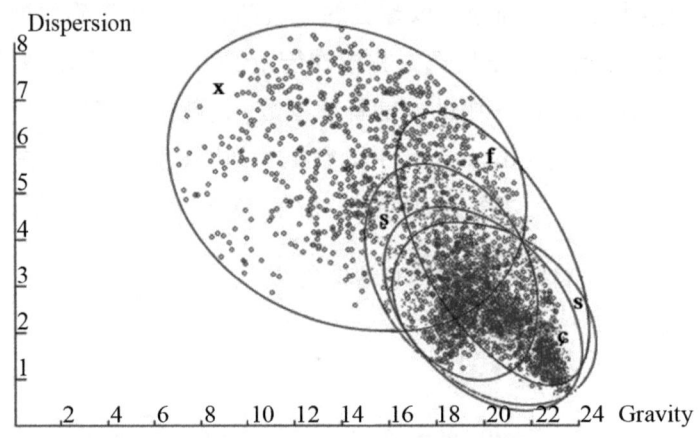

图 7　阳城方言擦音声学空间

表 8　阳城方言擦音谱重心和能量分散程度统计数据

发音人	f		x		s		ʂ		ɕ	
	G值（%）	D值（%）	G值（%）	D值（%）	G值（%）	D值（%）	G值（%）	D值（%）	G值（%）	D值（%）
F1	19.82	4.33	14.96	5.72	21.02	2.00	16.63	2.70	21.70	1.82
F2	19.41	4.14	14.75	5.08	21.31	3.41	19.73	2.92	20.44	2.53
F3	21.37	3.01	14.28	5.10	21.06	2.26	18.43	3.13	21.23	1.92
M1	20.88	4.34	16.10	5.44	18.92	2.55	19.05	2.66	21.72	2.41
M2	19.67	5.09	14.53	5.63	18.99	3.00	17.79	3.76	17.18	3.18
M3	20.51	3.02	15.14	4.62	19.85	2.29	18.49	2.12	17.88	1.63
平均谱重心数值	20.28		14.96		20.19		18.35		20.03	
平均分散程度值	3.99		5.27		2.59		2.88		2.25	

声学空间图只能看到每个擦音的大致位置和范围,为了使擦音的相对位置更加清晰,我们还需要将所获得的数据进行归一化处理。谱重心和能量分散程度的归一化共式为"G=(Gx-Gmin)/(Gmax-Gmin)×100 D=(Dx-Dmin)/(Dmax-Dmin)×100"[9],其中Gx为所实验的某一擦音的平均谱重心值,Gmin和Gmax分别为5个擦音中平均谱重心的最小值和最大值。Dx为这一擦音的平均分散程度值,Dmin和Dmax分别为五个擦音中平均分散程度的最小值和最大值。以归一后的谱重心(G值)为横轴和分散程度(D值)为纵轴,我们可以绘制出阳城方言的擦音格局图(见图8)。

表9　阳城方言谱重心和能量分散程度归一化数据

擦音		f	x	s	ʂ	ɕ
G/D值	G值(%)	100	0	98	64	95
	D值(%)	58	100	11	21	0

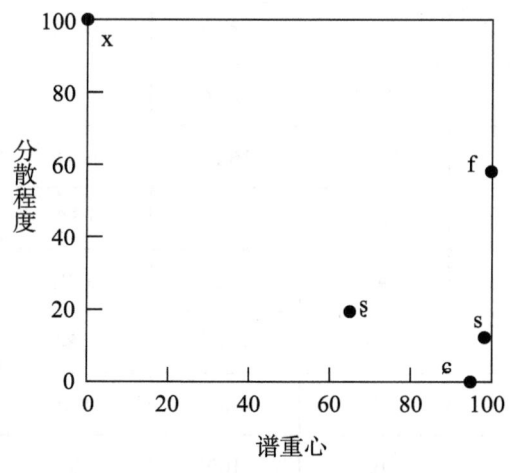

图8　阳城方言擦音格局

结合阳城方言的擦音声学图和擦音格局图可知,阳城方言中擦音[x]的分散程度最大,谱重心最小,位于阳城方言格局图的左上角,在擦音声学图中的分布空间最广,是阳城方言所有擦音中发音时口腔缝隙最大的音,气流摩擦声最弱。阳城方言中擦音[f]的分散程度位于[x]和其他三个擦音之间,谱重心则大于其他所有擦音,位于擦音格局图的最右边。阳城方言中擦音[s]、[ʂ]、[ɕ]的分散程度较为接近,其中[ɕ]的分散程度最小,位于擦音格局图中的最底端,发音时口腔的缝隙最小,气流摩擦声最强,这三个擦音在声学图中的分布空间有较大的重合。一般来说,擦音的分散程度越大,发音时口腔的缝隙越大,这样会造成气流在高频区的能量降低,表现为谱重心降低。阳城方言大体上也遵循这个规律,但是在谱重心较为接近的几个音中,这一规律性则有所突破。

2. 阳城方言与北京话擦音格局的对比分析

冉启斌、石锋（2012）选取了四位发音合作人对北京话的擦音进行了实验分析，并绘制了一份北京话擦音声学图和四幅北京话擦音格局图[10]。我们计算出该文中四位北京人擦音的平均谱重心值、分散程度值，然后根据谱重心和能量分散程度的归一化共式即可求出五个清擦音的G值和D值，由此可绘制出北京话的擦音格局图。

表10 北京话谱重心和能量分散程度数据

发音人	谱重心/分散程度	f	x	s	ʂ	ɕ
F1	Gravity	19.86	16.38	20.88	19.13	19.14
	Dispersion	3.36	4.67	1.85	2.64	2.07
F2	Gravity	18.97	16.18	21.00	19.09	19.27
	Dispersion	3.37	4.77	1.80	2.66	2.14
F3	Gravity	19.77	16.43	21.08	19.83	20.11
	Dispersion	3.88	4.78	1.90	2.81	2.35
M1	Gravity	19.92	16.28	20.69	19.44	19.59
	Dispersion	3.90	4.63	1.80	2.59	2.11
平均谱重心数值		19.63	16.32	20.91	19.37	19.53
平均分散程度值		3.63	4.71	1.84	2.68	2.17
G值（%）		72	0	100	66	70
D值（%）		62	100	0	29	11

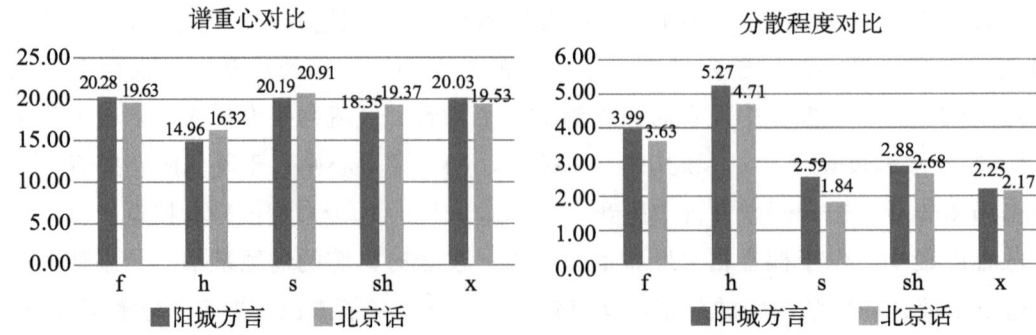

图9 阳城方言和北京话平均谱重心值、分散程度值对比

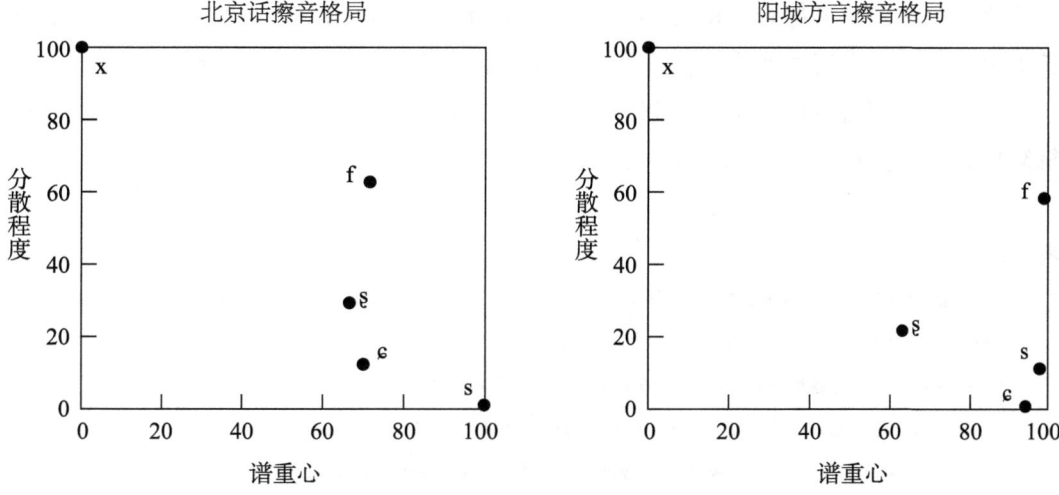

图10 阳城方言和北京话擦音格局对比

由图10可知，阳城方言的擦音和北京话的相同之处在于以下几点。第一，阳城方言和北京话的擦音［x］在各自的擦音系统中的谱重心都是最小，分散程度都是最大，发音时口腔的缝隙较大。第二，在阳城方言和北京话中，擦音［f］、［ʂ］的谱重心和分散程度都比［ɕ］大，发音时［f］的口腔缝隙较大。第三，在擦音格局图中，阳城方言和北京话的［ʂ］、［s］、［ɕ］这三个内部擦音的谱重心和分散程度都较为接近。从横向上看谱重心都位于区间［60，100］，从纵向上看，分散程度都位于区间［0，40］，三个内部擦音的谱重心由大到小依次排序为［s］＞［ɕ］＞［ʂ］，发音时气流在高频区的能量逐渐降低。

阳城方言的擦音和北京话的不同之处在于：第一，阳城方言中所有清擦音的分散程度均大于北京话，发音时口腔缝隙较大；第二，阳城方言中除了擦音［f］和［x］外，其他擦音的谱重心均小于北京话，即气流在高频区的能量较低；第三，在阳城方言中，擦音［f］的谱重心最大，位于阳城方言擦音格局图的最右端，在北京话中，擦音［s］的谱重心最大，位于北京话擦音格局图的最右端；第四，在阳城方言中，擦音［ɕ］的分散程度最小，位于阳城方言擦音格局图的最底端，发音时口腔的缝隙最小，在北京话中，擦音［s］的分散程度最小，位于北京话擦音格局图的最底端，发音时口腔的缝隙最小；第五，在阳城方言中，三个内部擦音的分散程度由大到小依次排序为［ʂ］＞［s］＞［ɕ］，在北京话中，三个内部擦音的分散程度由大到小依次排序为［ʂ］＞［ɕ］＞［s］，发音时口腔缝隙逐渐减小。

结　语

阳城方言位于晋东南地区，在地理位置上与河南的接壤也导致了其不同于晋语区其他方言的一些特点，例如入声调的消失等。通过对阳城方言的实验研究，我们可以看到阳城方言和北京话在塞音和擦音上的区别主要表现在两个方面。第一，阳城方言塞音的闭塞段时长大于北京话，发音时肌肉较为紧张，阳城方言中大多数塞音的浊音起止时间小于北京话，发音时气流相对较弱。第二，阳城方言擦音的分散程度总体上大于北京话，发音时口腔缝隙较大，气流在高频区的能量相对较低。

参考文献

[1] 中国社会科学院，澳大利亚人文科学院.中国语言地图集[M].香港：香港朗文（远东）出版有限公司，1987：B7.

[2] 沈明.晋语的分区[J].方言，2006（04）：343-356.

[3] 张芳萍.阳城方言语音系统研究[J].长治学院学报，2009（06）：18-20.

[4] 王家胜.阳城县志[M].太原：山西人民出版社，2015：1439.

[5] 中国社会科学院语言研究所.方言调查字表（修订本）[M].北京：商务印书馆，2019：1-82.

[6] 中国社会科学院语言研究所方言研究室资料室.汉语方言词语调查条目表[J].方言，2003（01）：6-27.

[7] 石锋.语音格局——语音学和音系学的交汇点[M].北京：商务印书馆，2008：43.

[8] 冉启斌.变异与分化——较大样本视角下的北京话塞音格局[J].语言文字应用，2017（4）：29-38.

[9] 石锋，冉启斌，王萍.论语音格局[J].南开语言学刊，2010（01）：1-14.

[10] 冉启斌，石锋.北京话擦音格局分析[J].华文教学与研究，2012（01）：67-72.

（张柯　中央民族大学2020级硕士生　指导教师：卢小群）

· 汉语国际教育 ·

基于词库建设的同素逆序词教学研究

何纯洁

摘　要：文章基于对同素逆序词及词库建设研究现状的把握，首先明确汉语国际教育领域同素逆序词的界定，参考同素逆序词词语难度等级及词频，穷尽式搜索整理、筛选与预处理学习者需掌握的词对。以某大学汉语课堂学生为测试对象，比照教材及词表寻找共现词对，结合汉语二语习得者易混淆实际情况进行定性定量分析，搭建并利用适配词库开展数据驱动学习，通过数据分析与具体访谈分析同素逆序词词库建设的可行性与实用性，发掘类似词群词库在移动终端、电子词典App及小程序等的应用拓展。

关键词：同素逆序词；对外汉语；词库建设；多模态

绪　论

汉语词汇系统里有一类特殊语言现象，即构词语素相同而语素序相反的成对出现的双音节合成词，表现形式为"AB-BA"。例如"到达-达到""适合-合适"等，比起汉语母语者，二语学习者更容易产生类似"到达这样的水平""这件衣服很合适你"的偏误。目前，学界对"同素逆序词"的界说尚存争议，还有"同素异序词""异构词""反素词"等名称，笔者通过对各项界定的比较，立足汉语国际教育实际，采用"同素逆序词"这一术语，并在此基础上分析其研究意义与研究现状。

（一）研究意义

同素逆序词出现频率较高，是对外汉语教学中的重难点。同素逆序词的词对之间外部形态相似，但用法差异较大，据统计，同素逆序词在现代汉语中可以形成一千多对，占词总量的5%左右。邢红兵（2003）曾对520条偏误合成词进行了统计，语素顺序错误的词占到了偏误词总数的13.65%[27]。对于初级汉语学习者来说，接触并掌握同素逆序词中的单个词并不难，但是到了中高级阶段，同素逆序词各方面的辨析都是重难点。

相对于本体研究，同素逆序词在对外汉语教学方面的研究相对较少。学界已有较多学者对同素逆序词的本体理论做了较为系统全面的研究。以"同素逆序词"为主题词搜索近三十年来的文献，可发现其学术关注度在上升。以中国知网作为基础数据库，采用CiteSpace（5.8R3版）文献计量软件对数据进行处理，绘图环境为Windows-64位系统，发现"同素逆序词"可研究维度及热点较多。而加上"对外汉语"等主题检索，发现发文数量较少，且未能针对所提出教学方法举例评估，对偏误类型及原因的概括流于范式。此外，《国际中文教育中文水平等级标准》提出后，原有分析需与时俱进。

同素逆序词目前大部分研究成果集中于本体，研究方法主要是横断静态研究，纵深式的历时研究成果在对外汉语教学中的运用比较薄弱，本研究有助于促进本体成果向对外汉语教学的转化。词汇量和词汇掌握程度是衡量学习者语言水平的重要指标，词汇教学在第二语言教学中是至关重要的一部分，对词语形态不丰富但词汇极为丰富的汉语来说更是如此。通过参考实际偏误率及词频，比勘相关教材和规范词表的内容可很好地展现对外汉语教学中同素逆序词的概貌。加强对同素逆序词的教学研究，对这类词汇进行归类及辨析的探索，可在理论方法层面为本体研究的界定与分类提供不同思路。

随着计算机技术的发展和疫情下学习者需求的变化，运用现代信息技术探寻更好的同素逆序词教学方式，建设词库、推进应用具有研究价值。本研究以某大学汉语课堂学子的学习需求为指导，搭建同素逆序词小型词库并进行教学测试，一方面为实际教学服务，一方面也为后续普适性同素逆序词词库及类似词群的研究提供参考。

（二）文献综述

1. 同素逆序词的本体语言学研究

同素逆序词的相关研究最早见于岑时甫（1956）的《"和缓"呢还是"缓和"？》[2]，作为汉语词汇发展过程中客观存在的一种重要语言现象，其研究范围不断扩大，研究角度呈多维化，大致可分为以下几个方面。

同素逆序词的源流及成因研究。同素逆序词的发展历史久远，自先秦时期就已经产生此类词汇现象（郑奠，1964），但并非所有的词都可以"逆序成词"（周荐，2004）。20世纪50年代至今，不少学者对汉语同素逆序词进行溯源和成因探析，可概括为汉语类型学特征、语体色彩、方言分歧、修辞需要、汉民族思维及造词偶合性等因素。其中，关于同素逆序词到底属于造词法还是构词法，学界存在分歧，更多学者认为是语言内部机制下多重因素的共同作用，既承认倒序型造词法，又不认为这可以涵盖所有现象[23]。

同素逆序词的分类及辨析研究。关于同素逆序词的分类，不少学者挖掘语言事实，针对词对结构、词义不同提出观点。对同素逆序词的辨析多体现为宏观说明，其中最具代表性的是佟慧君（1982）提出的构词法、语音、词性、词义、语法、搭配、构词能力、感情色彩、适应时代、反义词等十个辨析角度[25]，后来对词对的辨析研究大都没有脱离这个框架。也有针对某一个或某几个词对的个案探究。这类研究虽没有形成热点，但一直有人选取广泛使用且延续至今的逆序词进行分析，考察其词义演变，或是说明词对存留或词频差异原因。如"合适—适合"（何明玥，2020）、"接连—连接"（黄雅洁，2021）、"积累—累积"（廖江贺，2021），这类研究以点见面，亦有一定参考价值[22]。

同素逆序词规范化问题的研究。同素逆序词类似于双刃剑，研究者应该谨慎对待同素逆序词的收录整理工作，倡导规范使用同素逆序词（力量，2007）[10]。学界对同素逆序词规范化问题的讨论不少，虽然这些研究（杨奔，1999；袁嘉，2000；张瑞朋，2002等）并非立足于对外汉语教学易混淆词进行分析，但为本研究筛选建构词库的语料提供了科学性指导。

汉语词典中的同素逆序词研究。学者以不同版本的《现代汉语词典》为研究对象（张琪昀，1987；高元石，1991；徐根松，1997；唐健雄，2004；钱菁，2006；张凯波，2013），就词性、意义、结构及用法等方面对同素逆序词进行辨析。值得一提的是同素逆序词专项词典的出版，这些词典系统性收录了现代汉语中大量同素逆序词，也为后续研究提供了语料支撑。

同素逆序词的语际对比研究集中在与汉字文化圈的语言尤其是韩语和日语的对比分析，整体看来，语言类型学视角下调查范围较小，且对比还停留在"共有""你有我无"的词对对应层面，没有深入挖掘异同及成因。目前亟须学界从语言类型学的视角扩大调查范围，并结合教学实际，阐释同素逆序词在语言研究中的类型学价值。

跨学科视角下的研究。除了传统语言学研究方法，有学者运用实验法从认知心理角度研究同素逆序词。基于《史记》《金瓶梅词话》《水浒传》等文学作品，选取不同切入点的研究也很多。近现代作品亦是分析的语料来源，例如对鲁迅、冰心作品中的同素逆序词进行的研究，体现了研究的学科交叉性和多元价值。

总体来看，学界对同素逆序词的研究集中在演变与成因、分类与辨析、应用及规范、专书词典研究、语际对比分析等方面，基本展现出逆序词从古汉语到现代汉语的发展概况，为对外汉语教学研究和同素逆序词词库建设提供了研究基础。

2. 同素逆序词的对外汉语教学研究

对外汉语教学具有特殊性，不能直接照搬本体研究成果。自薄家富（1996）第一次在对外汉语研究视角下对同素逆序词进行研究[1]，学界对其教学应用的关注在上升。已有对外汉语同素逆序词教学研究主要以《汉语水平词汇与汉字等级大纲》《汉语水平等级标准与等级大纲》《高等学校外国留学生汉语言专业教学大纲（词汇表）》《新汉语水平考试大纲》等词表为语料来源筛选词对，比照《现代汉语词典》等相关词典，从等级、词性、意义、结构等方面进行分类研究，然后结合HSK动态作文语料库或CCL语料库进行偏误分析，提出相应教学策略。

关于对外汉语教材中的同素逆序词，因教材众多，无法对每本教材都进行统计。现有研究（戚妍，2012；路涵，2016；张俊雅，2017；杜函晓，2019；孟祥瑞，2020）主要从教材编写者和教学者等角度对《汉语教程》《拾级汉语》《博雅汉语》《发展汉语》《成功之路》等普适性较广的教材提出建议。不少研究能将语料库、教材、词表和词典等资源整合起来，互相佐证或纠偏。但"三等九级"提出后，现有词汇等级标准提出新要求，原有分析没有与时俱进，这也是本研究需要关注的重点。

学界就对外汉语词汇教学"字本位""语素扩展""词本位"三大流派教学法在同素逆序词教学中的应用进行讨论，结合问卷、偏误分析也提出了相应教学建议，例如戚妍（2012）、彭敏智（2013）、胡玮（2015）、李晴（2018）等，在对外汉语共识层面系统性研究此聚类的内部结构、词义及语用关系，能为实际教学提供一定指导，但研究仍存在不足，例如其释义、复现、出现顺序及词汇练习设计都是实际教学中需要考虑和解决的问题（陆建丽，2010）。

相对本体研究而言，同素逆序词对外汉语教学方面的研究相对较少，且留学生习得偏误类型及原因概括上主观性较强，所提出的教学方法不够具有针对性，教学建议没有真正得到实际验证。在现有研究的基础上，若能结合同素逆序词的习得规律和教学策略，参考现有词汇大纲等级标准的要求，拟定适用于对外汉语教学的同素逆序词词表，具有实用性和指导意义。

3. 词群的词库建设与应用现状

在后疫情时代的背景下，线上教学成为必然态势，计算机辅助汉语教学成为研究热点。基于上述分析，我们可以看到同素逆序词的研究范围较广，内容较深，但目前的词汇教学研究方法还比较单一、定量研究没有受到足够重视，缺乏基于教学实际的穷尽性研究，词库的运用可以更好地弥补不足。

在世界汉语教学学会第14届国际中文教学研讨会上，国际中文教育资源平台研究、技术与应用研究、标准等级大纲研究及基础资源集成与服务研究都在国际中文教育的重点研究领域之内（崔希亮，2021）。若能以语料库语言学为基础，设计一个适用于汉语国际教育的同素逆序词词库，不仅能服务课堂教学，为其他词群词库的开发提供借鉴，也能够为教材配套资源开发提供建议。电子语料库的出现扩大了词汇研究的范畴，多集中在词汇用法、特征与教学方面。尤其值得关注的是吉晖（2011）基于对外汉语多媒体词典提出的更加适用的多媒体词典[8]，宋飞（2015）建设性质状态类基层词库提出的"相对词频"和"绝对词频"的概念也具有参考意义[21]。

以上研究在语料库语言学的基础上不断深入，建设了一些实用的语料库，同时也提供了不少建设词库的思路和方法。

二、同素逆序词词库建构与教学应用测试

（一）同素逆序词库筛选

由于"三等九级"新范式对中文水平的要求大幅度提升，尤其是词汇量不同等级的配例也有变动，整体向上提升了难度，现有教学及教材未能及时同步进行更改，"三等九级"考试等级体系也尚未试考与正式施行，所以在此也将大家较为熟悉的等级大纲及词汇大纲等纳入考虑范围。

笔者基于对同素逆序词概念的厘定，筛选《汉语水平词汇与汉字等级大纲》（以下简称《等级大纲》）、《高等学校外国留学生汉语言专业教学大纲（词汇表）》（以下简称《词汇表》）中存在的满足"构词语素相同而语素序相反的成对出现的双音节合成词，表现形式为AB-BA"这一条件的词对共41对（见表1），并对照《汉语教程》、《博雅汉语》及《成功之路》等几套较为使用的汉语教材中收录的同素逆序词，寻找共现词对，整理并完成初次筛选，其中排除了构词语素的语素义不存在关联的"同字逆序词"，例如"不要—要不""人生—生人""马上—上马""度过—过度"等。整体看来，《等级大纲》里收录的同素逆序词词对远多于《词汇表》及几套汉语教材，但未在汉语教材中作为生词进行教学的一些词词频也很高。

表1　满足同素逆序词定义的词对

变质－质变	工人－人工	讲演－演讲	前面－面前
彩色－色彩	光亮－亮光	连接－接连	侵入－入侵
称号－号称	国王－王国	开展－展开	年青－青年
出发－发出	喊叫－叫喊	科学－学科	生产－产生
到达－达到	合适－适合	来历－历来	实现－现实
代替－替代	互相－相互	来往－往来	喜欢－欢喜
担负－负担	黄金－金黄	力气－气力	兄弟－弟兄
对面－面对	回来－来回	路线－线路	一同－同一
犯罪－罪犯	回收－收回	蜂蜜－蜜蜂	语言－言语
感情－情感	会议－议会	期限－限期	自私－私自
导向－向导			

在此基础上，笔者将初步词表根据《国际中文教育中文水平等级标准》（GF0025—2021）（以下简称《标准》）进行词汇等级标注，对照《常用同素反序词辨析》（佟慧

君,1983)、《倒序现代汉语词典》(商务印书馆,1987)、《简明逆序词词典》(崔玉松,1999)、《同素逆序词应用词典》(杨英耀,2003)等词典,完善自建词库所用释义及例句,分析所选同素逆序词的语义类型、词性类型(对于有两个词性以上的兼类词,只标注常用词性及相关例句)和结构类型,并根据被试学生的汉语水平进行二次等级划分,分别作为词库测试的样本[9]。

(二)测试对象

本研究的被试为某大学成年汉语学习者,他们均为中国政治专业的留学生,使用的教材为北京语言大学出版社的进阶式对外汉语系列教材《成功之路》,由同一名汉语教师进行授课。该学院学生来自中国"一带一路"沿线国家及地区,他们并非都接受过系统正规的汉语教学,所以汉语水平参差不齐。此外,他们的必修课程为中国政治、经济、法律、文化等方面的全英授课,汉语为选修课。所以除参照其使用的教材,也会参考他们各自的汉字识别能力等,把握最小差异对,选取相应的同素逆序词,测试时间为研究生一年级下学期期末。

参加本次教学研究的留学生共有37人(见表2),来自加纳、波兰、尼日利亚、菲律宾等20多个不同的国家,且大部分不是汉字文化圈国家。他们在入学时参加了学院安排的汉语分班考试,分编进初级、中级、高级等三个不同等级的班级,分别有24、10、3人,可见主要为初级及中级学生,还有7人仅接受了一学期的汉语零基础课,在此之前没有接触过汉语课堂。

表2 参与教学研究的受访对象信息

中文名	护照姓名	性别	国籍	等级
天使	HEMMATI, FRESHTA	女	阿富汗	初级
	AGHA, ALVEENA	女	巴基斯坦	初级
	PALAZZO, ANA CAROLINA	女	巴西	初级
Zych	ZYCH, KATARZYNA	女	波兰	初级
蔡雨莲	CZAJKA, JULIA AGNIESZKA	女	波兰	初级
白乐凯	VARGAS ROJAS, JOSE RICARDO	男	哥斯达黎加	初级
王子清	WANG, ZIQ ING	女	加拿大	初级
	SAM, RICHARD APPIATSE	男	加纳	初级
	CRENTSIL, JUSTICE EKOW	男	加纳	初级
阳光	SERBEH, GIDEON ANPROFI	男	加纳	初级
Afavi	AFAVI, ADELINE AISHA AKUYOMI	女	加纳	初级
	BAADA, ANDREWS	男	加纳	初级

续表

中文名	护照姓名	性别	国籍	等级
	JUMA, EMMANUEL AMUTABI	男	肯尼亚	初级
柯卫华	BOYLAN, CLAYTON MICHAEL	男	美国	初级
SUNNY	KARKI, SUNRAKER GYATSO	男	尼泊尔	初级
	SALAWU, ABDULRAHIitAN	男	尼日利亚	初级
	AKINIiTULEYA, OREOLUWA BLESSING	女	尼日利亚	初级
伊布瑞	ASHIRU, IBRAHIM	男	尼日利亚	初级
	OKORIE, CHINAZAM FELICIA	女	尼日利亚	初级
穆罕默德	DERAKHSHAN, MOHAMMAD	男	伊朗	初级
FU ZE SHI	CIANCETTA, FRANCISCO JOSE	男	意大利	初级
	KUMAR, ASHUTOSH	男	印度	初级
王小薇	PHIRI, DINIWE	女	赞比亚	初级
张强	MWIINGA, RICHARD	男	赞比亚	初级
张月	KOSTCKCI, AYBIKE	女	土耳其	中级
高泉德	CO, HOWARD GOTAUCO	男	菲律宾	中级
王波	SANTOS, JOSE BIMBO FELICIANO	男	菲律宾	中级
阿龙	RABENA, AARON JED BERNARDO	男	菲律宾	中级
南桥	UC HERRERA, CARLOS IGNACIO	男	墨西哥	中级
谷丽珊	KUBERSKA, ALEXANDRA HELENA	女	波兰	中级
千娜娜	KOWALSKA, NATALIA ELZBIETA	女	波兰	中级
卓安	BUB, JOAO PEDRO	男	巴西	中级
李念	UMUTONIWASE, LILIANE	女	卢旺达	中级
	TURTOGTOKH, BATZORIG	男	蒙古国	中级
叶萱	PRODANOVA, EKATERINA	女	俄罗斯	高级
奥妮卡	RAJBHANDARI, ANEKA REBECCA	女	尼泊尔	高级
刘文萱	LAW, WEN XUAN	女	马来西亚	高级

（三）测试设计

笔者针对初级、中级及高级三个等级的学生发放涉及不同等级同素逆序词词对的试题，试题分为判断题（部分非同素逆序词词对），词义联想推测（同素逆序同义词）、词对选择（同素逆序异义词）等题型，其中包含部分略高于学生水平的超纲词。在分享小型同素逆序词库之前交由学生完成，在学生完成词库的学习之后，二次发放试题。其中，因为初级学生样本较大，结合学生的汉语水平将学生分为两组，其中一组不分享词库，一组分享词库，对照两组的二次答题中对同素逆序词的掌握情况。针对两次测试对比显著的被试、实验组和对照组的被试、汉语各个等级的被试代表进行一对一访谈，询问学习者关于同素逆序词现象的认知及词库使用建议。

（四）测试结果

首先，一半以上的学生没有意识到同素逆序词现象的存在，尤其是非汉字文化圈的被试学生，大部分初级水平的汉语学习者不能很好地分清同素逆序词词对，认为这类词难以辨析、容易混淆，学习时存在困难。而处于高级水平的汉语学习者不仅能意识到这类词的存在，还能意识到部分同素逆序同义词的关联，自行查询词典进行比对，将包括单双音节同义词在内的类似词群进行对比、归纳和总结。但需要指出的是，自行比对由于单独释义的局限性，常常不能突出词语之间的差异性。所以，当学习者的汉语词汇量到了一定程度，对类似词对的系统性掌握是有必要的。

其次，处于初级水平的留学生由于词汇量的限制，受回避策略影响倾向于选取词频较高或是难度较低的词；受母语和目的语负迁移的影响，中级水平学生更容易泛化同素逆序的规则，生造出一些词并误用，这在一定程度上加大了词汇学习的难度，构筑一个穷极性且便利的线上查询系统具有一定的研究价值。

整体而言，词库使用后的答题正确率有了显著提升，空白对照组前后正确率无太大差异。二次测试后对同素逆序异义词词对的掌握有所提升。不同层级的被试大都对这一词语现象的存在表示感兴趣，大多数人认为这有助于联系记忆，提高词汇量。用于测试的词库由于有词性标注、词义讲解及例句辅助，使留学生更快地掌握了相关词语，且有助于对同素逆序词词对的辨析。

结　语

整体而言，本研究发现，大部分教材中虽然已有语素意识，总结出学习者易混淆的词对，但基本没有教材对同素逆序词的系统性归纳与辨析。授课教师大都不会将成对前后出现的同素逆序词进行对比教学，因而在构筑词对时，还应考虑到词对之间词汇等级的差异。系统性地归纳及辨析同素逆序词有助于学习者发现汉语词汇的理据性和基本构造规则，辨析此类词对，提高词汇记忆效率；对同素逆序词的系统性研究及与现代信息技术的结合可为其他词群的研究提供借鉴，词库的整理启发了学习者的归纳学习意识。毋庸置疑的是，受客观条件限制，本文所选取被试在数量上和最小差异对的控制上还有待改进。

本研究所自建的词库主要还是文本为主，在后续访谈有学生反映若能附带图片、音视频等多模态素材，会更有助于对词对的学习和辨析。"模态形式"是指人类进行意义建构时所使用的文字、图像、声音、肢体动作等符号资源（Kress，Van Leeuwen，2001：4）。刘立新、邓方（2017）提出，比起单一方式获得的信息，通过视听双通道所获得的信息，无论在容量方面还是效率方面都有明显提升，记忆也更加持久[13]。多模态理论指导下的词库建设的成效亦可深入研究，利用词库开展数据驱动学习，在移动终端、电子词典App及小程序等拓展应用。

目前，基于大规模汉语教学语料库，以听、说、读、写四项基本技能出发的创新性探索已有很多（刘华，2020）。如上海交通大学郭曙纶14亿字的网络语料库和300万字的对外汉语教材语料库，宋春阳的留学生中介语语料库，上海师范大学的生语料库，山西大学根据不同的需求建立的语料库，中国社会科学院建立的不同语言的语料库等。中介语语料库是集中之处，如邢红兵（2004）基于《汉语水平词汇等级大纲》的语素数据库和曹文、张劲松（2009）的面向计算机辅助正音的汉语中介语语音语料库。2020年，以刘华为代表的团队利用语料库及计算机语言学的理论思考、资源建设和智能教学形成了一套多卷本图书。基于语义的领域话题词表构建及词库建设的研究大都依赖强大的语料库，同素逆序词词对等主要基于结构特征的词群研究也要关注语料库的价值[12]。

通过整理，现代汉语中存在的同素逆序词词对是可穷尽的，所以基于本研究的设计思路开发小型词库具有可行性及实用性。在此基础上，还可基于汉字文化圈的国家语言的特征共建跨语言同素逆序词语料库，如马瑞裱（2021）就以汉日同素逆序词对比为立足点，穷尽式收集了498个汉日同素逆序词，在MS Access数据库环境下搭建适配对日词汇教学的词库，并对词库的建库目的与原则、语料筛选、建库流程、数据表设计进行逐一说明[16]。

参考文献

[1] 薄家富.也谈同素异序词[J].天津师范大学学报（社会科学版），1996（06）：70-73.

[2] 岑时甫."和缓"呢还是"缓和"？[J].语文知识，1956（3）：44-46.

[3] 杜函晓.《成功之路》逆序词教学辅助材料设计[D].成都：四川师范大学，2019.

[4] 高元石.《现代汉语词典》的同素异序词说略[J].鞍山师范学院学报，1991（04）：43-46.

[5] 何明玥.初中级留学生同素逆序词"合适""适合"习得偏误分析及教学建议[D].哈尔滨：哈尔滨师范大学，2020.

[6] 胡玮.同素逆序词及其对外汉语教学研究[D].上海：华东师范大学，2015.

[7] 黄雅洁.同素逆序词"连接—接连"演变研究[J].河南广播电视大学学报，2021，34（01）：69-74.

[8] 吉晖.论基于网络的对外汉语多媒体词典的建构[J].福建论坛（社科教育版），2011（12）：92-93.

[9] 李晴.对外汉语教学中AB-BA式逆序词教学分析[J].文化创新比较研究，2018，2（04）：85-86.

[10] 力量.同素倒序词规范化问题刍议[J].中国成人教育，2007（19）：149-150.

[11] 廖江贺.汉语同素逆序词"积累—累积"研究[J].文教资料，2021（04）：4-7.

[12] 刘华, 王敏. 汉语移动学习APP现状与需求调查研究[J]. 海外华文教育, 2020（02）：25-41.DOI：10.14095/j.cnki.oce.2020.02.002.

[13] 刘立新, 邓方. 读图时代的视听说教学——以《汉语视听说教程——家有儿女》的教学实践为例[J]. 国际汉语教学研究, 2017（02）：71-80.

[14] 陆建丽. 对外汉语同素逆序词教学研究评述[J]. 语文学刊, 2010（19）：148-149.

[15] 路涵. 留学生习得同素逆序词偏误研究[D]. 黑龙江：黑龙江大学, 2016.

[16] 马瑞祾. 基于DDL理论的汉日同素逆序词库建设及应用[J]. 佳木斯大学社会科学学报, 2021, 39（01）：222-225.

[17] 孟祥瑞. 对外汉语同素逆序词教学研究[D]. 兰州：兰州大学, 2020.

[18] 彭敏智. 面向对外汉语教学的同素异序词研究[D]. 长沙：湖南师范大学, 2013.

[19] 戚妍. 对外汉语同素异序词教学研究[D]. 长春：吉林大学, 2012.

[20] 施正宇. 词·语素·汉字教学初探[J]. 世界汉语教学, 2008（02）：109-118+4.

[21] 宋飞. 国际汉语教学中的性质状态类基层词库建设研究[D]. 北京：中央民族大学, 2015.

[22] 孙霞. 新中国70年汉语逆序词研究（1949—2019）[J]. 苏州教育学院学报, 2019, 36（06）：65-76.

[23] 孙妍. "同素异序结构"研究综述——兼谈传统语文学与现代语言学研究视角的差异[J]. 文教资料, 2019（05）：16-20.

[24] 唐健雄. 现代汉语同素异序词语分析[J]. 语文研究, 2004（02）：32-34.

[25] 佟慧君. 如何辨析同素反序词[J]. 语言教学与研究, 1982（02）：82-93+154.

[26] 王珊, 刘峻宇. 国际汉语词汇教学中的多模态话语分析[J]. 汉语学习, 2020（06）：85-96.

[27] 邢红兵. 留学生偏误合成词的统计分析[J]. 世界汉语教学, 2003（04）：67-78+3-4.

[28] 徐根松. 双音节同素反序词的语法、语义考察[J]. 浙江师大学报, 1997（01）：107-110.

[29] 杨奔. 汉语同素反序词源流初探[J]. 广西民族学院学报（哲学社会科学版）, 1999（03）：103-106.

[30] 袁嘉. 谈同素反序词的规范[J]. 达县师范高等专科学校学报, 2000（01）：95-97.

[31] 张德鑫. 谈颠倒词[J]. 汉语学习, 1995（06）：18-22.

[32] 张俊雅. 对外汉语教材中汉语同素逆序词释义研究[D]. 哈尔滨：哈尔滨师范大学, 2017.

[33] 张凯波. 并列式双音节同素异序词语义支点的研究[J]. 现代语文（学术综合版）, 2013（06）：122-124.

[34] 张琪昀. 倒文词考察[J]. 盐城师专学报（社会科学版）, 1987（03）：43-47.

[35] 张瑞朋. 现代汉语中的同素异序词[J]. 语言研究, 2002（A1）：174-176.

[36] 郑奠. 古汉语中字序对换的双音词[J]. 中国语文, 1964（6）：445-463.

[37] 周荐. 语素逆序的现代汉语复合词[J]. 逻辑与语言学习, 1991（02）：36-38.

[38] 周荐. 汉语词汇结构论[M]. 上海：上海辞书出版社, 2004.

[39] 钱菁. 现代汉语同素逆序词多维研究[D]. 上海：上海大学, 2006.

（何纯洁　中国人民大学2020级硕士研究生　指导教师：陶曲勇）